Jennifer BLAKE

Mitternachtswalzer

Roman

Aus dem Amerikanischen
von Dagmar Hartmann

GOLDMANN VERLAG

Deutsche Erstveröffentlichung

Titel der Originalausgabe: Midnight Waltz
Originalverlag: Ballantine Books, New York

Der Goldmann Verlag
ist ein Unternehmen der Verlagsgruppe Bertelsmann

Made in Germany · 4. Auflage · 5/92
Copyright © 1985 der Originalausgabe by Patricia Maxwell
This translation is published by arrangement with Ballantine Books,
a division of Random House, Inc., New York
Copyright © 1989 der deutschsprachigen Ausgabe
beim Wilhelm Goldmann Verlag, München
Umschlagentwurf: Design Team München
Farbige Umschlagzeichnung: J. Ennis / Schlück, Garbsen
Satz: Uhl+Massopust, Aalen
Druck: Elsnerdruck, Berlin
Verlagsnummer: 9675
Lektorat: Ursula Walther/MV
Herstellung: Heidrun Nawrot/Sc
ISBN 3-442-09675-8

1. Kapitel

Der Wind schlug die Außentür hinter Amalie Peschier Declouet zu. Jetzt hörte man den Regen nicht mehr, der auf den Boden der Loggia prasselte. Amalie blieb einen Augenblick auf dem geflochtenen Teppich stehen, warf die durchweichte Kapuze ihres Umhangs zurück und wischte sich den Schmutz von den halbhohen Stiefeln. Regentropfen glitzerten auf ihren weichen, braunen Locken und unterstrichen die sonderbaren, silbrigblauen Lichter darin, die auch ihre dunklen Brauen und Wimpern durchsetzten und an der rosigen Haut ihres herzförmigen Gesichtes perlten. Im Salon, in dem sie sich befand, gab es einen schweren Spiegel mit Chippendale-Rahmen, der über dem Marmortisch neben dem rückwärtigen Eingang hing, aber Amalie warf keinen Blick hinein. Geistesabwesend wischte sie die Tropfen fort und wandte sich dann der Tür zu M'meres Wohnzimmer zu, aus dem sie Stimmen hörte.

»Das muß ich natürlich ablehnen, meine liebe Tante Sophia. Es ist nicht zu fassen, daß du an so etwas auch nur denken kannst. Und daß du mich tatsächlich holen läßt, um mir einen solchen Vorschlag zu machen, empört mich zutiefst!«

»Du bist verletzt. Aber wenn du einmal ohne Emotionen über die Angelegenheit nachdenkst, wirst du sehen –«

Madame Sophia Declouet brach mitten im Satz ab, als Amalie eintrat. Rote Flecken flammten auf den hohen Wangenknochen der Frau auf, über denen sich die dünne Haut spannte, und hastig warf sie einen Blick auf den Mann, der ihr in dem Sessel am Kamin gegenübersaß. Er sprang graziös auf, und seine dunkelblauen Augen verengten sich, als er sich Amalie zuwandte.

In dem großen Zimmer mit den cremefarbenen Wänden, den eleganten, champagnerfarbenen Seidenvorhängen und großen, blattgoldverzierten Spiegeln, mit den Rosenholzmöbeln, die um einen Aubusson-Teppich gruppiert waren, herrschte eine gespannte Atmosphäre. Amalies Neuigkeit erschien ihr plötzlich nicht mehr so dringend, als sie von ihrer Schwiegermutter zu deren Gast hinübersah und dann wieder zurück. »Verzeih mir, M'mere«, sagte sie mit klarer, aber leiser, atemloser Stimme. »Ich dachte – ich meine, ich habe nur Julien erwartet.«

»Aber das macht doch nichts, ma chère.« Die ältere Frau zwang sich zu einem Lächeln, als sie ihre Haltung zurückgewann. »Du erinnerst dich doch gewiß noch an Juliens Cousin Robert?«

»Ich glaube, wir haben uns bei der Hochzeit gesehen.« Amalie trat vor und streckte ihm die Hand entgegen.

»Aber bestimmt«, bekräftigte Madame Declouet mit einem Lachen, das noch immer gekünstelt klang. »Robert stand neben ihm.«

Amalie konnte sich nur vage an die große Gestalt eines Mannes erinnern, der an jenem Tag vor drei Monaten an Juliens Seite gestanden hatte. Sie hatte durch ihren Schleier nicht richtig sehen können, und später waren da so viele neue Gesichter gewesen. Sie hatte ja ihren Bräutigam kaum gekannt, geschweige denn seinen Cousin, aber seither hatte sie viel über Robert Farnum gehört. So sagte sie höflich: »Ja, natürlich.«

Er ergriff ihre Hand. Seine kräftigen Finger schlossen sich um die ihren. Als er den Kopf in einer perfekten Verbeugung neigte, fing sich das graue Licht von den Fenstern in den Wellen seines dunklen Haares. Es blitzte auch einen kurzen Moment lang in den dunkelblauen Tiefen seiner Augen.

Amalie erwiderte seinen Blick. Ihre Finger prickelten, und das Gefühl kroch ihren Arm hinauf, bis es das pochende Herz erreichte. Sie war sich plötzlich der maskulinen Ausstrahlung dieses Mannes bewußt, seiner Willenskraft, Macht und Entschlossenheit. Nie zuvor hatte sie so etwas bei Julien gespürt, nicht einmal bei Etienne, ihrem ersten Verlobten, hatte sie das gekannt. Sie konnte nicht mehr atmen, konnte den Blick nicht abwenden, war unfähig, etwas auf seine Begrüßungsworte zu erwidern. Aus einem unerklärlichen Grund fühlte sie sich verletzlich und hilflos.

»Robert war in den letzten Wochen geschäftlich im Norden. Es ging um die Maschinen in seiner Zuckermühle«, erklärte Madame Declouet.

Mit einem leichten Ruck zog Amalie ihre Hand zurück und ging dankbar auf das Thema ein. »Ja, Julien hat es mir erzählt. Sie haben doch Ihre Geschäfte hoffentlich erfolgreich zu Ende bringen können, Mr. Farnum?«

Er lächelte, eine Bewegung der Lippen, die die belustigten Falten um seinen Mund noch tiefer werden ließ, aber seine Augen nicht erreichte. »Sie müssen mich beim Vornamen nennen, bitte. Ja, ich war erfolgreich.«

Er sagte es, ohne zu prahlen, aber Amalie hatte das Gefühl, daß Robert Farnum nicht oft etwas mißlang. Sie musterte ihn prüfend. Seine Haut war dunkel; es war nicht das Olivbraun der kreolischen Männer, die sie kannte, sondern die Bronzefarbe eines Mannes, der viele Stunden in der fast tropischen Sonne des südlichen Louisianas zubrachte. Seine schwarzen Brauen befanden sich dicht über tiefliegenden, von dunklen Wimpern eingerahmten Augen; die Nase war gerade und klassisch, die Lippen gut geschnitten, wie aus Granit gemeißelt, und darunter sprang das kräftige Kinn hervor. Seine schlichte Jacke aus dunkelblauem Brokat spannte sich über breiten Schultern. Das weiße Leinenhemd darunter stand am Hals offen und war in das Taillenband einer ledernen Reithose gesteckt. Seine Stiefel waren schlammbespritzt, aber ein Paar Silbersporen blitzte daran. Es war offensichtlich, daß er mit ihrem Mann verwandt war: Sie sahen sich sehr ähnlich, sowohl was die Farben als auch was die Größe und die Breite der Schultern betraf. Nur in ihrem Verhalten waren sie ganz verschieden.

»Dann bin ich aber auch Amalie, Cousin Robert«, erwiderte sie und zwang ein Lächeln auf ihre starren Lippen.

»Dein Mantel, ma chère«, bemerkte Madame Declouet. »Das Wasser tropft auf den Teppich. Wo bist du bei diesem Wetter denn nur gewesen?«

Erleichtert wandte sich Amalie um. »Oh, M'mere«, sagte sie. Sie nannte die Mutter ihres Mannes bei diesem kindischen Namen, den die alte Frau am liebsten hörte, einem Ausdruck, den Julien erfunden hatte, als er noch klein war, »das wollte ich dir ja erzählen. Ich komme vom Bayou. Sir Bent sagt, daß das Wasser steigt und wahrscheinlich noch heute nachmittag über die Ufer treten wird. Es könnte leicht die unteren Räume des Hauses überfluten, wenn keine Dämme aus Sandsäcken errichtet werden. Er hat ein paar Männer aus den Unterkünften geholt, aber noch viel mehr müßten den Befehl bekommen, und M'sieu Dye ist nirgends zu finden.«

M'mere runzelte die Stirn. »Dieser unnütze Mann ist doch nie in der Nähe, wenn man ihn braucht.«

Patrick Dye war Aufseher auf der Belle Grove Plantage, ein Ire mit mehr Selbstbewußtsein als Verantwortungsgefühl. So sehr sie sich auch bemühte, Amalie mochte ihn nicht. Aber in dieser Situation war er dennoch der Mann, den sie brauchten, damit die Arbeit organisiert und die Feldarbeiter beaufsichtigt wurden.

»Vielleicht ist er in die Stadt gefahren? Wenn wir ihm jemand nachschicken könnten, kommt er vielleicht noch rechtzeitig zurück.«

»Oder auch nicht.«

»Was sollen wir denn sonst tun?«

Amalie wandte sich an die alte Frau und nicht an ihren Mann, weil sie wußte, daß Julien sich nicht für die Arbeit auf der Plantage interessierte, und die Aussicht auf Wasser im Haus war ihm gleichgültig. Schließlich war das Gebäude auf Pfählen errichtet worden, weil man an diese Gefahr gedacht hatte. Die unteren Räume wurden hauptsächlich als Vorratsräume benutzt oder dienten den Hausangestellten als Unterkunft – nur das Speisezimmer war gefährdet. Die Haupträume jedoch, die von den Familienmitgliedern bewohnt wurden, lagen im ersten

Stock. So konnte kein großer Schaden entstehen. Julien würde keinen Gedanken an das entsetzliche Durcheinander verschwenden, das einer Überflutung folgen mußte, ebensowenig wie an die Mühen, die es kosten würde, den Schmutz zu beseitigen.

Als M'mere den Kopf schüttelte, meldete sich Robert Farnum zu Wort. »Ihr könnt die Sache mir überlassen.«

»Ihnen?« Amalie wirbelte herum und starrte ihn an.

Im selben Augenblick meinte M'mere: »Aber was ist mit deinem eigenen Haus?«

Robert Farnum antwortete seiner Tante, ohne sich um Amalies Überraschung zu kümmern. »The Willows liegt weiter oben, vergiß das nicht. Ich spreche mit Sir Bent, aber ich bezweifle, daß das Wasser so hoch steigen wird. Das war noch nie der Fall.«

»Wir wären dir natürlich äußerst dankbar, wenn du dir ganz sicher bist, mon cher.«

»Das bin ich.« Robert wandte sich um und ging zur Tür.

»Warten Sie, ich bringe Sie zu Sir Bent«, rief Amalie.

Er blieb stehen. »Ich finde ihn schon.«

»Du, mein Kind, mußt dir die nassen Kleider ausziehen«, erklärte Amalies Schwiegermutter mit vorwurfsvollem Unterton.

Amalie verzog das Gesicht und blickte von M'mere zu dem Mann an der Tür hinüber. Robert Farnums dunkler Blick ruhte auf ihr, glitt über ihren schlanken Körper. Sie spürte, daß sich ihr Gesicht mit einer flammenden Röte überzog. Was immer sie auch hatte sagen wollen, vergaß sie, als ein Schauer sie durchlief.

»Tante Sophia hat recht – jedenfalls in diesem Punkt«, bemerkte er mit gepreßter Stimme: Er warf seiner Tante einen harten Blick zu und verließ abrupt das Zimmer. Auf seinem Gesicht stand so etwas wie Erleichterung.

In ihrem Zimmer übergab Amalie die nassen Sachen dem Mädchen, das auf ihr Klingeln hin erschienen war. Es schrie leise auf, als es das Wasser auswrang, aber Amalie warf einen warnenden Blick auf die Verbindungstür zum Zimmer ihres

Mannes, und sofort verstummte das Mädchen. Der Herr von Belle Grove kümmerte sich vielleicht nicht um die Arbeit auf der Plantage und wurde verhätschelt und verwöhnt von jedermann hier – angefangen von seiner Mutter bis zum alten Sir Bent –, aber er war kein Mann, den man verärgern durfte – und er schlief nun einmal gern. Er stand nie vor elf Uhr auf, manchmal sogar erst um zwölf.

Schweigend ließ Amalie sich auskleiden und schlüpfte in einen Hausmantel aus weichem weißen Flanell, der mit Bändchen und Spitze verziert war. Als das Mädchen ihr das Haar lösen wollte, entließ sie es mit einem Lächeln und übernahm diese Aufgabe selbst, während ihre Kleider zum Waschen gebracht wurden. Mit einer Schildpattbürste in der Hand trat sie ans Fenster. Noch immer regnete es unaufhörlich, wie in den ganzen letzten Wochen. Manchmal kam es Amalie so vor, als hätte es seit ihrer Hochzeit nur gegossen.

Robert Farnum. Nein, sie konnte sich nicht daran erinnern, ihn an jenem Tag bewußt gesehen zu haben. Sie hatte sich ganz auf den Mann konzentriert, den sie heiraten sollte. Wie aufgeregt sie gewesen war, wie nervös! Es war alles so schnell gegangen. Der Brief von Madame Declouet an Tante Ton-Ton, in dem sie die Hochzeit vorschlug, war im November gekommen, und schon im Februar des folgenden Jahres hatten sie geheiratet. Die Fastenzeit hatte sie dazu gezwungen. Niemand heiratete in diesen Wochen. Wenn sie gewartet hätten, hätten sie ihre Hochzeit bis nach Ostern verschieben müssen, wenn sich alle bereit machten, New Orleans zu verlassen, um den Sommer auf dem Land zu verbringen.

Amalie hatte bei ihrer Großtante Madame Antoinette Peschier gelebt, in deren Haus in den Felicianas. Sie hatte nicht an eine Hochzeit gedacht, ja, hatte den Gedanken daran aufgegeben und hielt sich mit ihren vierundzwanzig Jahren schon für eine alte Jungfer.

Im Alter von siebzehn Jahren war sie mit Etienne Baudier verlobt gewesen. Etienne war der Sohn des besten Freundes ihres Vaters, ein reizender junger Mann: sanft, liebevoll und fürsorglich. Sie hatte damals ihr Glück gar nicht fassen können. Dann hatte eine Kette von Ereignissen, von Todesfällen, ihren Anfang genommen, die kein Ende zu haben schien. Ihr Vater war vom Goldrausch gepackt worden und nach Kalifornien abgereist. Seine Briefe waren faszinierende Berichte gewesen, bis sie plötzlich abrupt endeten. Ein Doktor hatte ein Bündel mit all seiner Habe geschickt, zusammen mit einer hingekritzelten Nachricht, die jedoch kein Licht auf die näheren Umstände seines Todes warf. Trotzdem war er nicht weniger endgültig. Um seine Schürfungen finanzieren zu können, hatte er sein Haus und seinen Besitz beliehen, und jetzt konnten Amalie und ihre Mutter das Darlehen nicht zurückzahlen. Sie zogen zu Tante Ton-Ton, als sie das Haus verkaufen mußten.

Ihre Mutter hatte sich nie ganz von dem doppelten Verlust von Ehemann und Haus erholt. Sie war immer stiller und blasser geworden. Eines Tages, gerade als die zwei Jahre der offiziellen Trauer zu Ende gingen – eines in Schwarz, eines in Purpur und Grau –, war sie einer schleichenden Krankheit erlegen. Jedenfalls bezeichnete der Arzt es so. Amalie wußte es besser.

Nachdem sie noch ein Jahr in Schwarz hinter sich bringen mußte, ehe sie Etienne heiraten konnte, hatten seine Eltern ihn nach Europa geschickt. Seine große Reise hatte nicht ein, sondern zwei Jahre gedauert. Als er zurückkehrte war er älter und reifer geworden, wollte aber Amalie immer noch zu seiner Frau machen. Es war Frühsommer gewesen, und die Pläne für die Hochzeit wurden geschmiedet. Etienne hatte ein besonderes Hochzeitsarmband bestellt, das nach seinen eigenen Entwürfen in Frankreich angefertigt werden sollte. Zwei Wochen vor der Hochzeit war er nach New Orleans gereist, um die kostbare Fracht abzuholen. Das war im Juni 1853 gewesen. Noch ehe der Sommer vorüber war, waren dem gefürchteten »bronze John«, dem Gelbfieber, zehntausend Menschen in der Stadt zum Opfer gefallen. Etienne war einer von ihnen.

Weitere zwei Jahre hatte Amalie Trauer getragen, dann war der Brief gekommen. Tante Ton-Ton kannte Madame Declouet, wenngleich das damals nicht ihr Name gewesen war, seit sie vor vierzig Jahren als jung verheiratete Frauen in die Felicianas gekommen waren. In dieser Zeit war das noch eine Wildnis gewesen. Die Entbehrungen und Schrecken, die sie gemeinsam erlebt hatten, hatten sie einander nahegebracht. Als Madame Declouets Mann gestorben war, war sie fortgezogen und hatte später noch eimal geheiratet, aber die beiden Frauen waren immer in Verbindung geblieben.

Es war in der kreolischen Aristokratie nicht unüblich, daß Ehen arrangiert wurden. Die Verbindung zweier Familien war von großer Wichtigkeit, und die Entscheidung konnte deshalb nicht allein den Kindern überlassen werden. Es gab Dinge, die von den Erwachsenen sorgfältig überdacht werden mußten: die Fähigkeit des jungen Mannes, für eine Frau zu sorgen, die Höhe der Mitgift des jungen Mädchens, der soziale Status der Familien, die Reinheit des Blutes – es durfte auch nicht einen Hauch von café au lait darin geben. Häufig war das, was wie eine Liebesheirat aussah, ein sorgfältiges Arrangement der Mütter. Und selbst wenn alles geregelt und besprochen war, wurde der junge Mann niemals mit dem Mädchen allein gelassen, nicht einmal, um ihr seinen Antrag zu machen, und ein Kuß auf die Wange wurde ihm erst nach der offiziellen Verlobung gestattet. Niemandem war es sonderbar erschienen, als Madame Declouet ihre gute Freundin Ton-Ton und deren Nichte als Gäste nach New Orleans einlud, mit dem Gedanken, die junge Frau als Braut für ihren Sohn Julien zu prüfen.

Zuerst hatte Amalie sich geweigert. Sie war zufrieden gewesen, wie es war, mit dem Leben bei ihrer Tante, den Besuchen bei Freunden, den Gesellschaften und ihren Haushaltspflichten. Sie hatte Etienne jahrelang gekannt und ein Leben mit ihm geplant; nach seinem Tod hatte sie keinen anderen Mann mehr gewollt.

Tante Ton-Ton war empört gewesen. Amalie konnte so nicht weiterleben. Sie durfte der Vergangenheit nicht nachtrauern und sollte nur ja nicht denken, daß ihre arme alte Tante sie brauchte; hatte sie nicht fünf Kinder und fünfzehn Enkel, die sich um sie kümmern konnten? Ihre Nichte wäre dumm, wenn sie eine solche Gelegenheit verstreichen ließe, denn es kam vielleicht keine andere nach, und ganz gewiß keine so verlokkende. Als Frau von Julien Declouet würde sie Reichtum und Ansehen genießen. Sie würde Schmuck haben, Kleider aus Paris und die feinsten Kutschen. Sie konnte Reisen ins Ausland unternehmen, vor allem nach Frankreich, denn dorthin bestanden immer noch verwandtschaftliche Beziehungen. Sie würde im Stadthaus der Declouets im Gartenviertel von New Orleans residieren, würde die Reichen und Mächtigen empfangen, die Oper besuchen und bei den höchsten Anlässen erscheinen. Frühjahr und Herbst würde sie in Belle Grove verbringen, am Bayou Teche in der Nähe von St. Martinville, würde sich dort entspannen, und die Hitze des Sommers würde für sie von der Seeluft auf Isle Dernière gemildert, dem Badeort vor der Küste Louisianas, in dem die Familie Declouet seit einigen Jahren ein Haus besaß. Und wenn diese Aussicht sie nicht reizte, dann mußte sie an die Freundschaft eines Ehemannes denken, an die Liebe zu den Kindern, die aus der Verbindung hervorgehen würden. Was könnte sie sich mehr wünschen?

Respekt, Zärtlichkeit, Liebe? Es hatte so ausgesehen, als würde ihr auch das zuteil werden. Julien war ein ausgesprochen gutaussehender Mann mit großem Charme. Als sie ihn zum ersten Mal getroffen hatte, war ihr erster Gedanke gewesen, daß er leicht zu lieben sei. Sie waren sich zweimal begegnet, beide Male unter der strengen Aufsicht einer Anstandsdame, wie es üblich war. Seinen Antrag hatte er ihr im Beisein ihrer Tante gemacht. Und als sie ihn annahm, wurde sie mit einem zarten Kuß auf die Stirn belohnt. Aber in seinen dunklen Augen hatte ein Versprechen gestanden, und sie hatte erkannt, daß er sie wirklich gern hatte. Damals hatte sie gedacht, daß nach all den düsteren Jahren nun endlich alles gut werden würde.

Die Hochzeit, eine pompöse Feier, war eine Qual gewesen. Sie war nervös gewesen, weil dem Ball traditionsgemäß fünf Tage völliger Abgeschiedenheit folgen sollten. Aber ihre Ängste waren grundlos gewesen. Julien hatte ihr den verständnisvollen Vorschlag gemacht, daß sie diese Zeit nutzen sollten, um sich besser kennenzulernen, ohne sich zu Intimitäten gezwungen zu fühlen. Sie hatten in getrennten Zimmern mit einer Verbindungstür geschlafen. Amalie war so dankbar gewesen für die sensible Haltung ihres Mannes! Wie sehr hatte sie gehofft, daß ihre Ehe ein Erfolg werden würde!

Ehe sie jedoch das Leben eines verheirateten Paares führen konnten, mußten noch die Brautbesuche absolviert werden. Sie mußten die Runde machen und alle Verwandten am Fluß und an den Bayous der Umgegend besuchen. Julien hatte darauf bestanden, zuerst eine neue Garderobe für Amalie zu kaufen. Er erklärte die Kleider, die sie für ihre Aussteuer gekauft hatte, für zu wenig elegant. Zu lange hatte sie Trauer getragen, um noch zu wissen, was modern war.

Es ließ sich nicht leugnen, daß er einen ausgezeichneten Geschmack besaß. Er hatte sie jedesmal zur Schneiderin begleitet, ihr geholfen, die Stoffe auszusuchen, die ihr am besten standen, und mit ihr die Ausgaben von *La Mode Illustrée* durchgesehen. Und selbst dann war er noch nicht zufrieden gewesen, war mit ihr zu Hutmachern gestürmt und hatte Kappen, Hüte und Schleier ausgesucht, die sie vor der Sonne schützen sollten; anschließend ging es zu den Handschuhmachern, bei denen er Handschuhe aus feinstem Glacé oder Seide erstand; dann wurden noch Schuhe gekauft, und schließlich besuchte er einige Juweliere, um Amalies Erscheinung den letzten Schliff zu verleihen. Nie zuvor war sie so verwöhnt worden, als wäre sie unsäglich kostbar für ihn.

Dann war die Nacht gekommen, als sie aufgeschreckt war und er neben ihrem Bett gestanden hatte. Erregung hatte sie durchzuckt, als er sich neben sie legte. Seine Küsse waren warm und süß gewesen, seine Berührung sanft, und sie war bereit, seine Frau zu werden. Er hatte sie umarmt, liebkost, ihr das Nachthemd abgestreift. Dann nichts mehr.

Er hatte sich von ihr abgewandt und ins Dunkel gestarrt. Zuerst hatte sie nichts verstanden und gefürchtet, in ihrer Unerfahrenheit etwas falsch gemacht zu haben. Sie hatte die Hand ausgestreckt, hatte ungeschickt versucht, seine Begierde neu zu entfachen, aber er war nicht mehr zugänglich gewesen. Am Ende war er in Tränen ausgebrochen, er hatte zwar versucht, den Laut zu ersticken, aber quälte sich mit einem Kummer, den sie nicht ganz begriff, wenngleich auch ihr Tränen über das Gesicht liefen. Noch zweimal war er zu ihr gekommen: einmal auf dem Dampfschiff, als sie die erforderlichen Besuche beendet hatten, und einmal, nachdem sie im Frühjahr in Belle Grove eingetroffen waren. Es war jedesmal dasselbe gewesen.

Amalie wandte sich vom Fenster ab und fuhr sich mit der Bürste durch das feuchte, zerzauste Haar. Die Luft im Zimmer war kühl und klamm. Ein Feuer wäre gut. Sie trat auf den Klingelzug zu, blieb dann aber stehen. Nein, sie konnte nicht in ihrem Zimmer bleiben, während das Wasser stieg und Belle Grove zu überfluten drohte. Sie mußte irgendeine Möglichkeit finden, um zu helfen. Sie hatte bereits festgestellt, daß Beschäftigung ein ausgezeichnetes Mittel gegen Nachdenklichkeit und Grübelei war. Nicht, daß sie ihre Ehe wirklich bedauerte. Julien war ein guter Kamerad, wenn er im Haus blieb, anstatt sich bis in die frühen Morgenstunden in St. Martinville zu amüsieren.

Bestimmt gab es Leute, die sie für dumm erklärt hätten, weil sie der körperlichen Vereinigung von Mann und Frau soviel Bedeutung beimaß. Sie sollte froh sein, daß ihr diese Tortur erspart blieb. In den letzten Jahren bei Tante Ton-Ton war es manchmal vorgekommen, daß die älteren Damen, die zum Nachmittagstee kamen, vergaßen, daß Amalie nicht verheiratet war, und so senkten sie ihre Stimmen nicht, wenn sie über diese Dinge sprachen. Aber Amalie war sich nicht so sicher. Immer wieder einmal war sie von der schmerzlichen Sehnsucht erfüllt, in den Armen gehalten zu werden und die Kraft eines Mannes zu spüren.

Sie liebte ihren Mann, natürlich tat sie das. Zumindest empfand sie manchmal so etwas wie Zuneigung für ihn. Er hatte zahlreiche bewundernswerte Eigenschaften: Großzügigkeit, Rücksichtnahme, die Kunst, ein Kompliment zu machen. Er war ein gutaussehender Mann: dunkel, groß, mit aristokratischer Haltung. Und doch gab es Augenblicke, in denen seine Grazie, seine guten Manieren und sein charmantes Lächeln einer Beleidigung gleichkamen. Es gab Augenblicke, da hätte sie ihn am liebsten geschlagen und ihm gern etwas wirklich Gemeines angetan, nur um ihn aus seiner Gleichgültigkeit zu reißen und seine Aufmerksamkeit zu erzwingen. Sie wollte das Gefühl verscheuchen, sie hätte als Frau versagt, das sie in ihren schwachen Momenten immer wieder überfiel.

Und was empfand er für sie? Sie war sich nicht sicher, fürchtete aber, daß seine Zuneigung sich auf die Sorge um ihr Wohlergehen beschränkte.

Plötzlich wurde sie starr. Konnte es sein, daß die Situation zwischen Julien und ihr soeben in M'meres Wohnzimmer besprochen worden war? Das würde M'meres Verlegenheit erklären, und auch die sonderbaren Blicke, die Robert Farnum ihr zugeworfen hatte. Es kam schließlich nicht alle Tage vor, daß eine Ehefrau Jungfrau blieb. Gewiß verdiente ein solches Geschöpf einen zweiten Blick, und sei es auch nur, um zu sehen, was ihren Ehemann daran hinderte, sie zu besitzen.

Langsam röteten sich ihre Wangen. Nein, das konnte nicht sein. Und doch – M'mere wußte, was sich abspielte. Die ältere Frau hatte bei mindestens einem halben Dutzend Gelegenheiten vorsichtige Fragen gestellt. Das ganze Haus war möglicherweise im Bilde. Die Mädchen, die die Zimmer putzten, mußten gemerkt haben, daß sie allein schlief und die Laken auf ihrem Bett nicht zerwühlt waren, wenn sie aufstand, und daß die Dose mit nach Rosen duftendem Gänsefett, die auf ihrem Nachttisch stand, um das erste Mal zu erleichtern, unberührt geblieben war. Manchmal brachte sie die Laken in Unordnung und drückte eine Vertiefung in das andere Kissen – aus reinem Stolz.

Nein. Sie durfte es nicht tolerieren. Sie wollte nicht glauben, daß ihre Schwiegermutter so etwas mit Juliens Cousin besprach; das ergab keinen Sinn. Ihre Phantasie ging mit ihr durch. Nur, weil ihr ungewöhnlicher Zustand ihr Unbehagen verursachte, bedeutete das noch lange nicht, daß es irgend jemand anderen interessierte. Zweifellos hatten sie etwas Langweiliges besprochen, das mit der Plantage zu tun hatte. Und das Interesse von

M'meres Neffen war nichts weiter gewesen als Neugier. Er wollte nur sehen, wie sie sich in Belle Grove eingelebt hatte.

Als Amalie kurze Zeit später aus ihrem Zimmer kam, trug sie ein Kleid aus rosa Popeline über nur drei Unterröcken und ohne Reif, der ihre Bewegung behindert hätte. Das Haar hatte sie zu einer Krone geflochten. Sie war bereit, sich nützlich zu machen, und ging von ihrem Schlafzimmer direkt in den Salon, wandte sich der Hintertür zu, die auf die Veranda hinausführte.

Belle Grove war Anfang des neunzehnten Jahrhunderts erbaut worden, zu einer Zeit also, als jeder Einbauschrank, jeder Kamin und jede Innentreppe besteuert wurde. So kam es, daß das Haus mit zwei Außenaufgängen versehen worden war, einer hinten, einer vorne. Aber im Innern gab es keine Treppe. Zwei Schornsteine waren für vier Kamine vorgesehen; und Schränke waren anstelle von Einbauschränken aufgestellt worden.

Der Stil des Hauses war stark von der karibischen Bauweise geprägt. Der Declouet, der seinen Bau in Auftrag gegeben hatte, war ein Flüchtling aus Santo Domingo gewesen. Er war in die Nähe von St. Martinville gezogen, weil er dort angesehene, ferne Verwandte hatte, darunter Alexander Declouet, der in den Anfangsjahren der Siedlerzeit Kommandant des Poste de Attakapas gewesen war.

Abgesehen von dem erhöhten Erdgeschoß verfügte das Haus über ein Walmdach, das von sechs Giebelfenstern unterbrochen wurde, drei nach vorne, drei nach hinten. Das überhängende Dach bildete den Schutz für ein Paar tiefe Galerien auf der Vorderseite, deren untere von eckigen Ziegelsäulen getragen wurde, und für eine obere und eine untere Veranda auf der Rückseite. Französische Fenster gingen von fast allen vorderen Zimmern auf die obere Galerie hinaus. Sie versorgten die Räume mit frischer Luft und erleichterten den Zugang zu dem zusätzlichen »Wohnraum im Freien«. Auch die untere Galerie wurde häufig benutzt.

Im Innern gab es keine zentrale Halle. Jedes der sieben Zimmer im ersten Stock war mit dem nächsten verbunden, wegen der Belüftung. Der Salon befand sich in der Mitte des Hauses. Von hier aus führten Türen auf die Galerie und zur Loggia. Links vom Salon befand sich M'meres Schlafzimmer und Wohnzimmer und noch ein anderer Raum, den Chloe bewohnte, das Patenkind der alten Frau. Zur Rechten waren die Schlafräume von Julien und Amalie; seiner auf der Rückseite, ihrer in der Mitte, mit einem weiteren nach vorne hinaus, der als das Jungfrauenzimmer bekannt war. Es war als zusätzliches Schlafzimmer eingerichtet, wäre aber unter normalen Umständen das Zimmer für die Töchter gewesen, die Amalie und Julien bekommen hätten. Der einzige Zugang bestand über den Raum, in dem Amalie schlief. So sollten heimliche nächtliche Besuche verhindert werden, ebenso wie Ausflüge, wenn die Töchter ins heiratsfähige Alter kamen. Die Söhne würden in dem großen, offenen Raum unter dem Dach untergebracht werden, bis sie ein Alter erreichten, in dem ihr Verhalten zu einer Beleidigung für die Damen des Hauses werden würde. Dann würden sie in die Garçonnières umziehen, diese kleinen, zweistöckigen Gebäude im selben Stil, die das Haupthaus zu beiden Seiten flankierten und auch dazu dienten, unverheiratete männliche Gäste zu beherbergen.

»Amalie! Warte bitte einen Moment, ja?«

Amalie wandte sich um. Ein Lächeln umspielte ihre vollen Lippen und erhellte das dunkle Braun ihrer Augen mit den sonderbaren graublauen Ringen um die Iris. Ein ziemlich fülliges Mädchen von siebzehn Jahren, mit glänzenden, schwarzen Locken und in einem Reifrock aus blauer Seide, segelte auf sie zu. Es war Chloe, die jetzt Amalies Arm so heftig packte, daß sie beide fast umgefallen wären. Amalie griff haltsuchend nach dem Treppenpfosten.

»Wie ungeschickt von mir. Eines Tages breche ich mir noch den Hals. Gebe Gott, daß ich dabei nicht auch noch jemand anderen gefährde.«

»Das kann man nur hoffen«, gab Amalie prompt zurück.

Das Mädchen lachte. »Aber ist es nicht aufregend? Die Flut, meine ich natürlich. So etwas ist noch nie passiert, seit ich hier bin.«

Amalie warf einen Blick über das Geländer. »Sehr«, bemerkte sie trocken.

Chloe stampfte gespielt wütend mit dem Fuß auf. Ihre schwarzen Augen blitzten, ihr Mund war schmollend verzogen. »Ich finde es jedenfalls! Und George ist außer sich. Aber nicht etwa wegen der Gefahr, zumindest nicht der für die Menschen. Es ist sein Eros, um den er sich Sorgen macht, der Dummkopf, und jetzt geht er zu Robert und will ihn bitten, das häßliche Ding mit Sandsäcken zu schützen!«

»Meine liebe Chloe, wie kannst du so etwas häßlich nennen?«

»Ohne das geringste Bedauern, das kann ich dir versichern. Alles, was die Aufmerksamkeit meines Verehrers von mir ablenkt, ist in meinen Augen häßlich!«

Chloe war nicht nur Madame Declouets Patenkind, sondern auch entfernt mit der Familie verwandt. Mit Einwilligung der Eltern war sie im Alter von zehn Jahren in die Familie aufgenommen worden. In den folgenden Jahren war sie als Juliens Braut erzogen worden. Es stellte sich jedoch als Fehler heraus, daß die beiden zusammen aufgewachsen waren. Sie hatten eine Beziehung wie Bruder und Schwester, noch dazu wie Geschwister, die sich nicht sonderlich gut verstanden. Ihre Abscheu war heftig und beruhte auf Gegenseitigkeit; Chloe hatte Amalie besonders herzlich empfangen in ihrer Dankbarkeit, daß sie es war, die Julien heiraten sollte. Und Julien ließ keine Gelegenheit aus, um auf Chloes Mängel hinzuweisen, von ihrem stürmischen Temperament bis hin zu einem aufgerissenen Saum. Trotzdem bestand zwischen ihnen eine gewisse Zuneigung, die vielleicht der Grund für Juliens extreme Vorsicht in bezug auf die derzeitige Schwärmerei des Mädchens für George Parkman war, den englischen Landschaftsgärtner, der eingestellt worden war, um die Wildnis um Belle Grove in so etwas wie einen Garten zu verwandeln.

»Der Eros ist ein äußerst kostbares Stück«, meinte Amalie, als sie sich umwandte und die Treppe hinabstieg.

»Was heißt das schon, wenn George sein Leben für ihn aufs Spiel setzt, während ich unbeschützt bleibe?«

»Ich gebe zu, es ist hart, wegen einer Bronzestatue verlassen zu werden, aber wir sind nicht in Gefahr.«

Chloe schniefte, während sie hinter Amalie herrauschte. »Er wird sich in dieser Kälte den Tod holen.«

»Der Eros?«

»George natürlich! Obwohl es bestimmt keinen Grund dafür gibt, daß er ihn sich nicht holen sollte, wenn er lebendig wäre – so völlig – völlig unbekleidet, wie er ist.«

»George?« erkundigte sich Amalie so unschuldig, wie sie es eben fertigbrachte.

»Nein, der Eros!« antwortete Chloe, wurde dunkelrot und warf Amalie einen düsteren Blick zu, ehe sie seufzte. »George wird eine Lungenentzündung bekommen, ich weiß es.«

»Aber stell dir nur vor, wie dankbar er dir sein wird, daß du ihn pflegst.«

Chloes Gesicht erhellte sich für einen Moment, ein Leuchten trat in ihre Augen, aber dann schüttelte sie den Kopf. »Er ist an den Regen in England gewöhnt und findet unser Wetter im Frühjahr ziemlich warm. Ich nehme an, es macht ihm überhaupt nichts aus.«

»Ich hoffe nur, daß die Männer mit den Sandsäcken sich nicht alle den Tod holen da draußen; sie sind bis auf die Haut durchnäßt.«

»Die Feldarbeiter sind daran gewöhnt, und Cousin Robert auch. Schließlich reitet er ständig über seinen Besitz oder jagt Enten und Rehe. Die Hausdiener allerdings dürften kaum in so guter Verfassung sein.«

Sie waren jetzt beim Speisezimmer im Erdgeschoß angekommen. Wie der Salon im ersten Stock teilte es das Haus in zwei Hälften und wurde von Lagerräumen flankiert, einer Butler's Pantry, in der das Essen vor dem Servieren abgestellt und das schmutzige Geschirr zwischen den einzelnen Gängen gestapelt wurde, und ein paar Schlafräumen, die dem Butler und dem Kindermädchen zur Verfügung standen. Das letztere Zimmer war jetzt leer. Sie gingen um ein geräumiges Sideboard herum und traten auf die untere, vordere Galerie hinaus.

Der Regen klatschte auf den Steinboden. Durch den silbrigen Schleier konnten sie die dunklen Gestalten der Männer erkennen, die in etwa zweihundert Yards Entfernung arbeiteten. Ihre Bewegungen wirkten entschlossen, ganz anders als sonst. Ein Mann ritt an ihren Reihen entlang, gab Anweisungen, deutete hierhin und dorthin. Näher zum Haus hin wiegten sich die großen Eichen, die dem Anwesen seinen Namen gegeben hatten, im Wind. Von den Pigeonniers, die die Galerie auf beiden Seiten flankierten, flogen die Tauben auf, gestört durch so viel Aktivität.

Wegen seines gewundenen Verlaufs war der Bayou Teche genannt worden, nach dem Wort der Choctaw-Indianer für Schlange. Es handelte sich um einen mittleren Fluß, ungefähr sechs Meter breit. Da der Flußlauf tief war, hielten die Ufer das Wasser außer in Sonderfällen im Zaum. In diesem Jahr jedoch hatte die Schneeschmelze spät und heftig eingesetzt, und das Schmelzwasser hatte die Flüsse und Bäche gefüllt – auch die Bayous und Sümpfe auf dem Weg nach Süden führten mehr Wasser. Der unaufhörliche Regen der letzten Wochen hatte dann das Seine zu dieser Gefahr getan.

Das Land zwischen Belle Grove und dem Bayou fiel sanft ab und war mit Eichen und Magnolien bepflanzt, die ihre Zweige dem Wasser entgegenreckten. Wie es schien, sollte der Damm aus Sandsäcken das Haus in einem Halbkreis umschließen, um das Wasser daran zu hindern, bis zu den Gebäuden vorzudringen.

»Ob sie noch rechtzeitig fertig werden?« überlegte Amalie.

»Wenn es zu machen ist, wird Cousin Robert es schaffen.« Die Antwort kam von Chloe und klang sehr zuversichtlich.

»Er ist ein sonderbarer Mann«, bemerkte sie.

»Was kann man schon von jemandem erwarten, dessen Vater un coquin américain war.«

Ein amerikanischer Gauner. Das war die Bezeichnung, mit der man die Männer, die gleich zu Anfang mit dem Schiff aus Kentucky gekommen waren, um ihre Ware in New Orleans zu verkaufen, bedachte. Ihre laute Art, die Freude über die neuen

Reichtümer und ihre Vorliebe für rauhe Kämpfe ließen sie in den Augen der Alteingesessenen der früheren französischen Kolonie verächtlich erscheinen.

»Aber er ist auch M'meres Neffe.«

Der Blick, den Amalie dem anderen Mädchen zuwarf, war leise fragend. »Oh, das war vielleicht ein Skandal damals, kann ich dir sagen. Da hatten wir die schöne Solange Declouet, von der ganz New Orleans schwärmte und die der ganze Stolz ihres Vaters war, und auf der anderen Seite diesen Riesen aus Kentucky in seinem alten, schwarzen Anzug, Jonathan Robert Farnum. Der Riese sieht die dunkle Schönheit auf ihrer Galerie und erstarrt – stumm vor Staunen. Er versucht ins Haus zu kommen, wird jedoch nicht vorgelassen; er ruft zu ihr hinauf, und sie fällt fast in Ohnmacht, als sie von ihrer Mutter und einer Zofe ins Haus geführt wird. Dann ist er überall, wohin sie geht. Ihr angesehenster Verehrer fordert ihn zum Duell und wird besiegt: ein Schuß durch den Ellbogen. Er besticht ihre Zofe, damit sie ihr eine Nachricht überbringt. Solange trifft ihn in der Kathedrale, in die sie oft zum Beten geht. Er ist bezaubert. Sie fühlt sich zu ihm hingezogen, eine Verbindung wäre ganz unmöglich. Trotzdem treffen sie sich wieder – und werden gesehen. In aller Eile wird eine Heirat mit dem verletzten Verehrer arrangiert. Sie schwört, daß sie ihn nie heiraten wird, und macht sich bereit, ins Kloster zu gehen und die Braut Christi zu werden. Der Amerikaner hört das, entführt sie, und ein Priester in dem abgelegenen Poste de Natchitoches traut sie. Erst nachdem ihnen ein Sohn geboren ist, versöhnt sich das Paar wieder mit der Familie.«

»Und dieser Sohn ist Robert?«

»Aber natürlich.«

»Und die Plantage. The Willows. War das die Mitgift von Solange? Ich meine, weil sie dem Besitz der Declouets so nah ist.«

»O nein. Der Amerikaner war, wie sein Sohn, ein erfolgreicher Mann. Er hat das Land gekauft, damit seine Solange in der Nähe ihrer Familie glücklich werden konnte.«

»Dann kam M'mere, eine junge Witwe, und heiratete Solanges Bruder«, beendete Amalie die Geschichte.

»Ich glaube nicht. Ich glaube, sie war schon hier.«

»Verstehe. Robert scheint – gut mit M'mere auszukommen.«

»Das ist nicht weiter erstaunlich. Seine Mutter starb im Kindbett, als er fünf oder sechs Jahre alt war, und nicht lange danach kamen sein Vater und M'meres Mann auf der Entenjagd ums Leben. M'mere zog den Sohn ihrer Schwägerin groß, um ihm zu helfen, aber auch als Spielgefährten von Julien. Robert sieht in ihr seine zweite Mutter, begegnet ihr mit Zärtlichkeit und vielleicht auch mit Dankbarkeit.«

»Ja, natürlich. Dann ist es ja leicht zu verstehen, warum Julien und Robert sich so nahestehen, und außerdem sind sie auch noch fast gleich alt.« Julien war neunundzwanzig, Robert ein, zwei Jahre älter.

Chloe nickte. »Sie sind enge Freunde.«

»So eng, daß keiner von ihnen es eilig hatte zu heiraten.« Das hatte Amalie den Worten entnommen, die in ihrer Gegenwart über Robert Farnum fallengelassen worden waren.

»Ha! Warum sollte ein Mann wohl heiraten, kannst du mir das sagen? Diese Männer haben ihre Tänzerinnen, ihre Opernsängerinnen, ihre Mätressen. Was bedeuten schon eine Frau, Kinder und häusliche Freuden verglichen mit derartigen Vergnügungen? Es gibt sogar Männer, die eine Bronzestatue vorziehen!« Wütend klatschte Chloe in die Hände, schlug sie dann vor den Mund, als sie Amalie ansah. »Ach, meine dumme Zunge! Ich habe ganz allgemein gesprochen, ma chère.«

»Ich habe niemals angenommen, daß sie – daß einer von beiden wie ein Mönch gelebt hat«, meinte diese mit, wie sie hoffte, einem Mindestmaß an Beherrschung.

Chloes Gesicht hellte sich auf. »Du bist nicht schockiert, das ist gut. So viele Frauen tun so, als wüßten sie von nichts. Ich hasse das. Ich weiß natürlich nichts Genaues, aber ich habe Geschichten gehört! Robert hat sich nie eine Mätresse genommen. Er zog in der Vergangenheit Opernsängerinnen vor, wenngleich es da vor ein paar Jahren eine verheiratete Frau gegeben hat. Es heißt, sie hat versucht, sich das Leben zu nehmen, indem sie Gift geschluckt hat, als er ihrer überdrüssig wurde.«

»Es ist eine Schande, das Leben eines anderen Mannes zu zerstören«, erklärte Amalie entschieden.

»Ja. Julien hat so etwas nie getan. Da war nur seine Mätresse, ein junges Mädchen. M'mere hat sich darum gekümmert, da sein Vater nicht mehr lebte, um sich der Sache anzunehmen. Aber du kannst ganz beruhigt sein. Sie wurde vor der Hochzeit ausgezahlt, und seitdem hat er sie nicht mehr gesehen.«

»Verstehe.« Sie wollte nicht an Julien mit einer Geliebten denken, mit einer Frau, die zweifellos von ihm umarmt worden war, vielleicht seine Kinder geboren hatte, etwas, das sie, so wie die Dinge standen, nie tun würde.

»Wäre es dir lieber, ich hätte es dir nicht erzählt?« erkundigte sich Chloe besorgt. »Ich entschuldige mich von ganzem Herzen, aber meine Zunge geht einfach mit mir durch, und ich dachte, wenn du schon einen Teil weißt, dann ist es besser, du erfährst auch den Rest.«

»Du selbst solltest von diesen Dingen nichts wissen.«

»Das ist doch dummes Zeug. M'mere würde genau dasselbe sagen. Wie soll ich wissen, wie ich mich zu verhalten habe, wenn man mich im unklaren darüber läßt, wie das Leben auf dieser Welt wirklich aussieht?«

In diesem Augenblick fiel Chloes Blick auf einen Mann, der durch den Regen stapfte. Er trug einen schweren Bronzegegenstand, der ungeschickt in einen Sack gewickelt war, und eilte damit auf die Garçonnière zu. Chloe drehte sich um und winkte, George Parkman änderte die Richtung und stolperte auf die Galerie zu.

Amalie blieb noch lange genug, um den Engländer zu begrüßen und ihm seine Last abzunehmen. Dann, als Chloe sich anschickte, ihm eine Standpauke zu halten, wanderte ihr Blick zu den Männern hinüber, die immer noch im Regen schufteten. Ihre braunen Augen musterten den Mann zu Pferde. Seine Jacke glänzte vor Nässe und schmiegte sich an die breiten Schultern und den muskulösen Rücken, der zur Taille hin schmaler wurde. Er richtete sich auf, nachdem er mit einem der Arbeiter gesprochen hatte, drehte sich im Sattel um, schob mit einer Hand seinen Hut zurück und schaute zum Haus hinüber. Amalie riß ihren Blick von ihm, wandte sich um und ging ins Haus zurück.

2. Kapitel

Amalie ging ihren üblichen Pflichten im Haus nach, prüfte, ob die Mädchen alle Schlafzimmer – mit Ausnahme von Juliens – aufgeräumt hatten. Charles, der würdevolle Ashanti, der ihnen als Butler diente, hatte alle Hände voll zu tun, die Mädchen davon abzuhalten, mit ihren Staubwedeln den Arbeitern über die Galeriebrüstung hinweg zuzuwinken. Amalie hatte morgens die Lebensmittel ausgegeben und das Menü mit der Köchin besprochen, ehe sie zum Bayou hinuntergegangen war. Jetzt blieb nur noch der tägliche Besuch der Krankenstation, wo sie die unvermeidbaren Schnittwunden und Verbrennungen versorgen mußte.

Es war erstaunlich, wieviel Verantwortung ihre Schwiegermutter in den vergangenen Wochen in Amalies Hände gelegt hatte. Wollte sie prüfen, ob Amalie fähig war, die Last und Verantwortung für eine so große Plantage zu tragen? Oder war M'mere vielleicht nicht mehr so vital, wie sie zu sein vorgab? Die Bewegungen der alten Dame waren majestätisch, aber auch langsam. Bei Tisch hielt sie sich hervorragend, aß aber nur wenig von den köstlichen Speisen. Jeden Nachmittag zog sie sich in ihr Zimmer zurück, um sich ein wenig auszuruhen, wie sie sagte. Aber später wirkte sie immer, als hätte sie zwar tief, aber nicht gut geschlafen. Ihre Nächte waren unruhig. Amalie, die einen leichten Schlaf hatte, hatte sie schon oft in ihrem Zimmer auf und ab gehen gehört.

Amalie trat auf die obere Veranda und beobachtete die arbeitenden Männer. Sie schauderte, als der kalte Wind sie mit feinem Regen besprühte. Die Männer sahen elend aus, wie sie die schwarze, nasse Erde in Säcke schaufelten und diese dann zu dem allmählich höher werdenden Damm schleppten. Diese Arbeit kostete Kraft und Energie. Die Männer würden mittags genug zu essen und heiße Getränke brauchen, und sie bezweifelte, daß sie dafür in ihre Hütten zurückkehren konnten.

Der Besuch der Krankenstation konnte ausnahmsweise einmal warten. Amalie wandte sich um und ging entschlossen zur Rückseite des Hauses, über die Außentreppe nach unten und wandte sich der Küche zu, die sich im Erdgeschoß befand.

Es war fast Mittag, als sie das Haus erneut verlassen wollte, den Umhang über dem Arm und einen Schirm in der Hand. Das Klirren von Metall auf Metall zog ihre Aufmerksamkeit auf sich, und mit gerunzelter Stirn wandte sie sich der vorderen Veranda zu, auf der sie Schatten bemerkte.

Sie blieb in der Tür stehen. Die obere Galerie war zu einem Fechtsaal umfunktioniert worden. Julien, der nur ein am Hals offenes Hemd und enge Hosen trug, die von Stegen unter seinen bloßen Füßen gehalten wurden, kämpfte hier mit seinem Gegner und Diener Tige, dem Sohn des Butlers Charles. Die Degen waren spitz, aber keiner der Männer trug einen Brust- oder Kopfschutz. Julien war geschickter, aber Tige hatte den Vorteil von Entschlossenheit und größerer Reichweite. Es war kein ungleicher Kampf, denn Tige hatte zusammen mit Julien bei dem berühmten Mulatten Bastile Croquere Fechtstunden genommen. Ihr Mann hatte immer einen Gegner in Reichweite haben wollen und es deshalb so eingerichtet, daß Tige gleichzeitig mit ihm unterrichtet wurde.

Julien warf einen kurzen Blick in ihre Richtung. »Guten Morgen, meine Liebe. Wie strahlend du an diesem düsteren Tag aussiehst.«

»Danke, Julien. Weißt du, daß das Wasser steigt?«

»Ja. Du denkst wohl, ich sollte da draußen im Regen stehen, zusammen mit Robert, und uns einen Schutz bauen.«

»Es scheint, als hätte dein Cousin alles gut unter Kontrolle.«

»Kommt mir auch so vor«, meinte er grinsend und parierte

einen geschickten Angriff. »Hast du vielleicht vor, dich an meiner Stelle seiner Mannschaft anzuschließen?«

»Kaum. Wenn du damit auf den Schirm anspielst, ich wollte dafür sorgen, daß die Männer etwas zu essen und zu trinken bekommen.«

»Sie werden es dir danken.«

»Hast du gefrühstückt?«

»O ja. Meine Wünsche sind leicht zu erfüllen.«

Diese Spur von Ironie war nichts Neues. Amalie hatte gelernt, sie nicht zu beachten. Sie galt nicht ihr, sondern ihm selbst. Julien hatte kaum zu Ende gesprochen, als er seinen Diener auch schon mit einer Flut schneller, gezielter Attacken in die Enge trieb und ihm schließlich den Degen aus der Hand schlug. Tige brummte.

»Noch mal«, befahl Julien, und als Amalie sich abwandte, hob der Diener seinen Degen wieder auf und nahm mit ausdruckslosem Gesicht seine Position wieder ein.

Die Küche war hauptsächlich deshalb vom Haupthaus getrennt, um im Sommer die Hitze fernzuhalten und auch, um die eines Brandes auszuschließen. Doch jedesmal, wenn Amalie an einem feuchten Tag wie diesem gezwungen war hinüberzugehen, fragte sie sich, ob das wirklich ein kluger Entschluß gewesen war.

Sie trat durch die Tür, schüttelte den Schirm aus und sah sich dann um. Es duftete nach Äpfeln und Zimt, nach gekochtem Fleisch und Zwiebeln. Die Köchin, eine dicke Frau mit einem karierten Kopftuch und blendendweißer Schürze über dem blauen Kleid, bewegte sich leichtfüßig zwischen dem Herd und dem schweren Arbeitstisch hin und her. Eine andere Frau war an einer Wanne mit heißem Seifenwasser beschäftigt, die auf einer Bank stand, und eine dritte scheuerte einen fettigen Eisentopf. Ein kleiner Negerjunge hielt einen Apfelkuchen in der einen und ein Stück Holzkohle in der anderen Hand. Er zeichnete, und unter seiner kleinen Faust nahm ein Frauenkopf mit einem Tuch Gestalt an. Die Ähnlichkeit mit der würdevollen Köchin war verblüffend.

»Ist alles fertig, Marthe?« erkundigte sich Amalie.

»Ja, Mam'zelle Amalie, und im Wagen verstaut. Aber wer es hinbringen soll, weiß ich nicht. M'sieu Dye war grad hier und hat den Zeke aus dem Stall geholt, der das Maultier angeschirrt hat. Grad eben erst. Charles ist ein guter Mann, aber er darf das Haus nicht verlassen, und außerdem hat er große Angst vor Tieren. Und alle andern sind bei M'sieu Robert.«

Amalie hatte nichts dagegen, als Mam'zelle angesprochen zu werden. Nur fremde Frauen wurden als Madame tituliert. Alle Frauen eines Haushalts, sogar eine Alte mit Urenkeln auf dem Schoß, hießen Mam'zelle, so, wie sie auch petite maîtresse, kleine Herrin genannt wurde, während M'mere die grande maîtresse, die große Herrin war.

»Vielleicht könnten die Männer zur Küche kommen? Natürlich nicht alle auf einmal.«

Die Köchin schüttelte den Kopf. »M'sieu Robert erlaubt das nicht. Kein Mann darf fort, bis die Arbeit fertig ist. Ist auch besser so, weil er keine Zeit hat, hinter denen herzulaufen, die nicht wiederkommen, und selbst wenn er das täte, ich glaube, ihm würde nicht gefallen, was die Männer unter M'sieu Dyes Aufsicht tun würden.«

Dye, der Aufseher, war vor etwa einer Stunde zurückgekehrt. Amalie hatte ihn kommen sehen und auch den Streit zwischen ihm und Robert Farnum mitbekommen. Sie hatte zwar nicht hören können, was gesagt worden war, aber dennoch den Eindruck gehabt, daß dem Aufseher der Empfang nicht gefallen hatte.

»Ich werde fahren.«

Das Angebot kam von dem kleinen Jungen. Er warf sein Kohlestückchen auf den Tisch, sprang auf und sah sie an. Isa, wie er genannt wurde, war als Kind mit seiner Mutter nach Belle Grove gekommen. Die Mutter war kurze Zeit später im Kindbett gestorben, und der verwaiste Junge wurde von einer Hütte zur anderen gereicht. Er war ein kluger Junge von neun oder zehn Jahren, der unter einem Klumpfuß zu leiden hatte. Er konnte mit den anderen Sklavenkindern nicht mithalten und hatte

Schwierigkeiten, die kleinen Aufgaben zu erfüllen, die ihnen aufgetragen wurden. Deshalb flüchtete er oft in die Küche, wo er geduldet wurde, solange er niemandem im Weg war. Amalie hatte oft bemerkt, daß er sie beobachtete, wenn sie in die Küche kam. Ein-, zweimal war er ihr sogar ins Haus gefolgt. Und einmal hatte die Köchin ihr eine Kohlezeichnung auf dem Tisch gezeigt, ein Portrait, das zweifellos die petite maîtresse darstellte.

Amalie lächelte dem Jungen zu und nickte dann entschlossen. »Ja, und ich auch.«

Es war kein weiter Weg, und das Maultier schien ganz willig zu sein. Amalie hatte schon oft den Ponywagen ihrer Tante gelenkt, wenn sie in der Nachbarschaft etwas zu erledigen hatte. Warum sollte sie das jetzt nicht tun können?

Das einzige Problem bestand darin, daß sie ihren Schirm aus der Hand legen mußte, damit sie die Zügel halten konnte. Sie zog ihre Kapuze über den Kopf, trieb das Tier an und lenkte den Wagen um das Haus auf den Bayou zu. Isa saß hinten und paßte auf, daß die Kaffeekannen, die Suppentöpfe und Körbe mit Schinken und Apfelkuchen nicht umfielen.

Die Männer sahen sie kommen, unterbrachen ihre Arbeit aber nicht. Die Hälfte kam auf den Wagen zu, nachdem Robert ihnen die Erlaubnis dazu gegeben hatte, und schlang das Essen hinunter und schlürfte Kaffee und heiße Suppe, ehe sie kalt werden konnte. Als die zweite Gruppe aß, stieg Robert Farnum vom Pferd und bahnte sich seinen Weg zwischen den Sandsäcken. Auf der gesamten Länge lagen nur drei Sack aufeinander – der Damm war nicht besonders hoch, obwohl sie so verbissen gearbeitet hatten.

Amalie schlang die Zügel um den Bremsgriff und stieg ab. Sie bat Isa, ihr einen sauberen Blechbecher zu geben, wickelte dann eine Schinkenrolle und ein Stück Kuchen in eine Serviette, nahm den Becher mit heißem Kaffee und ging dem Cousin ihres Mannes entgegen.

Als sie bei ihm eintraf, hatte sich der alte Neger Sir Bent zu ihm gesellt und sprach ernst auf ihn ein. Sir Bent zog seinen Hut und nickte Amalie grüßend zu, redete aber weiter.

»Gefällt mir nicht, M'sieu Robert. Irgendwas hält das Wasser zurück. Müßte schon drei, vier Inch höher sein, das weiß ich genau. Ich denk' an den Damm oben im Bayou. Wenn der jetzt größer wird? Und wenn sich das Wasser dahinter fängt und er dann plötzlich nachgibt? Was dann?«

Robert hörte zu, ohne ihn zu unterbrechen. Der alte Mann war als Wetterprophet bekannt.

»Unsinn!« ertönte eine grobe Stimme hinter ihnen. »Der alte Narr erfindet doch nur Rechtfertigungen dafür, daß er all diese unnütze Arbeit verursacht hat!«

»Nein, M'sieu Dye, das würd' ich nie tun! Ich nicht!« protestierte Sir Bent. Daß er den Aufseher mit dem Nachnamen ansprach, war kein Zeichen von Respekt, er drückte damit seine Mißbilligung aus.

Der Aufseher war ein Ire mit mahagonirotem Haar, großer Nase und kurzer Oberlippe, die seinem Lächeln immer etwas Höhnisches verlieh. Er war kaum kleiner als Robert Farnum und hielt sich für erfolgreich bei Frauen.

Robert warf dem Aufseher einen Blick zu. »Diese Theorie mit den Baumstämmen hat was für sich.« Das Wasser schwemmte die Wurzeln der Bäume am Ufer im Laufe der Zeit frei, bis sie schließlich umstürzten und mitgerissen wurden. Bei einer scharfen Flußbiegung blieben sie dann hängen. Jeder Stamm, der später flußabwärts schwamm, vergrößerte diesen natürlichen Damm.

Patrick Dye zuckte mit den Achseln. »Glauben Sie das, wenn Sie wollen, aber ich behaupte immer noch, daß das alles überflüssige Arbeit ist.« Der Aufseher wandte sich Amalie zu. Seine braunen Augen musterten sie, sein Blick blieb auf dem sanften Schwung ihrer Brust hängen, ehe er zum Essen wanderte, das sie hielt. Er berührte kurz die Krempe seines Hutes. »Ma'am. Verdammt nett von Ihnen, uns was zu essen zu bringen. Ist das für mich?«

Zum ersten Mal traf sie den Mann, ohne daß Julien bei ihr war. Der Blick, den er ihr zugeworfen hatte, der leicht beleidigende Unterton und seine Vermutung, sie könnte als Dienerin für einen Untergebenen ihres Mannes fungieren, erweckte ihren Zorn.

»Nein«, erklärte sie kühl. »Das ist für Cousin Robert.«

Robert fuhr zu ihr herum. »Das tut mir leid; ich habe es nicht bemerkt.«

Aus dem Augenwinkel bemerkte Amalie, wie der Aufseher rot anlief und die Lippen zusammenkniff. Der Mann hat eine Zurechtweisung verdient, dachte sie, vergaß ihn aber schnell wieder, als sie Robert die Tasse hinhielt. Sie ließ schnell los, sein blauer Blick traf ihren braunen. »Das heißt, ich wußte, daß du da bist, aber nicht, daß du mir etwas gebracht hast. Danke.«

Er spürte die Hitze des Metalls und griff leise fluchend mit der freien Hand nach dem Henkel. Amalies Mundwinkel zuckten, aber sie beherrschte sich und reichte ihm auch die in die Serviette gewickelten Speisen. »Das war das mindeste, was ich tun konnte«, erklärte sie.

Sie kehrte zum Wagen zurück und sah sich nach Isa um. Er stand in einiger Entfernung am Rand des Bayous und hatte ihr den Rücken zugewandt. Sie rief ihn, aber das Wasser und der Regen rauschten so sehr, daß er sie nicht hören konnte. Das Maultier wirkte unruhig, trat von einem Vorderhuf auf den andern und zuckte mit den Ohren. Aber die Zügel waren sicher festgezurrt, und so wandte sie sich um, raffte die Röcke und lief zu Isa.

Donner grollte, ein tiefes Grummeln, das den Boden erzittern ließ. Mit gerunzelter Stirn schaute Amalie auf. Es dauerte einen Moment, bis sie begriff, daß das Geräusch nicht vom Himmel kam, sondern von rechts. Hinter ihr warfen Männer ihre Hacken und Schaufeln fort, starrten den Bayou hinauf, und ein Schrei ertönte. Eine gelbe Flut schoß auf sie zu. In dem wirbelnden Wasser wurden die dunklen, geraden Stämme wie Streichhölzer herumgeschleudert.

Die Männer rannten, Amalie sah Isa stolpern, den Mund zum Schrei geöffnet, als er auf sie zugehumpelt kam. Die Stämme kamen näher. Sie würden alles zermalmen, was ihnen im Weg war. Amalies Kapuze flog nach hinten, als sie loslief. Ihre Röcke schlugen um ihre Knöchel und behinderten sie beim Laufen. Ihr Atem stockte. Sie verdoppelte ihre Anstrengungen, raffte die Röcke bis über die Knie. Dann hatte sie den Jungen erreicht und umklammerte seine Schultern. Sie zerrte ihn zum Wagen.

Das Grollen und Donnern des Wassers erfüllte die Luft. Die Schreie der Männer, die versuchten, die Anhöhe hinter dem Haus zu erreichen, das Brüllen des Maultiers, das dumpfe Geräusch, als es gegen den Wagen trat, verursachten einen Höllenlärm. Isa hatte eine Hand in die Wolle ihres Mantels gekrampft. Sie wußte, daß sein Fuß schmerzte, aber sie konnte im Moment nichts dagegen tun. Ihre Lungen brannten, sie hatte Seitenstechen. Nur noch ein paar Meter. Mit ein wenig Glück konnte das Maultier schneller sein als das Wasser. Wenn nicht, dann würde ihnen der Wagen wenigstens einen gewissen Schutz bieten.

Die Zügel hatten sich gelöst. Sie sah es, als sie Isa auf den Sitz hievte. Mit einer Hand griff sie nach dem Leder, während sie sich mit der anderen festhielt und einen Fuß aufs Trittbrett stellte. Das Maultier bäumte sich auf und machte dann einen Satz nach vorn. Die Zügel wurden ihr aus der Hand gerissen. Der Wagen stürzte zur Seite. Amalie verlor den Halt und wurde auf den Rücken geschleudert. Der Sturz verschlug ihr den Atem. Als der Wagen hinter den Männern herrumpelte, sah sie, daß Isa zurückblickte. Er hatte den Mund aufgerissen, als er auf den Boden geworfen wurde. Sie konnte seinen Schrei nicht hören, so laut rauschte das Wasser. Sie hatte die Orientierung verloren und erhob sich schwankend.

Die Flut kam näher. Wasser schäumte bereits um ihre Knöchel. Sie trat einen Schritt in die Richtung des weißen Hauses, da hatte die Flut sie auch schon eingeholt. Das Wasser erreichte schon ihre Knie, sie taumelte. Ein Schlag, der ihr die Rippen zu brechen schien, traf sie im Rücken. Dann wurde sie hochgehoben und umgedreht. Schluchzend klammerte sie sich an die Schultern des Mannes, der sich aus dem Sattel beugte und sie umklammerte. In diesem Augenblick sah sie den dunklen Stamm durch die Luft wirbeln. Sie wurde gegen das Pferd gepreßt, als Robert Farnum zusammenfuhr und scharf ausatmete. Sein leiser Fluch klang schmerzvoll. Er trieb sein Pferd an. Es machte einen Satz vorwärts, und Robert richtete sich auf, zog Amalie vor sich auf den Sattel und hielt sie umfangen.

Das Wasser sprühte um sie her, als das Pferd den Hügel hinaufjagte. Amalie spürte die Rindenstückchen, die die Hufe aufwirbelten, im Gesicht, und dennoch war sie sich des festen Griffes des Mannes bewußt, seiner breiten Brust und der Muskeln seiner Schenkel. Ihr Atem brannte in ihrer Kehle. Sie schaute zu dem Wagen, den die Feldarbeiter gerade anhielten, die sich auf den Hügel gerettet hatten. In den Bäumen hockten Männer, und andere liefen zu den Sklavenhütten hinüber.

Dann hatten sie das Wasser hinter sich gelassen. Das Pferd blieb auf der Kuppe des Hügels stehen, als Robert die Zügel anzog. Eine Weile blieben sie so sitzen. Amalie hatte das Gefühl, ihr Herz müßte zerspringen, so heftig schlug es, und sie konnte auch Roberts Herzschlag an ihrer Schulter spüren. Trotz seines festen Haltes zitterte sie am ganzen Körper. Der Regen war eisig, und doch entstand zwischen ihnen eine Hitze, die wuchs und sie beide einhüllte.

Zögernd blickte Amalie auf und begegnete Robert Farnums Blick, der auf ihr brannte. Er drückte ein Gefühl aus, das sie nicht bezeichnen konnte, das aber wütender Qual ähnlich zu sein schien. Der Regen fing sich in seinen dichten, drahtigen Augenbrauen, sie sah sein kantiges Kinn, die verkrampften Muskeln in seinem Gesicht und bemerkte, wie der Regen in den offenen Hemdkragen rann. Sie spürte seine angespannten Armmuskeln und seine heiße Berührung.

Ein Schauer durchlief sie. Sie zwang sich, sich aufzurichten, und schlug die Augen nieder. Ihre Stimme bebte, als sie sagte: »Ich muß mich bei dir bedanken.«

»Aber nein.«

Die Gleichgültigkeit in seiner Stimme war wie ein Schlag. Aus aufgerissenen Augen warf sie ihm einen schnellen Blick zu. Sein Gesicht war ausdruckslos, aber er erwiderte ihren Blick nicht. »Ich bestehe darauf. Wenn du nicht gewesen wärst –«

»Aber ich war da, und ich bin froh, daß ich habe helfen können. Lassen wir es dabei bewenden, Cousine Amalie.«

Sie hatte den Eindruck, daß er sie bewußt an ihre Verwandtschaft erinnerte. »Es wird wohl Zeit, daß ich dich absetze.«

Erst jetzt bemerkte Amalie, daß sie Zuschauer hatten. Julien, Tige und ein paar Mädchen standen am Ende der Galerie. Sie warteten scheinbar darauf, bemerkt zu werden, denn als sie sich in ihre Richtung wandte, hob Julien salutierend den Degen. Sie winkte und zwang sich zu einem Lächeln, als Robert sein Pferd auf die Menschengruppe zu dirigierte. Das Wasser, das sich hinter dem natürlichen Damm gestaut hatte, hatte die Sandsäcke überflutet. Jetzt spülte der Bayou um die Säulen von Belle Grove, flutete durch die Räume des Erdgeschosses. Das Wasser floß zwar bereits wieder ab, aber wenn Sir Bent recht hatte, würde es erneut steigen.

»Eine ausgesprochen galante Rettung«, rief Julien, als sie unterhalb der Galerie standen.

Bildete sie es sich nur ein, oder lag wirklich eine gewisse Schärfe in seinem Ton? Amalie starrte ihren Gatten an, ehe sie schließlich antwortete: »Ja, nicht wahr?«

»Ich habe gesehen, was passierte, aber ich konnte nichts tun! Ich bin mir noch nie im Leben so nutzlos vorgekommen! Ich stehe in deiner Schuld, mein lieber Cousin.«

Robert zuckte mit den Schultern. »Es war Zufall und Glück, daß ich gerade in der Nähe war.«

»Nein.« M'mere widersprach ruhig. Mit leiser Stimme fuhr sie fort: »Es war der Wille Gottes.«

Der Mann, der Amalie in den Armen hielt, starrte die ältere Frau aus zusammengekniffenen Augen an. »Blasphemie, Tante Sophia?«

»Daran glaube ich wirklich.«

»Das heißt nicht, daß ich es akzeptieren muß.«

»Kannst du das nicht? Obwohl Julien derselben Meinung ist?«

Robert fuhr herum und starrte zu seinem Cousin. »Stimmt das?«

Ein grimmiges Lächeln trat auf Juliens Lippen. »Ich habe

gelernt, daß es das Beste ist, M'meres Meinung nicht zu widersprechen.«

Hinter dieser Unterhaltung verbarg sich eine Bedeutung, die Amalie nicht klar war.

»Genug«, erklärte M'mere jedoch, ehe sie etwas fragen konnte. »Amalie ist halb erfroren und total durchnäßt, Robert, und du auch. Ich schlage vor, ihr kommt ins Haus.«

»Ich bringe Juliens Frau ans Ende der Treppe, wenn er sie dort übernimmt.«

»Das ist nicht nötig«, versicherte Amalie hastig. »Ich kann gehen.«

»Ich bestehe darauf.«

Ohne ihr Gelegenheit zum Widerspruch zu geben, lenkte er das Pferd auf die Veranda und zu der Treppe. Dort blieb er stehen, hielt Amalie fest, bis Julien seinen Degen beiseite gelegt hatte und die Treppe heruntergekommen war. Er warf seinem Cousin einen harten Blick zu. Julien legte seine Hände um Amalies Taille und hob sie vom Pferd. Robert beugte sich vor, um ihr Halt zu geben.

Als Julien sie auf der Treppe absetzte, drehte sie sich um. Ihr fiel das Holzstück ein, das sie durch die Luft hatte wirbeln sehen. »Du bist verletzt«, wandte sie sich an Robert.

»Nicht der Rede wert.«

Vom Kopf der Treppe hörte sie M'mere: »Komm sofort herauf. Das muß versorgt werden.«

»Ich helfe dir«, erbot sich Julien, griff nach den Zügeln und bot Robert die Hand.

»Ich glaube, es wäre das Beste, wenn ich nach The Willows zurückkehren würde.«

»Sei nicht albern«, erwiderte Julien. »Muß ich dich von diesem Pferd herunterreißen?«

»Du könntest es ja versuchen.«

Julien betrachtete Robert, der steif und fest im Sattel saß. Er ließ die Hände sinken. »In deinem Zustand würde ich das bestimmt schaffen, aber niemand zwingt dich, irgend etwas zu tun. Du hast die Wahl.«

Die beiden Männer starrten sich an. Mit zusammengezogenen Brauen beobachtete Amalie sie und versuchte dahinterzukommen, was sich hinter ihren Worten noch versteckte. Sie hatte das Gefühl, daß die Worte sie betrafen, wenngleich sie nicht verstehen konnte, in welcher Weise. Doch als Robert gleich darauf nickte und mit Juliens Hilfe aus dem Sattel glitt, war sie überzeugt, daß ihre Phantasie ihr einen Streich gespielt hatte – verständlich nach ihrem schrecklichen Erlebnis gerade zuvor. M'mere berührte sie am Arm. Sie raffte ihre nassen Röcke und kämpfte sich die Treppe hinauf, vom Arm ihrer Schwiegermutter gestützt, während Julien Robert nach oben half.

3. Kapitel

Am nächsten Morgen hörte es auf zu regnen, aber der Himmel blieb bedeckt, und nur gelegentlich wagte sich ein Sonnenstrahl hervor. Vier Tage lang herrschte Hochwasser. Für Amalie war es eine harte Zeit. Hundert Dinge mußten erledigt werden, damit das Leben halbwegs erträglich für sie und all die Menschen war, für die sie sorgen mußte. Tausend Schwierigkeiten stellten sich ihr bei jeder Aufgabe in den Weg. Eßtische, Stühle und ein Sideboard mußten aus dem Erdgeschoß gerettet werden, und außerdem Porzellan und Kristall, damit sie den Tisch decken konnten. Die Speisen, die von einer vorausschauenden Marthe schon zubereitet worden waren, mußten aus der Küche gebracht und auf provisorischen Regalen aufgestellt werden, bis es Zeit zum Essen war. Und da die Küche unbrauchbar war, mußte der Kamin in einem leerstehenden Zimmer zum Kochen dienen.

Die oberen Stockwerke der Garçonnière waren trocken geblieben, und so hatte es George mit seiner sorgfältig eingehüllten Eros-Statue recht bequem. Nachdem Amalie von M'mere gehört hatte, daß Roberts Verletzungen keine ständige Pflege erforderten, beschloß sie, ein Zimmer für ihn herrichten zu lassen, so daß der Engländer Gesellschaft hatte.

Die Sklaven waren in Sicherheit, denn ihre Behausungen waren auf Pfählen errichtet, aber die Patienten der Krankenstation mußten verlegt werden. Eine Hütte wurde geräumt, und die Verlegung verlief ohne Zwischenfälle.

Die Stallungen waren ein weiteres Problem. Die Kutsch- und Reitpferde konnten ebensowenig bis zu den Knien im Wasser stehen wie die Maultiere oder die Rinder, die sie mit Fleisch versorgten. Robert bestand darauf, die besseren Pferde von ein paar Stallknechten nach The Willows bringen zu lassen, während ein paar andere Sklaven die restlichen Tiere zum hinteren Teil der Plantage treiben sollten, der höher lag.

Die Trinkwasserzisternen lagen unter der Erde, was Seuchen begünstigte. Jeder Tropfen Trinkwasser mußte abgekocht werden, und trotzdem gab es mehr als einen Fall roter Ruhr in den Unterkünften. Amalie konnte nur hoffen, daß es nicht zu weiteren ansteckenden Krankheiten kam.

Die Sklavenkinder liebten es, im knöchelhohen Wasser zu planschen oder in einem alten Boot überall herumzustaken. Eines Morgens entdeckte Amalie ein paar von ihnen im Eßzimmer, wo sie herumpaddelten. Sie hatte ein schlechtes Gewissen, weil sie ihnen den Spaß verderben mußte, aber schließlich war ein solches Spiel ja auch gefährlich.

Am meisten fürchtete sich Amalie vor den Wasserschlangen. Sie waren aus ihren Unterschlüpfen im Bayou fortgerissen worden und suchten jetzt dunkle Ecken und Ritzen im Haus, um sich zu verstecken. Einige hatten sich um den Kristalleuchter gewunden, der über dem Eßtisch hing, eine andere entdeckten sie am Geländer der Hintertreppe. Julien, Robert und sogar George machten sich einen Spaß daraus, die schwimmenden Schlangen von der oberen Galerie aus mit Pistolen zu erschießen. Sie trugen die reinsten Wettkämpfe aus. Obwohl Robert den verletzten Arm in einer Schlinge trug, waren sich die beiden Cousins ebenbürtig, und der Engländer war kaum schlechter.

Die Schießerei war nicht ihr einziges Vergnügen. Sie spielten

Billard und wateten mit aufgerollten Hosenbeinen in einem der unteren Räume der Garçonnière um den Tisch herum. Kartenspiele beschäftigten sie stundenlang, ebenso Schach, Dame und Domino. Nach dem Abendessen überredeten sie Amalie manchmal, Klavier zu spielen, während sie sangen oder M'mere und Chloe das Strickzeug aus den Händen rissen und sie zum Tanzen aufforderten. Häufig arrangierte Julien Scharaden.

Dann war da noch Isa. Er hatte unaufhörlich geheult, bis er zu Amalie gehen durfte. Er hatte Angst, sie könnte von der Flut mitgerissen worden sein. Als man versuchte, ihn wieder von ihr fortzubringen, setzte er sich heftig zur Wehr, kratzte, biß und trat um sich. Aus Angst, er könnte sich verletzen, hatte Amalie erklärt, er könne bei ihr bleiben. An diesem ersten Abend war er ihr überallhin gefolgt, hatte beim Dinner hinter ihrem Stuhl gestanden, anschließend im Salon zu ihren Füßen gesessen. Er wollte auch im Schlafzimmer bleiben, aber das hatte ihm Amalie selbst energisch verboten. So hatte er sich vor ihrer Tür zusammengerollt und dort die Nacht verbracht.

Sie hatte gedacht, seine Ergebenheit werde nachlassen, aber sie hatte sich getäuscht. Isa folgte ihr wie ein Schatten. Zu guter Letzt entschloß sie sich, ihm kleine Aufgaben zu übertragen. Julien nannte ihn ihren Pagen, nur halb im Scherz. Allmählich akzeptierte sie ihn als solchen, und in erstaunlich kurzer Zeit verließ sie sich vollkommen auf ihn.

Isa war auch bei ihr, als Amalie zwei Männer und vier Mädchen zusammenrief und ihnen auftrug, den Schlamm aus den unteren Zimmern zu entfernen, ehe er festtrocknen konnte.

Die Sklavenkinder mußten beauftragt werden, das Haus zu säubern. Sie bekamen Lumpen, Wassereimer und die Anweisung, den Lehm ins Freie zu bringen. Sie rutschten kreischend herum, verkleisterten sich von Kopf bis Fuß, aber als Amalie kurze Zeit später zurückkam, war die Arbeit fast erledigt.

»Isa«, rief sie, so laut, daß alle es hören konnten, »lauf und sag Marthe, sie soll Muffins und Milch für meine Mannschaft bereitstellen, und auch für dich, für die harte Arbeit, die du heute geleistet hast!«

Sofort umdrängten die Kinder sie, zupften an der Schürze, die sie über ihrem blauen Popelin-Kleid trug. »Ich gehe! Ich gehe!« riefen sie aufgeregt. Sie raufte einen kleinen Lockenkopf und lachte, angesteckt von ihrer Lebensfreude.

Freundlich, aber entschieden erklärte sie: »Isa ist mein Page, und deshalb muß er gehen. Aber je früher ihr fertig seid, desto früher bekommt ihr alle eure Belohnung.«

Isa schenkte ihr ein engelsgleiches Lächeln, straffte die Schultern und marschierte zur Küche.

Erst jetzt sah Amalie Robert Farnum in der Tür stehen. Er musterte sie nachdenklich.

Nicht zum ersten Mal in den letzten Tagen fühlte sie sich von ihm beobachtet. Sie konnte ihm nicht vorwerfen, daß er ihr folgte, wie Isa es getan hatte, und dennoch schien er überall aufzutauchen, wohin sie auch ging. Sein fester Blick machte sie verlegen wie eine Fünfzehnjährige. Auch jetzt stieg ihr wieder die Röte in die Wangen, als wäre sie bei einer Missetat ertappt worden.

»Du hast Kinder gern«, sagte er.

»Nun ja, ich... tun das nicht alle Frauen?«

Plötzlich überfiel sie die Erinnerung daran, wie sie von diesem Mann in den Armen gehalten worden war. Sie hatte sich an seiner Brust sicher gefühlt, aber da war noch mehr gewesen, etwas, das sie nicht verstand und über das sie nicht nachzudenken wagte. »Wie geht es deiner Schulter?« lenkte sie ab.

»Sie ist noch ein bißchen steif, aber sonst in Ordnung.«

»Ich dachte, du wolltest heute nach The Willows reiten?«

»Ich war schon dort.«

»Hoffentlich war alles in Ordnung!«

»Mehr oder weniger. Jedenfalls ist kein größerer Schaden entstanden. Mein Aufseher ist ein vernünftiger Mann, und Belle Grove hat viel mehr abbekommen. Jetzt, da der Wasserspiegel sinkt, müssen die Felder trockengelegt werden, damit das Zuckerrohr nicht verdirbt. Auch um die Mühle und die Maschinen muß sich jemand kümmern. Das bedeutet eine Menge Arbeit in den nächsten Tagen und Wochen!«

Es war deutlich, was er damit sagen wollte. Robert traute Patrick Dye nicht zu, selbständig zu arbeiten, und genausowenig glaubte er, daß Julien die Aufsicht ausüben wollte. Es ließ sich nicht leugnen: Ihr Mann hatte nur wenig Interesse am Zustand seines Besitzes. Als er an diesem Morgen spät aufgestanden war, hatten seine Gedanken seinem Boot gegolten, das von seinem Ankerplatz fortgerissen worden war.

»Ich bin sicher, M'mere ist dir sehr dankbar für deine Hilfe. Aber nun entschuldige mich bitte ... ich habe viel zu tun.«

»Verzeihung.« Sein Gesichtsausdruck war ernst. »Ich wollte dich nicht von deinen Pflichten abhalten.«

Klang seine Stimme ironisch? Sie wußte es nicht, nahm sich aber auch nicht die Zeit, es herauszufinden.

Vielleicht lag es daran, daß Amalie ihn bevorzugt behandelte, oder daran, daß sein Vertrauen dadurch wuchs, daß er endlich einen Platz auf Belle Grove gefunden hatte: Isa schien in den kommenden Wochen immer mehr von den anderen Kindern anerkannt zu werden. Er hing sehr an seiner petite maîtresse und führte all ihre Anweisungen getreulich aus, aber manchmal ließ er sich abends dazu überreden, mit den anderen Kindern zu spielen.

Ein solcher Abend war es auch, als er kurz vor Anbruch der Dunkelheit eilig die Treppe heraufgehumpelt kam. Amalie saß auf der Galerie und las die Zeitungen, die ein Dampfer am Nachmittag mitgebracht hatte.

»Mam'zelle! Kommen Sie, schnell! M'sieu Dye tut unserer Lally weh!«

»Bestraft er sie?« Lally war ein stilles, hübsches Mädchen mit hellbrauner Haut. Sie wurde bald sechzehn und beaufsichtigte die Sklavenkinder, während die Frauen auf dem Feld arbeiteten. Soviel Amalie wußte, hatte es mit Lally noch nie Probleme gegeben.

»Mais non, Mam'zelle! Sie soll in seine Hütte kommen, aber sie will nicht.«

Wut trat in Amalies Augen, als sie die Zeitung beiseite schleuderte und aufstand. Viele Kinder der Sklavinnen waren Beweis genug für das Verhalten des Aufsehers, und auch die Frauen selbst machten kein Hehl daraus. Man hatte Amalie beigebracht, derartige Dinge zu übersehen, aber jetzt war das etwas anderes.

»Bist du ganz sicher, daß Lally nicht will?« fragte sie trotzdem.

»Sie wehrt sich und schreit, aber die anderen haben Angst, ihr zu helfen. Kommen Sie, Mam'zelle! Kommen Sie schnell!«

Gefolgt von Isa lief sie den Pfad entlang, der zu den Sklavenhütten führte. Sie hörte Lallys Schreie und ihr Flehen, noch ehe sie die ersten Hütten erreichte. Einen Augenblick später fiel ihr Blick auf Patrick Dye. Er marschierte auf die Aufseherhütte zu und zerrte das Mädchen am Arm hinter sich her. Lallys Kopftuch, das sie bei der Arbeit trug, war verrutscht, und man konnte ihr Haar sehen, feiner und glatter als das der meisten anderen. Ihr Mund war verschwollen, die aufgesprungene Lippe blutverschmiert. Mit den Füßen stemmte sie sich jetzt gegen den Boden, so daß der Aufseher gezwungen war, stehenzubleiben. Er fuhr herum und schlug ihr ins Gesicht.

»Lassen Sie das Mädchen augenblicklich los!«

Amalie hatte nichts sagen wollen. Die Worte schienen wie von selbst über ihre Lippen gekommen zu sein, kalt und angewidert klang ihre Stimme. Der Ire war so überrascht, daß er gehorchte.

Lally lief Amalie entgegen, fiel vor ihr auf die Knie und klammerte sich an ihren Rock. »Helfen Sie mir«, schluchzte sie. »Ich bitte Sie im Namen der Heiligen Jungfrau, helfen Sie mir.«

Mit zu Fäusten geballten Händen ging der Aufseher auf sie zu. Amalie reckte das Kinn, und ihre braunen Augen waren hart, als sie sich vor das Mädchen stellte. Der Mann blieb stehen.

»Hören Sie, Ma'am, kein Grund, daß Sie sich da einmischen. Das geht nur das Mädchen und mich etwas an.«

»Das sehe ich anders. Man hat mir berichtet, Sie wollten ihr Gewalt antun.«

Patrick Dye warf Isa, der halb von Amalie verborgen wurde, einen haßerfüllten Blick zu. »Das ist nicht wahr. Sie war schon bereit, aber sie wollte, daß ich ihr etwas verspreche.«

»Nein, nein, das wollte ich nicht«, heulte Lally und sah Amalie aus tränenfeuchten Augen an.

»Jetzt will sie es natürlich nicht zugeben, aber sie hat erwartet, daß sie meine Haushälterin wird, damit sie von der anderen Arbeit befreit wird und nur faul herumlungern kann. Das wollen sie doch alle.«

»Und Sie versprechen es immer?«

»Ich verspreche überhaupt nichts. Meine Gunst ist eine Ehre, und das wissen sie auch.«

Daß er so etwas zu ihr zu sagen wagte, erzürnte sie nur noch mehr. »Lally scheint davon merkwürdigerweise nichts zu wissen. Rühren Sie sie nie wieder an.«

Er schnaubte. »Diese Angelegenheit sollte besser unter Männern geregelt werden. Ich werde sie mit Ihrem Gatten besprechen. Sie überlassen das wohl am besten uns.«

»Ich fürchte, Sie haben mich nicht verstanden –«, fing Amalie an.

»Und ich glaube, Sie verstehen nicht, wie das ist, wenn ein Mann eine Frau haben will. Wie sollten Sie auch?«

Amalie verschlug es den Atem. Mit aufgerissenen Augen starrte sie den Mann an. Er konnte doch nichts von der Situation zwischen ihr und ihrem Mann wissen. Das war unmöglich. Aber was sollte er sonst meinen? Ihre Hände zitterten vor Wut. Sie wünschte einen Augenblick lang, sie wäre keine Dame und könnte laut fluchen. Doch dann erklärte sie mit eisiger Höflichkeit: »Sie sind entlassen. Packen Sie Ihre Sachen. In vierundzwanzig Stunden sind Sie von dieser Plantage verschwunden!«

»O nein, Lady, bin ich nicht!« widersprach der Aufseher.

Er hatte kaum ausgesprochen, als eine tiefe, männliche Stimme ertönte: »Würden Sie das bitte noch mal sagen, Dye?«

Sie waren so in ihren Streit vertieft gewesen, daß sie den Mann gar nicht bemerkt hatten, der auf seinem Pferd näher gekommen war. Als Roberts Stimme erklang, wirbelte sie herum. Ein Funke Bewunderung glomm in seinen blauen Augen, als er ihrem Blick begegnete. Dann wandte er sich wieder Dye zu.

»Nun?«

»Ich wollte damit nur sagen, daß nur Declouet selbst mich entlassen kann. Mein Vertrag ist verlängert worden, und da steht nichts von einer Frau drin, die –«

»Das reicht!«

Der Aufseher klappte den Mund zu und blinzelte zu Robert auf. Obwohl seine Augen zornig blitzten, war doch klar ersichtlich, daß er es nicht auf einen Streit mit Robert ankommen lassen würde. Amalie war froh darüber, ließ es sich aber nicht anmerken.

Robert stieg ab, nahm die Zügel in die Linke und bot ihr den rechten Arm. »Darf ich dich nach Hause bringen?«

»Gern. Dieses Mädchen kommt mit uns.«

»Das ist wirklich nicht nötig«, widersprach Dye und trat einen Schritt vor.

Amalie warf ihm einen wütenden Blick zu. »Und ob. Lally, steh auf.«

Das Mädchen hatte zu weinen aufgehört. Nach einem ängstlichen Blick in Richtung des Aufsehers trat es neben Isa.

»Es ist ein Fehler, meine Autorität so zu untergraben«, beschwerte sich der Aufseher, dessen heißer Blick noch immer über Lallys Körper glitt.

»Das haben Sie schon selbst erledigt«, gab Amalie zurück und nahm Roberts Arm.

Als sie die Wut in Dyes Augen sah, wußte sie, daß sie sich einen Feind gemacht hatte.

»Die Unverschämtheit dieses Mannes ist ungeheuerlich«, meinte sie, als sie ein gutes Stück weit fort waren. »Ich kann nicht verstehen, warum Julien ihn immer noch beschäftigt.«

»Er hält die Leute in Schach, und er versteht was von Zuckerrohr; für manche Menschen zählt nur das.«

»Ich kann ihn nicht ausstehen!«

»Aber er hat recht, nur Julien kann ihn entlassen. Willst du ihn darum bitten?« Robert warf ihr einen langen Blick zu. Ihre Hand auf seinem Arm brannte so, daß seine Muskeln fast zu zucken begonnen hätten.

»Ich denke schon.«

»Dann werde ich wohl selbst etwas über das Verhalten dieses Mannes zu sagen haben. Er versteht vielleicht einiges vom Zuckerrohr und den Sklaven, aber nichts vom Land. Er respektiert dessen Bedürfnisse nicht. Und ich möchte auch keinen Mann in der Nähe haben, der einer Dame gegenüber den Ton anschlägt, den ich eben gehört habe.«

Sie war so verwirrt, daß sie nicht wußte, was sie sagen sollte, deshalb murmelt sie nur: »Danke.«

Anderthalb Stunden später kam Amalie in den Salon. Sie trat an die offene Balkontür und blickte über den Bayou hinaus. Die Luft war erfüllt von Blumenduft und dem Quaken der Frösche. Hätte sie eine Begleitung gefunden, wäre sie jetzt hinausgegangen.

Statt dessen ging sie zum Klavier hinüber, setzte sich und ließ die Finger über die Tasten gleiten. Sie mußte sich irgendwie beruhigen und ihre Gedanken von dieser leisen Stimme in ihrem Kopf ablenken, die ihr zuflüsterte, sie hätte all die Wochen hindurch einen Fehler gemacht.

Sie hatte Lally an diesem Abend mit in ihr Zimmer genommen und beschlossen, sie zu ihrer Zofe auszubilden. M'mere hatte sie schon vor geraumer Zeit aufgefordert, sich ein Mädchen auszusuchen, aber bislang hatte sich noch keine Gelegenheit ergeben. Lally war tüchtig und intelligent, und ihre ruhige Art gefiel Amalie.

Sie hatte sich mit ihrer Toilette sehr beeilt, um noch genügend Zeit zu haben, vor dem Abendessen mit Julien zu sprechen. Dennoch war es Lally gelungen, ihr eine besonders hübsche Abendfrisur zu machen, und sie glaubte, daß das Mädchen mit seiner neuen Stellung sehr zufrieden war.

Es kam nur selten vor, daß Amalie an die Verbindungstür zum Zimmer ihres Mannes klopfte, aber heute hatte sie es für angebracht gehalten. Er war überrascht, aber sehr freundlich gewesen und hatte Tige fortgeschickt. Während er sich die Schuhe anzog, hatte er ihr schweigend zugehört. Danach hatte er ihr ein, zwei Fragen gestellt, schien die Antworten aber kaum wahrzunehmen. Schließlich hatte er ihr achselzuckend erzählt, daß Robert bereits mit ihm geredet hätte und daß sie seiner Meinung nach beide viel Lärm um nichts machen würden. Sie sollte das Mädchen, um Himmels willen, behalten, wenn ihr soviel daran lag, aber er hatte keine Lust, so spät in der Saison noch nach einem neuen Aufseher zu suchen.

Sie war so sicher gewesen, ihn überzeugen zu können, aber er hatte sich geweigert, das Thema zu erörtern. Wenn sie es über sich gebracht hätte, ihm zu erzählen, daß Dye angedeutet hatte, sie seien nur auf dem Papier Mann und Frau, wäre er vielleicht schwankend geworden. Aber wie sollte eine Frau ihrem Mann sagen, daß ein anderer seine mangelnde Leidenschaft ihr gegenüber verhöhnt hatte?

Sie schaute auf, als sie Schritte auf der Verandatreppe hörte. Robert trat ein. Er trug eine schwarze Jacke und eine weiße Seidenkrawatte zu seinem Leinenhemd. Seine Haut schimmerte golden. Er war ein gutaussehender Mann, stellte sie erneut fest.

Es war dunkler geworden im Zimmer. Robert holte die Lampe, die auf einem runden Mahagonitisch brannte, und brachte sie zum Klavier hinüber. Amalie lächelte dankbar, und Robert zog sich zurück. Sie dachte, er wäre auf die Veranda gegangen. Nach kurzer Zeit ging sie in ihrem Spiel auf und vergaß ihn völlig.

Von ihr als Dame wurde erwartet, daß sie ein Instrument beherrsche, aber sie hatte niemals behauptet, besser als durchschnittlich zu spielen. Trotzdem – in den Jahren nach dem Tod ihrer Eltern und dem von Etienne hatte sie in ihrer Musik Trost gefunden. Ihre Großtante billigte keine Gefühlsausbrüche, sei es aus Kummer oder Freude, aus Wut oder Glück. So hatte Amalie gelernt, mit ihrem Spiel auszudrücken, was sie empfand.

Sie dachte an Julien und seine gelangweilte Weigerung, Patrick Dye zu entlassen. Zum ersten Mal wünschte sie sich, ein Mann zu sein, der seinen Willen durchsetzen konnte.

Die letzten Noten von Beethovens Appassionata verklangen. Müde drehte sie sich um und hob den Kopf. Es überraschte sie nicht, Robert am anderen Ende des Zimmers sitzen zu sehen. Sein Blick ruhte auf ihr, in seinen dunkelblauen Augen lag derselbe prüfende Blick wie beim ersten Mal in M'meres Wohnzimmer. Sein Blick wanderte zu ihren Locken, dann weiter, über ihre Wange hinab zu den weißen Schultern, dem zarten Schatten, der die Vertiefung zwischen ihren Brüsten markierte, noch weiter hinab bis zu ihrer Taille. Reglos saß er da, wie es nur ein Mann fertigbringt, der sich absolut unter Kontrolle hat. Dann sah er ihr direkt in die Augen.

Amalie wandte sich ab, aber nicht ohne das heiße Verlangen in seinem Blick bemerkt zu haben. Sie fuhr zusammen, als Julien in der Tür erschien.

»Wenn das Konzert vorbei ist, hat vielleicht jemand Lust auf einen Sherry?«

Das Abendessen zog sich endlos hin. Julien hatte sein Boot, das sich an einem Baumstamm flußabwärts verhängt hatte, gefunden. Es hatte ein Leck, und er hatte vier Männer von ihrer Arbeit geholt, um es nach Belle Grove zurückzubringen. Seine ganze Konversation drehte sich nur um die Ausbesserungsarbeiten, das Material und die Farben, die er benötigen würde. Chloe erklärte, daß er sich ihretwegen nicht soviel Mühe machen müßte, da sie ohnehin seekrank würde, aber ehe es darüber zum Streit kommen konnte, erzählte sie freudig und lebhaft von dem angekündigten Gastspiel eines Opernensembles aus New Orleans in St. Martinville. Enthusiastisch diskutierte Julien mit ihr über die Talente der Truppe, die sie alle in der Wintersaison in der Stadt gesehen hatten, und noch ehe das Mahl abgeschlossen war, planten sie einen Abend in der Oper.

Sie erhoben sich alle vom Eßtisch, der inzwischen wieder nach unten gebracht worden war, und begaben sich in den Salon.

Amalie wurde überredet, ihnen etwas vorzuspielen. Sie war damit beschäftigt, die Noten nach einem passenden Stück durchzusehen, und so entging ihr der beginnende Streit zwischen Julien und Chloe. Als sie aufblickte, hatte sich ihr Mann vor dem Mädchen aufgebaut

»Warum sollte ich auf dich hören?« fragte er. »Die Hälfte von dem, was du sagst, ist Theater. Du jammerst über dein Schicksal, während du inmitten von Luxus lebst. Was könnte dein Leben aufregender machen, als daß du dich in eine Romanze stürzt, als wärest du die Heldin aus einem deiner Romane.«

»Julien!« rief M'mere vorwurfsvoll.

»Warum sprechen wir eigentlich nicht von dir?« gab das Mädchen zurück. »Du mimst den Künstler! Ha! Aber du kannst nicht einmal dem armen Adrian Persac das Wasser reichen, der nur Häuser malt und seine Menschen aus ›Harper's‹ und ›Godey's‹ ausschneidet und davorklebt!«

»Bist du denn ein solcher Ausbund an Energie und Kreativität, daß du es dir leisten kannst, ein Urteil abzugeben? Was war denn mit deiner letzten Arbeit, die du drei Monate lang unter dem Sofakissen versteckt hast?«

»Schluß jetzt!« rief Juliens Mutter und erhob sich aufgeregt, nur um sofort mit geschlossenen Augen zurückzusinken.

»M'mere!«

Sofort war Julien neben ihr, rieb ihr die Hände. Chloe griff nach dem Fächer, der an ihrem Handgelenk hing, und schwenkte ihn so heftig, daß die Spitze an M'meres Kappe flatterte. Robert holte ein Glas Brandy, setzte es seiner Tante an die Lippen und bestand darauf, daß sie trank. Amalie trug die Lampe vom Klavier hinüber, damit sie mehr Licht hatten, und George trat zurück, um nicht im Weg zu sein, aber sein Gesicht war hochrot.

»Öffnet ihr das Kleid«, befahl Julien besorgt.

Als Chloe sich nicht rührte, trat Amalie vor, entfernte aber nur die Brosche und öffnete den Kragen am Hals ihrer Schwiegermutter ein wenig.

Die alte Frau nippte an dem Brandy und verzog das Gesicht. Die Farbe kehrte in ihre Wangen zurück, und sie öffnete die Augen. »Wie dumm von mir. Ich bin wohl zu schnell aufgestanden.«

Julien lächelte erleichtert. »Ja, das glaube ich auch.«

»Ihr braucht euch nicht um mich zu sorgen. Es geht mir gut. Wenn du mir eine Freude machen willst, mein Sohn, liest du uns vielleicht etwas vor. Longfellows ›Evangeline‹ wäre schön.«

»Natürlich, Ma'am.«

Alle setzten sich wieder, während Julien das Büchlein aus dem Regal holte und sich ans Klavier lehnte. Mit leiser, sanfter Stimme fing er an: »Wir haben –«

In dem langen, lyrischen Gedicht geht es um Evangeline und Gabriel, zwei junge Liebende kurz vor der Hochzeit, die auf verschiedenen Schiffen untergebracht reisen und sich verlieren. Evangelines Suche nach ihrer verlorenen Liebe bleibt erfolglos, und sie trifft den Mann erst viele Jahre später wieder, als sie Nonne ist und er im Sterben liegt.

Julien hatte wirklich ein Gefühl für Dramatik. Seine Stimme hob und senkte sich. Als er verstummte, schluchzte Chloe und wischte sich mit der Hand die Tränen fort. M'mere seufzte tief. Kurz darauf zogen sie sich alle in ihre Schlafzimmer zurück.

Amalie, die noch die Notenblätter aufräumte, war eine der letzten. Julien schaute ein-, zweimal zu ihr hinüber, als er das Buch wieder ins Regal zurückstellte. Sie waren allein, als sie auf ihre Zimmertür zuging.

»Amalie?«

Überrascht wandte sie sich um. »Ja?«

»Tut mir leid, daß ich dir den Gefallen mit Patrick nicht tun konnte.« Er trat zu ihr. »Er ließe sich ja ersetzen, aber man weiß nicht, ob der nächste Mann besser ist. Er könnte auch schlechter sein.«

»Da hast du wahrscheinlich recht.«

»Mir ist klar, daß du ihn nicht magst, aber du hast schließlich nichts mit dem Mann zu tun.«

»Soll ich ihn etwa ignorieren, wenn ich ihm bei den Sklavenhütten begegne?«

»Wenn du willst. Solange du ihn tolerierst, mußt du nicht unbedingt höflich sein.«

»Er scheint sich nicht an dieselben Regeln zu halten.«

»Wie meinst du das?« wollte ihr Mann mit gerunzelter Stirn wissen.

»Patricks Benehmen heute nachmittag war ausgesprochen unverschämt.«

»Das kommt dir vielleicht so vor, aber was willst du sonst auch erwarten. Er ist Aufseher, kein Herr.«

Sie nickte steif. »Wenn du zufrieden bist, muß ich es wohl auch sein.«

»Ach, Amalie.« Seine Hände glitten an ihren Armen entlang bis zu ihren Ellbogen. »Ich wußte, daß du vernünftig sein würdest. Es lohnt sich doch nicht, über eine solche Kleinigkeit zu streiten.«

Seine Stimme und sein Lächeln baten um Verzeihung. Er ließ seinen ganzen Charme spielen, um sie von seiner Einstellung zu überzeugen. Und wenn sie auch anderer Meinung blieb, so freute sie sich doch, daß er sich die Mühe gemacht hatte. Sie schüttelte den Kopf. »Schließlich bist du dafür verantwortlich.«

»So ist es. Gute Nacht, ma chère.« Er drückte ihr einen festen Kuß auf die Stirn, ehe er sie gehen ließ.

Zwischen Amalies Brauen stand eine winzige Falte, als sie ihm nachsah. Wie merkwürdig. Er küßte sie nur selten, höchstens einmal ihre Hand mit gespielter Galanterie. An den Fingern einer Hand konnte sie abzählen, wie oft sie seinen Mund auf ihrem gespürt hatte, und dann war es nur immer eine flüchtige Berührung. Und doch – dieser Kuß war zärtlich gewesen und, ja, da war auch eine Spur von Besitzerstolz.

4. Kapitel

Lally wartete in Amalies Schlafzimmer. Während das Mädchen sie auskleidete, kehrten Amalies Gedanken zu Julien zurück.

Hätten sie eine normale Beziehung gehabt, hätte sie gedacht, ihr Ehemann wäre eifersüchtig. Als er sie am Tag der Überschwemmung in den Armen seines Cousins gesehen hatte,

hatte ihn das beunruhigt. Roberts Gegenwart schien ihn nervös zu machen, obwohl sie von M'mere wußte, daß es nicht ungewöhnlich war, daß ihr Neffe die Mahlzeiten mit ihnen einnahm oder in der Garçonnière übernachtete.

Während ihrer Kindheit war es immer so gewesen, daß Julien und Robert dort aßen, wo sie sich zu den Essenszeiten gerade aufhielten, und schliefen, wo sie waren, wenn es dunkel wurde. Und so häufig borgten sie einander Kleider, daß es schwer zu sagen war, was wem gehörte. Selbst jetzt kamen die beiden Männer lange Zeit gut miteinander aus, lachten und tranken zusammen, erinnerten sich gegenseitig an die Streiche ihrer Kinderzeit. Doch dann wieder legte sich ungutes Schweigen über sie, und sie starrten in ihre Gläser. War der Grund für Juliens Zorn einfach die Art, in der Robert die Verantwortung für Belle Grove übernommen hatte? Oder war es das – wenn auch sehr versteckte – Interesse an seiner Frau?

Amalie machte sich nichts vor. Irgend etwas an ihr hatte Roberts Aufmerksamkeit erregt. Aber das bereitete ihr keine großen Sorgen. Der Cousin ihres Gatten war ein Ehrenmann. Sie hatte keinen Grund anzunehmen, er könnte die Grenzen des guten Benehmens überschreiten. Zweifellos würde sein Interesse vergehen, wenn sie ihn nicht ermutigte. Und das würde sie natürlich nicht tun!

Amalie unterdrückte ein grimmiges Seufzen und hob die Arme, damit Lally ihr das Nachthemd aus weißem Batist überstreifen konnte. Dann öffnete sie ihr Haar und bürstete es, bis es wie ein brauner Vorhang über ihre Schultern fiel. Nachdem Amalie sich ins Bett gelegt hatte, ließ das Mädchen noch das Moskitonetz herab, drehte die Lampe kleiner und ging hinaus. Die Tür schloß sich hinter ihr, und gleich darauf verklangen ihre Schritte in dem stillen Haus.

Im Halbdunkel sah Amalie den Lichtstreifen, der unter der Schiebetür zu Juliens Schlafzimmer hindurchfiel. Sie stellte sich vor, wie sich ihr Mann mit Tiges Hilfe bereit machte, zu Bett zu gehen. Aber so sehr sie auch die Ohren spitzte, sie hörte keinen Laut aus dem Nebenzimmer. Sie wandte den Kopf dem Fenster mit den rosa Seidenvorhängen zu. Derselbe Stoff zierte auch das Bett, auf dem sie lag, aber der Betthimmel war aus hellblauer Seide, der traditionellen Farbe für ein Brautgemach. Das Zimmer erschien ihr plötzlich sehr groß. Es war eingerichtet mit einem riesigen französischen Schrank aus Rosenholz, einem dazu passenden Schminktisch, einem Waschständer, dessen Porzellankrug und -schüssel mit Rosen und gewundenen Ranken bemalt waren; unter den Stufen, die zu ihrem Bett führten, verbargen sich ihre Schuhe. Neben dem offenen Fenster gab es einen samtbezogenen Louis-XVI-Lehnsessel. Amalie hielt es plötzlich nicht mehr im Bett aus. Sie schlug das Moskitonetz zurück, glitt aus dem hohen Bett und schlich zum Sessel.

Sie setzte sich, zog die Füße unter sich und bedeckte sie mit dem langen Nachthemd. Tief atmete sie die frische Nachtluft ein, die nach Rosen duftete. Durch die Baumzweige vor dem Fenster konnte sie die spiegelnde Oberfläche des Bayous erahnen.

Plötzlich kniff sie die Augen zusammen. Sie hatte eine Bewegung wahrgenommen. Ein Mann stand dort unter den Bäumen; sein Gesicht und seine Hände waren nichts weiter als weiße Flächen, seine Kleidung verschmolz mit der Dunkelheit. Er schlenderte aufs Wasser zu.

War es Julien oder Robert? Sie konnte es nicht sagen. Der Größe und Haltung nach hätte es jeder von beiden sein können. Aber Robert stand normalerweise früh auf, und Julien machte die Nacht zum Tage.

Wenn es aber ihr Mann war, was machte er dann dort draußen? Für gewöhnlich hielt er sich nicht in einem dunklen Garten auf. Erregte ihn die Nacht? Wenn ja, dann konnte sie das verstehen. O ja, das konnte sie!

Sie erhob sich und kehrte ins Bett zurück. Entschlossen machte sie die Augen zu. Nach einer Weile wich die Starrheit aus ihrem Körper, und sie schlief ein.

Sie erwachte von einer Berührung, die heiß und sanft auf ihrer Brust prickelte. Amalie öffnete die Augen. Der Mond war untergegangen, und es war zu dunkel, als daß sie jemanden erkennen konnte. Ein Schatten ragte neben dem Bett auf, eine Gegenwart, die so spürbar wie sichtbar war. Die Hand eines Mannes lag auf ihrer Brust, liebkoste durch das feine Material ihres Nachthemds hindurch ihre Brustwarze.

Sie fuhr zusammen, ergriff den Arm und flüsterte: »Julien?«

Das Wort wurde erstickt, als er sich vorbeugte und ihren Mund mit seinen Lippen verschloß. Sie spürte seine Zunge, die ihren Mund erforschte. Sie wehrte sich nicht, sie war wie verzaubert von der Berührung ihres Mannes, der Sehnsucht, die in ihren Adern pulsierte, und es dauerte nicht lange, bis sie – getrieben von einem tiefen Verlangen – zögernd mit ihrer Zunge die seine berührte. Die Bettfedern quietschten, als er zu ihr ins Bett kam. Er zog sie an sich, und sie konnte seinen Herzschlag spüren. Mit den Fingern strich sie über seinen Unterarm, langsam, zärtlich.

Er atmete stockend und hob den Kopf. Seine heißen Lippen hinterließen eine feurige Spur vom Kinn über die Wange bis zur Schläfe hinauf. Er küßte sie auf die geschlossenen Lider und zwischen die Brauen. Tief atmete er den Duft ihres Haares ein, ehe er sich wie ein Verdurstender auf ihren Mund stürzte.

Das war neu, dieses leidenschaftliche Verlangen, diese Freude, sie zu spüren und zu schmecken. Diese Erkenntnis vertrieb die Furcht aus Amalie. Sie klammerte sich an ihn und ließ die Finger über seine Schulter gleiten, während sie sich an ihn preßte. Ihre festen Brüste drängten sich an ihn, ihr Unterleib stieß auf seine harte, heiße Männlichkeit. Durch ihr Batisthemd hindurch fühlte sie seine Nacktheit und sein Verlangen. Ihr Herz schwoll an und hämmerte an ihre Rippen, als ihr klar wurde, daß es diesmal keine Enttäuschung, keine Tränen geben würde.

»Amalie –«

Dies heiser gestammelte Wort klang nach einem Flehen. Wieder fanden seine warmen und ein wenig rauhen Finger ihre Brust. Mit sicheren Bewegungen öffnete er die Perlmuttknöpfe und zog langsam und vorsichtig den zarten Stoff über ihren Kopf. Sie spürte die kühle Nachtluft auf der Haut und seinen warmen Atem. Ein Beben durchlief sie, als sie seine Lippen auf ihrer Brust spürte.

Sie gab einen kehligen Laut von sich, als er aufhörte, aber er vergrub das Gesicht zwischen ihren Brüsten und atmete tief ihre Süße ein. Langsam wanderte sein Mund erst über den einen Hügel, seine Zunge umkreiste die Warze. Amalie hielt die Luft an. Ihre Haut schien zu glühen. Und als sie spürte, wie sich seine heißen Lippen um ihre Brustwarze schlossen, wölbte sie sich ihm entgegen.

Sie hatte nicht gewußt, daß es so sein konnte – wie Feuer im Blut – nicht geahnt, wie verdorben sie von Natur aus war. Das war die Pflicht einer Ehefrau, so hatte man es sie gelehrt; woher hätte sie wissen sollen, daß es auch Vergnügen bereiten konnte? Die Sklavinnen hatten immer so etwas behauptet, aber bei Ladies war das anders. Oder vielleicht doch nicht?

Mit zitternden Fingern berührte sie sein Gesicht, während seine Zunge ihre Brust liebkoste. Wunderbare Gefühle durchströmten sie, und erst als ihr Nachthemd über den Bettrand glitt, wurde sie sich ihrer Nacktheit bewußt. Sie schauderte, aber nicht vor Kälte. Er küßte sie mit festen Lippen auf den Mund, und seine Hände wanderten erneut über ihren Körper.

Seine Finger umspannten ihre Brüste, ehe die Hände hinabglitten über die Rippen bis zu ihrer schmalen Taille. Und weiter, bis zu dem zarten Schwung ihrer Hüfte. Sie hielt den Atem an, als er die Hand umdrehte und mit den Rückseiten seiner Finger über ihren Bauch wandern ließ, bis hinab zu dem seidigen, kleinen Dreieck. Und dann glitt er zwischen ihre Schenkel.

Seine Berührung ließ sie vor Verlangen schmelzen. Sie bekam Gänsehaut, schmiegte sich enger an ihn, und sehnte sich danach, ein Teil von ihm zu sein und ihn zu einem Teil von sich zu machen. Seine Lippen schmeckten süß, seine Berührung war sanft. Seine muskulöse Härte war die perfekte Ergänzung zu ihrer Weichheit. Sein Herz bebte und an seiner Verspannung erkannte sie, wie mühsam er sich beherrschte. Erfüllt von dem Wunsch zu geben, öffnete sie die Schenkel und gewährte ihm Zugang zu ihrer feuchten Weiblichkeit. Als sein Finger in sie drang, stöhnte sie auf vor Schmerz.

Er erstarrte. Ein Laut entrang sich seiner Kehle, wie ein unterdrückter Ausruf, dann zog er die Hand zurück, und sein Kuß wurde sanfter, wie zur Entschuldigung.

Amalie wandte den Kopf, flüsterte: »Das Gänsefett auf dem Nachttisch.«

»Nicht nötig«, kam seine sanfte Antwort. Ehe sie protestieren konnte, hatte er sich über sie erhoben, preßte seinen feuchten, warmen Mund an die Stelle, die er berührt hatte.

Als er sie wenige Augenblicke später an sich zog, konnte er ohne Schwierigkeiten in sie eindringen, und der Schmerz wurde innerhalb kürzester Zeit von dem besänftigenden Rhythmus seiner Bewegungen verdrängt. Dankbar und leidenschaftlich klammerte sich Amalie an ihn; und als ihre Gefühle immer stärker wurden, bewegte sie sich auch – sie sehnte sich danach, ihn tiefer und tiefer in sich zu spüren. Das Blut raste durch ihre Adern; ihre Haut war feucht vom Schweiß, und seine Stöße ließen sie erbeben. Sie wölbte sich ihm entgegen, und Tränen traten in ihre Augen, Tränen der Ekstase und der Erleichterung darüber, daß sie nicht für alle Zeit auf diese Freude verzichten mußte. Aber es waren auch Tränen der Erfüllung, Tränen der Liebe. Sie warf den Kopf von einer Seite zur anderen und preßte die Hände gegen seine Schultern.

Es stieg in ihr auf, dieser alte Zauber – eine Explosion, ein Wunder. Es gab nichts außer diesem Mann, diesem Augenblick und ihr selbst. Sie schrie auf, als die Entspannung kam und der Mann über ihr noch einmal tief in sie eindrang und dann ruhig wurde.

Die Tränen rollten unaufhörlich über ihre Wangen und in ihr Haar. Sie gab keinen Laut von sich, bemüht, ihren stoßweisen Atem zu beherrschen und sich nicht zu verraten.

Er rollte sich zur Seite und zog sie an sich, strich das seidige Haar aus ihrem Gesicht. Er umspannte eine Wange mit seiner Hand, drückte die Lippen auf ihre Stirn und küßte sie dann auf die Lider. Als er ihre feuchten Wimpern spürte, fuhr er zurück.

»Was ist los, chérie?« flüsterte er.

Sie schüttelte den Kopf. »N-nichts.«

»Habe ich dir weh getan?« Seine Worte waren leise, flehend.

»Nein. Ich – es ist bloß, daß du – daß wir – sonst –«

Er berührte mit dem Finger ihre Lippen. »Pst, ich verstehe schon.«

Vielleicht war es das, vielleicht waren es auch seine Arme, die sie umschlangen, seine Hand, die über ihr Haar strich, aber schließlich ließ der Schmerz in ihrer Kehle nach, und ihre Tränen versiegten. Sie entspannte sich und legte den Kopf auf seinen Arm. Ihre Beine waren mit seinen verschlungen.

»War es schwer, das Warten?« fragte er kaum hörbar. Seine Hand glitt über ihren Rücken hinab zu ihren Hüften, die sie an ihn preßte.

Sie brachte ein leichtes Nicken zustande.

»Dann sollten wir uns nicht mehr so lange Zeit lassen.«

Es dauerte eine Weile, bis sie begriff, was er meinte, und auch dann war sie sich nicht sicher. Sie starrte diesen dunklen Umriß an und staunte über den amüsierten Unterton in seiner Stimme, der so gar nicht typisch für Julien war. Doch all ihre Zweifel waren vergessen, als seine Lippen ihren Mund umschlossen und als er ihre Hüften an seinen Unterleib zog, der bereits wieder heiß und hart war.

Später, in den frühen Morgenstunden, verließ er sie. Er glitt aus dem Bett und bückte sich, um seine Kleider oder vielleicht auch seinen Morgenmantel aufzuheben. Sie protestierte schläfrig und wurde mit einem flüchtigen Kuß belohnt. Aber seine Schritte entfernten sich dennoch, und sie hörte, daß die Schiebetür zu seinem Zimmer aufglitt und wieder geschlossen wurde.

»Mam'zelle sehen gut aus heute früh.«

Amalie sah zu dem Mädchen auf, das sie frisierte. Ein verständnisvolles Leuchten lag in den Augen des Mädchens. Grund dafür war das Bett, mit den allzu deutlichen Flecken auf dem Laken. Amalie schalt sich insgeheim, weil sie zu müde und zufrieden gewesen war, um früh aufzustehen und die verräterischen Zeichen zu entfernen, und so versuchte sie jetzt, die Dinge in Ordnung zu bringen.

»Danke, Lally. Ich denke, du weißt, warum.«

»Mam'zelle?« Das Mädchen war ganz Unschuld.

»Ich habe nichts dagegen, daß du von meinem Privatleben weißt, da du mir so nahe stehst. Aber ich wäre äußerst traurig, wenn darüber geredet würde.«

»Aber nein, Mam'zelle, das würde ich niemals tun. Ich schulde Ihnen so viel dafür, daß Sie mich gerettet haben! Wie könnte ich da hinter Ihrem Rücken über Sie reden!«

»Ich bin sicher, daß ich mich auf deine Loyalität verlassen kann.«

»Aber ja, Mam'zelle, immer«, beteuerte das Mädchen.

Als Lally ging, um die Laken zu waschen, betrachtete Amalie sich noch einmal im Spiegel. Sie sah wirklich gut aus. Ihre Wangen waren sanft gerötet, ihre Augen strahlten, ihre Haut schimmerte wie Perlmutt. Und als sie sich jetzt umwandte und zur Tür ging, spürte sie, wie ihre Schenkel aneinander rieben. Das Schwingen ihrer Hüften, das verführerische Rascheln ihrer Röcke gaben ihr das Gefühl, eine Frau zu sein, mehr denn je zuvor in ihrem Leben. Das war sonderbar, aber wahr, und dieser Gedanke brachte sie zum Lächeln.

Als sie die Tür öffnete, fiel Isa fast ins Zimmer. Er hatte mit dem Rücken an der Tür gelehnt und geduldig gewartet. Jetzt raffte er sich auf und öffnete auf ihr Zeichen hin die Tür zur Loggia. Er ließ sie vorbeigehen, verstaute sein Schlafzeug in einer Holzkiste und hastete dann an ihr vorbei die Treppe hinab, um ihr die Tür zum Eßzimmer aufzuhalten.

Stühle scharrten, als Julien und Robert sich bei ihrem Eintreten erhoben. Amalie blieb überrascht stehen. Sie hatte nur M'mere erwartet, mit der sie für gewöhnlich frühstückte. Robert hatte die Gewohnheit, schon sehr früh aufzustehen, und oft wartete er an der Küchentür auf ein Stück Gebäck und Schinken, das er im Stehen zum Kaffee verschlang, ehe er über die Plantage ritt. Häufig nahm er dann später mit Julien ein ausgiebigeres Frühstück ein, wenn ihr Mann es über sich brachte, vor dem Mittagessen überhaupt etwas zu sich zu nehmen.

»Guten Morgen«, grüßte sie und warf Julien einen strahlenden Blick zu. Isa hatte ihren Stuhl zurechtgerückt, und sie setzte sich. Auch die Männer nahmen wieder Platz.

Julien gab ihren Gruß nur knapp zurück. Sein Blick traf sie kaum. Roberts Antwort war höflich, aber kurz, und sein Mund wirkte grimmig, als er von seinem Cousin zu ihr hinübersah. Das Leuchten wich aus Amalies Gesicht.

Isa zog seine Servierjacke an. Sie war ebenso geschnitten wie die der Männer, die man draußen leise reden hörte. Er schenkte ihr Kaffee ein und brachte ihr dann einen Teller mit gebutterten Muffins, einem Stück Schinken und einer geschälten und zerteilten Orange. Sie dankte ihm mit einem flüchtigen Lächeln und hob mit steifen Fingern die Tasse an die Lippen.

Es enttäuschte sie, daß ihr Julien kein Zeichen gab, daß auch ihm die vergangene Nacht Freude bereitet hatte. Aber was hatte sie denn erwartet? Eine leidenschaftliche Umarmung? Den heißen Blick eines Liebhabers? Nein, sicher nichts so Dramatisches. Aber er hätte doch gewiß einen kleinen Hinweis auf ihre veränderte Beziehung geben können.

Vielleicht mochte Julien einfach keine Zärtlichkeitsbezeugungen in der Öffentlichkeit. Ihr kam der Gedanke, wie wenig sie doch von dem Mann wußte, den sie geheiratet hatte, wie wenig sie in den Monaten seit ihrer Hochzeit von ihm erfahren hatte. Seit ihrer Rückkehr nach Belle Grove hatte er sein eigenes Leben, praktisch getrennt von ihr, geführt. Aber das würde sich doch jetzt ändern?

Sie riß sich zusammen und meinte: »Du bist früh auf, Julien.«

»Ich habe nicht gut geschlafen.« Die Worte klangen fast wütend.

»Nein? Vielleicht könntest du besser schlafen, wenn du tagsüber mehr an die frische Luft gehen würdest. Vielleicht könntest du ausreiten.«

»In deiner Gesellschaft?«

Sie war so dankbar, daß er ihre Worte verstanden hatte. Die

Schatten wichen aus ihren braunen Augen. »Ja, wenn du möchtest.«

»Heute?«

»Ich bin sicher, ich könnte Zeit dafür finden.«

»Ich muß dich leider enttäuschen, aber ich werde mich heute morgen um die Restaurierung der ›Zephyr‹ kümmern.«

Die »Zephyr« war sein Boot. Amalie schlug die Augen nieder. »Ich verstehe.«

»Robert dagegen hat so gut geschlafen, daß er erst spät aufgestanden ist und seinen Inspektionsritt noch nicht hinter sich hat. Ich bin sicher, er würde sich über deine Gesellschaft freuen.«

»Ich wäre entzückt«, erklärte Robert ohne Zögern.

Sie warf dem Cousin ihres Mannes einen kurzen Blick zu, ehe sie leise erwiderte: »Ein andermal vielleicht. Ich – mir ist gerade eingefallen, daß ich die Frauen anleiten muß, Hemden zu nähen. Ein paar der Männer sehen schrecklich zerlumpt aus.«

»Dein Pflichtbewußtsein ist überwältigend«, murmelte Julien und schob das Frühstück von sich, das er nicht angerührt hatte. »Ich muß mich wirklich glücklich schätzen, eine Frau zu haben, die so eifrig ist.«

»Ja, und so verständnisvoll«, warf M'mere scharf ein.

Man hörte ein lautes Kratzen, als Robert seinen Stuhl zurückschob. Er warf seine Serviette hin und verließ den Tisch. M'mere sprang auf und eilte ihm hinterher. Julien sah ihnen seufzend nach und fuhr sich mit der Hand durchs Haar.

»Bitte verzeih mir meine schlechte Laune, ma chère. Dich trifft keine Schuld, und es war falsch von mir, meine Laune an dir auszulassen.«

Es dauerte eine Weile, bis sie sagen konnte: »Das macht nichts.«

»O doch. Ich will nicht, daß du mich haßt.«

»Das könnte ich nie tun«, gab sie zurück und wußte im selben Augenblick, daß sie die Wahrheit gesagt hatte.

»Vielleicht wäre es aber besser.« Er sprang auf und verließ das Zimmer.

»Julien?« rief sie ihm nach, aber er blieb nicht stehen.

Es war ein langer, schwerer Tag. Amalie beschäftigte sich und versuchte, weder an die vergangene Nacht zu denken noch an die, die kommen würden. Sie trug den Frauen auf, Sommerkleidung für die Männer zu nähen. Da sie auf der Plantage fünfundsiebzig Sklaven hatten, war das viel Arbeit. Danach besuchte sie die Krankenstation. Später kehrte sie ins Haus zurück und bereitete alles für den großen Hausputz vor.

Es war zwar noch nicht Sommer, aber hier im Süden wurde es schon wärmer. Bis zum Herbst würden sie die Kamine wohl nicht mehr benötigen, also konnten sie gereinigt werden. Die Teppiche mußten hinausgetragen und geklopft werden, ehe sie mit Tabak (gegen die Motten) bestreut und auf dem Speicher gelagert wurden. Wände und Decken mußten gestrichen, Bilderrahmen abgestaubt werden. Die Fenster und Spiegel mußten poliert, die Möbel mit Öl eingerieben und die Messingauflagen mit Essig und Soda zum Strahlen gebracht werden. Es war typisch, daß inmitten all dieses Durcheinanders noch Besucher auftauchten.

Drei Damen fuhren in ihrem Wagen durch das Tor. Die Damen Lulu und Marie Oudry waren verwitwete, alte Freundinnen von M'mere. Sie wurden von Mademoiselle Louise Callot begleitet, einem kichernden Mädchen, das kaum älter war als Chloe. Die beiden Damen trugen steifes, raschelndes Schwarz, wodurch ihre Gesichter unglaublich bleich und ihre Augen wie zwei winzige Stückchen Obsidian wirkten. Louise war in jungfräuliches Weiß gehüllt. Sobald sie im Salon Platz genommen hatten, erklärten die Damen, sie hätten Louise mitgebracht, damit diese einmal die Gesellschaft von jungen Leuten genießen könnte. Ihre Eltern bereisten derzeit Alabama, würden aber bald zurückkommen, um ihre Tochter zu holen, und dann auch Sophia und Julien besuchen kommen.

Monsieur Callot verarbeitete Zuckerrohr und Baumwolle. Seine Firma verkaufte seit Jahren die Produkte der Plantage, und die Familien waren miteinander befreundet und besuchten sich häufig.

Die Hauptlast dieses Besuches hatten Juliens Mutter und

Chloe zu tragen, denn sie kamen den Besuchern altersmäßig am nächsten. Da das Lieblingsthema der beiden älteren Gäste die Krankheiten gemeinsamer Bekannter waren und da sich Louise hauptsächlich für sich selbst und ihre jüngsten Eroberungen in den Ballsälen interessierte, bedauerte Amalie es nicht, nicht in die Unterhaltung einbezogen zu werden. Statt dessen kümmerte sie sich um Gebäck und Getränke und saß stumm daneben, bis die Gäste sich verabschiedet hatten.

Kurz darauf entdeckte sie, daß Robert sie verlassen hatte. Er war nach The Willows zurückgekehrt und schickte seinen Diener, um seine Sachen zu holen. Er würde natürlich auch weiterhin ein Auge auf Belle Grove haben und häufiger Gast sein, hatte es aber für besser gehalten, wieder zu Haus zu wohnen. M'mere behauptete, den Grund für seine Entscheidung nicht zu kennen, aber Amalie hatte das Gefühl, daß es irgendwie mit Julien und ihr selbst zusammenhing.

Amalie hatte sich immer nur für durchschnittlich interessant gehalten. Sie wußte, daß ihr Aussehen ungewöhnlich war, aber ihr fehlte der dramatische Effekt einer blonden oder braunen Schönheit. Deshalb glaubte sie auch nicht, daß das Verhalten ihres Mannes auf Leidenschaft für sie zurückzuführen war. Er war eher eifersüchtig wie ein Hund, dem man seinen Knochen weggenommen hatte. Sie war plötzlich kostbar für ihn geworden, weil sich ein anderer Mann für sie interessierte.

In der Dämmerung stand sie auf der oberen Galerie und sah den Tauben zu, die sich einen Schlafplatz für die Nacht suchten. Hinter sich hörte sie das Kratzen von Holzkohle, mit der Isa seine Skizzen anfertigte.

Sie trat neben ihn und staunte über seine hübsche Darstellung einer Taube. »Du hast großes Talent, Isa, und du leistest sehr viel. Ich frage mich, was du fertigbringen könntest, wenn du besseres Material hättest – aber natürlich!« Und als er sie fragend ansah, fuhr sie fort: »Du mußt sofort zu Lally laufen. Sag ihr, ich brauche meinen Farbkasten aus dem obersten Fach in meinem Schrank. Und dann laß dir von Charles ein Stück Packpapier geben.«

Er runzelte die Stirn. »Sie wollen malen, Mam'zelle?«
»Glaubst du, ich könnte das nicht?« neckte sie.
»Mam'zelle kann alles.«
Gerührt von seinem Vertrauen, mußte sie ein Lächeln unterdrücken. »Ich hatte vor einigen Jahren ein paar Stunden, aber ich werde jetzt nicht malen. Du wirst es tun.«
Er riß die Augen auf. »Ich, Mam'zelle?«
»Stell jetzt keine Fragen, sondern lauf und hol die Sachen, um die ich dich gebeten habe.«
Noch nie hatte sie ihn sich so schnell bewegen gesehen. Sie fürchtete, er könnte in seinem Eifer die Treppe hinunterfallen.
Während Isa ein Glas Wasser holte, breitete Amalie im Salon Papier und Farben aus und zündete eine Lampe an. Dann zeigte sie Isa, wie er mit dem Pinsel die Farbe aufnehmen mußte und wie man sie verteilte. Schließlich trat sie zurück und beobachtete ihn. Auf seinem Gesicht stand Entzücken, als er konzentriert arbeitete. Beide fuhren erschreckt zusammen, als eine Stimme hinter ihnen erklang.
»Ein geschickter Schüler, aber bist du sicher, daß das klug ist?«
»Cousin Robert!« rief sie aus. »Ich dachte, du wärest nach The Willows zurückgekehrt.«
»War ich auch.« Er lächelte traurig. »Aber M'mere ließ mich rufen. Eine wichtige geschäftliche Angelegenheit. Und da bin ich wieder, pünktlich zum Abendessen.«
»Was? Ist es schon so spät? Und ich bin noch nicht umgezogen! Entschuldige mich bitte.« Sie wandte sich an Isa und trug ihm auf, die Malutensilien fortzuräumen und dann in die Küche zu laufen, um zu essen, bevor er ihr die Mahlzeit servierte.
Isa schloß den Farbkasten und trug dann alles fort. Amalie nickte Robert zu und wollte in ihr Zimmer gehen.
»Bitte warte einen Augenblick.«
Sie drehte sich lächelnd um.
»Es geht mich nichts an, aber hältst du es für richtig, das Kind so zu behandeln?«

Ihr Lächeln verflog. »Wie meinst du das?«

»Du verwöhnst ihn, behandelst ihn wie ein Schoßhündchen und hältst ihn in deiner Nähe hier im Haus.«

»Würde es dir besser gefallen, wenn ich ihn mit den anderen aufs Feld schicke?« Ihre braunen Augen waren hart und die Worte scharf.

»Nein.« Auch seine Stimme war ernst. »Aber was wird aus ihm, wenn du dieses Spielchens überdrüssig bist? Wie fühlt er sich, wenn er kein Kind mehr ist, wenn es ihm nicht mehr gestattet ist, dir zu folgen wie ein Hündchen?«

»Wenn du damit andeuten willst, daß ich ihn hinauswerfen werde –«

»Das habe ich schon erlebt.«

»Nie bei mir!«

»Nein. Aber vielleicht ist das, was du tust, noch schlimmer. Er ist intelligent und talentiert, aber es ist verboten, ihn zu unterrichten. Vielleicht schaffst du es nicht, darauf zu verzichten, und was dann? Er darf sein Wissen und seine Kunst niemals anwenden. Er wird nur Unzufriedenheit kennenlernen. Ist das der Dank für seine Liebe?«

Mit wirbelnden Röcken wandte sie sich von ihm ab und erklärte über die Schulter: »Ich – vielleicht hast du recht. Aber soll ich ihn ignorieren? Soll ich ihn zurückschicken, damit er wieder von den anderen Kindern ausgelacht und gequält wird? Das wäre genauso grausam, und eine solche Verschwendung!«

»Es ist nicht leicht, das Richtige zu tun.«

»Vielleicht bleibt er kein Sklave. Als Arbeiter hat er nur geringen Wert. Es gibt Tausende von freien Negern in Louisiana.«

»Die meisten von ihnen sind schon vor Jahren freigelassen worden.«

Das war eine der größten Ironien der letzten Jahre, daß gerade die Handlungen der Abolitionisten – die die Sklaven ermutigten, sich illegal ihre Freiheit zu verschaffen – Gesetze ins Leben gerufen hatten, die es einem Besitzer stark erschwerten, seine Sklaven freizulassen. Es gab eine Zeit, da war es nicht ungewöhnlich, daß ein Sklave sich freikaufte oder als Belohnung für einen besonderen Dienst die Freiheit erhielt. Jetzt bestand die sicherste Möglichkeit darin, es im Testament des Herrn zu vereinbaren.

Schließlich meinte sie: »Ich kann nur tun, was ich für das Beste halte.«

»Ja. Ich wollte dich nicht beleidigen.«

»Davon bin ich überzeugt.« Sie wandte den Kopf, nickte ihm zu und verließ den Raum.

Viel, viel später, als das Essen vorüber und im Haus alles still war, öffnete sich die Tür zwischen ihrem und dem Schlafzimmer ihres Mannes. Julien kam auf sie zu. Mit leisen, ruhigen Bewegungen. Er zog das Moskitonetz beiseite. Sie spürte, wie die Matratze unter seinem Gewicht nachgab. Dann umschlangen seine Arme sie und zogen sie an sich.

»Verzeih mir«, flüsterte er an ihrer Kehle, ehe er sie küßte. »Verzeih mir.«

Mit einem Murmeln preßte sie sich an ihn und legte den Arm um seine Schultern. Das Blut raste in ihren Adern, und tief in ihrem Innern spürte sie Vorfreude und Erwartung. Aber aus einem Grund, der ihr selbst nicht klar war – vielleicht, weil sie an diesem Abend so offen mit ihm gesprochen hatte –, gehörte das Gesicht, das sie vor ihrem geistigen Auge sah, nicht ihrem Mann. Es war das Gesicht seines Cousins, das Gesicht Robert Farnums.

5. Kapitel

Der geplante Opernbesuch nahm die Ausmaße eines ganztägigen Ausflugs an. Zuerst wollten sie am Sonntagmorgen die Messe in der Kirche von St. Martin de Tours besuchen, anschließend mit Freunden im Hotel Broussard frühstücken. Am Nachmittag stand dann die Oper selbst auf dem Programm, Meyerbeers »Hugenotten«. Und zum Abschluß fand dann ein Ball in der großen Halle des Hotels statt.

Da sie also viel Zeit in der Stadt verbringen würden, wurde beschlossen, Hotelzimmer zu nehmen, damit die Gesellschaft sich bequem ausruhen und umziehen konnte. Außerdem mußten sie in der Nähe sein, wollten sie rechtzeitig in der Kirche eintreffen. Also wurde abgemacht, daß sie bereits Samstag abend nach St. Martinville fahren würden.

Natürlich brauchten die Damen ihre Zofen und die Herren ihre Kammerdiener. Das Hotel Broussard war zwar ein gutes Hotel, aber M'mere zog es doch vor, ihre eigene, mit Monogramm versehene Bettwäsche, eigene Kissen, ein, zwei Teppiche und ein paar Kleinigkeiten wie ein Bild, eine Lampe oder ähnliches mitzunehmen, um sich heimisch zu fühlen. Der Hotelkoch hatte einen guten Ruf, aber er war nicht so geschickt bei der Herstellung von Gebäck wie ihre Marthe. Also wurde ein Vorrat an Croissants und Muffins ebenso mitgenommen wie ein paar der hervorragenden Schinken, Würste und Gelees aus Belle Grove. Charles mußte mitkommen, um Besucher anzukündigen, und Amalie konnte selbstverständlich nicht auf Isa verzichten. Vielleicht mußte er alle Arten von Nachrichten übermitteln.

So kam es, daß am Samstagnachmittag eine ganze Karawane vor dem Haus stand. Der Wagen mit den Vorräten und Dienern fuhr als erster, damit in der Stadt schon alles für ihre Ankunft vorbereitet werden konnte. Als nächstes kam Juliens eleganter neuer Studebaker mit dem glänzenden dunkelgrünen Anstrich und den vergoldeten Verzierungen. Dahinter die dunkle, elegante Viktoria mit offenem Verdeck. Daneben knabberte Roberts Reitpferd ruhig am Gras.

Amalie beobachtete von der Galerie aus, wie Robert dem Kutscher das Zeichen zur Abfahrt gab. Die Sonne leuchtete auf seinem dunklen Haar, als er sich seinem Pferd zuwandte und es losband. Er setzte den Fuß in den Steigbügel. Seine Muskeln unter der engen Reithose zuckten, als er aufstieg. Das Tier warf den Kopf, wollte ausbrechen, aber Robert kontrollierte es mit Leichtigkeit.

»Mam'zelle?«

M'meres Zofe Pauline stand in der Tür, die vom Schlafzimmer der alten Dame auf die Galerie führte.
»Ja?«
»Verzeihung, aber die grande maîtresse möchte Sie sprechen.«

Es war kurz vor der Abfahrt. M'mere sollte schon fertig sein.
»Ist etwas nicht in Ordnung?«

Die Frau schüttelte nur den Kopf. Dann trat sie beiseite, um Amalie vorbeizulassen.

M'mere war in graue Seide gekleidet, hatte einen schwarzen Seidenmantel um die Schultern geworfen und trug einen schwarzen Hut dazu. Sie kniete vor ihrem kleinen Altar und bewegte in stummem Gebet die Lippen. Dann seufzte sie und erhob sich.

»Ich wollte dich nicht warten lassen, ma chère«, entschuldigte sie sich lächelnd. »Aber Reisen erfordern immer die Hilfe des lieben Gottes, nicht wahr?«

»Ja, M'mere.«

»Aber ehe wir aufbrechen, habe ich ein kleines Geschenk für dich.«

»O nein, du hast mir schon so viel geschenkt –«

»Es ist nichts weiter als ein Zeichen meiner Liebe und Dankbarkeit für das Glück, das du meinem Sohn geschenkt hast.« Auf ihrem hohen Bett lag ein Schmuckkästchen. Die alte Frau nahm es in die Hand und öffnete den Deckel.

»Ich bin seine Frau; es ist meine Pflicht –«

M'mere kümmerte sich nicht um ihren Protest. Sie nahm ein blaues Samtschächtelchen heraus, ergriff Amalies Hand und legte es hinein. »Du hast mehr Verständnis gezeigt, als die meisten anderen es getan hätten, und dafür respektiere ich dich. Bitte enttäusche mich jetzt nicht und nimm mein Geschenk an.«

Amalie schlug die Augen nieder. Sie war sich ganz und gar nicht sicher, daß ihr Verständnis tatsächlich so groß war, wie M'mere vermutete. In den letzten Wochen war Julien vielleicht ein halbes dutzendmal bei ihr gewesen. Jedesmal war es zu einer Vereinigung gekommen, und sie hatte höchstes körperliches Vergnügen kennengelernt. Und doch – wenn sie sich am folgenden Morgen begegneten, war es, als wäre niemals etwas geschehen. Meistens war er schlecht gelaunt und ungeduldig, und nur hin und wieder lächelte er ihr mit der alten, scheuen Zärtlichkeit zu. Sein Verhalten bei Tage war so kühl, daß sie allmählich zu der Überzeugung gekommen war, er benutze sie nur oder seine Besuche seien nur Pflichtübungen. Um ihren Stolz zu bewahren, hatte sie versucht, gelassen zu bleiben und der Leidenschaft zu widerstehen, die er in ihr erweckte. Aber es war ihr nicht gelungen. Jedesmal, wenn er sie im Dunkeln allein ließ, als könnte er nicht bis zum Morgen bei ihr bleiben, war sie verzweifelt.

»Mach's auf, ma chère!«

Gehorsam öffnete Amalie den Deckel. Auf weißem Satin lagen ein Collier aus Saphiren, Diamanten und Perlen und die passenden Ohrringe. Es war Schmuck für eine junge Frau, eine Braut.

Mit Augen, in denen Tränen schimmerten, blickte Amalie auf. »O M'mere!«

»Tiens! Nun mach nicht soviel Wirbel um eine Kleinigkeit. Du sollst das bei der Oper und anschließend beim Ball tragen. Ich denke, sie werden dir gut stehen.«

Die alte Dame freute sich über ihre Reaktion, das war deutlich in ihren alten, braunen Augen zu sehen. Amalie zwang ein Lächeln auf ihre Lippen. »Danke, M'mere.«

»Es hat mir wirklich Freude gemacht. Aber jetzt müssen wir gehen, ehe Julien und Robert die Treppe stürmen, um uns zu holen.«

Julien wäre lieber in seinem Boot gereist. Es lag an der neu gebauten Anlegestelle vor dem Haus. Die weiße Farbe leuchtete in der Sonne, die beige-blau gestreiften Segel waren fest um den Mast gewickelt. Aber an Bord war nicht genug Platz für sie alle, und die Windungen im Fluß bedeuteten einen großen Umweg. Außerdem hatte Chloe sich geweigert, auch nur daran zu denken. Sie fühlte sich auf dem Wasser nicht wohl und hatte keine

Lust, bleich wie Spargel im Hotel einzutreffen, nur um Juliens Laune zu entsprechen.

Einen Vorteil hätte das Boot gehabt – sie wären nicht staubig geworden. Auf der Straße herrschte reger Verkehr, und braune Wolken hingen in der Luft. Sie wurden manchmal so dick, daß sich die Frauen Taschentücher vor den Mund halten mußten.

In der Nähe von St. Martinville kamen sie an ein Haus, um das sich Kutschen und Wagen so dicht drängten, daß man kaum vorüberkam. Aufgeregte Kinder jagten einander im Kreis. Männer standen in Gruppen beisammen und lachten und tranken, und vor dem Haus saßen ältere Frauen und wiegten Babys auf ihren Knien. Unter einem Baum standen die jüngeren Frauen über Kochtöpfe gebeugt, ein paar Fiedler stimmten ihre Instrumente.

»Was ist da los?« wollte Amalie wissen.

»Das ist eine fais do-do, ein Fest im Stil der Akadier«, erklärte M'mere.

»Da kommen alle zusammen, essen, trinken und hören der Musik zu, und wenn die Kinder schlafen, wird bis zum Morgen getanzt. Dann gehen sie alle in die Messe, und anschließend fahren sie wieder heim«, fügte Chloe erklärend hinzu.

In Amalies Heimat gab es so etwas nicht, aber sie hatte davon gehört. »Sieht aus, als hätten sie viel Spaß.«

»O ja, den haben sie«, stimmte Chloe zu. »Aber wir auch.«

Doch trotz der Voraussage des jungen Mädchens verbrachten sie den Samstagabend ruhig. Sie hatten sich in ihrer Suite eingerichtet, einer Reihe von Schlafzimmern, die in einen kleinen Salon mündeten, und Amalie hatte erleichtert festgestellt, daß sie ein Zimmer für sich allein hatte. Nach einem frühen Abendessen begaben sie sich auf die obere Galerie des Hotels, wo sich auch ein paar andere Gäste und einige Mitglieder des Opernensembles einfanden.

Nach kurzer Zeit wurde George es müde, Chloe an den Lippen eines alten Tenors hängen zu sehen, und so forderte er sie zu einem Spaziergang auf. Er wollte ihr das Grab von Emmeline Labiche zeigen, dem angeblichen Vorbild von Longfellows

Evangeline. Julien stahl sich davon, um zu sehen, was die Stadt sonst noch an Vergnügungen zu bieten hatte. M'mere unterhielt sich mit den Schwestern Oudry über das Muster für ein neues Altartuch, und Robert vertiefte sich in ein Gespräch mit einem anderen Pflanzer. Doch kurz darauf wurde dieser von seinem Diener ins Hotel gerufen, und Robert war allein.

Amalie beobachtete, wie Juliens Cousin an die Balustrade trat und auf den Bayou starrte. Sie ließ ein wenig Zeit verstreichen, bevor sie aufstand und zu ihm ging. Er drehte ihr den Kopf zu, lächelte kurz und wandte seinen Blick wieder dem Bayou zu.

»Ich wollte mich bedanken«, meinte sie zögernd. »Es war nett von dir, als M'meres Begleiter zu fungieren. Ich bin sicher, du hättest lieber etwas anderes getan.«

»Da irrst du dich. Wenn es um Tante Sophia geht, hat das nichts mit Nettigkeit zu tun. Sie hat mir im Laufe der Jahre so viel gegeben, daß ich es ihr niemals zurückzahlen kann. Deshalb stehe ich ihr immer zur Verfügung, wenn sie mich braucht. Außerdem macht es mir in diesem Fall sogar Spaß.«

Seine Worte bestätigten, was Chloe Amalie über ihn erzählt hatte, aber sie sagte nichts dazu, sondern meinte statt dessen: »Tatsächlich? Ich war überzeugt, du würdest The Willows nicht gern verlassen.«

Er drehte sich zu ihr um. »Warum sagst du das?«

»Du warst in letzter Zeit so selten bei uns, daß ich fürchtete, du hättest viele Arbeiten entdeckt, die jetzt deine Anwesenheit und Aufsicht erforderlich machen und während der Überschwemmung vernachlässigt worden sind.«

»Es gibt zu dieser Jahreszeit immer viel zu tun«, gab er achselzuckend zu.

»Aber du streitest nicht ab, daß du uns aus dem Weg gegangen bist?« Fragend musterte sie sein braunes Gesicht. Sie sah die Falte, die zwischen seine Brauen trat und gleich wieder verschwand.

»Das ist sicher ein zu starkes Wort.«

»Ja?«

»Ich reite häufig über die Felder von Belle Grove.«

Sie nickte. »Ich habe dich früh am Morgen von der Loggia aus gesehen. Aber du kommst nicht ins Haus.«

Ein Lächeln zeigte sich auf seinem Gesicht. »Ich wollte eure Gastfreundschaft nicht überbeanspruchen.«

»Du weißt, daß das nie der Fall ist«, gab sie zurück. »Bist du sicher, daß – daß Julien keinen Streit mit dir hat?«

»Ich wüßte nicht, warum.«

Seine Antwort kam schnell, und doch hatte er die Augen zusammengekniffen, so daß seine dichten Wimpern ihren Ausdruck verbargen. Sie schluckte. »Ich habe das Gefühl, das ist nicht ganz die Wahrheit. Vielleicht habe ich dich beleidigt.«

»Das könntest du nie«, antwortete er leise.

Der Klang seiner Stimme ließ sie erschauern. Sie brachte ein Lächeln zuwege. »Dann hoffe ich –«

»Du gestattest«, sagte er abrupt und streckte die Hand aus. Er berührte die sanfte Wölbung ihrer Brust gleich über dem Ausschnitt.

Das Gefühl war so angenehm, daß es ihr den Atem verschlug. Hastig trat sie zurück, und dort, wo seine Finger sie berührt hatten, spürte sie ein Brennen. Mit aufgerissenen Augen starrte sie ihn an. Sie glaubte zu sehen, wie sich sein Gesicht rötete, konnte in dem schwachen Licht jedoch nicht sicher sein. Er bewegte abrupt die Hand, und ihr Blick wanderte zu seinen Fingern hinab, die er ihr entgegenstreckte.

»Oh, eine Spinne«, stammelte sie. War es Erleichterung oder Bedauern, was sie verspürte? Sie wußte es nicht. Sie erkannte jedoch die plötzliche Woge des Verlangens, die sie in seiner Nähe überfallen hatte.

Also war sie nicht nur im Bett zügellos, sondern auch völlig bekleidet, in Gesellschaft, und noch dazu mit einem Mann, der nicht ihr Ehemann war. Wie konnte sie nur? Sie hatte ihr Ehegelöbnis in bestem Glauben abgelegt und sich nie für verdorben gehalten oder für besonders empfänglich für die Bedürfnisse des Fleisches. Und doch hatte sie auf Julien reagiert, wie sie es nie auch nur geahnt hätte, und jetzt fühlte sie dasselbe heiße Verlangen bei diesem Mann. War es möglich, daß ihre Leidenschaft jetzt, nachdem ihr Körper so viele Jahre hindurch unberührt geblieben war, jedem Mann galt?

»Die saß wohl in den Ranken«, bemerkte er und warf das kleine, braune Insekt über die Brüstung. »Was wolltest du gerade sagen?«

Es dauerte einen Moment, bis sie antwortete. »Nichts. Nur daß – daß ich hoffe, du kommst uns öfter besuchen. Es würde M'mere so freuen.«

»Und dich?« fragte er und legte den Kopf schief.

»Mich natürlich auch«, erwiderte sie und entfernte sich lächelnd. Robert beobachtete sie. Sein Gesicht war ausdruckslos, aber die Hand, mit der er sie berührt hatte, hatte er zur Faust geballt.

Die Messe am nächsten Morgen war ein ernstes und bewegendes Erlebnis. Die Kirche von St. Martin de Tours war ziemlich neu, der Priester, Père Jan, hatte alles, was man von einem Kirchenmann erwartete: Er war barmherzig, besorgt, aber ausgesprochen streng, wenn es um Sünden ging.

Amalie, in Gesellschaft der anderen Damen, verließ die Kirche besänftigt an Körper und Geist – und hungrig. Im Hotel erwartete sie ein enormes Frühstück: Schinken und Eier, heiße Brötchen, Kuchen und Waffeln, frische, süße Butter und Zuckerrohrsirup, heißer Kaffee mit Sahne, heiße Schokolade und Milch. Danach sollten sie sich in ihren Zimmern ausruhen, um für den anstrengenden Nachmittag und Abend gerüstet zu sein, aber Chloe hatte andere Pläne.

Weder Robert noch Julien oder George hatten an der Messe teilgenommen. Der Engländer und Robert waren im Hotel und nahmen das Frühstück mit den Damen ein, aber danach zog sich Robert mit einer zweiten Tasse Kaffee und der Zeitung ins Herrenzimmer zurück. Julien war schon früh ausgegangen, und Tige konnte nicht sagen, wohin, er wußte nur, daß von einem Hahnenkampf die Rede gewesen war. Er konnte jedoch nicht weit weg sein, denn er hatte nicht nach seinem Wagen verlangt. Diese Nachricht erfreute Chloe, und sie befahl, den Buggy unverzüglich vor das Hotel bringen zu lassen.

George sollte sie, mit Amalie als Anstandsdame, durch die Straßen der Stadt fahren, aber er lehnte das kategorisch ab. Es gehörte sich einfach nicht, das Gefährt eines anderen Herrn ohne dessen Erlaubnis zu benutzen, noch dazu, wenn man selbst kaum mehr als ein Angestellter war. Chloe konnte protestieren und weinen, soviel sie wollte, er blieb bei seiner Weigerung. Schließlich war es M'mere, die den Ausflug rettete, indem sie erstens versprach, Julien bei seiner Rückkehr alles zu erklären, und zweitens George förmlich befahl, ihre Patentochter auszufahren, damit sie selbst ein wenig ruhen konnte.

George fühlte sich in seiner Rolle nicht sehr wohl, vergaß seine Bedenken aber allmählich, als seine Angebetete sich auf dem schmalen Sitz eng an ihn preßte, ihm ihr schwaches Parfüm in die Nase stieg und sie munter plauderte. Doch sie erweckte sein Mißfallen erneut, als sie eine gewundene Straße entlangfuhren, die sie vom Bayou entfernte.

Die glänzenden, schwarzen Locken tanzten um ihre Ohren, ihre schwarzen Augen strahlten, als sie sich umsah. »Wie ungewöhnlich! Ich glaube, hier bin ich noch nie gewesen. Oh!«

»Was ist los?« Amalie beugte sich vor.

»Ich war *doch* schon mal hier.«

»So?«

»Im letzten Herbst, mit M'mere, aber da war es dunkel und alles sah ganz anders aus. Und Pauline, ihre Zofe, hat uns damals geführt.«

Das klang so unwahrscheinlich, daß Amalie mit gerunzelter Stirn sagte: »Ich verstehe nicht.«

»Ich auch nicht«, bekräftigte George.

»Wir fuhren diese Straße entlang und hielten vor einem Haus mit Crepe an der Tür. Ich blieb im Wagen, während M'mere hineinging. Ich nehme an, sie dachte, ich wäre ahnungslos, und das wäre ich wohl auch geblieben, wäre da nicht das Gespräch zwischen Pauline und dem Kutscher gewesen. M'mere hat einen Kondolenzbesuch in diesem Haus dort gemacht. Es ist das Haus von Juliens Mätresse. Der jüngere Bruder des Mädchens war gestorben. Selbstmord.«

Hastig warf Amalie einen Blick auf das Haus, an dem sie gerade vorüberfuhren. Es war klein und weiß gestrichen, mit einer breiten Veranda und einem spitzen Dach. Es lag ein wenig von der Straße zurück. Auf einer Seite stand eine Eiche, auf der anderen sah sie den grünen Schirm eines Seifenbaumes. Es wirkte sauber, ordentlich und nichtssagend.

»Ich glaube, wir sind weit genug auf dieser Straße gefahren«, meinte George ärgerlich.

Bei nächster Gelegenheit wendete er den Wagen und erzählte auf dem Rückweg in die Stadt lang und breit von einem Kapitän, den er am Morgen kennengelernt hatte. Wie es schien, war der Mann gerade aus China zurückgekommen. Dort hatte er einen anderen Kapitän getroffen, der eine große Anzahl von Pflanzen auf seinem Schiff untergebracht hatte, mit denen er den Markt im Süden der Vereinigten Staaten beliefern wollte. George hatte der älteren Madame Declouet davon erzählt; und sie war damit einverstanden gewesen, daß er als ihr Vertreter nach New Orleans reisen und soviel von der Fracht kaufen durfte, wie er für richtig hielt.

Amalie hörte ihm kaum zu. Sie dachte an die Frau, die die Geliebte ihres Mannes gewesen war. Auch Chloe schien nachdenklich. Sie ertrug Georges Spekulationen darüber, wie viele Azaleen und andere Pflanzen das Schiff wohl an Bord haben mochte, ein paar Minuten lang. Dann wandte sie sich ihm zu.

»Du hast keine Schwierigkeiten, M'mere wegen deiner kostbaren Pflanzen zu fragen; warum kannst du Julien dann nicht um die Erlaubnis bitten, dich mit mir verloben zu dürfen, selbst wenn wir noch nicht heiraten?«

George warf Amalie einen unglücklichen Blick zu. Sie tat ihr Bestes, um sich unbeteiligt zu geben. »Er hat versprochen, noch einmal über die Sache nachzudenken, wenn du in einem Jahr immer noch derselben Meinung bist. Es hat doch keinen Sinn, ihn zu bedrängen.«

»Das war doch nur eine Ausrede, weil er dachte, ich wüßte nicht, was ich will. Aber ich weiß es; und du bist dir auch im klaren. Du könntest wenigstens versuchen, es ihm zu erklären.«

»Ich habe dir schon gesagt, daß das schwierig und peinlich ist. Ich bin ein jüngerer Sohn, ohne Ansprüche. Ich kann nicht erwarten, daß dein Vormund diese Dinge übersieht. Ich wundere mich, daß er mir nicht schon längst die Tür gewiesen hat.«

»Wie kannst du so reden, du, der Sohn eines Earls? Und ich glaube einfach nicht, daß du so arm bist. Du bist von England nach Amerika gekommen und hattest gerade die Wildnis von Wisconsin durchquert, als du zu uns gekommen bist!«

»Das war ein Vermächtnis«, erklärte er geduldig, wohl schon zum hundertsten Mal. »Ich wollte dein Land kennenlernen und ein Buch darüber schreiben, das meinen Ruf als Botaniker festigen und mir Zutritt zu den Leuten verschaffen sollte, die es sich leisten können, einen Landschaftsarchitekten einzustellen. Aber das Geld ist fast verbraucht, und ich habe keine Resultate vorzuweisen.«

»Du denkst zuviel ans Geld«, beklagte sich Chloe. »Für uns ist die Familie wichtiger, und deine ist über jeden Zweifel erhaben. Ich werde eine großzügige Mitgift erhalten, und auf Belle Grove gibt es genug Platz.«

»Du erwartest, daß ich auf Kosten deiner Verwandten lebe?«

»Was ist daran falsch? Das wird oft gemacht, und sie haben nichts dagegen.«

»Ich aber«, protestierte George.

»Aber du könntest im Garten arbeiten, wenn du dich unbedingt nützlich machen willst, und vielleicht könntest du auch dein Buch schreiben. Ich könnte für dich die Seiten kopieren. Es wäre nicht anders als jetzt, nur, daß ich dann deine Frau sein würde.«

Zur Antwort schüttelte er bloß den Kopf.

Dann meinte er: »Ich hätte niemals mit dir reden dürfen, ehe ich die Erlaubnis deiner Verwandten hatte. Wenn du meine Gefühle nicht kennen würdest, wärest du jetzt nicht so traurig.«

»Traurig? Unglücklich bin ich! Aber das ist nicht deine Schuld, es ist Juliens Schuld, weil er uns zum Warten zwingt. Versprich mir, daß du mit ihm reden wirst. Versprich es mir.«

»Bitte, Chloe, Liebling. Dieses Thema ist doch peinlich für

Amalie. Außerdem ziehst du Aufmerksamkeit auf dich, die du bestimmt nicht willst.«

»Also schön!« schrie sie und richtete sich auf. »Wenn du nicht mit ihm sprechen willst, dann werde ich es eben tun!«

Er warf ihr einen bösen Blick zu. »Wie du willst. Aber sag ja nicht, daß du von mir kommst, denn Julien hat mir vor zwei Monaten sein Wort gegeben, daß er meinen Antrag im nächsten Winter noch einmal überdenken werde, und ich bin überzeugt, er hält sein Versprechen.«

Chloe sagte nichts mehr, aber weder Amalie noch George machten den Fehler zu glauben, daß sie weniger entschlossen wäre. Stumm saß Chloe im Wagen, stieg dann vor dem Hotel ohne ein Wort aus und lief die Treppe hinauf. Amalie folgte ihr. George starrte auf einen Punkt zwischen den Ohren des Pferdes, schüttelte sich dann und lenkte den Wagen zu den Stallungen.

Die ersten französischen Kolonisten hatten die Vorliebe für Oper und Theater in Louisiana eingeführt. Zuerst waren es die reisenden Opernensembles, die ihnen dieses weltliche Vergnügen bereiteten, dann wurde in New Orleans die erste feste Oper auf amerikanischem Boden eröffnet.

Musik war wichtig. Bruchstücke beliebter Arien waren auf den Straßen zu hören, wo eine Wäscherin im französischen Viertel sie sang oder ein kleiner Junge sie auf dem Markt vor sich hin summte. Es gab hitzige Diskussionen über die Verdienste der verschiedenen Sänger, die häufig zu Duellen führten. Die Divas und Tenöre wurden in den besten Häusern gefeiert, in den Restaurants mit spontanem Applaus bedacht und mit Geschenken überhäuft.

Die Oper war jedoch auch ein gesellschaftliches Ereignis. Gelegenheit für die Frauen, ihre schönsten Kleider zu tragen, und die jungen Mädchen taten alles, um während der Pausen Männer in die Familienlogen zu locken. In den Pausen begrüßte man Freunde und begutachtete die Abendroben der Anwesenden. Man schlenderte umher und trank Punsch. Aber sobald sich der Vorhang wieder hob, waren alle an ihrem Platz. Hier in St. Martinville war das nicht anders.

Natürlich war es äußerst wichtig, sich sorgfältig für die Oper anzukleiden. Man kreierte die kunstvollste Frisur, die man sich denken konnte. Das Kleid war entsprechend reich verziert, vor allem deshalb, weil fast alle Frauen im überfüllten Opernhaus dieselbe Farbe tragen würden. Ein Besucher in New Orleans hatte einmal ausgerufen, daß die Damen in ihren Logen an einen riesigen Strauß weißer Rosen erinnerten, und es gab selten eine Frau, die eine andere Farbe bevorzugte.

Amalies Kleid war aus schimmerndem weißen Material gefertigt, mit einem weiten Unterrock aus sechs Lagen mit Spitze eingefaßter Rüsche und einem Oberrock, der gerafft und mit blauen Bändern zusammengehalten wurde. Dazu trug sie ein herzförmiges Mieder und bänderbesetzte Puffärmel, ihr Haar war zu einer Lockenkaskade frisiert, in die Bänder geflochten waren, und um ihren Hals und an ihren Ohren funkelten die Saphire, die M'mere ihr geschenkt hatte. Der Abend war warm, und so meinte sie, auf einen Umhang verzichten zu können. Sie nahm also ihren Fächer und ihr Taschentuch und trat aus ihrem Zimmer in den Salon der Suite.

Wie auf ein Signal tauchten M'mere und Chloe aus dem Zimmer auf, das sie miteinander teilten. Chloe, deren Gesicht und Schultern mit Hilfe von perlweißem Puder die moderne Blässe aufwiesen, trug weißen Satin mit einem Überrock aus Spitze, der an den Knien, an der Taille und dem Mieder mit rosaroten Rosen gerafft wurde. M'mere trug zartestes Perlgrau, wie es ihrem Alter und ihrem Witwenstatus entsprach, aber dazu einen Schal aus schwerer weißer Seide.

»Sehr hübsch«, meinte die alte Dame zu Amalie gewandt und musterte befriedigt das Collier. Nachdem sie die Komplimente über ihr eigenes Aussehen entgegengenommen hatte, schob sie Amalie und Chloe vor sich her aus dem Zimmer und auf die vordere Galerie, auf der die drei Herren bereits warteten.

Robert drehte sich um, als sie hinaustraten, und Wärme und Bewunderung trat in seine Augen, als er Amalie betrachtete. Er wollte auf sie zugehen, blieb dann aber abrupt stehen, als Julien herumwirbelte.

»Ravissante«, erklärte ihr Gatte, ergriff ihre Hand und zog sie an die Lippen. Auf seinem Gesicht lag Stolz, als er sie musterte, und der Druck seiner Finger verstärkte sich für den Bruchteil einer Sekunde, ehe er sich seinem Cousin zuwandte. »Findest du nicht auch, Robert?«

»Wie könnte ich anderer Meinung sein?« kam die Antwort, und Robert neigte den Kopf. Sein Lächeln drückte nicht mehr als höfliche Zustimmung aus. Aber als er dann zu Julien hinüberblickte, meinte Amalie, einen herausfordernden Ausdruck in seinen Augen auszumachen.

In ihren schwarzen Anzügen ähnelten sich die beiden Männer sehr. Und doch waren sie auch wieder verschieden. Julien war der elegantere der beiden, mit den Satinaufschlägen an der Jacke und der kunstvoll gebundenen Krawatte. Seine dunklen Augen funkelten amüsiert, und sein Mund war jetzt gespitzt, als er von Robert zu seiner Frau blickte. Sein Gesicht war fast ebenso bleich wie Chloes. Roberts Gesicht dagegen war bronzefarben und ernst, und es verriet nichts von dem, was in ihm vorging.

George kümmerte sich nicht um all das – er ging direkt auf Chloe zu und bot ihr seinen Arm. M'mere trat vor und schob ihre Hand unter Roberts Ellbogen, versetzte ihm mit ihrem Fächer einen leichten Klaps aufs Handgelenk, weil er so nachlässig gewesen war. Mit einem entschuldigenden Lächeln wandte er sich um. Julien legte Amalies Hand auf seinen Arm, und dann verließen sie alle das Hotel, um die kurze Entfernung zum Opernhaus zu Fuß zurückzulegen.

Meyerbeers Oper wurde vom Publikum begeistert aufgenommen. Fast zu schnell kam die erste Pause. Jetzt war die Zeit gekommen, zu sehen und gesehen zu werden, und für die unverheirateten Mädchen wie Chloe war es möglich, interessante Herren in ihre Logen zu locken. Die Anzahl der jungen Männer, die erschienen, würde von allen Anwesenden sorgfältig vermerkt werden, und danach wurde die Beliebtheit einer jungen Frau bemessen. Deshalb war es eine Überraschung, als Chloe sich erhob, kaum daß sich die Vorhänge schlossen und die Lichter in den Logen angingen.

»Wohin willst du?« fragte M'mere scharf.

»Ich dachte, ich könnte mit Amalie und Julien herumgehen, wenn sie nichts dagegen haben.«

M'mere schaute zu Amalie und Julien, dann zu ihrer Patentochter zurück. »Aber was werden die Leute sagen, wenn du nicht hier bist?«

Chloe zuckte mit der Schulter. »Das ist mir egal.«

»Wenn du ein bißchen Punsch möchtest, kann M'sieu Parkman dir vielleicht –«

»Er kann hier bleiben und dir Gesellschaft leisten, denn ich bin sicher, daß Robert verschiedene Leute aufsuchen muß.«

Robert, der mit dem Rücken an der Logenwand lehnte, warf George einen langen Blick zu. Dieser wandte sich ab, und so meinte Robert zu dem Mädchen: »Meine liebe Chloe, bitte, arrangiere du nicht meine Zeit für mich. Ich bin ganz zufrieden hier.«

Chloe stampfte mit dem Fuß. »Ich will nur mit Julien reden!«

»Nicht so laut!« zischte M'mere, »und versuche dich zu benehmen. Alle starren schon herüber.«

Julien machte plötzlich eine ungeduldige Geste. »Wenn du unbedingt willst, dann komm, aber ich warne dich, ich bin nicht in der Stimmung für eine deiner Szenen.«

Das rundliche, schwarzhaarige Mädchen nahm die unfreundliche Einladung an. Im Gang schob sie ihren Arm unter seinen, lächelte zu ihm auf und plauderte über das Stück und die Leute, die ihnen zunickten, während sie auf und ab schlenderten. Juliens resignierter Ausdruck wurde ein wenig ironisch, als sie ihn auf eine abgeschiedene Ecke in der Nähe des Eingangs zuzog.

Schließlich meinte er: »Also gut, Chloe, geh davon aus, daß ich genug besänftigt worden bin, um dir zuzuhören. Also, was willst du von mir?«

»Wenn du diese Haltung einnimmst, sollte ich wohl besser schweigen!« Mit empörtem Gesicht starrte Chloe ihn an.

»Richtig. Sollen wir also zurückgehen?«

»Nein! Nein, ich – ich dachte, da du doch in deiner Ehe mit Amalie so glücklich bist, denkst du vielleicht anders über meinen Wunsch, George zu heiraten. Wir lieben uns so, und es gibt keinen Grund, uns warten zu lassen!«

»Abgesehen von der Tatsache, daß ihm die Mittel fehlen, eine Frau zu unterhalten.«

»Du weißt genau, daß das nur eine Ausrede ist. Wir könnten ganz bequem in Belle Grove leben.«

»Würdest du denn einen Mann respektieren, der bereit wäre, einem solchen Arrangement zuzustimmen, und der sich selbst und seine Frau von den Almosen ihrer Verwandten abhängig macht?«

»Aus deinem Mund klingt das so degradierend, aber das muß es doch nicht sein! Ohnehin ist George nicht bereit dazu. Er ist sich seiner Pflichten voll bewußt. Aber was sollen wir denn tun? Ich will nicht warten, bis er als Landschaftsplaner bekannt geworden ist.«

»Höchstwahrscheinlich bist du bis dahin eine alte Jungfer.«

»Wie gemein du doch bist! Nur, weil er kein Pflanzer oder Anwalt oder sonst irgend etwas Langweiliges ist!«

»Er ist überhaupt nichts!«

»Diese Worte wirst du eines Tages bedauern, wenn er berühmt ist, weil er große öffentliche Parks und Vergnügungsgärten entworfen hat.«

»Zweifellos werde ich das, wenn ich diesen Tag noch erlebe«, meinte Julien, blieb aber immer noch höflich.

»Spotte nur weiter! George ist ein Künstler, und das ist mehr, als man von dir behaupten kann! Hast du etwa das Recht, dich als nützlich zu bezeichnen? Du trinkst und fichtst und tust wie ein Gentleman, aber Robert leitet Belle Grove!«

»Das reicht jetzt.« Juliens Stimme wurde hart.

»Du hältst dich für einen Künstler, weil du Stücke arrangierst und in deinem Boot auf dem Fluß herumgondelst und die Wolken beobachtest. Du arbeitest überhaupt nicht. Du hast kein Ziel, und dennoch wagst du es, George zu verhöhnen!«

»Ich wage sogar noch mehr als das«, gab er zurück, und sein Gesicht war gerötet. »Ich wage zu sagen, daß du deinen englischen Luftikus nicht heiraten wirst. Ich werde meine Einwilligung nicht geben, nicht einmal, wenn George den Mut aufbringt, mich noch einmal selbst zu fragen, obwohl ich ihn dafür auch mehr respektieren würde.«

»Es geht gar nicht um George, nicht eigentlich. Es geht nur darum, daß du glaubst, jeder auf Belle Grove müsse dir gehorchen. Du glaubst, wir sollten uns allen deinen Launen fügen und dürften nicht wagen, einen eigenen Gedanken zu fassen. Nun, ich gehöre dir nicht; das habe ich nie getan, und das werde ich auch nie tun. Ich werde George heiraten, und wenn du versuchst, mich daran zu hindern, wird es dir leid tun.«

Schweigen senkte sich auf sie herab, während Chloe Julien mit wogendem Busen und Tränen der Wut in den dunklen Augen anstarrte. Die Stille wurde durchbrochen, als Robert sich hinter ihnen räusperte.

»Ich unterbreche eine solche Unterhaltung nicht gern, aber eure Stimmen sind bis zur Loge zu hören, und M'mere ist entsetzt. Sie bittet euch, eure Plätze wieder einzunehmen. Ich schlage vor, ihr gehorcht, außer ihr zieht es alle beide vor, unverzüglich nach Belle Grove zurückzukehren!«

Um seine Worte noch zu unterstreichen, ertönte das Klingelzeichen zum dritten Akt.

6. Kapitel

Sie verließen die Stadt nicht sofort, das hätte nur wirklich die Aufmerksamkeit aller anderen auf sie gelenkt, aber sie hielten sich auch nicht länger in St. Martinsville auf, nachdem die Feierlichkeiten des Abends vorüber waren.

Der Ball war vergnüglich gewesen. Ein Streichquartett hatte gespielt. Das Essen, das im Speisesaal angerichtet war, war gut, wenn auch nicht ausgefallen gewesen. Chloe hatte mit trotzigem Gesicht dreimal mit George getanzt, ehe sie mit einer Reihe junger Männer über den Tanzboden gewirbelt war, deren Gesichter vom Champagner gerötet waren. Julien hatte Amalie zweimal auf die Tanzfläche geführt. Anschließend hatte er seine Mutter aufgefordert, die ihn lächelnd für seine Frechheit schalt. Als Amalie sich das nächste Mal umsah, war er verschwunden.

Robert war nicht in ihre Nähe gekommen. Er war einer der Gastgeberinnen in die Hände gefallen, die ihn fortgeschleppt hatte, damit er mit ihrer Tochter tanzte, einem schüchternen blonden Mädchen, das die Augen nicht höher als bis zu seiner Krawatte zu heben wagte. Danach hatte er sich ins Herrenzimmer zurückgezogen, in dem einige Männer Karten spielten. Es war Monsieur Broussard, der Besitzer des Hotels persönlich, gewesen, der sich erboten hatte, ihn zu holen, als M'mere erklärte, sie wäre müde und würde es vorziehen, in ihrem eigenen Bett zu schlafen. Amalie, die als junge Ehefrau nur mit ihrem Ehemann oder männlichen Verwandten tanzen durfte, war nur allzu gern bereit gewesen, nach Belle Grove zurückzukehren.

Ihre Rechnung war bezahlt, die Diener hatten die Truhen gepackt und verladen und bereits den Rückweg angetreten, während sie noch in der Oper waren. Sie mußten nur noch den Wagen anfordern und abfahren. Julien war nicht aufzufinden, und so war George gezwungen, mit den Damen in der Kutsche zu fahren. Es war jedoch nicht gerade eine Qual für ihn, denn die lange Fahrt durchs Dunkel bot ihm die Gelegenheit, sich auf dem Sitz dicht an Chloe zu schmiegen und im Schutz ihrer weiten Röcke ihre Hand zu halten. Dazu kam das Glück, daß das junge Mädchen auf dem letzten Teil der Fahrt den Kopf an seine Schulter bettete. Erschöpft vor Aufregung redete Chloe entweder mit schläfriger Stimme auf den Engländer ein oder döste vor sich hin.

M'mere starrte in die Dunkelheit. Ihr Gesicht war müde und besorgt. Amalie versuchte, weder auf Chloe und George zu hören noch auf den Hufschlag von Roberts Pferd, der neben dem Wagen ritt. Sie starrte auf ihre Hände, die sie im Schoß verschränkt hielt, und fragte sich, was aus Julien geworden war. Es war die Rede von einem weiteren Hahnenkampf gewesen, aber es gab so viele Tavernen und Spielhöllen an der Straße nach Süden. Sie dachte an das Haus seiner Mätresse, das auch ganz nah war, verwarf diesen Gedanken aber sofort wieder. Hatte Chloe nicht gesagt, die Frau wäre rechtzeitig vor seiner Hochzeit ausbezahlt worden? Er hatte keinen Grund, sie zu besuchen, vor allem nicht, wenn man an seine nächtlichen Besuche in ihrem Schlafzimmer dachte. Er würde bald nachkommen, wenn er entdeckte, daß sie den Ball verlassen hatten.

In Belle Grove wurde Chloe wachgerüttelt. Robert half M'mere aus dem Wagen und die Treppe hinauf, während George Chloe behilflich war. Amalie stolperte hinterher. Im Salon verabschiedeten sie sich voneinander, und Amalie begab sich in ihr Schlafzimmer.

Hier wartete Lally bereits auf sie. Sie half ihrer Herrin aus den Kleidern und in ein Nachthemd, bürstete dann ihr Haar und erbot sich schließlich, noch ein Glas warmer Milch aus der Küche zu holen. Lächelnd schüttelte Amalie den Kopf und schickte das Mädchen fort. Doch als es die Tür erreichte, rief sie Lally noch einmal zurück.

»Ich habe Isa gar nicht gesehen. Er ist doch mit euch zurückgekommen?«

»Aber ja, Mam'zelle. Er war so müde von all dem Neuen und dem Kummer darüber, daß er nicht mit in die Oper gehen durfte, daß er auf dem Heimweg eingeschlafen ist. Charles hat ihn in die Küche gebracht.«

»Ah ja, danke.«

Das Mädchen machte einen Knicks und schloß dann leise die Tür hinter sich. Amalie starrte ihr nach und löschte dann die Lampe. Sie warf einen Blick auf ihr hohes Bett mit seinen Stufen und dem dünnen Moskitonetz darüber, trat dann ans Fenster und stieß es weit auf.

Die Nachtluft war warm und weich, duftete nach Rosen und dem schärferen Geruch der Magnolien. Der Mond stand rund am Himmel, aber es war schon spät, und bald würde er untergehen. Nichts regte sich. Das Sommerhaus im tiefen Schatten war nur noch ein bleicher Umriß.

Amalie atmete tief ein und lehnte den Kopf an den Fensterrahmen. Sie war ein wenig erschöpft, aber nicht müde. Ihre Muskeln waren angespannt, sie war nervös, ohne den Grund dafür zu kennen. Da war zwar der Streit zwischen Chloe und Julien gewesen und vorher noch dieser seltsame Wortwechsel zwischen Julien und Robert, dazu kam auch noch Juliens Verschwinden, aber trotzdem glaubte sie nicht, daß irgendeiner dieser Vorfälle sie sonderlich berührt hatte. Und auch die Szene mit Robert, so redete sie sich entschlossen ein, hatte sie nicht beunruhigt.

Nein. Es war einfach das natürliche Ergebnis von zu vielen Eindrücken. Sie schloß die Augen, hörte noch einmal die Musik der Oper, die Stimmen, deren Schönheit an ihr Herz rührten, die Liebe und Sehnsucht, Haß und Furcht erweckten.

War es das? Hatte die Musik sie so mitgerissen, daß sie sich jetzt nach ihrem Liebhaber sehnte? War sie so sehr in ihren Gatten verliebt, daß sie jetzt das Bedürfnis nach seiner Zärtlichkeit verspürte? Das war ein ganz neuer Gedanke, aber er erschreckte sie nicht. Sie genoß seine Berührung und die Gefühle, die er in ihr erweckte. Die Kraft und Härte seines Körpers erregte sie. Es machte ihr Spaß, sich an ihn zu pressen, das Spiel seiner Muskeln unter seiner Haut zu fühlen und die Wärme seines Mundes zu suchen.

Sie wandte sich vom Fenster ab und trat in die Mitte des Zimmers. Lange starrte sie auf die dunkle Tür zu Juliens Schlafzimmer. Nach einem Moment seufzte sie und ließ die Schultern hängen. Eine anständige Frau suchte doch gewiß nicht ihren Mann auf, oder? Außerdem war er sowieso noch nicht zurück.

So begab sie sich statt dessen in den Salon. Unter der Tür von M'meres Zimmer schimmerte Licht. Sie meinte Schritte zu hören, hin und her, auf und ab. Das bedeutete, daß die alte Dame auch nicht schlafen konnte. War es Juliens Abwesenheit, die ihr Sorgen bereitete, oder war es Chloes Beziehung zu dem Engländer? M'mere gehörte zu den Frauen, die sich Sorgen um die

Menschen machte, die ihr nahestanden. Das war ein lieber Zug, aber keiner, der das Leben leichter machte.

Die Tür vom Salon zur vorderen Galerie war verschlossen. Also kehrte Amalie um und versuchte es auf der gegenüberliegenden Seite. Auch hier war die Tür nach draußen fest verschlossen. Einen Moment lang blieb sie stehen, dann kehrte sie in ihr Schlafzimmer zurück, tappte zu der Verbindungstür hinüber und öffnete sie leise. Sie rechnete halb damit, Tige zu sehen, als sie ins Zimmer trat, aber alles war dunkel und leer. Die Außentür, die auf die rückwärtige Veranda führte, war unverschlossen. Man erwartete Juliens Rückkehr. Amalie fragte sich, ob Charles noch arbeitete, aber dann fiel ihr ein, daß M'mere ihm gesagt hatte, er solle zu Bett gehen. Julien hatte natürlich einen Schlüssel, und man konnte sich darauf verlassen, daß er den schweren Riegel vorlegen würde, sobald er heimkam. Amalie schlüpfte aus dem Haus und schloß die Tür hinter sich.

Auf den Holzstufen machten ihre nackten Füße kein Geräusch. Ohne die Röcke und die schweren Unterröcke fühlte sie sich seltsam frei. Der Steinboden der unteren Loggia war kühl und rauh. Das Gras im Hof, zwischen den beiden Flügeln der Garçonnières, war feucht vom Tau, und sie hielt den Saum ihres Nachthemds und Morgenrocks hoch. Sie ging um die Zisterne zu ihrer Linken herum, zwischen dem großen Haus und einer Garçonnière hindurch in den seitlichen Hof.

Ein ferner Ruf erklang. Sie blieb stehen, lauschte und fühlte, daß sie Gänsehaut bekam. Nach einem Augenblick ertönte der Ruf erneut, und sie atmete erleichtert auf. Es war nur eine Eule auf der Jagd nach Mäusen. Oder war es ein Liebeswerben? Amalie wußte es nicht, aber es war tröstlich zu spüren, daß sie nicht das einzige Lebewesen war, das in dieser Nacht wachte.

Der letzte Schimmer des Mondes versank am Horizont. Die Nacht brach herein. Im Schutz der vollkommenen Dunkelheit wanderte Amalie weiter. Sie hob das Gesicht der feuchten Luft entgegen und atmete die Düfte ein. Der intensive Geruch der Rosen wirkte wie eine Droge auf ihre Sinne. Schönheit erfüllte die Nacht, und sie schwelgte darin, schüttelte ihr Haar, so daß es über ihren Rücken fiel, und ließ die Röcke sinken und um ihre Knöchel schwingen, ohne sich um die Feuchtigkeit zu kümmern.

Das Sommerhaus zu ihrer Rechten war wie ein gespenstischer Schatten unter den Bäumen. Mit sicheren Schritten ging sie langsam darauf zu.

Das kleine, rechteckige Gebäude bestand aus weißgestrichenem Lattengeflecht auf einem Rahmen aus Zypressenpfeilern. Es besaß zwei Türöffnungen, einen Steinboden und eine Bank entlang der Wände, auf der man sitzen konnte. Von hier aus konnte man den Bayou betrachten, und außerdem hatte man die Möglichkeit, sich im Sommer in seinen Schatten zurückzuziehen.

Amalie trat durch den hinteren Eingang ein und schlenderte zur Vorderseite hinüber. Sie konnte das sanfte Gurgeln des Bayou hören, aber kaum etwas vom Wasser sehen. Sie verschränkte die Arme vor der Brust, lehnte sich mit einer Schulter an den Türrahmen und starrte in die Nacht hinaus. Ihre Gedanken schweiften ohne Ziel, und sie wollte sie auch gar nicht kontrollieren.

Hinter ihr erklang ein leises Scharren. Sie wandte den Kopf, hörte es aber nicht noch einmal. Wahrscheinlich nur die Rosensträucher, dachte sie. Darin nisteten häufig Vögel. Nach einer Weile entspannte sie sich wieder und ließ den Blick erneut zum Bayou hinauswandern.

»Keine Angst«, drang ein tiefes Flüstern an ihr Ohr, als sich starke Arme um sie legten, »ich bin es nur.«

Sie erstarrte, richtete sich auf, aber der Griff lockerte sich nicht. Eine Hand hielt ihren Ellbogen, während sich die andere um ihre Brust schloß. »Julien! Ich – ich dachte, du wärest noch in der Stadt.«

»Ich bin gerade zurückgekommen.«

»Das sehe ich«, fuhr sie ihn an, verletzt von der Ironie in seinem Ton. Gleich darauf überlegte sie, daß er vielleicht sich selbst verspottete und nicht sie.

»Ich bin zu dir geeilt, sobald ich sah, daß ihr den Heimweg angetreten hattet. Habe ich dafür keine Belohnung verdient?«

Er sprach die Worte leise in ihr Ohr. Seine warmen Lippen glitten über ihre Wange zu ihrem Mund. Sie wandte den Kopf ab. »Vielleicht, wenn du mich nicht beim Ball im Stich gelassen hättest, um deinem eigenen Vergnügen nachzugehen.«

»Würdest du es vorziehen, wenn ich mich wie ein liebeskranker Jüngling verhalten würde? Es ist nicht modern, mon cœur, daß ein Mann zu offensichtlich von... seiner eigenen Frau hingerissen ist.«

Mit vor Überraschung geöffnetem Mund wandte sie sich zu ihm um. Er nutzte diesen Augenblick der Schwäche und preßte seinen heißen Mund auf ihre Lippen. Warum sollte sie sich wehren? Er war hier, und sie ebenfalls. Amalie wurde von ihrem Verlangen mitgerissen, und sie drängte sich an ihn.

Seine Zunge schmeckte nach Brandy, ein Geschmack, der ihr zu Kopf stieg. Sie verschränkte ihre Hände hinter seinem Nakken, zog ihn an sich und hielt ihm ihre brennenden Lippen entgegen. Mit der Hand strich er über ihr Haar und ihren Rükken und zog sie an sich, bis sie seine harte Männlichkeit deutlich spürte.

Sie begehrte ihn. Sie wollte seine bloße Haut spüren und ihn in sich aufnehmen. Die Heftigkeit ihrer Leidenschaft entsetzte sie, und sie barg ihr Gesicht an seinem Hals. Seine Lippen streiften ihr Haar, und seine Arme schlossen sich noch fester um sie, bis sie kaum noch atmen konnte. Sie spürte das Hämmern seines Herzens, die Anspannung seines Körpers, als er sich bemühte, Herr über sein Verlangen zu werden. Dann lockerte er den Griff.

Ein leiser Protestlaut kam über ihre Lippen. Sie klammerte sich an ihn und hob ihm mit geschlossenen Augen das Gesicht entgegen, um seinen Kuß zu empfangen.

Leise flüsterte er ihren Namen, wie eine Entschuldigung. Gleich darauf spürte sie seine hungrigen Lippen auf ihrem Mund. Seine Hand lag auf ihrer Hüfte, und seine Finger gruben sich tief in ihr Fleisch.

Es dauerte eine Weile, bis sie begriff, daß sie nun in der Mitte des Sommerhauses standen. Hier, in der tieferen Dunkelheit, ließ er sich auf ein Knie nieder und zog sie mit sich. Er ließ sie los, um schnell aus seiner Jacke zu schlüpfen und sie auf dem Boden auszubreiten. Dann legte er ihren Morgenrock darüber.

Amalie sank mit ihm zusammen auf diese Unterlage. Er ließ seine Lippen über ihre Stirn wandern, fuhr mit der Zunge an ihrem Ohr entlang, unterbrach sein Tun nur einen Herzschlag lang, als sie mit schlanken Fingern sein Hemd aufknöpfte.

Mit den Fingern liebkoste er ihr Schlüsselbein, ließ seine Hand dann auf den sanft geschwungenen Hügel darunter wandern. Dann weiter nach unten, über den flachen Bauch und den wohlgeformten Schenkel.

Ihr Atem ging schneller. Glückselige Sinnlichkeit war in ihr geweckt, und sie hieß sie willkommen. Sie ließ ihre Hände in sein Hemd gleiten, fuhr mit den Fingerspitzen durch die feinen Locken. Sie berührte eine Brustwarze und fühlte, wie sie sich zusammenzog, glitt dann mit der Rückseite der Hand über seinen Bauch, fuhr mit den Fingern in seine Hose.

Er wich zurück, schlüpfte aus seinem Hemd, öffnete die Hose und schob sie hinunter, während er seine Schuhe von sich schleuderte. Dann streckte er die Arme aus, um ihr Nachthemd hinaufzuschieben. Sie setzte sich auf, als er es ihr über den Kopf zog. Die Nachtluft berührte ihre Haut, und sie zitterte, doch schon umschlangen sie seine Arme, und er zog sie an sich, so fest, als wollte er das Gefühl in seinen Körper einbrennen, für den Fall, daß er nie wieder Gelegenheit haben würde, sie zu berühren. Sie klammerte sich an ihn und gab sich der wachsenden Sehnsucht hin, die sie erfüllte.

Es war ihr gleichgültig, daß jeder, der von diesem Zusammensein erfahren würde, entsetzt wäre. Es kümmerte sie nicht, ob sie gesehen würden. Nichts war mehr wichtig außer ihrer Leidenschaft.

Er stieß einen kehligen Laut aus und zog ihr Bein über seine Hüfte. Dann war er in ihr, füllte sie aus, drang tiefer und immer tiefer in sie ein. Ihre Erregung war so intensiv, daß ihr ganz leicht wurde. Sie bewegte sich mit neugewonnener Kraft und wollte ihn und seine Kraft spüren.

Er hob sie hoch, drehte sie auf den Rücken und beugte sich über sie. Mit den Beinen umschlang sie ihn und stimmte sich auf seinen Rhythmus ein.

Sie waren eins – unzertrennlich, verschmolzen, zwei Teile eines Ganzen. Es gab nichts, keine Realität und keine Träume, die diese wunderbare Vereinigung nicht einschlossen. Welchen anderen Sinn hatte die Nacht als diesen? Wozu war der Duft der Blumen nütze, wenn nicht dazu, diesen Zauber zu erwecken? Im Schutze der Dunkelheit fanden sie ihre Erfüllung.

Die Eule schrie, ein trauriger Laut, nicht weit fort von ihnen. Ein Windstoß wisperte über ihre feuchten Körper. Sie rührten sich nicht. Amalies Kopf ruhte auf seinem Arm, sein Gesicht war in der Fülle ihrer Haare verborgen. Ihre Körper waren miteinander verschmolzen.

»Je t'aime«, hauchte er ehrfürchtig. »Ich liebe dich.«

Sie schlug die Augen auf. »Ach, Julien –«

Für den Bruchteil einer Sekunde war er vollkommen still. Dann legte er einen Finger auf ihre Lippen. Als sie gehorsam schwieg, hob er den Kopf und drückte einen flüchtigen Kuß auf die Stelle, die sein Finger berührt hatte. Dann löste er sich aus der Umarmung und rollte von ihr fort. Als sie sich aufrichtete, konnte sie hören, wie er in der Dunkelheit seine Sachen suchte und sich anzog.

»Was ist los?« fragte sie.

Er antwortete nicht, sondern half ihr auf die Füße und reichte ihr ihre Kleider. Als sie sie an die Brust preßte, schob er einen Arm unter ihre Knie, den anderen legte er um ihre Schultern und hob sie hoch.

»Was hast du vor?« Ihre Stimme bebte – vor Lachen?

Seine Antwort war leise. »Ich bringe dich dahin zurück, wohin du gehörst.«

»Heißt das – Oh, laß mich runter!«

Er schwieg und verließ das Sommerhaus, und ohne sich um ihren leisen Protest zu kümmern, ging er durch das taufeuchte

Gras zur Loggia des Herrenhauses hinüber. Er stieg die Treppe hinauf und näherte sich der einzig unverschlossenen Tür. Davor blieb er stehen. Resigniert beugte sich Amalie hinab, drehte den Knauf und stieß die Tür auf.

In seinem Zimmer zögerte er kurz, und Amalie dachte, er wollte sie in sein Bett legen, aber dann trat er auf die Tür zu, die in ihr Zimmer führte. Mit sicheren Schritten trug er sie zum Bett, legte sie darauf und nahm dann die Kleider, die sie immer noch hielt.

Ehe er sich entfernen konnte, schloß sie die Finger um sein Handgelenk. Leise bat sie: »Bitte, geh nicht.«

Bildete sie es sich nur ein, oder strafften sich die Muskeln seines Armes tatsächlich? Er entspannte sich jedoch sofort, als er sanft erwiderte: »Wie könnte ich?«

Sie glitt auf dem Bett beiseite, um ihm Platz zu machen. Er ließ ihre Kleider fallen und schlüpfte erneut aus der Hose und den Schuhen. Das Bett knarrte, als er sich neben sie legte. Seine Arme umfingen sie, und er bettete ihren Kopf auf seiner Schulter. Dann ließ er die Hand auf ihrer Hüfte liegen, während sein Mund über ihre Schläfe glitt.

Ihre Brust war an seine gepreßt, ihr Schenkel befand sich zwischen seinen. Ihre Körper paßten sich perfekt einander an, als wären sie füreinander geschaffen. Bei diesem Gedanken lächelte sie in der Dunkelheit vor sich hin, rückte noch näher an ihn heran, berührte mit der Zungenspitze die Stelle an seinem Hals, an der sein Puls pochte. Ihr Lächeln vertiefte sich, als sie an ihren Lenden seine Reaktion spürte.

»Schlaf jetzt, chérie«, flüsterte er.

»Ich bin nicht müde.«

Seine Hand wanderte aufwärts und blieb auf ihrer Brust liegen. Sein Daumen streichelte die zarte Spitze, bis sie hart wurde. »Ich auch nicht.«

Gesättigt, der Erschöpfung nahe, schlief sie einige Zeit später ein. Sie bemerkte nicht, daß er sie verließ.

Die Sonne stand hoch am Himmel, als Amalie, gefolgt von Isa, das Haus verließ. Sie hatte bereits die Lebensmittel aus den Vorrats- und Räucherkammern verteilt, hatte gefrühstückt und das Menü für den Tag festgelegt, ehe sie geprüft hatte, wie weit die Näherinnen mit der Sommerkleidung gekommen waren. Sie hatte noch vor, zur Molkerei, die ein Stück vom Haupthaus entfernt lag, und anschließend zum Gemüsegarten zu gehen. Doch zuvor wollte sie ausreiten.

Ihr kastanienbrauner Wallach wartete bereits am Haupteingang auf sie. Sie nickte dem Stallknecht dankbar zu, der auch ein Pony für Isa gebracht hatte. Der Mann war enttäuscht, daß nicht er mit ihr ausreiten durfte, aber sie wollte nicht weit reiten, und außerdem konnte sie von Isa Hilfe holen lassen, wenn es nötig war.

Sie war müde, ihre Muskeln, die nie zuvor Probleme gemacht hatten, schmerzten. Das war jedoch kein Wunder, sagte sie sich, wenn man an die vergangene Nacht dachte. Aber ihre Krankheit hatte keinen körperlichen Ursprung. Sie war enttäuscht gewesen, als sie am Morgen feststellen mußte, daß Julien fort war. Es war fast so etwas wie Verrat, daß er sich jedesmal von ihr fortschlich, nachdem sie sich geliebt hatten.

Sie wäre fast in sein Zimmer gelaufen und hätte ihn gefragt, warum er sie allein gelassen hatte. Es war eine törichte Scheu gewesen, die sie davon abgehalten hatte. Bei Tage war Julien so ganz anders als bei Nacht. Seine Liebesbeteuerungen waren ihr ehrlich erschienen, aber bei Tage klangen sie sonderbar.

Sie schlug den Weg ein, der an den Färbehäusern vorüberführte und weiter, zur Kapelle und den Feldern. Die kleine Kapelle der Plantage mit ihrem Miniaturglockenturm war von M'mere errichtet worden. Die alte Dame kam manchmal zum Beten hierher, aber hauptsächlich wurde die Kapelle von den Sklaven benutzt. Die Diözese sandte in unregelmäßigen Abständen einen Priester herüber, der die Messe las und die Beichte abnahm.

Der Ritt durch die Felder war angenehm. Ein leichter Morgenwind strich über die Pflanzen, und sie mußte an ein grünes Meer denken. Es war noch nicht heiß, aber der Sommer näherte sich mit Riesenschritten. Bald kam die Zeit des Fiebers, und sie mußten ihren Umzug auf die Isle Dernière vorbereiten. Darauf freute sie sich schon sehr. Sie hatte den Golf oder den Ozean noch nie gesehen. Die Felicianas lagen höher als New Orleans, und das Klima dort galt als gesund. Aber der Hauptgrund war gewesen, daß sie und ihre Großtante sich einen jährlichen Urlaub am Meer nicht hatten leisten können.

Am anderen Ende des Feldes entdeckte sie eine Gruppe Arbeiter. Gleichzeitig hörte sie ein Maultier schreien. Dort drüben fingen die Kornfelder an, die das Futter für die Tiere lieferten. Die Sklaven jäteten das Unkraut zwischen den Ährenreihen. Auf der Straße entdeckte sie einen Reiter, der die Männer beaufsichtigte. Einen Moment lang glaubte sie, es wäre Dye, denn sie hatte seine laute Stimme erkannt, doch dann begriff sie, daß die Haltung zu elegant war. Und gleich darauf erblickte sie den Aufseher unter einem Baum.

Der Reiter war Robert. Er wandte den Kopf, als er die Pferde hörte, und hob eine Hand zum Gruß. Amalie winkte mit der Reitpeitsche, kam aber nicht näher und schlug den Weg ein, der zum Haus zurückführte.

»M'sieu Robert, das ist ein guter Mann«, meldete sich Isa hinter ihr.

Sie hatte fast vergessen, daß der Junge in ihrer Nähe war. Jetzt wandte sie sich lächelnd um. »Ja, das ist er.«

»Nicht wie M'sieu Dye.«

»Nein«, stimmte sie überzeugt zu.

»Warum sind wir dann nicht geblieben und haben mit ihm gesprochen?« Er runzelte die Stirn im Sonnenlicht, aber aus seiner Stimme klang nur Neugier.

»Er war beschäftigt, und ich wollte ihm nicht im Weg sein; außerdem habe ich noch viel zu tun.«

Wie es auch ausgesehen haben mochte, sie ging dem Mann nicht wirklich aus dem Weg. Natürlich nicht. Welchen Grund sollte sie auch dafür haben? Er hatte sie berührt, und sie hatte eine leichte, körperliche Reaktion verspürt. Das bedeutete nichts weiter, als daß sie eine normale Frau mit normalen Empfindungen war. Sie würde daraus kein Drama machen. Das hätte überhaupt keinen Sinn. Er hatte nichts Außergewöhnliches an allem gesehen, dessen war sie sicher. Sie würde es vergessen und aus ihrem Gedächtnis streichen. Julien hatte ihr geholfen, die Erinnerung daran zu verdrängen.

In der Molkerei wurde gebuttert. Amalie gab den Frauen Anweisungen und ritt erst weiter, nachdem der Rahm abgeschöpft worden war.

Im Garten begutachtete sie die sauberen Reihen von Gemüse und Kräutern. Erbsen und Kohl waren fast abgeerntet, Spinat und Salat wurden gesät, Kartoffeln gab es noch eine Zeitlang, aber die letzten mußten bald ausgegraben werden, sonst wurden sie zu groß zum Kochen. Amalie gab dem alten Mann, der für den Garten zuständig war, Anweisungen, was er in die Küche bringen sollte. Dann ritt sie zum Haus zurück.

Sie ließ das Pferd bei den Ställen und legte den Rest des Weges zu Fuß zurück. Vor der Küche befahl sie Isa, sich ein Glas Wasser zu holen und ihr Wasser und Kaffee dorthin bringen zu lassen, wo sich M'mere aufhielt. Die alte Dame verließ das Haus nur noch selten, ließ sich aber regelmäßig berichten, was auf der Plantage vor sich ging.

Auf dem Weg zu ihrem Zimmer hörte Amalie Stimmengemurmel auf der Veranda vor dem Speiseraum. Sie betrat das Zimmer.

Im Vergleich mit draußen war es im Eßzimmer dunkel. Sie blieb einen Moment stehen, damit sich ihre Augen an das veränderte Licht gewöhnen konnten. Der Tisch war zum Mittagessen gedeckt. Teller und Wassergläser waren – bis auf eines – umgedreht worden, damit keine Fliegen hineingelangten. Amalie streckte die Hand aus, um auch das letzte Glas umzudrehen, ehe sie weiterging zur Tür.

»Aber ich will nicht warten, sage ich!«

»Nicht so laut, meine liebe Chloe, du weckst sie noch auf. Ich rate dir, dich in Geduld zu üben. Das ist der sicherste Weg, um zu bekommen, was du haben willst.«

Die erste Stimme gehörte zweifellos Chloe. Die zweite Stimme klang fest, war aber leise, kaum mehr als ein Flüstern. Diese Stimme hatte Amalie in den letzten Wochen in intimen Stunden gehört. Freude trat in ihre Augen, und sie öffnete den Mund, um etwas zu sagen, als sie auf die Galerie hinaustrat.

Abrupt blieb sie stehen. Chloe saß im Schaukelstuhl, die Arme vor der Brust verschränkt, die Lippen trotzig geschürzt. M'mere lag mit dem Kopf an die Rückenlehne gelehnt in einem Sessel und schlief. Ein Mann, groß und dunkel, lehnte mit dem Rücken am Geländer in der Sonne. Sein Gesicht lag im Schatten. Aber es war nicht Julien. Es war Robert.

Ein Verdacht durchzuckte sie. So schrecklich war ihre Vermutung, daß sie einen Moment lang nichts sehen oder hören konnte. Alles war logisch und entsprach perfekt den Umständen. Aber konnte sie so getäuscht worden sein? Hatte man ihrer Person, ihren Gefühlen eine solche Mißachtung entgegengebracht?

Und doch hätte sie schwören können, daß die leise männliche Stimme dem Mann gehörte, der gesagt hatte, daß er sie liebe. Das war die Stimme, die ihr in der vergangenen Nacht im Sommerhaus und in all den Nächten zuvor Liebesschwüre ins Ohr geflüstert hatte.

7. Kapitel

Robert richtete sich steif auf. Seine dunkelblauen Augen starrten in Amalies bleiches Gesicht. Chloe setzte sich auf und sah sie an. »Meine Güte«, rief das Mädchen, »du siehst ja aus, als hättest du ein Gespenst gesehen.«

Mit größter Anstrengung gelang es Amalie, sich zu sammeln. Sie brachte ein zittriges Lachen zustande. »Ein leichter Sonnenstich, nehme ich an.«

»Was – was?« M'mere wachte auf und blinzelte. »Bist du das, chère? Komm und erzähl mir, was du heute getan hast.«

Sie mußte einen Moment allein sein. Sie suchte nach einer

Entschuldigung und stammelte: »Ja, sofort. Ich laufe nur schnell hinauf und wasche mir die Hände. Ich – ich habe Kaffee bestellt. Ich hoffe, du bleibst auch, Cousin Robert.«

Ihr Lächeln umfaßte auch M'mere und Chloe, aber obwohl sie in die Richtung des Mannes blickte, der vor ihr stand, brachte sie es doch nicht über sich, seinen Blick zu erwidern. Sie eilte die Treppe hinauf.

Oben durchquerte sie den Salon und betrat ihr eigenes Zimmer. Sie schloß die Tür hinter sich, ehe sie erschöpft stehenblieb. Sie atmete tief ein und aus. Nach einer Weile zwang sie sich, zum Toilettentisch hinüberzuziehen. Ihre Hände zitterten, als sie das Wasser in die Porzellanschüssel goß. Sie spritzte sich das kühle Naß ins Gesicht, trocknete sich dann mit einem Leinentuch ab und starrte mit erschreckten, aufgerissenen Augen ihr Bild im Spiegel an.

Nein. Das konnte nicht sein. Es war unmöglich, undenkbar. Ihr war derselbe dumme Irrtum schon einmal unterlaufen, oder nicht? Damals, an jenem Tag, als sie Robert kennengelernt hatte. Er hatte sich mit M'mere im Wohnzimmer unterhalten, und sie hatte geglaubt, Juliens Stimme zu hören. Sie regte sich umsonst auf. Ihre Stimmen waren sich nur ähnlich.

Oder war es doch nicht so?

Sie schleuderte das Handtuch fort, wirbelte herum und starrte auf die Tür, die zum Schlafzimmer ihres Mannes führte. Sie trat einen Schritt darauf zu, und noch einen. Ehe sie ihre Meinung ändern konnte, riß sie die Tür auf.

Schwere Vorhänge vor den französischen Fenstern sperrten das Morgenlicht und auch die frische Luft aus. Es war dunkel und stickig. Julien lag bäuchlings im Bett. Er trug kein Nachthemd, denn von der Taille aufwärts war er nackt, aber sie glaubte den Bund seiner Unterhose unter dem Laken vorblitzen zu sehen. Das Geräusch der sich öffnenden Tür hatte ihn geweckt, und als sie sich dem Bett näherte, öffnete er ein Auge. Bei ihrem Anblick schloß er es schnell wieder.

Sie legte eine Hand auf seine Schulter und schüttelte ihn leicht. »Julien?«

Wieder hob er ein Lid. Er seufzte. »Ja, chère?«

Sie fuhr sich mit der Zunge über die Lippen und fragte dann: »Wann bist du gestern nacht heimgekommen?«

Er dachte über ihre Frage nach, stöhnte, reckte sich und stützte sich schließlich auf einen Ellbogen. Dann antwortete er: »Ich bin mir nicht sicher, ob ich mich richtig erinnere. Auf jeden Fall gehört es sich nicht, einem Mann so früh am Morgen solche Fragen zu stellen und dann noch zu erwarten, daß er sie beantwortet, ohne auch nur einen Schluck Kaffee bekommen zu haben.«

»Den sollst du haben, wenn du mir nur sagst, wie lange du noch in der Stadt geblieben bist, nachdem wir fort waren, und was du nach deiner Rückkehr getan hast.«

»Soll das ein Verhör sein, mein Schatz?« Er musterte ihr weißes Gesicht und ihre Hände. »Habe ich letzte Nacht etwas Dummes angestellt?«

Sie schlug die Augen nieder und schüttelte den Kopf.

Er setzte sich auf. Seine Stimme wurde scharf. »Habe ich dir weh getan?«

»Nein, nein«, erwiderte sie hastig.

»Dann habe ich vielleicht etwas gesagt, was ich nicht hätte sagen sollen? Wenn ja, dann mußt du das entschuldigen. Ich fürchte, ich hatte ein bißchen viel getrunken.«

Sie sah auf und bemerkte, daß er sie aufmerksam beobachtete. »Du schienst überhaupt nicht betrunken zu sein.«

»Du schmeichelst mir, meine Liebe. Ich bin manchmal ein Idiot. Wenn ich durch irgend etwas dein Mißfallen erregt habe, dann bitte ich dich, mir zu verzeihen. Ich schwöre dir, es war nicht meine Absicht.«

Seine Stimme war leise und ernst. War es dieselbe? Sie wußte es nicht. Möglich war es. Sie holte tief Luft. »Kannst du dich erinnern, was letzte Nacht passiert ist?«

»Ein wenig«, antwortete er und verzog den hübsch geschwungenen Mund zu einem Lächeln.

Er war es gewesen; was sonst könnte das bedeuten? Sie erwiderte sein Lächeln mit bebenden Lippen. Ehe sie es sich anders überlegen konnte, fragte sie: »Warum hast du mich dann allein gelassen?«

Er runzelte die Stirn. »Du meinst, nachdem...«

»Ja. Nachdem.«

Er fuhr sich mit der Hand über die dunklen Stoppeln in seinem Gesicht. »Ich wollte dir diesen Anblick bei Tageslicht ersparen. Außerdem, um die Wahrheit zu sagen, ich schlafe schon zu lange allein.«

Die letzte Bemerkung klang ein wenig bissig. Wenn er in der vergangenen Nacht betrunken gewesen war, zog sie ihn fast in diesem Zustand vor. Sie schob den Gedanken von sich und erklärte: »Es tut mir leid, daß ich dich geweckt habe. Wenn du vielleicht hinunterkommen möchtest? Robert ist da. Wir wollen gleich Kaffee trinken.«

»Ich denke, ich kann heute gut ohne meinen lieben Cousin auskommen. Ich werde meinen Kaffee hier oben nehmen.«

»Wie du wünschst«, meinte sie und wandte sich zur Tür.

»Amalie?«

Sie drehte sich um. »Ja?«

»Nichts.« Er warf sich in die Kissen zurück und schloß die Augen.

Amalie läutete erst Tige. Dann zog sie sich eilig um, wählte einen Reifrock und ein Kleid aus blaßgoldenem Popelin und kehrte schließlich auf die untere Galerie zurück. Sie hatte sich wieder unter Kontrolle und war beinahe fröhlich.

Mehrere Male ertappte sich Amalie dabei, wie ihr Blick zu Robert wanderte. Er schenkte ihr jedoch nur wenig Beachtung, denn er war damit beschäftigt, scherzhafte Bemerkungen über seine Tante und ihr Nickerchen zu machen. Er erklärte, daß sie sich nachts immer herumtreibe, und das wäre der Grund für ihre Müdigkeit bei Tage. Amalie staunte darüber, daß sie geglaubt haben konnte, dieser lebhafte, selbstsichere Mann könnte sich dazu herablassen, die Rolle seines Cousins zu spielen, nur um dessen Frau zu bekommen. Er konnte unter zahlreichen schönen Frauen wählen, hatte Chloe erklärt, und Amalie hatte keinen Grund, an ihren Worten zu zweifeln. Außerdem hätte sie nicht vergessen dürfen, daß Julien mit Ausnahme der letzten Nacht immer aus seinem Schlafzimmer zu ihr gekommen war. Hätte Robert seinen Platz eingenommen, würde das bedeuten, daß Julien mit der Täuschung einverstanden war. Julien war viel zu stolz und besitzergreifend, um so etwas auch nur in Erwägung zu ziehen. Es bestand auch nicht die Möglichkeit, daß sie nur einmal, nämlich in der vergangenen Nacht, getäuscht worden war. Der Mann, der sie gestern geliebt hatte, und derjenige, der sie mit soviel Zärtlichkeit entjungfert hatte, waren zweifellos ein und derselbe. Seine Berührung und seine Küsse hätte sie unter Tausenden erkannt.

Der Gedanke an ihr seltsames Gefühl, als Roberts Hand sie zwei Tage zuvor berührt hatte, drängte sich ihr auf, aber sie verwarf ihn sofort wieder. Das war nichts weiter als eine Reaktion ihrer angespannten Nerven gewesen. Etwas anderes zu denken war zu erniedrigend und auch zu verwirrend.

Als Robert sich schließlich verabschiedete, sah sie zu, wie er M'mere auf die Wange küßte und Chloe flüchtig umarmte. Als er zum Abschied vor ihr den Kopf neigte, reichte sie ihm nicht die Hand.

Sie hatte keine Zeit mehr, über ihre dummen Gedanken zu grübeln. Am selben Nachmittag hielt ein Wagen vor dem Haus. Ein untersetzter Mann stieg aus und half vier Damen aus dem Wagen. Es waren M'meres Freundinnen, die Mesdames Oudry, mit Mademoiselle Louise und den Eltern des Mädchens, Monsieur und Madame Callot, die gekommen waren, um sie abzuholen. Sie wollten ein paar Tage bleiben, ehe sie in die Stadt zurückkehrten.

Julien war anwesend, um sie zu begrüßen und den Herrn zu unterhalten. Da Monsieur Callot derjenige war, von dem sie den größten Teil der Vorräte für die Plantage bezogen und der auch die Zuckerrohrernte verkaufte, hatten die beiden viel zu besprechen. Julien hatte zwar kein Interesse am Anbau des Zuckerrohrs, aber der Profit war ihm schon wichtig. Die Herren ließen Juleps auf die untere Veranda bringen, und die Damen zogen sich auf die obere Galerie zurück, um dem geschäftlichen Gespräch zu entfliehen.

Die Zeit, die man für gewöhnlich einem Besuch zugestand, verstrich. Ohne es zu bemerken, unterhielten sich die alten Damen weiter. Chloe und Louise kicherten zusammen am anderen Ende der Galerie, von dem aus man so vielsagende Bemerkungen auffing wie: »Er hat eine ausgesprochen edle Stirn«, »Ah, sein Haar, einfach hinreißend« und ». . . so gefährlich, daß man in seiner Nähe zu zittern anfängt; mehr als vierzehnmal hat er sich auf dem Feld der Ehre geschlagen!« Amalie versuchte, mit Madame Callot ins Gespräch zu kommen, aber die Frau brauchte nur Zuhörer. Es waren noch keine zwei Stunden verstrichen, da hatte sie bereits erklärt, daß St. Martinville in ihren Augen provinzielles Hinterland sei, daß sie Julien für einen Nichtsnutz halte, der aber immerhin noch von einer energischen Frau auf den rechten Pfad zurückgebracht werden könne, und daß die Sklaven auf dem Land denjenigen in der Stadt weit unterlegen seien. Sie hatte Amalie ihr eigenes Rezept für Orangenlimonade verraten, hatte darüber gejammert, daß auf dem Tablett mit den Erfrischungen kandierte Veilchen fehlten, ihr liebstes Konfekt für den Nachmittag, und rundheraus erklärt, daß Isa, der zu Amalies Füßen saß, besser einer nützlicheren Beschäftigung nachgehen sollte, wie zum Beispiel die Hühner aus dem vorderen Hof nach hinten zurückzutreiben.

Die Schritte der Männer auf den Stufen klangen in Amalies Ohren wie eine Rettung. Aber dieser Gedanke war viel zu optimistisch. Julien, der festgestellt hatte, daß er und sein Geschäftsmann nicht nur über Geschäfte miteinander reden konnten, hatte nicht nur die ganze Gesellschaft zum Dinner eingeladen, sondern einen Wagen losgeschickt, der das Gepäck und die persönlichen Diener der Callots holen sollte, damit sie die Nacht auf Belle Grove verbringen konnten.

Das Abendessen erwies sich jedoch als nicht so schwierig, da sie hauptsächlich über Isle Dernière sprachen: über die Spaziergänge am Meer entlang, bei denen man nach Muscheln suchte, über die Musik und die Bälle im Hotel. Madame Callot meinte, daß Baden im Meer für eine Dame nicht schicklich sei, gleichgültig, wie gesund es sein mochte, und sie hatte Angst vor den Stürmen, die manchmal vom Meer aufzogen. Aber es gelang ihr nicht, die Begeisterung ihrer Tochter zu dämpfen. Monsieur Callot langte herzhaft zu, bei Suppe, Schinken, Truthahn mit Austernsoße, frischem grünen Gemüse mit hartgekochten Eiern und Kartoffeln. Zu allen Gerichten gab es eine Auswahl an roten oder weißen Weinen, und nachdem sie abgetragen worden waren, wurden getrocknete Feigen, Rosinen und Mandeln mit Madeira gereicht. Während des Essens sprach Monsieur Callot kaum von etwas anderem als den lukullischen Festen, an die dieses einfache Mahl ihn denken ließ. Er lobte jedoch Juliens Weinkeller und ließ sich überreden, nach dem Essen etwas Brandy zu probieren.

Es war ein Problem gewesen, die Gäste zum Schlafen unterzubringen. Alle Zimmer im ersten Stock wurden benutzt, mit Ausnahme des »Jungfrauen«-Zimmers. Amalie wollte sich in das kleinere Zimmer zurückziehen und ihr eigenes Zimmer Monsieur und Madame Callot überlassen, aber der Geschäftsmann meinte mit einem Augenzwinkern zu Julien hinüber, daß er ein so jung verheiratetes Paar nicht stören wolle. Er und seine Frau würden das kleinere Zimmer nehmen. Amalie blieb nichts anderes übrig, als zuzustimmen, wenngleich das hieß, daß das Paar gezwungen war, ihr Zimmer zu durchqueren.

Die alten Damen hatten kein Problem bedeutet. Sie würden Chloes Zimmer bekommen, gleich neben M'meres Wohnzimmer, und Chloe und Louise, die noch jung waren, konnten im zweiten Stock schlafen. Achselzuckend hatte Amalie die Anweisung gegeben, die Zimmer vorzubereiten. Schließlich war es ja nur für eine Nacht.

Aber der Besuch dehnte sich aus. Eine Woche verging. Anfangs stand Julien früh auf, um seine Gäste zu unterhalten, fuhr mit Monsieur Callot in seinem Wagen auf die Felder und inspizierte die Zuckermühle, arrangierte auch Ausflüge mit seinem Boot. Doch gegen Ende der Woche stellte er fest, daß Monsieur Callot zufrieden war, wenn er mit seinem Julep in der Hand auf der Veranda sitzen konnte, und so nahm er seine alten Gewohnheiten wieder auf. Madame Callot jedoch war voller Energie. Sie folgte Amalie auf Schritt und Tritt, redete unaufhörlich auf sie ein und erklärte ihr ihre eigene – und natürlich bessere! – Art, die Dinge anzupacken. Chloe und Louise saßen ständig flüsternd in irgendwelchen Ecken, und M'mere, die sich von ihnen gestört fühlte, zog sich häufig in ihr Zimmer zurück, um zu ruhen.

Um sich ein wenig Erleichterung zu verschaffen, beschloß Amalie, Robert zu der Gesellschaft zu bitten und ihn den Wölfen vorzuwerfen. Sie schlug vor, daß die beiden Mädchen in Begleitung eines Stallknechts zu ihm hinüberritten. Das brachte ihnen ein paar Stunden der Ruhe ein, blieb aber nicht ohne Auswirkungen. Die beiden Mädchen brachten Robert zwar zum Dinner mit, waren aber auch auf die glorreiche Idee verfallen, eine Abendgesellschaft zu geben. Sie sahen keinen Grund, warum Amalie nicht eine veranstalten sollte.

Der lange Blick, den Robert ihr schenkte, die kurze Pause, ehe er ihre Hand ergriff und sich darüber beugte, brachten die Erinnerung an ihre Dummheit wieder zurück. Sie wurde rot, nicht zuletzt, weil sie plötzlich begriff, daß er mehr verstand, als sie angenommen hatte. Sie war überzeugt, daß er bemerkt hatte, wie verwirrt sie bei ihrem letzten Treffen gewesen war. Den Grund dafür konnte er nicht ahnen; trotzdem sorgte ihr schlechtes Gewissen dafür, daß das Lächeln, das sie ihm schenkte, ein wenig herzlicher ausfiel als gewöhnlich.

Sie standen auf der unteren Galerie. Die Mädchen waren nach oben gegangen, um sich zum Dinner umzukleiden. Abgesehen von Isa waren sie allein.

Zwischen seinen dunkelblauen Augen stand eine steile Falte, als er auf sie herabblickte. »Bist du sicher, daß es dir nichts ausmacht, noch einen Gast mehr zu haben? Wenn ja, dann sag nur ein Wort, und ich bin fort.«

»Nein, bitte nicht. Du weißt, daß du hier immer willkommen bist.« Sie lächelte erneut. »Außerdem kommt es mir vor, als hätte ich bereits alles, was mir einfällt, zu unseren Gästen gesagt, und ich verlasse mich darauf, daß du das Gespräch in Gang hältst.«

»Frisches Blut?«

»So ungefähr.«

»Ich hatte schon von euren Gästen gehört. Und Chloe hatte dann heute eine Menge über die vergangene Woche zu erzählen. Sie erwähnte auch, daß es deine Idee gewesen wäre, daß sie Mam'zelle Louise zu mir brachte.«

Ihm entging anscheinend wenig. »Tut mir leid, wenn es dir unangenehm war.«

»Es war nicht gerade angenehm. Du weißt, ich führe einen Junggesellenhaushalt. Da gibt es kaum etwas, was man einer Dame als Erfrischung anbieten kann, und niemand ist dort, der sich um eine Dame kümmern kann. Aber wenn ich dir helfen kann, dann freut mich das.«

Damit hatte seine Hilfsbereitschaft noch kein Ende. Er gestaltete den Rest des Nachmittags und den Abend, machte den älteren Damen galante Komplimente, verwickelte Monsieur Callot in eine Diskussion über Geschäfte und brachte Louise mit einem Blick zum Schweigen, der von mehr Sinnlichkeit zeugte, als sie für gewöhnlich im anderen Geschlecht zu erwecken vermochte. Er wurde zu Amalies Schild gegen Madame Callot, stellte jede einzelne Bemerkung der Frau in Frage und wies auf die Vorteile der Arrangements ihrer Gastgeberin hin. Es gelang ihm nicht, die Pläne für die Abendeinladung zu verhindern, aber er brachte es geschickt fertig, das Ganze in eine Abschiedsfeier für die Callots und Oudrys zu verwandeln.

Seine Gegenwart erinnerte Amalie daran, daß Julien nicht mehr zu ihr gekommen war, seit sie Gäste hatten. Amalie versuchte sich einzureden, daß es daran lag, daß die Callots im Nebenzimmer schliefen und die Möglichkeit bestand, daß sie in einem ungünstigen Augenblick stören würden. Dennoch wurde sie die Angst nicht los, sie könnte die zarte Beziehung, die zwischen ihnen entstanden war, durch ihre Fragen und Forderungen zerstört haben.

Amalie war traurig, als Robert sich an diessem Abend verabschiedete, so dankbar war sie für seine Unterstützung und seinen Trost. Aber er hatte versprochen, zu der Soirée zwei Abende später zu kommen. Ihr brummte der Kopf, soviel hatte sie noch zu erledigen. Einladungen mußten geschrieben und von einem Boten verteilt werden; sie mußte sich um Musik, Speisen und Getränke kümmern; das Haus mußte geputzt und geschmückt werden; dann mußte sie sich ihr eigenes Abendkleid aussuchen. Es war ihre erste große Gesellschaft, und sie wollte, daß sie ein Erfolg wurde. Aber mit Roberts und Juliens Hilfe bei der Unterhaltung der Gäste würde ihr das wohl gelingen. Beruhigt schlief sie schließlich ein.

Schon lange vor Sonnenaufgang am nächsten Morgen begab sie sich zu den Räucherkammern und Lagerhäusern, um die Lebensmittel auszuteilen. In den kühlen Kellerräumen überprüfte sie die langen Reihen von Zucker- und Mehlfässern, Olivenöl, Brandy und Whisky. Sie schob Kerzen und selbstgemachte Seife beiseite und warf einen prüfenden Blick auf die Weinflaschen und die Regale mit den Trockenfrüchten, dem Kompott und den Pickles. Zufrieden nickend betrat sie schließlich das Eßzimmer, zog einen Bogen weißes Papier unter ihrem Arm hervor und machte sich Notizen, während sie auf die Loggia hinaustrat.

Sie erblickte Tige, der mit einer Messingschüssel und Rasierzeug aus der Küche kam und die Treppe hinaufging. Das bedeutete, daß Julien wach war. Sie schob das Papier in ihre Schürzentasche und folgte dem Diener.

Als sie die obere Veranda erreichte, sah sie Patrick Dye vor Juliens Tür stehen. Er hatte den Kopf gesenkt und zählte Goldmünzen, die er in einer Hand hielt.

»Kann ich etwas für Sie tun, M'sieu Dye?« erkundigte Amalie sich mit kühler Stimme.

Er war so konzentriert gewesen, daß er sie nicht hatte kommen hören. Jetzt fuhr sein Kopf hoch, seine Hand schloß sich um die Münzen. Mit einer blitzschnellen Bewegung schob er sie in die Lederbörse, die er hielt, verstaute diese in seiner Tasche und zog ein Taschenmesser hervor. Er klappte es auf und benutzte die lange Klinge, um den Dreck unter seinen gelben Fingernägeln herauszukratzen. Dann grinste er sie an. »Nein, meine liebe Madame Declouet, es gibt nichts, was Sie für mich tun können, jedenfalls nichts, was Sie freiwillig tun würden.«

Sie erstarrte bei seinen Worten und zog eine Braue hoch. »Wollten Sie meinen Mann sprechen?«

»Ich habe gerade mit ihm geredet.«

»Dann dürfen Sie sich durch mich nicht von Ihren Pflichten abhalten lassen.«

»Äh nun...« Er stemmte die Hände in die Hüften und musterte sie genüßlich von Kopf bis Fuß und ließ den Blick schließlich auf ihrer Brust ruhen, die sich zornig hob und senkte, »...Sie wären jedenfalls eine Frau, die das könnte.«

»Ich empfinde Ihr Verhalten als Beleidigung, M'sieu Dye, und schlage vor, daß Sie gehen!«

»Oho, ganz die Herrin des Hauses, was? Und wenn ich nicht gehe, was machen Sie dann? Wollen Sie es Ihrem Mann erzählen? Das hat Ihnen das letzte Mal auch nicht viel geholfen, oder?«

Sie ballte die Hände in ihren Schürzentaschen zu Fäusten. Hinter ihr wich Isa rückwärts zur Treppe zurück, als wollte er Hilfe herbeirufen oder fortlaufen. »Wenn Sie glauben, Julien würde es dulden, daß jemand seine Frau beleidigt, dann irren Sie sich gewaltig.«

»Sind Sie sicher? Glauben Sie wirklich, Julien Declouet macht sich etwas daraus, was mit seiner jungfräulichen Braut passiert?«

Der Schock darüber, daß der Mann es wagte, so etwas zu ihr zu sagen, lähmte sie, wurde dann aber von purem Zorn verdrängt. Sie hätte am liebsten in dieses grobe Gesicht geschlagen, entschied sich dann aber für Worte als Waffen. »Ich bin aber nicht seine jungfräuliche Braut, M'sieu Dye, sondern seine Frau. Und wenn Sie glauben, daß das für einen Mann wie Julien nichts bedeutet, dann müssen Sie noch viel lernen!«

Sein Gesicht wurde leer vor Überraschung. Dann lachte er höhnisch. »Dann hat er es also endlich geschafft? Zu schade. Ich dachte, ich könnte Sie eines schönen Tages trösten. Aber es ist noch nicht zu spät, um Ihnen zu zeigen, was Ihnen entgeht.«

Er griff nach ihren Armen und zog sie an sich. Seine heißen, feuchten Lippen streiften ihren Mundwinkel. Sie schrie angewidert auf, warf den Kopf zur Seite und versuchte sich loszureißen. Sie drehte und wand sich, aber seine Finger bohrten sich in ihre Arme und hielten sie fest. Sie trat um sich, aber ihre weiten Röcke behinderten sie, und so traf sie kaum.

Sie hörte, wie eine Tür zufiel, hörte das Trampeln von Schritten, und dann hagelten Schläge auf den Rücken und die Seiten des Aufsehers ein.

»Lassen Sie los!« schrie Isa, während er mit der Reitpeitsche, die er aus der Truhe genommen hatte, den Mann bearbeitete, der zweimal so groß war wie er. »Lassen Sie die petite maîtresse in Ruhe!«

Patrick stieß Amalie zurück. Knurrend wandte er sich dem Jungen zu und riß ihm die Peitsche aus der Hand. Er schwang die Faust und traf Isa am Kopf. Der Junge prallte an die Wand.

»Ich werde dich lehren, einen weißen Mann zu schlagen, du kleiner schwarzer Bastard!« brummte der Aufseher und ging mit der Peitsche auf Isa zu.

Amalie stürzte sich auf den Mann und griff nach seinem erhobenen Arm. Ihre Fingernägel durchbohrten sein Hemd und gruben sich in die weiche Haut auf seinem Bauch. Er wirbelte herum, erstarrte jedoch, als sich die Tür zu Juliens Schlafzimmer öffnete.

»Was geht hier vor, in Gottes Namen?«

Julien blieb in der Tür stehen und verknotete den Gürtel seines Morgenmantels. Ein nasses Handtuch lag um seinen Nacken. Sein Haar war zerzaust und sein Gesicht gerötet von dem heißen Rasierwasser.

Amalie ließ Patrick los und trat zurück. Mit zitternder Hand schob sie eine Locke aus ihrem Gesicht. »Dieser Mann hat mich beleidigt, Hand an mich gelegt und Isa geschlagen.«

»Er hat was?« Juliens dunkle Augen blitzten, als er sich dem Aufseher zuwandte.

Patrick lachte und rieb mit einer Hand seinen zerkratzten Bauch. »Ich wollte ihr nur was beibringen –«

Julien bewegte sich so schnell, daß sein Handrücken im Gesicht des Aufsehers landete, ehe der überhaupt wußte, was geschah. Dyes Kopf flog unter der Wucht des Schlags nach hinten. Er hob die Hand und tupfte damit das Blut ab, das aus seinem Mundwinkel sickerte. Dabei zog er wütend und ungläubig die Brauen zusammen.

»Meine Frau«, erklärte Julien leise, »braucht keinen Unterricht, weder von Ihnen noch von irgendeinem anderen Mann. Wenn Sie sie noch einmal anrühren, bringe ich Sie um.«

»Vergessen Sie da nicht die eine oder andere Kleinigkeit?« höhnte Patrick mit einem Seitenblick auf Amalie.

»Möchten Sie mich vielleicht bei einem Duell erinnern?«

Beim sanften Klang der Stimme des Herrn von Belle Grove weiteten sich die Augen des anderen Mannes. »Na, das dürfte wohl nicht nötig sein.«

»Vielleicht kommt es mir gelegen, ein Treffen zu erzwingen. Aber es würde mich schmerzen, jemandem die Ehre zu geben, der so offensichtlich kein Gentleman ist.«

Der Aufseher leckte sich die Lippen. »Ich bin nicht für Duelle. Das ist ein Verstoß gegen das Gesetz.«

Julien lächelte. »Das Gesetz ist blind in diesem Staat, mon ami, oder zumindest so langsam, daß der Sheriff nur selten das Feld der Ehre erreicht, ehe alle Beteiligten es verlassen haben.«

»Ich könnte da ein paar Sachen erzählen –«

»Aber das werden Sie doch nicht tun, nicht wahr? Besonders weil es vielleicht gar nicht nötig ist. Sie werden sich jetzt bei Madame, meiner Frau, und bei ihrem kleinen Beschützer entschuldigen.«

»Den Teufel werde ich.«

»Sonst...«

Amalie hörte kaum auf diese Worte. Sie kniete neben Isa. Er hatte einen blauen Fleck auf der Wange und eine Beule am Kopf, aber seine Augen waren klar, und seine Hand hielt die ihre ganz fest, als sie ihm auf die Füße half. Dennoch drang die tödliche

Kälte aus den letzten Worten ihres Gatten bis zu ihr, und sie blickte auf.

Die beiden Männer starrten sich an, als suchten sie nach Anzeichen von Schwäche. Abrupt wandte Patrick Dye sich ab. Er fuhr zu Amalie herum, senkte den Kopf. »Ich habe mich vergessen, Madame Declouet. Ich hoffe, Sie – und der Junge – werden mir verzeihen.«

Er wartete ihre Antwort nicht ab, sondern stampfte mit verbissenem, rotem Gesicht an ihnen vorbei, die Treppe hinunter und auf die Sklavenhütten zu.

»Ist alles in Ordnung mit dir, ma chérie?«

Sorge stand in Juliens dunklen Augen, als sein Blick über sie hinwegglitt. Amalie hätte sich am liebsten in seine Arme geworfen, aber sie nickte nur.

»Wenn dieser Mann dich jemals auch nur respektlos ansieht, möchte ich es wissen.«

»Ja, natürlich.«

Es war vielleicht gut, daß er nicht zugelassen hatte, daß sie ihre Schwäche zeigte. Sie fühlte sich jetzt viel stärker und in der Lage, ihre Nerven zu beherrschen.

»Wenn du mich jetzt bitte entschuldigst. Ich möchte mich anziehen.«

»Ja. Ich ... Julien?«

»Chérie?«

»Ich würde gern mit dir wegen der Unterhaltung der Gesellschaft heute abend sprechen.«

Er lächelte. »Überlaß das nur mir.«

Sie rührte sich nicht, bis sich die Tür hinter Julien geschlossen hatte. Dann schob sie Isa in den Salon. Dort schenkte sie ihm und sich selbst einen Schluck Wein ein. Erst als sie mit dem Glas in der Hand auf die Veranda trat, fiel ihr auf, daß der Aufseher von Belle Grove eine ausgesprochen privilegierte Stellung genoß. Er wußte über ihr Privatleben erstaunlich gut Bescheid, und trotz allem, was Patrick getan hatte, und ungeachtet der Heftigkeit von Juliens Reaktion war doch nie die Rede davon gewesen, den Mann zu entlassen.

Es bot sich keine Gelegenheit, Julien darüber Fragen zu stellen. In den nächsten sechsundddreißig Stunden hielten ihn seine Pflichten als Gastgeber von ihr fern. Außerdem hatte er sich seit dem Zwischenfall offenbar von ihr zurückgezogen. Sie hatte gehofft, am Nachmittag vor der Feier ein paar Minuten Zeit zu finden, um mit ihm zu sprechen, aber Madame Callot hatte angefangen zu packen und rief nach Seidenpapier und zusätzlichen Truhen. Vieles mußte noch gewaschen und gebügelt werden, weil sie am nächsten Morgen früh aufbrechen wollte. Die Zofen und Diener, die versuchten, ihre Herrschaften für die Gesellschaft zurechtzumachen, stritten um Waschwannen und Bügeleisen, und Amalie hatte alle Hände voll zu tun, sie zu besänftigen. Dann mußten die letzten Vorbereitungen getroffen werden. Schließlich wurde es Zeit, sich umzukleiden. Aber Amalie war so glücklich darüber, daß ihre Gäste bald abreisten, daß sie alles geduldig auf sich nahm.

Lally erfüllte ihre neuen Pflichten mit großer Sorgfalt. Amalie hatte tatsächlich vorgehabt, das erstbeste Kleid zu tragen, das ihr im Schrank in die Hände fallen würde, aber das Mädchen hatte eines der Kleider ausgewählt, die Julien in New Orleans für sie gekauft hatte: ein Traum aus lavendelfarbener Seide mit schmaler Taille, die vorne in einer Spitze auslief, einem sehr weiten Rock mit Rüschen und einem Besatz aus naturfarbener Spitze um den Ausschnitt herum, die von einem lavendelfarbenen Band durchzogen wurde. Dort, wo die Spitze zwischen Amalies Brüsten zusammenlief, befestigte Lally einen kleinen Strauß malvenfarbener Moosröschen, einen zweiten steckte sie in Amalies Haar, das sie zu einem weichen Knoten geschlungen hatte. Sie trat mit einem so triumphierenden Ausdruck im Gesicht zurück, daß Amalie sie lobte. Sie wußte, daß das Mädchen stolz auf sein Können war.

Amalie hatte allen Grund, Marthe und ihren Helfern in der Küche zu gratulieren. Das Dinner, das den zwölf Paaren aus der Nachbarschaft und St. Martinville sowie Robert und den bereits anwesenden Gästen auf Belle Grove vorgesetzt wurde, war ein Triumph. Es gab zwei Sorten Suppe, zwei Arten Meeresfrüchte, drei verschiedene Arten Fleisch, mehrere Gemüsegerichte, Salate, diverse Brote, Pickles und Kompotte. Ein Gericht, eine meisterhafte Nachahmung der Speisen der alten Römer, bestand aus einer Wachtel, die in eine Taube gesteckt war, diese dann in ein Perlhuhn, das in einer Ente, die Ente in einem Kapaun, der Kapaun in einer Gans und die Gans in einem Truthahn steckten. Jeder einzelne Vogel war von seinen Knochen befreit, und das Ganze wurde in hauchdünne Scheiben geschnitten serviert.

Die Anrichte bog sich unter Pasteten, Kuchen, Puddings und frischen Beeren, die mit Zucker bestreut und dick mit Sahne übergossen waren. Man wollte mit dem Dessert jedoch noch warten, da alle zu satt waren, um es gleich zu genießen.

Zwei Fiedler und ein Banjo-Spieler sorgten für die Musik, und bei manchen Stücken setzte sich Amalie zusätzlich ans Klavier. Die Möbel im Salon waren an die Wände geschoben, der Teppich aufgerollt und der Boden gebohnert worden. Die Doppeltüren standen offen, um die frische Nachtluft einzulassen. Die jungen Paare, Freunde von Chloe und Julien, tanzten und riefen sich im Vorbeiwirbeln scherzhafte Bemerkungen zu. Sie schienen nicht müde zu werden, wie sie so über die Tanzfläche wirbelten. Zum ersten Mal kam sich Amalie alt vor, als sie ihnen zusah, während ihre Finger über die Tasten glitten. Sie war nie so leichtherzig gewesen wegen der langen Jahre der Trauer und ihrer ausgedehnten Verlobungszeit. Verglichen mit der überschäumenden Jugend auf der Tanzfläche fühlte sie sich müde und ausgepumpt.

»Madame, erweisen Sie mir die Ehre?«

Es war Julien, der ihre Hand nahm und sie hinter dem Klavier hervorzog, ohne ihre Antwort abzuwarten. Zu den Klängen eines Walzers führte er sie über die Tanzfläche, mit so graziösen, flüssigen Bewegungen, daß sie zu schweben meinte. Sie lächelte zu ihm auf, ihre Müdigkeit verging, ihre Stimmung hob sich. Er musterte ihr Gesicht, und seine eigenen Züge entspannten sich, aber tief in seinen Augen stand ein Ausdruck, der ihr schmerzlich erschien.

Sie tanzten wieder und wieder. Amalie entdeckte Robert, der mit Louise tanzte. Ihr Kichern trillerte durchs Zimmer, und ihre Bewegungen waren so selbstvergessen, daß sich ihr Reifrock hob und senkte und ihre Knöchel über den seidenen Tanzschuhen mit dem kleinen, geschwungenen Absatz enthüllten. Amalie warf Robert einen lachenden Blick zu, den er mit einem Achselzucken quittierte. Wie es schien, hatten seine Blicke ihre Wirkung nicht verfehlt, und seine Partnerin hatte ganz eindeutig eine Vorliebe für ihn entwickelt. Madame Callot schritt nicht etwa ein, sondern betrachtete das Ganze mit einem verständnisvollen Lächeln auf ihrem großen, bleichen Gesicht.

Schließlich führte Robert Louise zu ihrem Platz bei ihren Eltern und wandte sich ab. Schnell ging er zu Amalie hinüber, die neben Julien in der Nähe der französischen Fenster stand und sich Luft zufächelte. Er neigte den Kopf, ein Grinsen trat auf sein Gesicht.

»Verzeihung, Cousin«, wandte er sich an Julien, »aber darf ich mir deine Gattin ausleihen?«

Amalie fühlte, wie Julien erstarrte. Sie warf ihm einen kurzen Blick zu, ehe sie zu Robert hinübersah, dessen Ausdruck seltsam vorsichtig geworden war. Um die plötzliche Spannung zu lockern, meinte sie in spöttischem Ton zum Cousin ihres Mannes: »Du brauchst wohl Schutz, was?«

»Eigentlich mehr jemanden, der die Meute ablenkt. Ich schwöre euch, ich komme mir vor wie ein Hirsch, den sie aus dem Versteck gescheucht haben.«

»Und die Meute ist... ähem... weiblich?« Julien entspannte sich sichtlich.

»Genau.«

Amalie legte den Kopf schief. »Du könntest dich umdrehen und deinen Verfolger umarmen.«

»Vielen Dank, nein. Noch ein Kichern zuviel, und ich bin gezwungen, jemanden zu erwürgen.«

Ohne Juliens Erlaubnis abzuwarten, bot Robert Amalie den Arm und führte sie auf die Tanzfläche.

Sie war atemlos vom Tanzen; das war der Grund für das

schnelle Schlagen ihres Pulses und das Glühen ihrer Wangen. Es war auch die ungewohnte Bewegung, die sie schwach und ein wenig schwindlig machte, als Robert sie fest in seinen Armen hielt und über den Boden wirbelte. Sie schaute zu ihm auf und ertappte ihn dabei, wie er ihr Gesicht beobachtete. Seine eigenen Züge waren angespannt. Ein Zittern durchlief sie, und sie wandte sich hastig ab.

»Ich muß mich noch bei dir entschuldigen«, fing er an.
»Oh?«
»Ich habe vergessen zu fragen, ob du mit mir tanzen möchtest. Wenn du es lieber nicht willst, dann mußt du es nur sagen. Ich bringe dich sofort zu Julien zurück.«

Sie schlug einen leichten Ton an. »Sei nicht albern. Warum sollte ich etwas dagegen haben?«

»Ich bin mir nicht sicher. Vielleicht muß ich dich fragen, ob ich dich beleidigt habe.« Seine Stimme klang ernst.

»Wenn du so weitermachst, dann tust du es vielleicht noch. Du gehörst zur Familie, und ich weiß sehr wohl, was du für uns alle hier auf Belle Grove tust. Ich hoffe, wir müssen uns keine Gedanken über Mißverständnisse machen.«

»Meinetwegen bestimmt nicht. Aber du bist so sehr Teil dieser Plantage geworden, daß ich manchmal vergesse, daß du neu bei uns bist und unsere Art vielleicht nicht verstehst.«

»Gut. Genauso wollte ich es haben.«

Ihre Stimme war fest, ihr Lächeln zitterte nicht; er schien ihre offene Art zu akzeptieren. Aber nicht viel später wünschte sie, sie hätte das Thema nicht so schnell beiseite geschoben.

Es war während einer Tanzpause. Einige der älteren Gäste hatten sich ins Eßzimmer begeben, um das Dessert zu sich zu nehmen, während die Jüngeren Punsch und einen Spaziergang durch die kühle Nacht vorzogen. Amalie saß auf der Truhe auf der hinteren Loggia. Einen Moment lang war sie allein. Eigentlich hatte sie ein schlechtes Gewissen – als Gastgeberin sollte sie sich um ihre Gäste kümmern, aber M'mere war unten und Julien im Salon. Vielleicht reichte das ja aus.

In diesem Augenblick hörte sie die Stimme ihres Mannes, der

etwas verkündete. Sie stand auf und trat an die Tür zum Salon. Er schlug ein Spiel, eine Art »Blinde Kuh«, vor. Jemand wäre »Es«, in diesem Fall Julien selbst. Ihm wurden die Augen verbunden, und er mußte mehrmals gedreht werden, damit er die Orientierung verlor. Doch dann würde er nicht hierhin und dorthin stolpern, sondern zuerst befehlen, das Licht herunterzudrehen. Dadurch waren die Verfolgten ebenso im Nachteil wie der Verfolger. Jeder, den er erwischte, mußte ein Pfand abgeben und als nächster den Verfolger mimen.

Die Gäste jubelten. Einige der Damen warfen sich mit gerunzelter Stirn zweifelnde Blicke zu, erhoben aber keinen Einspruch, als die Kerzen gelöscht wurden.

Amalie wandte sich ab. Sie war nicht in Stimmung für Spielchen. Sie hielt es auch nicht für besonders amüsant, war aber überzeugt, daß es harmlos genug war und außerdem ein Ende finden würde, sobald die Erwachsenen, die im Eßzimmer waren, bemerkten, daß oben die Lichter ausgegangen waren. Sie selbst war nur noch erschöpft. Sie war froh, wenn der Abend vorüber war und sie in ihr Bett sinken konnte.

Es war kein Geräusch, das sie aufmerksam machte, sondern ein Gefühl. Sie wandte den Kopf und sah die breitschultrige Gestalt eines Mannes. Also hatte Julien sie hier draußen entdeckt, dachte sie und lächelte. Sie raffte die Röcke und wich in eine Ecke zurück. Er kam näher und zog sie an sich. Seine Hände, sanft und vertraut, glitten über sie, umfaßten ihre Taille und legten sich über ihre Brust. Seine Stimme war heiser, als er sagte: »Amalie, chérie, ich fordere dies als Pfand.«

Sein Mund senkte sich auf ihre Lippen. Seine Arme umschlossen sie noch fester, als seine Zunge tiefer eindrang. Sie preßte sich an ihn. Ihr Hunger nach ihm war so groß, daß sie schwach wurde. Nur seine Umarmung hielt sie aufrecht.

Dann hörte man das Kratzen eines Streichholzes, das neben ihnen aufflammte. Das kleine, gelbe Feuer erwachte hell und schmerzend für die Augen. Überrascht wich Amalie zurück. Halb geblendet wandte sie sich um. Der Mann neben ihr regte sich nicht. Ihr Blick wanderte über die zitternde Flamme zum

Gesicht der Person, die das Streichholz angezündet hatte, suchte sein Gesicht.

Julien.

Er hielt die Augenbinde in der Hand.

Robert hielt sie in seinen starken Armen.

8. Kapitel

Amalie lag im Bett. Ihr Haar war in seidiger Pracht über ihr Kissen gebreitet. Mit großen Augen starrte sie zum Moskitonetz empor. Diesmal konnte sie es nicht leugnen. Es gab keinen Zweifel. Der Mann, der sie in ihrem Bett aufgesucht hatte, war Robert gewesen, und er hatte sie auch im Sommerhaus geliebt. Er kannte jeden Zentimeter ihres Körpers und hatte ihr Glück und Erfüllung geschenkt.

Sie fühlte sich beschmutzt.

Welches Recht hatte er, sie so zu täuschen? Wie war es ihm gelungen? Und warum?

Warum hatte sie ihn in ihr Bett gelassen? Er und und Julien waren sich sehr ähnlich, aber doch auch sehr verschieden. Sie erinnerte sich, daß ihr Julien in der ersten Nacht einen kurzen Augenblick verändert vorkam. Aber nie wäre sie auf den Gedanken gekommen, daß man so täuschte! Es war unglaublich, daß Robert es wagte, ein solches Spiel zu spielen, daß er es riskierte, erkannt zu werden. Das Ganze war so absurd!

Er hatte gesagt, daß er sie liebe, und das war die größte Lüge. Es wäre doch gewiß nicht nötig gewesen, die Komödie so weit zu treiben?

Sie war eine Ehebrecherin. Zwar konnte man ihr keinen Vorwurf machen, aber sie hatte gesündigt.

Nein, nein, nein. Das konnte nicht sein. Sie wollte es nicht glauben. Kein normaler Mensch tat so etwas. Sie machte sich etwas vor und war verwirrt von ihrer eigenen, erst kürzlich erwachten Leidenschaft. Es war nur ein Zufall, daß die Küsse ihres Mannes und die seines Cousins sich so ähnlich waren. Zweifellos sind die meisten Zärtlichkeiten ein und dasselbe. Sie hatte nur wenig Erfahrung mit solchen Dingen, aber welchen Unterschied konnte es geben, wenn sich Lippen berührten?

Robert fand sie ebenso anziehend wie sie ihn. Er hatte ihr einen Kuß rauben wollen, mehr nicht. Oder vielleicht war es an diesem Abend nur ein Spiel gewesen. So etwas hatte er doch angedeutet, als er ihr entsetztes Gesicht gesehen hatte? Was hatte er gesagt? »Es war eine alberne Wette, und noch dazu eine grausame. Ich bitte ergebenst um Verzeihung.«

Andererseits hatte er schließlich etwas sagen müssen, oder? Sie hatte beruhigt werden müssen.

Die Zweifel quälten sie seit nunmehr fünf Tagen. Sie hatte seither kaum geschlafen. Die Gäste waren abgereist, ohne daß Amalie die Ruhe und den Frieden, die sie so dringend herbeigesehnt hatte, genießen konnte. Sie wollte Antworten, aber sie hatte solche Angst vor dem, was sie enthüllen konnten, daß sie jede Nacht eine Lampe neben ihrem Bett brennen ließ. Sie war entschlossen, das Gesicht des Mannes zu sehen, der sie jetzt, da sie wieder allein waren, aufsuchen würde.

Aber niemand war gekommen.

Sie war sich nicht sicher, was das bedeutete. Wenn Julien über ihr Benehmen entsetzt war oder sich seines eigenen Verhaltens schämte, hatte er natürlich allen Grund, sie zu meiden. Von Lally wußte sie, daß er seit der Soirée fast jeden Abend nach St. Martinville geritten war und erst in den frühen Morgenstunden zurückkehrte. Seine Nachmittage verbrachte er mit Fechten, Schießen und Malen – mit allem, was ihn von ihr fortführte.

Wenn ihr Liebhaber allerdings Robert gewesen war, dann würde er sich nie bei Licht zu erkennen geben. Er hatte keinen Grund, sich von ihr fernzuhalten, es sei denn, sein Gewissen plagte ihn. Er konnte nicht ahnen, wie sehr sie Verdacht geschöpft hatte – nur die brennende Lampe konnte es ihm zeigen.

Die Flamme flackerte, aber es war bestimmt genug Öl vorhanden, denn Lally hatte sie erst am Morgen aufgefüllt. Amalie beobachtete die Flamme eine Weile. Dann wandte sie sich ab, schloß die Augen und bedeckte sie mit dem Arm. Sie war daran gewöhnt, im Dunkeln zu schlafen, und hätte auch jetzt am liebsten das Licht gelöscht. Wenn fünf Nächte lang niemand gekommen war, würde vielleicht überhaupt niemals mehr jemand kommen.

Trotz ihres Mißtrauens war das kein angenehmer Gedanke. Sollte sie die Umarmung eines Liebhabers nie wieder spüren? Nie wieder die Zärtlichkeit und wachsende Erregung fühlen? Hatte sie sich durch ihr eigenes Verhalten zu dieser Einsamkeit verdammt? Sie konnte diesen Gedanken nicht ertragen.

Sie würde auf sich nehmen, was immer kommen würde. Wenn sie Ehebruch begangen hatte, dann nicht, weil sie selbst es gewollt hatte, sondern auf Drängen anderer. Sie konnte die Gründe erahnen. Was gab ihr das Recht zu sagen, daß diese Gründe nicht plausibel waren? Es ging hier nicht um persönliche Befriedigung, oder?

Als sie endlich einschlief, wurde ihr Schlaf von unruhigen Träumen und von unerfülltem Verlangen gestört. Sie warf sich auf dem Kissen hin und her, fürchtete die Dunkelheit und fühlte sich doch von einem leuchtenden Lichtfleck verfolgt, einer Flamme, die die Welt zu verschlingen drohte. Sie legte sich auf die Seite und umarmte in der Dunkelheit ihr Kissen.

Die erste Berührung war leicht, ein bloßer Hauch, aber heiß wie eine Flamme. Sie kam wieder, fester diesmal. Süße Erregung floß durch ihre Adern, breitete sich aus, wurde zum Fieber. Sie spürte die Wärme eines Körpers, eine Hand legte sich auf ihre Brust. Verlangen überströmte sie. Sie stieß einen leisen Laut aus und drehte sich um. Ein Mund preßte sich auf ihre Lippen, starke Arme schlossen sich fest um sie und hielten sie fest. Ihr Nachthemd wurde hochgeschoben, ein Knie zwängte sich zwischen ihre Schenkel. Er drang in sie ein und schmiegte sein Gesicht in die sanfte Kurve ihres Nackens.

Sie wurde hellwach, und eine Woge der Leidenschaft überflutete sie. Sie konnte keinen klaren Gedanken mehr fassen und streckte die Arme aus. Er hielt in seinen Bewegungen inne.

Das war es nicht, was sie wollte. Sie bewegte sich unter ihm, drängte sich ihm entgegen, berührte mit den Lippen sein Gesicht.

Er stieß den angehaltenen Atem aus und bewegte sich in einem Rhythmus, der sie beide in den Strudel der Leidenschaft zog. Sie waren alters- und namenlos, ohne Vergangenheit oder Zukunft, ohne irdische Bindungen. Sie gehörten der Nacht und einander. Es gab nichts als ihr Begehren, das in einem Feuerball explodierte und sie erschöpft auf die Kissen sinken ließ.

Er löste sich von ihr und legte sich neben sie. Amalie streckte ihre verkrampften Muskeln, atmete ruhig und gleichmäßig, als sie ins Dunkel starrte. Dann rollte sie auf die Seite, streckte die Hand aus und tastete nach der Lampe. Sie war noch warm, jemand hatte sie gelöscht.

In der Schublade ihres Nachtkästchens lagen Streichhölzer. Die Schachtel klapperte, als sie sie herausnahm.

»Nicht«, flüsterte es rauh hinter ihr. »Bitte, nicht.«

Sie blieb einen langen Moment liegen, ehe sie antwortete: »Ich muß es tun. Verstehst du das denn nicht?«

Die einzige Antwort war eine Bewegung, dann raschelten Kleider.

Er ging. Sie richtete sich auf. Das erste Streichholz brach ab, als sie es anreißen wollte. Das zweite flackerte kurz und brannte dann. Sie drehte sich um, aber alles, was sie durch das Moskitonetz sehen konnte, war die dunkle Tür zu Juliens Zimmer. Dann hörte sie ganz deutlich, wie der Knauf gedreht wurde.

Ohne sich um die Lampe zu kümmern, schüttelte sie das Streichholz aus, schwang die Beine über die Bettkante und lief zur Tür.

Abrupt blieb sie stehen und starrte in das dunkle Zimmer ihres Mannes. Sie hatte ihre Antwort. Sie konnte kaum klarer sein. Julien wäre nicht fortgelaufen. Warum hätte er das auch tun sollen? Schließlich hatte er das Recht, in ihrem Bett zu sein. Er war ihr Ehemann. Die Wahrheit ließ sich nicht länger leugnen. Der Mann, der sie gerade verlassen hatte, war Robert, so unwahrscheinlich es auch klang.

Der Gedanke war unerträglich. Sie mußte mit Julien reden.

Der Entschluß, den sie in dieser Nacht getroffen hatte, ließ sich bei Tage nicht so leicht in die Tat umsetzen. Sie hatte es schon einmal versucht, und was war dabei herausgekommen?

Konnte sie ihren Mann gerade heraus fragen, ob er einem anderen Mann erlaubt hatte, sie in ihrem Bett aufzusuchen? Konnte sie eine ehrliche Antwort erwarten, wenn dadurch Juliens Mannesstolz verletzt und der häusliche Friede vielleicht gefährdet wurden? Wollte sie wirklich die Wahrheit nicht nur kennen, sondern auch von ihm hören?

Sie mußte diesen nächtlichen Besuchen ein Ende machen, dann könnte sie so tun, als hätten sie nie stattgefunden. Das war das Klügste. Die Ergebnisse wären dieselben, als hätte sie die Wahrheit niemals entdeckt. Und sie könnte weiterhin als Juliens Frau in Frieden leben.

Die Alternative war weniger angenehm. Eine Annullierung der Ehe, weil sie nicht vollzogen worden war, war nun eindeutig nicht mehr möglich, und eine Scheidung, selbst wenn sie von der Kirche genehmigt werden sollte, war ein schwieriger Prozeß und würde einen entsetzlichen Skandal bedeuten, und der Ausgang wäre zweifelhaft, denn Julien könnte sich weigern, einer Scheidung zuzustimmen. Und danach? Welches Leben würde sie führen? Das einer Frau, die zwar dem Gesetz nach frei war, dafür aber im Geiste gebunden und von der Vergangenheit verfolgt?

Sie könnte natürlich zu ihrer Tante zurückkehren. Tante Ton-Ton würde es zweifellos erlauben und zu ihrer Freundin werden, wenn sie erst die Wahrheit erführe. Aber sie war sich nicht sicher, ob sie ein solches Leben noch führen konnte, nachdem sie einmal Herrin über ihr eigenes Haus gewesen war. Sie hatte Julien gern, er war ein angenehmer Gesellschafter, wenn er nicht zu sehr mit sich selbst beschäftigt war. Aber die Chance, daß er ihr näherkam, schien gering. Könnte sie dann also nicht weiter seine Frau sein und lediglich Roberts Annäherungen abwehren? Aber würde ihr das ohne Juliens Hilfe gelingen? Mußte sie nicht mit ihm über alles sprechen?

Ihre Gedanken drehten sich im Kreis, ohne daß sie zu einem

Entschluß kommen konnte. Manchmal glaubte sie, daß es vernünftig wäre, an ihrer Ehe festzuhalten; dann wieder schalt sie sich einen Feigling, weil sie Robert nicht zur Rede gestellt hatte, als sie die Gelegenheit dazu hatte. Sie fand tausend Entschuldigungen für ihr Verhalten, aber sie wußte wohl, daß der Grund allein ihre eigene Schwäche gewesen war. Es war ihr Verlangen nach ihm gewesen, das sie davon abgehalten hatte, ihn in seine Schranken zu weisen.

Sie war so durcheinander, als sie am späten Nachmittag vors Haus trat und Juliens Barke auf den Landesteg zutreiben sah, daß sie zögerte. Sollte sie zu ihm laufen? Er lag auf einem Kissen und starrte zum Segel hinauf, während Tige das kleine Boot festmachte. Julien setzte sich auf, als er sie sah, und hob grüßend die Hand. Er sprang aus dem Boot und kam auf sie zu.

»Ist etwas nicht in Ordnung?«

»Nein, nein«, versicherte sie, als ihr klar wurde, daß er glauben mußte, sie hätte nach ihm gesucht. »Ich wollte nur einen Spaziergang machen.«

»Schön, daß du Zeit dazu gefunden hast. Du bist sonst immer so beschäftigt.« Er trat neben sie, und gemeinsam kehrten sie zum Haus zurück.

Sie warf ihm einen überraschten Blick zu. Er hatte also bemerkt, daß sie viel zu tun hatte. »Ich habe heute eigentlich nur Besuch empfangen.«

»Das wage ich zu bezweifeln«, meinte er trocken. »Aber egal. Geht alles klar? Keine Probleme mehr mit Dye?«

»Nein, alles ist bestens.« Seit dem Vorfall auf der Loggia hatte sie kaum an Patrick Dye gedacht. Die Situation, in der sie sich befand, beschäftigte sie viel zu sehr, als daß sie über andere Probleme hätte nachdenken können.

»Das ist gut.«

Sie gingen ein paar Schritte. »Julien?«

Mit aufmerksamem, aber entspanntem Gesicht sah er sie an. Die Worte, die sie zu ihm sagen wollte, gerieten durcheinander. In ihrer Angst, ihn zu verletzen, sagte sie das erste, was ihr einfiel: »Der Diener der Morneys war vor kurzem hier. Wir sind zu einem Ball bei ihnen eingeladen – in zwei Wochen.«

»Das wird sicher nett.«

Er schaute sie fragend an, als vermutete er, daß sie ihm noch etwas anderes mitteilen wollte. Hastig beruhigte sie ihn. »Den Einladungen im Korb des Dieners nach zu urteilen, kommen alle aus der Gegend. Bist du sicher, daß du gehen willst?«

»Ich wüßte keinen Grund, der dagegen spräche. Sie waren auch bei unserer Soirée. Außerdem müssen wir ein wenig Vergnügen haben, wenn unsere Tage erträglich sein sollen.«

»Nun gut, dann werde ich die Einladung annehmen.« Nach einer Sekunde fügte sie hinzu: »Bei den Sklaven sind ein paar Fieberfälle aufgetreten. Ich habe angefangen, sie mit Chinin zu behandeln.«

Er sah sie scharf an. »Du mußt vorsichtig sein. Du darfst nicht krank werden, jetzt da –«

Er brach ab. Sie starrte ihn an. »Jetzt? Was meinst du damit?«

»Du mußt doch merken, daß mir deine Gesundheit am Herzen liegt.«

»Ja, aber warum gerade jetzt?«

Er lächelte. Seine dunklen Augen blickten in ihr Gesicht. »Der übliche Grund bei jungen Ehefrauen, chérie.«

»Oh«, machte sie, als ihr plötzlich etwas klar wurde. »Verstehe.« Seine Sorge galt ihrer Gesundheit, weil er vermutete, daß sie bald ein Kind erwartete.

»Du warst in letzter Zeit besonders hübsch und hast förmlich gestrahlt. Hast du keine Neuigkeit für mich?«

Über diese Möglichkeit hatte sie selbst schon nachgedacht. Mehr als genug Zeit war verstrichen, aber sie war sich nicht sicher. Ihre Periode war zwar ausgeblieben, aber sie hatte nicht genau Buch darüber geführt. Bis vor wenigen Wochen war das auch nicht nötig gewesen. Über eine mögliche Schwangerschaft wollte sie gar nicht erst spekulieren, deshalb erwiderte sie: »Ich denke nicht.«

»Schade.«

Aus seiner sanften Stimme sprach ehrliches Bedauern. Sie

konnte sich nicht vorstellen, warum es für ihn wichtig sein sollte, abgesehen davon, daß er es vielleicht leid war, Robert Zutritt zu ihrem Zimmer zu verschaffen. Ihr blieb jedoch keine Zeit zu fragen, denn sie hatten das Haus erreicht. Er neigte charmant lächelnd den Kopf und entschuldigte sich, weil er vor dem Abendessen noch baden und sich umziehen wollte.

Es war ein ruhiges Mahl und dauerte nicht lange. Julien hatte noch eine Verabredung in der Stadt. Amalie nahm ein Buch mit ins Bett und las, bis sie sicher sein konnte, daß er gegangen war. Dann stand sie auf und wickelte einen Stoffstreifen um die Türknäufe, so daß sich die Schiebetür nicht mehr öffnen ließ. Sie hatte befürchtet, in dieser Nacht kein Auge zutun zu können, aber als sie schließlich erwachte, schien die Sonne.

Sie ging zum Eßzimmer und blieb abrupt stehen. Robert saß am Tisch. Er sprang auf, als er sie sah, und rückte einen Stuhl für sie zurecht.

Eine peinliche Stille entstand. Amalie hatte die Fassung verloren und konnte ihn nur anstarren. Die Farbe wich aus ihrem Gesicht. M'mere blickte von dem Brief auf, den sie las, und zog fragend eine Braue hoch. Chloe, die sich leise mit George unterhalten hatte, runzelte die Stirn. George schluckte. Ein aufmerksamer Ausdruck trat in seine blaßblauen Augen.

»Guten Morgen, ma chère«, grüßte ihre Schwiegermutter. »Ist das nicht wunderbar? Die Pflanzen aus China sind in New Orleans eingetroffen, und ich habe die erste Auswahl.« Sie wedelte mit dem Brief. »Den habe ich von dem Reeder. Ein Bote hat ihn heute früh gebracht. George wird sofort aufbrechen, um sich die Pflanzen anzusehen.«

»Wie schön«, erwiderte Amalie höflich. Wenigstens brachte sie einen Ton hervor, aber sie bebte am ganzen Leib, als sie auf den Tisch zuging. Sie vermied Roberts Blick und nahm Platz. Als Isa, der ihr wie üblich gefolgt war, ihr eine Tasse Kaffee brachte, war sie froh, sich mit etwas beschäftigen zu können.

M'mere beschrieb Georges Reiseroute. Er würde in St. Martinville das Dampfschiff nehmen, den Teche hinabfahren und dann in die Eisenbahn nach New Orleans umsteigen.

Chloe wollte ihn nicht gehen lassen. Scheinbar fürchtete sie die Schönheiten der Großstadt, denen George erliegen könnte. Vergeblich versuchte er sie davon zu überzeugen, daß er nur an den Pflanzen interessiert sei, die er heil und sicher nach Belle Grove bringen wollte. Sie ließ sich nicht trösten und flehte ihn an, noch einmal mit Julien über die Heirat zu sprechen, ehe er abreiste, als würde eine Aussprache zwischen den beiden Männern die Gefahren beseitigen.

Als George immer verzweifelter dreinschaute, mischte sich Robert ein und fragte, ob es nicht schon zu spät im Jahr sei, um neu anzupflanzen.

Amalie machte nicht den Versuch, an dem Gespräch teilzunehmen. Sie zerkrümelte ihre Semmel, aß die gezuckerten Brombeeren, die Isa ihr gebracht hatte, und dachte die ganze Zeit darüber nach, wie sie schnell und unauffällig den Raum wieder verlassen könne.

Doch Robert ersparte ihr die Mühe. Bevor sie es begriff, hatte er seine Tasse ausgetrunken, seinen Hut genommen und marschierte zur Tür. Sie sah ihm nach. Der Ausdruck auf ihrem Gesicht zeigte halb Erleichterung, halb Kummer. An der Tür drehte er sich noch einmal um. Diesmal konnte sie seinem Blick nicht rechtzeitig ausweichen, und sie sah, daß sein Ausdruck dieselbe Verzweiflung widerspiegelte, die auch sie empfand.

Wie sollte sie so weiterleben? Sie würde Robert immer wieder begegnen, denn er hielt sich auf Belle Grove genauso oft auf wie auf seiner eigenen Plantage. Ihn zu sehen, zu wissen, was zwischen ihnen vorgefallen war, und doch niemals darüber sprechen zu dürfen, das erforderte mehr Willenskraft, als sie besaß, davon war sie überzeugt.

Das Treffen hatte sie so verstört, daß sie kaum bemerkte, daß George sich verabschiedete, um seine Sachen packen zu lassen. Auch Chloe schlich davon, ein Taschentuch an die Augen gepreßt. Amalie wurde erst aufmerksam, als M'mere ihre kühlen Finger auf ihre Hand legte.

»Nun, ma chère, erzähl mir, was dich so quält. Bist du vielleicht krank?«

»Überhaupt nicht«, versicherte Amalie hastig, aus Angst, die alte Dame könnte auf dieselbe Sache anspielen wie Julien.

»Du kannst aber nicht behaupten, daß du dich benimmst wie sonst.«

»Ich bin dir dankbar für deine Sorge – aber es ist nur – ein bißchen Melancholie.« Amalie versuchte zu lächeln.

»Hat Julien dich geärgert?« wollte M'mere wissen.

»Aber nein, nichts dergleichen.«

»Dann –« Die alte Frau zögerte, fuhr aber fort: »Dann hast du dich vielleicht mit Robert gestritten?«

Amalies Kopf fuhr hoch. »Wie kommst du darauf?«

»Ich bin eine dumme alte Frau. Aber ich hatte den Eindruck, du hättest Juliens Cousin recht gern. Gerade eben kam es mir allerdings so vor, als hätten sich deine Gefühle geändert. Wenn du ihn nicht ertragen kannst, werde ich ihn bitten, nicht so oft zu uns zu kommen.«

Gab es einen Grund für M'meres Worte? Vermutete sie, was geschehen war, und suchte sie nach einem Grund, um Robert von Belle Grove fortzuhalten? Es wäre nicht fair, ihn jetzt, nach Jahren, in denen er immer willkommen gewesen war, auf seinen Junggesellenhaushalt zu beschränken.

»Aber er gehört doch zur Familie!« Es gelang ihr mit Mühe, ihrer Stimme einen leichten Ton zu verleihen. »Das wäre sehr grausam, nicht wahr? Und es ist auch wirklich nicht nötig. Robert und ich sind Freunde und durch Julien miteinander verwandt. Und wir kommen – recht gut miteinander aus.«

M'mere war mit dieser Antwort nicht zufrieden, drang aber nicht weiter in Amalie. Nach einer Weile verabschiedete sich Amalie, um ihren Pflichten nachzugehen.

Der Tag verging schnell, weil sie viel zu tun hatte. Sie ängstigte sich vor der Nacht und dem, was sie bringen mochte.

Sie zog ihr Nachthemd und den Morgenmantel an und ließ sich von Lally die Haare ausbürsten. Es war offensichtlich, daß Julien wieder einmal unterwegs war, aber dieser Gedanke beruhigte sie gar nicht. Nachdem Lally gegangen war, ging sie in ihrem Zimmer auf und ab.

Mehr als einmal schaute sie zu Juliens Tür hinüber. Das Band war immer noch dort. Ein kräftiger Mann konnte es zerreißen oder mit einem Messer durchtrennen. Es war mehr ein Zeichen als ein Schutz. Wenn Robert ein wenig Sensibilität besaß, würde er es verstehen und auf ihre Würde Rücksicht nehmen.

Sie ging zum Bett, ließ die Finger um den geschnitzten Pfeiler gleiten und hielt ihn dann so fest, daß ihre Knöchel weiß hervortraten.

Warum war sie so aufgeregt? War es die Angst, daß Robert kommen könnte, oder die Sorge, er könnte es nicht tun?

Sie schleuderte die Haare zurück. Sie war eine Närrin. Sie hatte sich diese Situation nicht ausgesucht. Man hatte sie weder um Erlaubnis gefragt, noch hatte sie sie erteilt. Wenn daraus Leid erwuchs, dann war das nicht ihr Fehler. Und wenn sie Freude daran gefunden hatte, dann hatte sie sie unschuldig genossen.

Welchen Grund hatte sie, sich zu verstecken? Sie hatte keine Schuld zu tragen. Man hatte sie getäuscht, hatte sie behandelt wie eine vielversprechende Stute. Warum also sollte sie sich verstecken oder andere durch ihr Schweigen schützen?

Kalte Wut ließ ihre braunen Augen funkeln, als sie herumwirbelte und auf die Tür zuging. Ihre Bewegungen wirkten entschlossen, als sie das Band löste und die Tür öffnete. Nachdem das getan war, kehrte sie zum Nachtkästchen zurück, holte die Streichhölzer aus der Schublade und löschte die Lampe, die neben ihrem Bett brannte. Sie drehte sich noch einmal um, ging an dem Himmelbett vorbei und betrat Juliens Zimmer.

Es war leer. Tige wartete nie mehr auf Juliens Rückkehr. Sie schloß die Tür hinter sich und stand nun in dem dunklen Zimmer ihres Mannes.

Sie war mit dem Zimmer vertraut, weil sie häufig prüfte, ob die Mädchen ausreichend Ordnung machten. Vorsichtig bewegte sie sich jetzt zum Waschtisch an der Wand. Daneben stand eine große Lampe mit einem dicken, runden Porzellanschirm. Sie legte die Streichhölzer ab, entfernte vorsichtig den Schirm und drehte dann an dem Rädchen, um den Docht heraufzuschieben. Sie ertastete einen Schemel an ihrer Seite und zog ihn nah an die Lampe heran. Dann nahm sie ihre Streichhölzer wieder in die Hand, setzte sich auf den Schemel und machte sich bereit zu warten.

9. Kapitel

Eine Stunde verging, dann noch eine halbe. Zweifel an der Klugheit ihres Vorgehens machten sich in Amalie breit, aber sie verdrängte sie. Sie weigerte sich zu denken und konzentrierte sich statt dessen auf jeden Laut in dem alten Haus und auch außerhalb. Es ging kein Wind, nur die Geräusche einer Sommernacht waren zu vernehmen, das Zirpen der Grillen, das Quaken der Frösche.

Sie war so auf die nächtlichen Laute eingestimmt, daß sie gleich das erste leise Scharren eines Fußes auf der Hintertreppe vernahm. Amalie stand auf, nahm ein Streichholz aus der Schachtel und hielt es bereit, um es anzureißen. Während sie wartete, waren ihre Sinne aufs äußerste geschärft. Noch immer drang kein Geräusch an ihre Ohren, bis der Knauf der Tür, die auf die Loggia führte, sich zu drehen begann.

Leise schwang sie auf, zeigte ein hellgraues Rechteck und in diesem vorübergehend den hochgewachsenen Schatten eines Mannes, ehe sie sich wieder schloß. Er bewegte sich mit der Grazie eines Panthers, öffnete die Tür zu ihrem Zimmer und trat ein.

Das genügte.

Amalie riß das Streichholz an und hielt es mit zitternder Hand an den Docht der Lampe. Dann wirbelte sie herum. Sie fürchtete, daß der Mann versuchen würde, durch ihre Zimmertür in den Salon zu fliehen, und dabei über Isa stolperte, der draußen schlief. Aber nichts dergleichen geschah.

Robert stand in der Tür. Er sah ihr direkt ins Gesicht, stand ganz aufrecht und schaute sie an.

Sie hatte es nicht glauben wollen, hatte es trotz allem einfach nicht für möglich gehalten. Ihr wurde schwindlig. Mit aufgerissenen braunen Augen starrte sie ihn vorwurfsvoll an, bis die Flamme des Streichholzes ihr die Finger verbrannte und sie es ausschüttelte.

Mit einer Stimme, die kaum als ihre zu erkennen war, fragte sie: »Würdest du mir bitte erklären, was du hier tust?«

»Ich denke, das weißt du.« Seine Stimme klang ruhig, aber seine kräftige braune Hand umklammerte fest die Tür.

»Du wolltest Juliens Platz einnehmen, natürlich. Das verstehe ich, aber ich verstehe nicht, warum.«

»Ich habe es mir nicht so ausgesucht –«

»Oh, das glaube ich dir sogar!« Ihre Stimme wurde hart, als ihr Zorn von neuem erwachte.

»Nicht, daß es mir nicht ein großes Vergnügen gewesen wäre«, fügte er hinzu.

»Es war eine verabscheuungswüdige Tat.«

Es dauerte einen Augenblick, ehe er antwortete. »Wärest du lieber die unberührte, jungfräuliche Braut geblieben?«

»Das hat überhaupt nichts damit zu tun!« rief sie und wandte sich ab. »Ich will wissen, warum es zu dieser Maskerade gekommen ist.«

»Kannst du dir das nicht denken?«

Sie reckte das Kinn. »Ich vermute, um eines Erben für Belle Grove willen.«

»Genau.«

»Und du hast dich als Ersatz zur Verfügung gestellt? Ich hielt dich für einen Ehrenmann!« Ihre Augen funkelten ihn voll Verachtung an.

Die Farbe wich aus seinem sonnengebräunten Gesicht. »Das dachte ich selbst einmal, aber jetzt bin ich nicht mehr so sicher. In dieser Sache bin ich auch nichts weiter als eine Schachfigur, genau wie du.«

»Du hattest die Wahl! Ich dagegen hatte nicht die Möglichkeit, mich zu wehren!«

»Ich habe abgelehnt – anfangs!«

Seine gepreßte Stimme und seine Worte weckten eine Erinnerung in ihr. Es war im Wohnzimmer gewesen, am Tag der Überschwemmung. Er hatte eine Bitte abgelehnt, und das Thema war schnell fallengelassen worden, als sie eintrat. Damals war in ihr der Verdacht gekeimt, man hätte über sie gesprochen. Jetzt kehrte dieser Verdacht wieder.

»M'mere«, murmelte sie, fast wie zu sich selbst.

»M'mere«, stimmte er zu.

»Wie konnte sie nur?« Amalies Stimme war jetzt ganz leise.

»Sie und mein Onkel haben ihr Leben lang für diese Plantage gearbeitet, sie wollten etwas Dauerhaftes für Julien aufbauen und ein Erbe für ihre Nachkommen schaffen; wenn du es so nennen willst, strebten sie ein Stück Unsterblichkeit an. Wie die großen Ländereien in England und Frankreich sollte auch diese Plantage von einer Generation zur nächsten weitervererbt werden – nur sah es so aus, als würde es keine weitere mehr geben.«

»Aber jedes Kind, das du und – ich meine, jedes Kind, das ich bekomme – es wäre nicht von ihrem Blut.«

»Aber es hätte das Blut ihres Mannes, durch das Kind seiner Schwester, durch mich.«

»Aber warum vererbt sie Belle Grove dann nicht einfach an deine Kinder?« wollte sie wissen.

»Damit es von meinem eigenen Besitz verschlungen wird? Außerdem bin ich unverheiratet. Es ist unwahrscheinlich, daß ich bald Kinder habe, die M'mere hegen und pflegen könnte.«

»Bald?«

»Es muß dir doch aufgefallen sein, daß sie nicht gesund ist? Sie spricht nicht darüber, aber sie hat im letzten Herbst in New Orleans mehrere Ärzte aufgesucht. Deshalb –«

»Deshalb hat sie so schnell Juliens Ehe mit mir arrangiert«, führte sie zu Ende, als er abbrach.

»Ist das so wichtig?«

»Nein. Was zählt, ist die unerträgliche Situation. Das muß ein Ende haben, hörst du?«

»Ich höre – und der Rest des Hauses auch, wenn du –«

»Das ist mir egal! Begreifst du denn nicht? Ich bin eine Ehebrecherin! Für dich bedeutet das vielleicht nichts – du hast ja auch verheiratete Mätressen –, aber für mich schon!«

»Was habe ich?« Er zog die Brauen zusammen.

Sie kümmerte sich nicht um seine wütende Frage. Die Worte, die sie so lange zurückgehalten hatte, bahnten sich ihren Weg über ihre Lippen. »Niemand hat dich gezwungen, in – in mein Bett zu kommen. Du hast aus freiem Willen zugestimmt, ohne einen Gedanken daran zu verschwenden, wie ich mich fühlen würde. Du bist gekommen, um deine eigene Lust zu befriedigen, um Julien deinen Bastard unterzuschieben, mit einem bösen Trick!«

»So ist es nicht!«

»Wie kannst du das abstreiten?«

»Julien wußte Bescheid«, erklärte er mit harter Stimme.

Sie hatte es geahnt, aber auch das hatte sie nicht wahrhaben wollen. »Dann hattest du also die Erlaubnis meines Mannes. Aber was ist mit meiner Zustimmung?«

Er starrte sie lange an. Dann holte er tief Luft und atmete langsam aus. Er ließ die Tür los und trat auf sie zu. »Du bist wütend, und wer könnte dir daraus einen Vorwurf machen? Besser, wir reden später über alles, wenn du ruhiger geworden bist.«

Sie wich vor ihm zurück und war froh, als er stehenblieb. »Es gibt nichts, worüber wir – reden müßten. Ich verlange von dir dein Ehrenwort, daß du nicht wiederkommen wirst. Das ist alles.«

»Amalie, sei doch vernünftig.« Er trat einen weiteren Schritt vorwärts.

»Ich möchte, daß du mir dein Ehrenwort gibst!«

Das Lampenlicht verwandelte sein Gesicht in eine Bronzemaske. Trotz ihrer wütenden Entschlossenheit war sie sich der magnetischen Anziehungskraft bewußt, die dieser Mann auf sie ausübte. Nicht Angst vor ihm war es, die sie zurückweichen ließ, sondern Angst vor sich selbst. Sie fürchtete, daß sie schwach werden und nicht mehr fähig sein könnte, ihm zu widerstehen, wenn er noch länger blieb.

»Amalie?« Sein leiser Ton ließ ihren Namen zu einer Liebkosung werden.

»Raus! Raus!«

Sein Kopf fuhr hoch, und er kniff die Augen zusammen. »Ich werde gehen, weil ich nicht gern ein Publikum habe, das weiß, was zwischen uns ist. Aber wir werden uns noch darüber unterhalten, Amalie. Soviel kann ich dir versprechen, sonst nichts, gar nichts.«

Er drehte sich um und ging auf die Tür zu. Leise fiel sie hinter ihm ins Schloß.

Amalie war froh, daß sie diesen heimlichen Besuchen ein Ende gemacht hatte. Sie waren erniedrigend gewesen, ein Befriedigen der Triebe ohne liebende Zuneigung und ohne die spirituelle Verbindung einer Ehe. Sie hätte es nicht ertragen, diese Heimlichkeiten fortzusetzen. Aber es war unfair, daß ihr Körper, der so sanft zum Leben erweckt worden war, sie jetzt so sehr quälte, daß sie ihren Triumph nicht genießen konnte.

Bei Tage war sie stark, dann konnte sie Robert Farnum verachten. Doch in den mondhellen Nächten warf sie sich ruhelos im Bett hin und her, umschlang ihr Kissen und wurde zum Opfer von Wünschen und Bedürfnissen, die sie nicht gekannt hatte, bis er sie in ihr geweckt hatte. Bei Nacht sehnte sie sich nach ihm und konnte an nichts anderes mehr denken als an seine erregende Berührung, seine zärtliche Kraft und vor allem an die Verzweiflung in seinen Augen, als sie ihn fortgeschickt hatte.

Eine Woche verging, dann eine zweite, und noch immer hatten sie nicht miteinander gesprochen, obwohl er sich um ein Treffen bemüht hatte. Er kam häufig nach Belle Grove, aber seit Georges Abreise war Chloe immer in Amalies Nähe, und ihre Neugier und Klatschsucht machten es erforderlich, daß er in ihrer Gegenwart schwieg. Auch die Anwesenheit von M'mere hinderte ihn daran, das Wort an Amalie zu richten. Das erstaunte Amalie zwar, aber Robert machte in Gegenwart der alten Dame auch nicht die leiseste Andeutung, daß sie mehr verband als nur die Verwandtschaft.

Wie es schien, tat er dies, um M'mere nicht aufzuregen. Das war ein Motiv, das Amalie sehr gut verstehen konnte. Juliens Mutter wirkte in diesen Tagen so zerbrechlich. Ihr Gesicht war faltig vor Sorgen, ihre Züge zeigten Schmerz, wenn ihr Blick auf ihren Sohn fiel. Sie verbrachte viele Stunden im Gebet, und wenn sie nicht damit beschäftigt war, starrte sie in die Luft.

Obwohl sie wußte, was die ältere Frau getan hatte, brachte Amalie es doch nicht übers Herz, ihr Vorwürfe zu machen oder auch nur mit ihr darüber zu sprechen. Daran war zum Teil ihre Erziehung schuld: Man sprach nicht über diese Dinge, und es wäre schwierig, die richtigen Worte zu finden. Und wie es schien, war die Last, die M'mere auf sich geladen hatte, als sie Robert den Vorschlag gemacht hatte, schon schwer genug für sie.

Einmal überredete Robert Lally, Amalie eine Nachricht zu überbringen. Sie hatte sie ungelesen zurückgehen lassen. Das Schlimmste war der Blick gewesen, den die Zofe ihr zugeworfen hatte. Er hatte Amalie gezwungen, einigen unschönen Tatsachen ins Auge zu sehen. Lally, die sich inzwischen eng mit Tige angefreundet hatte, wußte, daß Julien nachts häufig unterwegs war und nicht bei Amalie gewesen sein konnte, andererseits war sich Lally sehr wohl klar darüber, daß Amalie Besuch gehabt hatte. Schon allein der Zustand der Laken bewies das. Roberts Anwesenheit und seine Aufmerksamkeit Amalie gegenüber waren zu offensichtlich, als daß Lally hätte Zweifel haben können, wer der Mann gewesen war. Wie lange würde es dauern, bis alle auf der Plantage Bescheid wußten? Wie lange, bis es zum Thema an allen Frühstückstischen der Gegend wurde?

Robert suchte Amalie eines Morgens auf, als sie in der Molkerei beschäftigt gewesen war. Sie trat aus dem Gebäude und rollte die Ärmel mit den Spitzenmannschetten herab. Die Sonne schien ihr ins Gesicht, und so sah sie nicht, daß er draußen auf sie wartete. Erst als sie sich nach Isa umschaute, bemerkte sie ihn.

»Guten Morgen«, grüßte der Cousin ihres Mannes.

Seine Stimme ließ Amalies Nerven beben, aber sie achtete nicht darauf. Tonlos erwiderte sie seinen Gruß und wandte sich dann dem Jungen zu. »Komm, Isa, es wird Zeit für deine Zeichenstunde.«

»Würdest du bitte zuerst mein Pferd auf die Vorderseite führen, Isa, während ich mit deiner Herrin spreche.« Robert hielt ihm die Zügel entgegen.

Isa schaute von einem zum anderen. Eine Falte stand zwischen seinen Brauen. Er wußte wohl, daß die petite maîtresse nicht mit M'sieu Robert allein sein wollte, aber es fiel ihm schwer, nicht zu gehorchen.

Sie nickte zögernd, weil sie nicht ein unschuldiges Kind in ihre Auseinandersetzungen hineinziehen wollte.

»Ich möchte, daß du mit mir ausreitest, Amalie«, forderte Robert sie ohne Einleitung auf. »Wir könnten nach The Willows reiten. Du hast es noch nie gesehen, und es würde niemandem auffallen, wenn wir dort eine kurze Rast einlegten, um nach dem Ritt etwas zu trinken.«

Sie wirbelte herum und starrte ihn an. »Du bist ja verrückt.«

»Schon möglich. Aber daran ist dein Verhalten schuld. Warum willst du nicht mit mir reden? Wovor hast du Angst?«

Sie ignorierte seine letzten Worte. Mit hartem Gesicht ging sie auf das Haupthaus zu. »Es gibt nichts, worüber wir sprechen müßten, überhaupt nichts!«

»Du weißt, daß das nicht stimmt.« Er ging neben ihr her.

»Was könnte es geben?« rief sie. »Es ist vorbei, zu Ende.«

»Das nehme ich nicht einfach so hin«, antwortete er.

»Was kannst du sonst schon tun? Dein merkwürdiges Benehmen fällt den anderen bereits auf. Ich weiß nicht, was die Sklaven und Dienstboten über uns reden.«

»Was?«

Sie erzählte ihm kurz von Lallys Freundschaft mit Tige und von der Veränderung in der Haltung des Mädchens.

»M'mere wäre nicht sehr erfreut, wenn es zu einem Gerede kommen sollte«, lautete sein nachdenklicher Kommentar.

»Dann begreifst du vielleicht endlich, daß du mich in Ruhe lassen mußt.«

»Ich bin nicht M'mere.«

»Heißt das, es ist dir egal, was die Leute über dich denken? Wie schön muß es sein, Junggeselle zu sein und tun und lassen zu können, was man will.«

Sie näherten sich dem Haus. »Also, was ist jetzt mit dem Ritt?« beharrte er.

Bis zur Loggia fehlten nur noch wenige Schritte. Amalie glaubte, Chloes Stimme aus dem Eßzimmer zu hören.

Er streckte die Hand aus, umklammerte ihr Handgelenk mit hartem Griff und drehte sie zu sich herum. »Ich habe dich etwas gefragt.«

»Das verdient keine Antwort«, fuhr sie ihn an.

»Aber ich werde eine bekommen, und zwar auf der Stelle. Oder soll ich sie mir lieber heute nacht holen?«

»Meine Tür wird versperrt sein.«

»Das wird mich nicht aufhalten.«

War das noch der Mann, der sie mit solcher Zärtlichkeit geliebt hatte? Es schien unmöglich. »Julien ist in letzter Zeit häufiger abends daheim gewesen. Ich glaube kaum, daß er es zulassen wird, daß du seine Frau in irgendeiner Form belästigst.«

Sein Griff wurde noch fester. »Ich muß mir Klarheit verschaffen, um jeden Preis.«

Der Gedanke an die beiden Männer, die von Kindheit an eine so enge Beziehung gehabt hatten und sich jetzt ihretwegen streiten sollten, war nicht angenehm. Außerdem würde durch eine Auseinandersetzung die ganze Affäre ans Tageslicht kommen.

»Also gut«, meinte sie schließlich gequält, »ich werde mit dir ausreiten.«

Er nickte kurz. »Ich werde kommen, morgen früh.«

Und er hielt sein Wort. Als sie am nächsten Morgen mit der Reitpeitsche in der Hand auf die untere Galerie hinaustrat, wartete er bereits auf sie. Die Sonne war noch nicht aufgegangen, aber er war nicht allein. Er unterhielt sich mit George, während einer der Stallknechte von Belle Grove seinen Hengst und Amalies Stute herumführte.

Der Engländer war am späten Nachmittag des Vortages zurückgekehrt. Von St. Martinville aus war er geritten. Die Pflanzen waren auf Boote verladen worden und sollten spätestens mittags eintreffen. George war vorausgeritten, damit alles bereit war. Schon jetzt gruben Männer mit Schaufeln Pflanzlöcher nach einem sorgfältig ausgearbeiteten Plan.

Schon am Vorabend hatte George von der Seltenheit und Schönheit der Pflanzen geschwärmt und den Verlust der wenigen beklagt, die die Seereise nicht überstanden hatten. Chloe hatte sich übergangen gefühlt und trotzig und schlecht gelaunt neben ihm gesessen.

Julien war ebenfalls anwesend gewesen, wie es in letzter Zeit zu seiner Gewohnheit geworden war. Aber seine spitzen Bemerkungen hatten nichts geholfen, und als Chloe schließlich in Tränen ausbrach, hatte er sich in sein Schlafzimmer zurückgezogen, um zu lesen.

Auch M'mere hatte sich verabschiedet, und so war Amalie gezwungen gewesen, als Anstandsdame bei Chloe und George zu bleiben, bis dieser Chloe wieder aufgemuntert hatte.

Jetzt trug er seine ältesten Kleider und stand, während er sich unterhielt, immer so, daß er den Fluß sehen konnte, damit er die Ankunft der Boote nicht verpaßte. Wenn er sich etwas dabei dachte, daß Robert und Amalie so früh ausritten, dann war er zu gut erzogen oder zu verständnisvoll, um es sich anmerken zu lassen. Er winkte ihnen fröhlich nach.

Als Amalie sein Winken erwiderte, entdeckte sie Julien. Mit einem Degen in der Hand stand er auf der oberen Galerie. Auf diese Entfernung war es unmöglich, seinen Gesichtsausdruck zu erkennen, aber er hielt die schlanke Waffe wie einen Dolch, und seine andere Hand hatte er zur Faust geballt.

Amalie schaute wieder nach vorn, ohne Robert auf seinen Cousin aufmerksam zu machen. Gleich darauf verschwanden sie im Schutz der tiefhängenden Zweige der Eichen. Aber Amalie konnte Juliens Anblick nicht vergessen und fragte sich, was in seinem Kopf vorgegangen sein mochte, als er sie mit dem Mann hatte fortreiten sehen, mit dem sie ihn betrogen hatte.

Isa begleitete sie nicht. Er wäre wohl mitgekommen, aber als Amalie im Eßzimmer ihren Kaffee getrunken hatte, hatte er ihr eine Zeichnung gezeigt, die er von Belle Grove angefertigt hatte. Sie war erstaunlich gut gewesen, und Amalie hielt es für wichtiger, daß er damit weitermachte. Deshalb beschloß sie, auf seine Begleitung zu verzichten.

Es war ein schöner Morgen. Die Luft war frisch und anregend trotz der Wärme. Es tat gut, draußen zu sein und die Bewegungen des Pferdes unter sich zu spüren. Fast hätte sie vergessen können, warum sie hier war, aber es war nicht leicht, den Mann zu ignorieren, der neben ihr ritt.

The Willows war ein zweistöckiges Gebäude aus rosaroten Ziegeln mit grünen Fensterläden und Schieferdach. Es war im georgianischen Stil erbaut, mit neoklassizistischen Elementen, zu denen auch ein Säulengang auf der Vorderseite gehörte, der die obere Galerie schützte. Ein zweiter Säulengang fand sich auf der rechten Seite; ankommende und abfahrende Gäste waren so vor Regen und Wind geschützt, wenn sie ihre Kutschen verließen. Die Rückseite des Hauses entsprach der Vorderfront. Dicke, mit Moos bewachsene Eichen umstanden das Haus und sorgten für Kühle und Abgeschiedenheit.

Sie stiegen am Seiteneingang vom Pferd und betraten einen Flur, der im rechten Winkel zur Haupthalle verlief. Robert führte sie durchs Haus, zeigte ihr den Salon, die Bibliothek und das Damenzimmer; die wenigen Räume also, die eine Dame in Gesellschaft eines Mannes betreten konnte, ohne kompromittiert zu werden. Alles glänzte frisch poliert, und der Duft von Bienenwachs und warmem Öl hing in der Luft. Roberts Benehmen war untadelig, aber als sie sich im Salon umsah, ertappte sie ihn dabei, wie er sie im Spiegel beobachtete, der über dem Kamin hing. Der Ausdruck in seinen Augen ließ heiße Röte in ihre Wangen steigen, ehe sie sich abrupt abwandte.

Auf der unteren Galerie wurde ihnen Kaffee, Limonade und Kuchen serviert. Sie sprachen über Roberts Eltern, den Bau des

Hauses und die Schwierigkeiten, die man damals hatte, Baustoffe und Möbel in diese abgeschiedene Gegend zu bringen. Aber die Spannung zwischen ihnen war so groß, daß Amalie fast wünschte, er würde die Rolle des höflichen Gastgebers fallenlassen, so daß sie sagen konnte, was gesagt werden mußte. Dann könnte sie endlich wieder nach Hause.

Nachdem sie Kaffee getrunken hatten, half er ihr aus dem Sessel und führte sie zu den Pferden zurück. Noch immer nicht hatte er das Gespräch auf ihre Beziehung gebracht. Unter gesenkten Wimpern warf Amalie ihm einen verwirrten Blick zu. Warum hatte er darauf bestanden, daß sie hierherkam, wenn er sie nicht anders behandelte als M'mere? Ganz offensichtlich hatte er seine Diener dazu angehalten, alles für sie vorzubereiten, und anscheinend hatte er sogar die Anweisung gegeben, daß sie sich zurückzogen, sobald die Erfrischungen gereicht worden waren.

Hatte er entschieden, daß es sich nicht schickte, sie in seinem eigenen Heim zu verführen? Wenn ja, dann sollte sie ihm dankbar sein. Aber statt dessen war sie enttäuscht. Sie hatte erwartet, sich mit ihrem Verstand gegen seine Schmeicheleien zur Wehr setzen zu müssen, und gedacht, er würde sogar körperliche Kraft einsetzen, wenn alles andere fehlschlug. Daß sie jetzt nach Belle Grove zurückkehrte, ohne attackiert worden zu sein, weckte in ihr die Frage, ob sie ihn falsch beurteilt hatte.

So war sie fast dankbar, als er plötzlich nach ihrem Zügel griff und ihr Pferd zum Rand des Bayous hinabführte. Sie protestierte zwar und ihre Hand schloß sich um die Peitsche, als wollte sie damit zum Schlagen ausholen, aber dann wurde ihr plötzlich klar, daß sie froh darüber war, fern von neugierigen Augen mit ihm sprechen zu können.

Sie hielten auf einer kleinen, kleebewachsenen Lichtung, die von Eichen umsäumt war. Tau funkelte im frühen Sonnenschein, als Robert Amalie vom Pferd hob. Sie stellte sich unter die größte Eiche, lehnte sich an den Stamm und starrte aufs Wasser. Er führte ihre Pferde ein Stück weit fort und band sie an einen tiefhängenden Zweig.

»Ich bin froh, daß du nach The Willows gekommen bist.«
Er sprach ganz leise, als er zu ihr zurückkam.

»Es ist ein hübsches Haus«, meinte sie leichthin. »Ich kann verstehen, daß du stolz darauf bist.«

Er wischte ihre Bemerkung mit einer Handbewegung beiseite. »Ich habe mir oft vorgestellt, mit dir dort zu sein. Allein. Am hellen Tag.«

»Bitte«, murmelte sie, und ihre Kehle wurde eng. »Es wäre besser, wenn du solche Dinge nicht sagen würdest.«

»Da bin ich nicht so sicher. Es gibt so viel, was ich dir sagen wollte, so unendlich viel.« Als sie nichts darauf erwiderte, fuhr er fort. »Ich habe es nicht über mich gebracht, es dort zu tun. Als Entschuldigung könnte ich anführen, daß ich deine Erinnerung an deinen ersten Besuch in meinem Haus nicht verderben wollte, aber in Wirklichkeit ging es mir um meine eigene Erinnerung.«

Amalie suchte nach all den vernünftigen und entschiedenen Worten, die sie ihm hatte sagen wollen. Sie waren fort, deshalb begann sie unsicher: »Ich bin eine verheiratete Frau –«

»Das weiß ich! Das weiß ich nur zu gut! Das hindert mich nicht, mir zu wünschen, du wärst bei mir. Ich möchte dir zuschauen, wie du dich auszieht, möchte dich nackt im Lampenlicht in meinem Bett liegen sehen und dir in die Augen schauen, wenn ich dich liebe.«

»Das kannst du nicht.«

»Das habe ich mir selbst unzählige Male gesagt. Aber das macht es nicht leichter, es zu akzeptieren. Der Gedanke an dich verfolgt mich, verstehst du das denn nicht? Mein Gott, wenn ich gewußt hätte, daß es so weit kommen würde, wäre ich vor dir geflohen! Niemals hätte ich auch nur deine Hand berührt.«

»Warum hast du es getan?«

Er warf ihr einen hastigen Blick zu, als hätte ihre Frage ihn überrascht. »Ich dachte, das hättest du inzwischen begriffen. Der Grund war Begierde, oder? Ungezügelte Begierde.«

»Das habe ich nie gesagt«, protestierte sie. Die Bitterkeit seiner Worte hatte sie tief getroffen.

»Aber gedacht.«

»Was hätte ich sonst denken sollen?«

Er starrte sie lange an. Dann nickte er zögernd. »Das erste Mal kam ich zu dir, weil – nun ja, weil M'mere mich darum gebeten hatte. Es war ihre einzige Bitte an mich – nach allem, was sie für mich getan hat, nach all der Liebe, die sie mir nach dem Tod meiner Mutter geschenkt hatte. Ich habe bemerkt, wie schön du bist, und daß Julien dir keine Aufmerksamkeit schenkt. Weißt du noch, wie du in meinen Armen lagst, am Tag der Überschwemmung? Ich bin ein Mann, und der Gedanke an eine so hübsche und unberührte Frau, ein Geschenk, das ich nur annehmen mußte, war mehr, als ich ertragen konnte. Schon an diesem ersten Tag in M'meres Wohnzimmer habe ich es gewußt – dein Haar hing dir in feuchten Strähnen ums Gesicht, in deinen Augen stand Sorge – ich wußte, daß du mir gehörst. Es war zwar zu spät, um dich zu heiraten, aber ich konnte dich immer noch haben, denn genau das war mir gerade angetragen worden.«

Ihr Herz hämmerte laut, und ihre Haut brannte wie Feuer. Langsam, um Beherrschung bemüht, verschränkte sie die Hände ineinander. Ihre Worte waren kaum mehr als ein Hauch. »Es war falsch.«

»Ja. Es sollte nur ein paar Nächte dauern und zu Ende sein, bevor du die Täuschung bemerkst. Aber es war nicht genug.«

»Also bist du wieder und wieder gekommen.«

»Ich konnte nicht fernbleiben. Tante Sophia hat es sofort erkannt; sie hat versucht, mich zu warnen, aber es war bereits zu spät. Sie und Julien hatten einem Verräter den Schlüssel zur Schatzkammer gegeben, und jetzt konnten sie nichts mehr tun, um mich fernzuhalten.«

»Einem Verräter?« hakte sie nach.

»Ich sollte in ihrem Interesse handeln, aber ich vergaß es über meinem eigenen.«

Ein müdes Lächeln spielte um ihren Mund. »Sie haben nicht direkt versucht, dich aufzuhalten, nicht einmal nach der Soirée. Für Julien wäre es ganz leicht gewesen. Er hätte nur die Tür verschließen müssen.«

»Das wäre nicht sehr anständig gewesen, denn schließlich war ich ja wegen seiner Unzulänglichkeit darum gebeten worden. Aber in letzter Zeit habe ich bemerkt, daß es ihm nicht mehr so recht ist. Daß er nicht dein Mann sein kann, hat geistige und keine körperlichen Ursachen. Meine größte Sorge war, daß er beschließen könnte, seine Rechte als Ehemann nun doch selbst auszuüben.«

»Aus Eifersucht?« zweifelte sie.

»Teilweise, aber auch, weil er dich attraktiv findet. Wenn das nicht der Fall wäre, hätte er nie in die Ehe eingewilligt. Ich glaube, er hat dich so gern, wie er eine Frau nur gern haben kann.«

Auf sein Gesicht trat ein sonderbarer Ausdruck, als wünschte er, er könnte seine Worte zurücknehmen. Sie schüttelte langsam den Kopf. »Das mag wohl sein, ich weiß es nicht. Manchmal glaube ich, ich kenne Julien gar nicht.«

»Das tun nur wenige.«

»Aber du bist einer von ihnen.«

»Ja«, stimmte er zu und blickte über den Bayou hinweg. »Ich kenne ihn gut genug, um zu wissen, daß eure Ehe ein Fehler war. Ich weiß, daß du niemals glücklich sein wirst.«

Sie wollte ihm nicht zustimmen, denn das wäre unloyal gewesen. So zuckte sie nur mit den Schultern. »Für etwas anderes ist es zu spät.«

»Nein, das ist es nicht.«

»Wie meinst du das?«

Er trat näher und ergriff ihre Hand. »Du könntest mit mir fortgehen.«

Sie riß sich los. Aus ihrer Stimme klang Verachtung, als sie sagte: »Einfach so? Du schlägst vor, daß ich alles aufgebe und mit dir ausreiße – als deine Mätresse? Und all das wegen ein paar heimlicher Besuche in der Nacht!«

»Wir könnten nach Paris gehen. Die Gesellschaft dort akzeptiert Verbindungen wie unsere.«

»Ein gewisser Teil der Gesellschaft, meinst du wohl! Nicht jeder duldet die Demimonde in seinem Haus.«

»Es wären genug Menschen um uns, daß wir uns nicht als Außenseiter fühlen müßten. Ich bin kein armer Mann; du brauchst keine Angst zu haben, daß wir in der Gosse verhungern. Und wenigstens wären wir zusammen.«

Hätte er von Liebe gesprochen und nicht davon, wie sehr er sie brauchte, wäre sie vielleicht schwach geworden. Aber daß er glauben konnte, sie würde Respekt, Sicherheit, Familie und Freunde aufgeben, um mit ihm in Sünde zu leben, erzürnte sie. Und die Tatsache, daß er glaubte, sein Geld könnte sie locken, machte alles nur noch schlimmer.

»Sprich nicht weiter«, erklärte sie hitzig und wirbelte herum. »Ich bin schon genug beleidigt worden.«

Seine Hand schoß vor, um ihren Arm zu ergreifen. »Ich wollte dich nicht kränken.«

»Nein?« schrie sie, und ihre braunen Augen blitzten. »Dann darf ich dich vielleicht darauf hinweisen, daß ich keine – keine Halbweltdame bin, die nur zu deinem Vergnügen hierhergekommen ist! Ich habe genug davon, benutzt zu werden, wie und wann es dir paßt! Warum sollte ich mit dir fortlaufen, nur um dasselbe zu erleben! Ich habe dir schon einmal gesagt: Ich verlange von dir nichts weiter als meine Ruhe!«

»Das ist nicht dein Ernst.« Seine Stimme war rauh.

»Mir ist im ganzen Leben noch nichts ernster gewesen.«

Sie riß sich los und lief auf ihr Pferd zu. Mit einem einzigen, großen Schritt hatte er sie eingeholt. Seine harten Finger gruben sich in ihren Arm, als er sie herumriß.

»Es ist noch nicht sehr lange her, da wolltest du etwas ganz anderes«, sagte er, und der Blick aus seinen dunkelblauen Augen wanderte über ihr Gesicht.

»Nein!« keuchte sie, als ihr die Bedeutung seiner Worte klar wurde. Sie wand sich in seinen Armen, aber er hielt sie fest umklammert.

»In der Nacht nach der Soirée hast du dich mir mit all dem Feuer und der süßen Leidenschaft zugewandt, die ein Mann sich von einer Frau erträumen kann.«

»Ich – ich dachte, du wärest Julien.«

Er lachte kurz auf. »O nein. Vor jener Nacht vielleicht, obwohl ich glaube, daß du schon vorher einen Verdacht hattest. Aber von dem Augenblick an, als ich dich geküßt habe, wußtest du Bescheid.«

»Ich war mir nicht sicher«, widersprach sie trotzig. »Und als du dann gekommen bist, habe ich geschlafen, habe geträumt –«

»Von mir, hoffe ich. Nun, egal. Du hast dich mir hingegeben, ohne einen Gedanken an Julien zu verschwenden. Vergiß das lieber nicht, chère Amalie, wenn du mir Vorwürfe machst.«

Sie versuchte erneut, sich von ihm zu befreien. »Laß mich los.«

»Nicht, bevor du das zugibst.« Er zog sie an seine Brust. Nur der dichte Stoff ihrer Reitkleidung lag zwischen ihnen, als sich ihre Schenkel an seine Beine preßten.

»So war es nicht!«

»Warum hast du dann versucht, die Lampe anzuzünden?«

Sie warf ihm einen haßerfüllten Blick zu. »Wenn du so sicher warst, daß ich Bescheid wußte, warum hast du es dann nicht zugelassen?«

Sein Ton war grimmig. »Weil die Farce damit ein Ende gefunden hätte. Du wärest gezwungen gewesen, mich zurückzuweisen, und das konnte ich nicht ertragen, nicht in diesem Moment, nachdem wir uns so nah gewesen waren.«

Sie wurde ganz still. Ihre Brust hob und senkte sich. Sie spürte, wie ihr Herz gegen ihre Rippen hämmerte. Er war so nah, so schrecklich nah. Die Sonne ließ seine Locken bläulich schimmern. Sie konnte sich selbst in seinen Augen sehen, die blau waren wie ein See.

Seine Aufmerksamkeit galt nur dem sanften Schwung ihrer Lippen, als er den Kopf senkte, um sie mit seinen eigenen zu berühren.

10. Kapitel

Es war eine Herausforderung, nicht nur für den Geist und die Seele, sondern auch für ihre Gefühle. Seine Lippen waren warm, schmeckten ein wenig nach Kaffee, als sie sich auf ihren Mund preßten. Ihr Mund brannte unter dem Druck, schien zu glühen, als seine Zunge an der empfindlichen Innenseite entlangglitt, dann tiefer eindrang und sie zu einer Reaktion verlokken wollte.

Sie wollte sich zurückhalten und sich den Zorn und einen Rest Würde erhalten. Aber ihr Körper, der die Berührung erkannte, nach der er sich gesehnt hatte, verriet sie. Sie schwankte und drängte sich an ihn. Sie spürte die Sonne wie eine Liebkosung auf ihrer Haut. Ihr Gefühl für Recht und Anstand verließ sie und wurde von heißem Sehnen abgelöst. Ihre Hände, die sie gegen seine Brust gestemmt hatte, schlossen sich langsam um die Aufschläge seines Jacketts und hielten ihn fest. Mit einem leisen Laut berührte sie mit ihrer Zunge die seine, wich zurück und ließ es dann zu, daß sie sich ineinander verschlangen.

Um sie her stieg der süße Duft von Klee und mischte sich mit dem Geruch ihres Parfüms. Robert strich über ihre Schultern, den Rücken hinab zu ihren schmalen Hüften. Er zog sie an sich, und sie konnte die Kraft seines Verlangens fühlen. Etwas in ihrem Innern zog sich zusammen. Ihre Kleider waren ihr plötzlich zu eng, zu schwer. Sie sehnte sich danach, die Sonne und die warme Luft auf ihrer bloßen Haut zu spüren.

Seine Lippen wanderten zu ihren Mundwinkeln, glitten warm und weich über die Haut ihrer Wange und den Schwung ihres Kinns. Er liebkoste ihren Nacken und verweilte auf dem dicken Haarknoten. Die Haarnadeln klirrten leise, als sie – eine nach der anderen – in den Klee fielen.

Ihre Locken lösten sich und fielen wie eine Kaskade über ihren Rücken. Er vergrub seine Finger in ihrer weichen Wärme, während seine Lippen den zarten Hals küßten.

»Amalie«, hauchte er sehnsüchtig.

Sie begehrte ihn. Ihr Leben lang hatte man sie gelehrt, daß der Wunsch, etwas zu tun, ebenso schlimm war wie die Tat. Also konnte man sie ohnehin schon verdammen. Außerdem war es keine neue Sünde, sondern eine, die wieder und wieder begangen worden war, teils wissentlich, teils in Unkenntnis. Aber konnte dieses süße Singen des Blutes falsch sein? Es war etwas Echtes und Natürliches, und deshalb war es heilig. Sie war mit Julien verheiratet worden, aber Robert war es gewesen, der die Ehe vollzogen hatte. Auf sonderbare Weise war es so, als wäre sie mit beiden Männern verheiratet: mit dem einen im Geiste, mit dem anderen im Fleisch. Das Schreckliche dabei war – das erkannte sie in einem Augenblick überraschender Klarheit –, daß es ihr wie Verrat erscheinen würde, wenn Julien jemals sein Recht als Ehemann fordern würde.

Sie löste sich ein wenig aus seiner Umarmung, zog ihre Handschuhe aus und hob die Hände, um die Brosche am Hals zu entfernen. Ihre Finger zitterten so, daß es einen Moment dauerte, bis sie den Verschluß aufbrachte und der Amethyst lavendelblaues Feuer in ihrer Hand versprühte.

Er nahm ihr vorsichtig die Handschuhe und das kleine Schmuckstück aus der Hand und schob sie in seine Jackentasche. Seine Finger näherten sich den winzigen Perlmuttknöpfen ihrer Bluse und öffneten sie. Dann wanderte seine Hand tiefer und löste die Haken, die ihre Jacke geschlossen hielten.

Er spreizte die Finger und umfaßte sanft ihre Brüste. »Ich wußte, daß du bei Licht schön bist«, murmelte er, »aber ich wußte nicht, wie schön.«

Seine Hände lagen warm und verführerisch auf ihr. Es erforderte einen starken Willen, seine Zärtlichkeiten aufzuhalten. Ihre Stimme war rauh, als sie sagte: »Man wird uns sehen. Könnten wir – ich meine, vielleicht könnten wir nach The Willows zurückkehren?«

»Auch da gibt es Augen. Dieser Ort ist für uns genauso sicher wie jeder andere«, erwiderte er und streichelte mit dem Daumen ihre Brustwarzen.

Er hatte recht. Sie waren überall von Familienmitgliedern und Dienern umgeben, so daß es keinen Ort für sie gab, an dem sie sicher sein konnten, nicht entdeckt zu werden. »Das muß das letzte Mal sein, heute, hier. Es gibt keine andere Möglichkeit.«

Er antwortete nicht und senkte den Kopf.

»Du verstehst das doch, oder? Ich – ich fühle mich geschmeichelt, daß du alles aufgeben würdest, nur um mit mir zusammenzusein, aber das würde nicht gut gehen. Nach einer Weile würdest du dich langweilen –«

»Niemals.«

»Doch, das würdest du«, beharrte sie. »Und ich hätte ein schlechtes Gewissen und wäre unglücklich. Wir würden anfangen einander zu hassen.«

»Und wenn ich dir schwöre, daß ich dich liebe –«

»Tu's nicht! Es ist nicht nötig, jetzt nicht. Außerdem ändert das nichts, verstehst du?« Sie schluckte schwer, als ihr Tränen in die Augen schossen. »Ach, Robert, bitte küß mich, und es wird das letzte Mal sein.«

Er küßte sie hungrig und auch mit unterschwelliger Wut. Seine Hände glitten hinab und schlossen sich so fest um ihre Taille, als wollte er sie in der Mitte durchbrechen. Sie stöhnte.

Abrupt lockerte sich sein Griff. Seine Lippen und seine Zunge liebkosten in stummer Entschuldigung ihren Mund. Er hob eine Hand zu ihrer Schulter und streifte ihr die Jacke und die Bluse ab. Langsam und zögernd half ihm Amalie dann aus seiner Jacke und löste mit einer Hand seine Krawatte. Sie berührte mit den Lippen leicht seine Mundwinkel und spürte die rauhen Stoppeln auf dem glattrasierten Kinn, ehe sie ihre Stirn daran lehnte.

Dann öffnete sie sein Hemd und streichelte seine Brust.

Sie hörte, wie er scharf den Atem ausstieß, ehe er die Jacke abstreifte und auf dem Boden ausbreitete. Er nahm ihre Hand, kniete nieder und zog sie mit sich.

Langsam zuerst, dann mit wachsender Eile, zogen sie sich gegenseitig fertig aus. Die Sonne beschien sie, vergoldete ihre Haut und verlieh ihnen den Schimmer von Aprikosen und

Pfirsichen. Ihre Wärme schien sie zu umarmen. Sie schimmerte auf ihren Armen und Schultern, als sie sich aneinanderpreßten, und sie verlieh Amalies Körper Perlglanz, als Robert niedersank und sie auf sich herabzog.

Sie stützte sich auf ihre Hände, mit denen sie seine Schultern umklammert hielt. Die pfirsichfarbenen Spitzen ihrer Brüste streiften seine Brust. Ihr Haar fiel nach vorn und hing wie ein leuchtender, schützender Vorhang um seinen Kopf. Er umfaßte ihre Hüften und zog sie an sich, und seine Augen waren dunkel vor Begierde. Ihr Atem ging schneller, als sie die Härte seiner Männlichkeit zwischen ihren Schenkeln und sein sanftes Drängen spürte. In ihr war Stille, ein feuchtes, hohles Erwarten. Mit einer langsamen, weichen Bewegung und ohne seinen Blick loszulassen, glitt sie vorsichtig zurück. Sie umschlang ihn und nahm ihn in sich auf. Als sie die grenzenlose Erfüllung ihrer Wünsche erlangt hatte, brach sie ab.

Er lächelte, ein leichtes Verziehen seines Mundes, das nichts weiter ausdrückte als schiere Freude. Befriedigung zeigte sich in seinen Augen und noch etwas anderes, das sie den Atem anhalten ließ, als hätte sie Schmerzen. Die Tränen, die in ihren braunen Augen schimmerten, flossen ihr über die Wangen. Ein Beben lief durch ihre Arme, bis sie heftig zitterten.

Mit einem stummen Ausruf preßte er sie an sich und drehte sie auf den Rücken. Er senkte seinen Mund auf ihre Brust und strich mit der rauhen, samtigen Zunge über die Spitze. Amalie schloß die Augen, streichelte sein Haar und war sich der feuchten Spuren kaum bewußt, die die Tränen auf ihrem Gesicht hinterließen. Ohne ihr Zutun, so kam es ihr vor, liebkosten ihre Hände seinen Nacken und glätteten die verspannten Muskeln seiner Schultern. Sie spreizte die Hände über der sonnenwarmen Haut, war sich seiner Kraft und seiner Vitalität wohl bewußt. Sie verspürte den Wunsch, sich ihm hinzugeben, nichts zurückzuhalten, während sich gleichzeitig Trauer in ihrem Geist ausbreitete, weil dieses Verschmelzen ihrer Körper nie wieder stattfinden würde.

Er hatte nicht eingewilligt.

Der Gedanke zuckte durch ihren Kopf, als sie die erregende Berührung seiner Finger an der empfindsamsten und am stärksten geschützten Stelle ihres Körpers spürte. Ein leiser Laut entrang sich ihrer Kehle, sie schloß die Augen noch fester. Die Realität, die Frage nach Recht und Unrecht verblaßte. Nichts zählte mehr außer diesem Entzücken. Niemand konnte ihr das mehr nehmen. Niemand würde es je tun. Es gehörte ihr.

Er hielt ihren Mund mit seinem gefangen, drang tief in sie ein, lockerte dann die Muskelkraft seiner Beine, die sie umschlangen, rollte mit ihr in den duftenden, taufeuchten Klee. Warm und feucht und süß umgab er sie. Glückselig badeten sie im süßen Morgenlicht, drängten sich aneinander und strebten gemeinsam dem Höhepunkt entgegen.

Nie im Leben hatte sie sich so frei gefühlt, so sinnlich. Ihre feuchte Haut glühte vor Leidenschaft. Ihr Blut raste in den Adern, und eine Glut durchflutete ihren Unterkörper. Ihre Muskeln waren gespannt, die Sehnen straff. Ihre Hände hielten ihn und zogen ihn tief und tiefer bei jedem Stoß. Sie wollte, daß ihre Körper verschmölzen, bis nichts und niemand sie mehr trennen konnte, und sehnte sich nach einer Erinnerung, die sie für alle Zeiten an ihn fesseln würde.

Ihre Sinne wurden schärfer. Die Dunkelheit hinter ihren Augen wurden schwärzer. Ihr stockte der Atem, und ihre Hände schlossen sich krampfhaft um seine Arme.

Ein Gefühl überwältigte sie – blut-rotes Wunder, glorreiche Magie, zeitlos, grenzenlos. Es war ein stummer Sturm, eine innere Heftigkeit. Auf dem Höhepunkt drang er ein letztes, bebendes Mal in sie ein, verhielt so, ganz tief in ihr. Sie stieß einen leisen Schrei aus und wölbte sich ihm entgegen. Dann lagen sie still.

Vielleicht nur einen Augenblick, vielleicht zehn Minuten später zog er sie an sich und bettete ihren Kopf auf seine Brust. Ihr Atem beruhigte sich. Die Mischung aus Tau und Schweiß, die auf ihren Körpern glänzte, kühlte ab und trocknete. In der Nähe schrie ein Kuckuck. Ein Grashüpfer landete neben ihnen. Das Wasser des Bayous gurgelte leise.

»Ich hoffe«, meinte Robert, und seine Stimme klang zufrieden, »es gibt hier kein giftiges Efeu.«

Amalie lächelte, ohne die Augen zu öffnen. »Oder Redbugs.«

»Verdammt.« Robert erstarrte.

Redbugs waren winzige, blutsaugende Insekten, deren Biß zwar alles andere als gefährlich war, aber einen unerträglichen Juckreiz auslösen konnte. Daß er bei der Vorstellung fluchte, war nicht verwunderlich. Amalie fühlte, wie ein Kichern in ihr aufstieg, aber ehe sie einen Laut von sich geben konnte, wurde sie von ihm ins Gras gerollt. Er kniete sich vor sie und wandte dem Bayou seinen breiten Rücken zu und schützte sie vor Blicken, während er nach ihrem Rock griff. Sie versuchte, sich aufzusetzen, aber er hinderte sie daran, indem er eine Hand auf ihre Schulter legte und sich umsah.

Jetzt entdeckte sie es auch, das dreieckige, gestreifte Segel. Es gab nur ein Boot auf dem Bayou, das so auffällig ausgestattet war: Juliens Schiff. Es trieb auf dem Bayou vorüber und funkelte in der Sonne, ein Gegenstand so lebendig und nutzlos wie ein Schmetterling. Tige wurde von dem geblähten Segel verdeckt, nicht so sein Herr, der auf den Kissen lag. Amalies Mann setzte sich auf und schob einen Strohhut auf den Hinterkopf, als er auf die Füße sprang. Auf seinem Gesicht lag ein Ausdruck überraschter Wut, als er das Paar direkt anstarrte.

Das Boot dümpelte am Landesteg, als sie schließlich Belle Grove wieder erreichten. Sie hatten es nicht eilig gehabt, zurückzukehren. Es hatte einige Zeit gedauert, Amalies Haarnadeln zu finden und die Frisur wieder einigermaßen herzurichten. Danach waren sie langsam geritten und hatten ihre feuchten Kleider von der Sonne trocknen lassen. Amalie war sich jedoch nicht sicher, ob sie für diesen Aufschub dankbar war. Es wäre vielleicht besser gewesen, wenn Julien angelegt und seinem Zorn auf sie sofort Luft gemacht hätte. Wahrscheinlich war es die Gegenwart des Dieners gewesen, die ihn daran gehindert hatte. Ob Tige sie gesehen hatte oder nicht, er hatte sich jedenfalls verhalten, als wüßte er von nichts. Amalie erfüllte der

Gedanke an die bevorstehende Konfrontation mit Angst und Zorn.

Sie und Robert hatten auf dem Rückweg nur wenig gesprochen, jeder war mit seinen eigenen Gedanken beschäftigt gewesen. Sie fragte sich, was er denken mochte, aber sein Gesicht verriet nichts. Bedauerte er, was geschehen war? Das glaubte sie nicht. Bedauerte sie es? Sie war sich nicht sicher. Sie sollte es, natürlich.

Georges Pflanzen aus China waren geliefert worden. Hunderte von Töpfen und Kübeln, große und kleine, standen auf den Hängen vor dem Haus und am Rand des Teiches. Das Dampfschiff, das die flachen Barken gezogen hatte, in denen die Töpfe transportiert worden waren, war wieder nach St. Martinville zurückgekehrt. M'mere spazierte mit George zwischen den Pflanzen umher und ließ sich von ihm die schönsten zeigen. Weder von Chloe noch von Julien war etwas zu sehen.

Robert und Amalie stiegen vor dem Haus ab. M'mere winkte ihnen zu, und George forderte sie auf, sich seine Schönheiten anzusehen. Amalie, die wußte, wie sie aus der Nähe wirken mußte, schüttelte den Kopf und erklärte, sie müßte sich erst umziehen. Die freundliche Begrüßung der beiden war für Amalie eine Erleichterung. Wie es schien, hatte Julien nichts von seinem Erlebnis erzählt.

Amalie raffte ihren Rock und ging aufs Haus zu. Als Robert sich ihrem Schritt anpaßte, fiel ihr Blick in sein starres Gesicht. Sie wartete, bis der Knecht ihre Pferde fortgeführt hatte, dann sagte sie leise: »Du mußt nicht mit mir hineingehen. Es ist vielleicht sogar besser, wenn du mich mit ihm allein läßt.«

Er sah sie aus blauen Augen fest an. »Das kann ich nicht zulassen.«

»Du könntest es schon, aber du willst es nicht.«

»Ganz recht.«

Sein Ton verriet ihr, daß sie ihn nicht umstimmen konnte. Sie hatte auch gar nicht vor, es zu versuchen. So ging sie vor ihm her. Während sie zur oberen Galerie hinaufstieg, nahm sie den Hut ab.

»Hör nicht auf«, rief Julien von der Brüstung über ihr sarkastisch, »ebenso gut kannst du auch den Rest in aller Öffentlichkeit ablegen. Offen gesagt, verstehe ich nicht, warum ihr euch überhaupt die Mühe gemacht habt, euch wieder anzuziehen.«

»Julien, das reicht.« Roberts Stimme klang hart.

»Tut es das? Und soll ich beide Augen zudrücken, wenn ihr euch nackt wie Adam und Eva zur Schau stellt?«

»Es war purer Zufall, daß du uns gesehen hast.«

»Ein Jammer, meinst du! Ich hätte nie im Traum gedacht, daß du deinen guten Namen so einfach vergessen könntest – oder den meiner Frau – mein lieber Cousin. Ich hatte eine bessere Meinung von dir.«

»Bitte, Julien«, warf Amalie ein, verletzt von dem Zorn in seiner Stimme, »so war es doch gar nicht.«

»Nein? Soll ich etwa glauben, daß es ein Augenblick unkontrollierbarer Leidenschaft war, der euch so sorglos werden ließ? Wie rührend. Aber ich habe nicht die Absicht, tatenlos zuzusehen, wie ihr beiden mich vor aller Welt zum Hahnrei stempelt, nur weil ihr euch nicht beherrschen könnt.«

Robert trat vor, ergriff Amalies Arm und stieg mit ihr zur oberen Galerie hinauf, so daß Julien gezwungen war, ihnen Platz zu machen. Mit grimmiger und ein wenig müder Stimme sagte er: »Es soll nicht wieder vorkommen.«

»Das möchte ich doch hoffen! Es wird Zeit, daß die Maskerade ein Ende hat. Der Zweck ist sicher erfüllt, das meint zumindest Tige, der es von der Zofe meiner Frau erfahren hat. Wenn Amalie ein Kind in sich trägt, dann gibt es keinen Grund mehr, die Farce fortzusetzen.«

Amalie war sich des scharfen Blickes bewußt, den Robert in ihre Richtung schoß, aber sie brachte es nicht über sich, ihn zu erwidern. Sie war sich auch klar darüber, daß M'mere zur unteren Galerie eilte.

»Ich bin ganz deiner Meinung«, stimmte Robert zu.

Jetzt war es an Amalie, schnell einen Blick in seine Richtung zu werfen. Ein Schatten legte sich über ihre braunen Augen. Seine harten Züge verrieten nichts. Sie blickte zu ihrem Mann und sah ein Lächeln der Befriedigung um Juliens sensible Lippen spielen.

»Ich muß gestehen, daß ich nach dem heutigen Morgen nicht erwartet hätte, dich so vernünftig zu finden«, meinte er.

»Du solltest mich besser erst anhören«, lautete Roberts Antwort.

»So?« Juliens Stimme klang plötzlich mißtrauisch.

»Ich gebe zu, es wird Zeit, daß diese Sache ein Ende findet. Sie hätte niemals auch nur anfangen dürfen, aber das ist jetzt wohl nicht mehr wichtig. Ich wollte Amalie schon von hier wegbringen, ehe ich von dem Kind wußte, aber jetzt gibt es nichts mehr, was mich davon zurückhalten könnte.«

»Nein! Nein!« rief M'mere aufgeregt, als sie die Treppe heraufgestolpert kam. »Du weißt ja nicht, was du da sagst. Denk doch an den Skandal! Das darf nicht sein!«

Roberts Stimme wurde leiser, klang aber nicht weniger entschlossen, als er seine Tante ansah. »Es tut mir leid, aber ich könnte es nicht ertragen, Amalie hierzulassen.«

»Du hast eingewilligt und versprochen, dich zurückzuziehen. Denk doch nur darüber nach, was du da sagst, mon cher; wir könnten uns nirgendwo mehr sehen lassen.« Die Hände der älteren Frau zitterten, als sie sie nach ihm ausstreckte, und ihr Gesicht war bleich. Schweiß stand auf ihrer Oberlippe.

»Ich wußte damals nicht, wovon ich sprach. Es war falsch von dir, mich um so etwas zu bitten, und dumm von mir zu glauben, daß ich es tun könnte.«

Julien trat einen Schritt auf Amalie zu, packte ihren Arm und zog sie an sich. Auf seinem Gesicht lag ein besonderer Ausdruck, fast so etwas wie Entsetzen. »Ich werde nicht zulassen, daß du sie wegbringst, hörst du? Sie ist meine Frau, und sie wird bei mir bleiben.«

M'mere stöhnte und preßte die Hand aufs Herz. Robert ergriff Amalies anderen Ellbogen, um sie zurückzuhalten, als Julien sie fortzog.

In Amalie wuchs der Zorn. Nun stritten sie auch noch um sie, als hätte sie selbst keinen eigenen Willen. Sie planten ihr Leben, ohne sie auch nur zu fragen. Schließlich war sie doch von ihnen allen benutzt worden, man hatte sie getäuscht, weil man von ihr einen Erben für Belle Grove erwartete. Juliens Finger gruben sich in ihren Arm. Sie riß sich los und stieß dabei gegen Robert. Er ließ ihren Ellbogen los und legte den Arm um sie.

Julien ergriff erneut ihre Hand und riß sie von seinem Cousin fort. »Du entscheidest dich also für ihn, ha? Du bist dahintergekommen, wer sich in dein Bett geschlichen hat, und es hat dir Spaß gemacht, seine Hure zu sein? Ich sollte froh sein, daß ich herausgefunden habe, welches Miststück ich geheiratet habe – eine Ehebrecherin, der ihr Ehegelübde nichts bedeutet, eine, die hinter jedem Hosenbein herläuft.«

Ein roter Nebel breitete sich vor Amalies Augen aus, so sehr schmerzte ihr Handgelenk, das er verdreht hatte. Seine Worte bohrten sich wie brennende Pfeile in ihren Kopf. Dann hörte sie einen harten Schlag, ein Stöhnen, und Julien taumelte rücklings gegen das Geländer der Galerie.

Robert, die Hände noch immer zu Fäusten geballt, stand vor ihm. Julien lag am Boden und starrte zu seinem Cousin empor. Mit einer Hand tastete er nach seiner Wange, auf der sich bereits ein dunkler Fleck bildete. Ein kalter Ausdruck trat in seine Augen. Mit leiser Stimme sagte er: »Dafür wirst du mir Genugtuung geben!«

»Julien!« schrie M'mere auf.

»Sei kein Narr«, versuchte Robert ihn zu besänftigen, ohne ihn aus den Augen zu lassen.

»Warum nicht? Wenn ihr schon entschlossen seid, mich als einen...«

Robert reckte sich. »Mach dich nicht lächerlich.«

»Was ist nötig, daß du mit mir kämpfst? Soll ich es zu einer Frage der – der Ehre meiner Gattin machen? Oder des Mangels daran?«

»Julien, mein Sohn«, stöhnte M'mere, und ihre ganze Qual zeigte sich in diesen Worten.

Schweigen senkte sich über die vier. Schließlich war es Robert, der leise sagte: »Ich glaube, ich habe die Wahl der Waffen.«

Freude trat plötzlich auf Juliens Gesicht. »Darf ich zu hoffen wagen, daß du dich für Degen entscheidest?«

»Nein«, hauchte M'mere. Amalie, deren Augen vor Entsetzen geweitet waren, gab keinen Laut von sich.

»Es gibt keinen Grund, warum ich mich wie ein Idiot benehmen soll, nur weil du es so willst«, erwiderte Robert. »Pistolen, auf zwanzig Schritt.«

Julien lächelte. Seine dunklen Augen leuchteten befriedigt. »Morgen bei Sonnenaufgang. Am üblichen Ort.«

M'mere sackte zu Boden und blieb reglos liegen.

Bis Robert seine Tante hochgehoben und in ihr Wohnzimmer getragen, Amalie ihren Kragen und ihr Korsett geöffnet und die ältliche Zofe ihr Riechfläschchen gebracht und es unter ihrer Nase geschwenkt hatte, war M'mere wieder bei Bewußtsein. Sie weinte jedoch nur, jammerte über den Skandal und wollte weder den Wein noch das Orangenwasser trinken, das man ihr brachte.

Robert verabschiedete sich, als er sah, daß es ihr besser ging. Unter den gegebenen Umständen war es peinlich für ihn zu bleiben. Außerdem mußte er noch einige Vorkehrungen treffen: Er mußte Sekundanten finden und einen Arzt, der bereit war, am Ort des Duells anwesend zu sein, und er mußte sein Testament machen. Amalie versuchte, nicht an das Duell zu denken.

Sie blieb einige Zeit bei M'mere, half ihr in ihr Schlafzimmer und brachte sie zu Bett. Sie unterhielten sich. M'mere erzählte von der Nacht, in der Julien in ihrem großen Himmelbett zur Welt gekommen war, sprach davon, wie schrecklich die Geburt gewesen war. Sie erzählte von dem schönen Kind, das unartig, geliebt und verwöhnt worden war, und von den Tagen, als er und Robert unzertrennliche Freunde waren. Sie sprach nicht von ihren Ängsten, aber sie waren da. Man ahnte sie hinter jedem Wort, hörte sie aus ihrer Stimme und sah es an ihrem rastlosen Blick, der immer wieder zu ihrem kleinen Altar hinüberwanderte.

Schließlich floh Amalie in ihr Zimmer. Sie ließ sich ein Bad bereiten und verstaute ihr Reitkleid im obersten Regal. Es war ihr egal, ob sie es jemals wiedersehen würde.

Als sie in der Wanne saß, dachte sie über die Ereignisse des Morgens nach. Sie konnte nicht mehr verstehen, daß sie sich dazu hatte hinreißen lassen, Robert bei hellem Tageslicht am Ufer des Bayous zu lieben. Natürlich war sie dafür verantwortlich, daß Julien und Robert sich jetzt duellieren wollten. So etwas kam im Leben einer gutgezogenen jungen Frau nicht vor. Wie hatte ihr das nur passieren können?

Sie versuchte zu überlegen, was sie hätte tun könen, um es zu verhindern. Es schien nicht viel zu geben. Sie hatten sich alle von Anfang an verschwören: M'mere, Julien und Robert. Als sie mißtrauisch wurde, hatte sie versucht, mit Julien zu reden. Hätte er allem damals Einhalt geboten, wäre es vielleicht nie so weit gekommen. Wäre er öfter daheim geblieben, anstatt sie Robert zu überlassen, hätte er erkannt, wie ihn ihre Beziehung zu Robert quälte, hätte man die jetzige Situation vielleicht vermeiden können.

Seine Worte hatten sie gekränkt. Sie verdiente sie nicht, oder sie hatte sie zumindest bis zum heutigen Tage nicht verdient. Bis zu diesem Morgen war sie unschuldig gewesen, aber für das, was zwischen ihr und Robert am Ufer des Teche geschehen war, gab es keine Entschuldigung. Es war unwichtig, daß es ohne diese seltsame Verschwörung der anderen niemals geschehen wäre. Sie hatte es akzeptiert, sie hatte es sogar herausgefordert. Aber die schrecklichen Dinge, die Julien gesagt hatte, hatten nichts mit ihr oder mit dem zu tun, was sie und Robert verband.

Es war merkwürdig. Sie warf Robert vor, was er getan hatte, aber sie konnte ihn nicht hassen. Lag es an seiner Zärtlichkeit, seinem Bemühen, sie glücklich zu machen? Oder war es nur, weil sie jetzt wußte, wieviel ihr entgangen wäre, wenn er sich nicht auf dieses Spiel eingelassen hätte?

Sie hatte seine Ehre in Frage gestellt – aber hatte er nicht immer versucht, sie zu schützen? Selbst jetzt noch, dieses Duell zwischen ihm und Julien...

Nein. Sie wollte nicht daran denken. Sie mußte etwas finden, was sie tun könnte, bis sie vom Ausgang des Duells informiert wurde. Sie schloß die Augen. Vielleicht kamen am Nachmittag Besucher – aber nein, sie wären alle viel zu beschäftigt mit den Vorbereitungen für den Ball.

Der Ball bei den Morneys. Er fand heute abend statt. Sie mußten augenblicklich absagen. Sie konnten nicht hingehen, nicht jetzt. Zu lachen, zu essen und zu tanzen und dabei die ganze Zeit über zu wissen, daß die beiden Männer, die sie begleiteten, am nächsten Morgen versuchen würden, sich gegenseitig umzubringen, das war einfach zuviel. Sie konnte das nicht. Und auch M'mere war wohl kaum dazu fähig.

Sie irrte sich. Als sie nach dem Bad ins Zimmer der älteren Frau trat, saß diese im Bett und betrachtete die Ballkleider, die ihre Zofe eines nach dem anderen brachte. Sie lächelte, als Amalie eintrat. Noch immer wirkte ihr Gesicht ein wenig bekümmert, aber alles wurde von einer künstlichen Ruhe überdeckt.

»Weißt du schon, chère, was du zum Ball anziehen wirst?« erkundigte sie sich.

Einen Augenblick lang fragte sich Amalie angesichts der ruhigen Stimme ihrer Schwiegermutter, ob es der alten Dame wirklich gut ging. »Der Ball ist mir gerade eben erst wieder eingefallen. Du willst doch nicht hingehen?«

»Etwas anderes kommt nicht in Frage.«

»Aber wir können uns doch bestimmt entschuldigen!«

»Damit die Leute sagen, wir schämten uns zu sehr? Nein, nein.«

Amalie setzte sich neben die alte Dame. »Niemand weiß doch, warum wir nicht kommen.«

»Wenn du das glaubst, weißt du sehr wenig von einer kleinen Gemeinde wie unserer. Julien braucht Sekundanten, und Robert ebenfalls. Dazu kommt der Arzt. Fünf Männer. Es grenzt an ein Wunder, wenn auch nur einer von ihnen die Neuigkeit nicht seinem Kammerdiener zuflüstert, seiner Frau oder sonst jemandem. Verlaß dich drauf: Schon heute abend wird die Neuigkeit überall verbreitet sein. Wenn wir nicht erscheinen, werden alle wissen, daß die schlimmsten Gerüchte der Wahrheit entsprechen. Aber wenn wir hingehen und lächeln wie immer, dann werden sie zumindest zweifeln.«

»Aber ist es das wert?« fragte Amalie müde. »Es ist dir in letzter Zeit nicht gut gegangen.«

»Das war die Sorge – schließlich habe ich mich in etwas eingemischt ... Ich hätte das nicht tun sollen; jetzt weiß ich das. Ich kann nur sagen, daß ich es für das Beste hielt.«

»Vielleicht war es das.«

M'mere berührte leicht ihre Hand. »Du sagst das nur, damit ich kein schlechtes Gewissen habe, aber ich weiß es besser. Ich habe an allem die Schuld. Ich habe dir keinen guten Dienst erwiesen, mein Kind. Ich werde versuchen, es wiedergutzumachen, das verspreche ich dir. Ich bete nur darum, daß du mir eines Tages verzeihen kannst.«

»Bitte, so darfst du nicht reden«, protestierte Amalie, aber M'mere wischte ihren Einwand beiseite. Amalie stand auf.

»Wenn ich heute abend ausgehen soll, dann bereite ich mich jetzt wohl besser vor.«

Als sie sich der Tür zuwandte, klopfte jemand. Gleich darauf betrat zu ihrer Überraschung Patrick Dye das Zimmer. Sein unverschämter Blick ruhte auf ihrer Brust, ehe er an ihr vorüberwanderte. »Sie haben mich rufen lassen, Madame Declouet?«

»Ja, M'sieu«, bestätigte M'mere, sagte aber nichts weiter, bis Amalie das Zimmer verlassen und die Tür hinter sich geschlossen hatte.

Amalie wählte ein Kleid aus schimmernder graublauer Seide, das in den Falten nach Lavendel changierte. Um nicht von diesem einzigartigen Farbspiel abzulenken, war der Schnitt ganz schlicht. Die Einfachheit und die etwas düstere Farbe entsprachen genau ihrer Stimmung.

Es lag auf dem Bett, während Lally sie frisierte. Sie legte die seidigen Strähnen zu beiden Seiten eines Mittelscheitels in tiefe Wellen, schlang sie im Nacken zu einem dicken Knoten und befestigte über allem einen Kopfschmuck in der Forn von Farnwedeln aus lavendelfarbenem Samt. Dann reichte sie Amalie einen Handspiegel, damit sie sich von allen Seiten begutachten konnte.

»Hübsch, wie immer«, lobte sie das Mädchen lächelnd.

»Ich versuche gute Arbeit zu leisten.« Das Mädchen errötete vor Freude über das Kompliment und streckte die Hand nach den Seidenstrümpfen aus, die Amalie als nächstes anziehen sollte.

In diesem Augenblick wurde die Tür von Juliens Zimmer geöffnet. Julien, in einem langen Hausmantel aus Samt, trat ein, zog angesichts ihres überraschten Gesichtsausdrucks ironisch eine Braue hoch und schickte Lally hinaus.

Amalie stand langsam auf. Mit der Hand fuhr sie sich an den Hals, um den Morgenmantel zusammenzuhalten. Ihr erster Gedanke galt Roberts Worten, Julien könnte auf die Idee kommen, von seinen ehelichen Rechten Gebrauch zu machen. Hatte die Aussicht, sie zu verlieren, ihn diesen Entschluß fassen lassen? Der harte Zug um seinen Mund ließ das vermuten.

Als sich die Tür hinter der Zofe geschlossen hatte, wandte er sich ihr zu. Mit rauher Stimme sagte er: »Sieh mich nicht so an. Ich wollte dich heute morgen nicht verletzen.«

»Das war nicht schlimm.« Sie suchte nach etwas, das ihn ablenken würde. »Ich bin sicher, es war ein unangenehmer Augenblick, als du uns gesehen hast.«

»Das ist keine Entschuldigung für mein Verhalten dir gegenüber. Es tut mir leid, was ich gesagt und getan habe. Es ist unverzeihlich, daß ich mich nach allem, was dir angetan wurde – noch dazu mit meinem Wissen –, gegen dich gewendet habe. Ich kann nicht erklären, was über mich gekommen ist; ich bin mir nicht einmal sicher, daß ich mich selbst verstehe. Ich kann nur hoffen, daß du mich nicht zu hart verurteilst.«

Bei seinen Worten starrte er auf das Muster des Teppichs zu ihren Füßen. Das machte es leichter. Kaum hörbar sagte sie: »Wenn es den Anschein hatte, als würde ich den Namen, den ich trage, oder deinen Platz hier in der Gesellschaft nicht achten, dann mußt du wissen, daß das nicht so ist. Ich werde willentlich nie wieder etwas tun, das unsere Familie gefährdet.«

»Mehr kann ich nicht verlangen.«

Schweigen senkte sich auf sie. Er runzelte die Stirn und schob die Hände in die Taschen seines Hausmantels. Sie schluckte. Die Uhr auf dem Kaminsims schlug leise. Er räusperte sich.

»Es muß dir merkwürdig erscheinen, daß ein Ehemann seine Frau einem anderen Mann überläßt.«

»Ja, aber Robert hat es mir erklärt.«

»So? Das hätte ich gern gehört. Hat er dir erzählt, warum?«

»Vage.«

Er blickte auf. Seine Augen verengten sich, als er ihrem festen Blick begegnete. Nach einer Weile holte er tief Atem. »Dann muß ich ihm wohl dankbar sein.«

Sie trat einen Schritt auf ihn zu, streckte die Hand nach ihm aus, ohne ihn jedoch zu berühren. »Wenn das so ist, könnte man dieses sinnlose Duell dann nicht absagen? Du warst doch derjenige, der beleidigt worden ist, könntest du nicht...«

»Nein. Ich kann verzeihen, was du getan hast, aber nicht die Rolle, die er dabei gespielt hat. Robert hat das in ihn gesetzte Vertrauen mißbraucht. Er tat es in genauer Kenntnis dessen, was das bedeutete. Wenn man ihn nicht daran hindert, wird er genauso weitermachen. Das kann ich nicht zulassen.«

»Bitte. Bitte, sag das Duell ab. Ich werde alles tun, was du verlangst.«

Ein schiefes Lächeln verzerrte seinen Mund. »Aus Angst um ihn oder um mich? Oder brauche ich das nicht zu fragen?«

»Um euch beide. Weil, was immer auch geschieht, auf meinem Gewissen lasten wird.« Kaum waren diese Worte über ihre Lippen gekommen, da wußte sie, daß es die Wahrheit gewesen war. Sie berührte seinen Arm, ihre braunen Augen verdunkelten sich.

Er hob die Hand an ihre Wange. Sein Gesicht wurde weicher, als er sie leicht streichelte. »Wie schön du bist; die ideale Frau für einen Mann: charmant, fleißig, leidenschaftlich, unglaublich süß. Ich könnte fast versucht sein –«

Sie wartete mit angehaltenem Atem. Wie sie tun konnte, was

sie versprochen hatte, wie sie später damit leben wollte, wußte sie nicht. Aber sie wich nicht vor ihm zurück.

Er ließ die Hand sinken. »Aber dich als meine Frau zu haben, die mein Heim verschönert, eine Zierde meiner Tafel, wenn schon nicht meines Bettes, ist, ist alles, was ich von dir verlangen kann, alles, was ich je von dir verlangen werde.«

11. Kapitel

Das Haus der Morneys war im klassischen Stil gehalten; ein griechischer Tempel, ein Würfel mit Säulen auf vier Seiten, die das Dach trugen. Es war noch keine zwei Jahre alt und galt nach dem Standard von St. Martinville als ein wenig nouveau riche. Jedoch durch dieses Urteil ließ sich niemand abhalten, die Gastfreundschaft von Monsieur Morney zu genießen. Der Gastgeber war ein Mann, der über einen ausgezeichneten Geschmack verfügte, was Weine anbetraf, und es darüber hinaus vorzog, in der Stadt zu leben und seine Ländereien am Teche zu beaufsichtigen, statt sich auf seinen größeren Besitz am Mississippi zurückzuziehen. Er hatte eine rundliche, lachende Frau, die üppige Speisen liebte und ihm im Laufe der vierundzwanzigjährigen Ehe jedes zweite Jahr einen lebenden Beweis ihrer Zuneigung geschenkt hatte. So hatte das Paar jetzt zwei Söhne und drei Töchter im heiratsfähigen Alter und geizte nicht mit Einladungen und Vergnügungen für sie und ihre Freunde.

Das Haus hatte Parterre und zwei Stockwerke. Der zweite Stock bestand nur aus einem Saal mit gebohnertem Parkett, an dessen Wänden Spiegel hingen und dessen geschwungene Fenster weit geöffnet werden konnten. Offiziell wurde dieser riesige Raum als Ballsaal bezeichnet, aber bei aller Eleganz war seine Lage nicht sehr günstig. Zu dieser Jahreszeit stieg die Hitze von den unteren Stockwerken hoch und staute sich hier, auch nachdem die Sonne bereits untergegangen war. An diesem Abend sorgten die Hitze und die nahezu zweihundert aktiven Gäste dafür, daß die Damen, die nicht am Tanz teilnahmen, ihre Fächer heftig hin und her schwenken, die Herren sich häufig mit ihren Taschentüchern die Gesichter trocknen mußten.

Zu der Menge, die sich im Saal drängte, gehörten nicht nur junge Leute, sondern Menschen aller Altersgruppen – von frischgebackenen Ehepaaren bis hin zu Großeltern. In einem kleineren Wohnzimmer unten war ein Kartenzimmer eingerichtet worden, und eine Anzahl Herren und einige ältere Damen hatten sich dorthin zurückgezogen. Auf der großen, geschwungenen Treppe, die die Eingangshalle beherrschte, war ein ständiges Kommen und Gehen, hauptsächlich zu den Gästezimmern mit angrenzenden Wohnzimmern, die so eingerichtet waren, daß sich die Gäste dort frisch machen konnten.

Die Musiker standen in einer Ecke. Dem Punsch, der mit klirrenden Eiswürfeln, die der Dampfer gebracht hatte, kühl gehalten wurde, wurde heftig zugesprochen. Die Kerzen in den Lüstern steigerten die Hitze noch. Die Sträuße aus Rosen und Jasmin erfüllten die Wärme mit ihrem Duft und wetteiferten mit dem Parfüm der Damen. Seidenkleider in sanften Pastelltönen standen in starkem Kontrast zu dem Schwarz der Abendanzüge der Herren. In einer Ecke hatte sich ihr Gastgeber mit Père Jan und einem anderen Priester, der die Pfarrei mitbetreute, postiert. Stimmengemurmel und Gelächter übertönte zeitweise die Walzermelodie. Alles war fröhlich und bunt, und jeder schien gutgelaunt und entschlossen zu sein, sich zu amüsieren.

Amalie, die im Augenblick allein auf einer Seite saß, fragte sich, ob alles so war, wie es den Anschein hatte, oder ob die anderen nur ihren Kummer besser verbergen konnten als sie. Waren sie auch alle von Geheimnissen und Ängsten erfüllt und lächelten dennoch?

Gab es Ehebrecher unter den Gästen? Das war zwar wahrscheinlich, aber es waren bestimmt keine Frauen darunter. Die Damen waren immer von Bediensteten umgeben und so eingebunden in Konventionen, die es ihnen verboten, mit einem Mann allein zu sein, der nicht ihr enger Verwandter war, oder ihr Heim ohne männlichen Schutz zu verlassen. Für einen Mann war es leichter. Tatsächlich wurde die Liebe bei unverheirateten Männern sogar befürwortet, weil die zukünftigen Ehefrauen dadurch vor unbeherrschtem Verlangen geschützt waren. Auch später gab es noch mehr als genug Gelegenheiten für sie, und viele Ehefrauen zogen es vor, daß ihre Männer sich mit anderen beschäftigten, damit sie selbst nicht ständig schwanger wurden.

Und doch hatten auch Frauen ihre Wünsche. Vielleicht war es klug, sie so einzusperren. Der Grund dafür war natürlich nur, die Reinheit des Blutes zu bewahren und sicherzustellen, daß ein Mann seinen Namen nicht einem Kind gab, das er nicht selbst gezeugt hatte. Wieviel einfacher und eigentlich auch vernünftiger wäre es doch, die Nachkommen durch die weibliche Linie zu bestimmen. Dann wäre es egal, wessen Kind eine Frau trug.

Sie sprang auf, blickte sich verlegen um und schlenderte um die Tanzfläche herum. Sie hatte mit Julien bereits Polka und Walzer getanzt. Er hatte ihr Punsch gebracht und sie bei M'mere zurückgelassen. Kurz darauf waren die ältlichen Schwestern Oudry gekommen und hatten ihre Schwiegermutter ins Kartenzimmer entführt. George war auf der Suche nach Chloe vorbeigekommen. Als er sie in den Armen eines charmanten, bärtigen jungen Kreolen auf der Tanzfläche entdeckte, hatte er Amalie aufgefordert. Er hatte sie vorsichtig durch eine Gavotte geführt, ehe er Chloe nachgeeilt war, als sie die Tanzfläche verließ.

Sie schienen sich wieder zu vertragen, denn jetzt tanzten sie zusammen. Chloe lachte, während sie sich an George klammerte und ihn mit ihrem überschäumenden Temperament beim Reel fast umwarf. Der Engländer, der noch mehr litt als die anderen, weil er nicht an das Klima gewöhnt war, schwitzte so sehr, daß er in der Hand, die um Chloes Taille lag, sein Taschentuch hielt, um keine Flecken auf ihrem Seidenkleid zu hinterlassen.

Die Musik verstummte. Chloe klappte ihren Fächer auf und wedelte damit vor dem Gesicht ihres Partners herum, als sie zur Punschschale hinübergingen. Amalie lächelte, als sie sie beobachtete. Es war ein Jammer, daß Julien nicht sah, wie gut die beiden zusammenpaßten.

»Darf ich um diesen Tanz bitten?«

Sie wirbelte herum und sah sich Robert gegenüber. Sie versuchte, das schnelle Schlagen ihres Herzens zu ignorieren. »Ich weiß nicht, ob das klug wäre.«

»Nichts zwischen uns war klug. Warum sollten wir jetzt anfangen, darüber nachzudenken?«

»Weil wir nicht die einzigen sind, die dafür bezahlen müssen.«

»Stimmt.« Ein Lächeln trat in seine Augen. »Soll ich hier stehenbleiben und mich mit dir unterhalten? Oder soll ich verschwinden?«

Amalie hatte bereits einige neugierige Blicke aufgefangen. Zweifellos wäre es das Beste, wenn er weitergehen und eine junge Frau zum Tanzen auffordern würde. Aber sie brachte es nicht über sich, ihm das vorzuschlagen. »Wie du willst.«

»Ich möchte mit dir tanzen. Das ist eine perfekte Entschuldigung dafür, dich in meinen Armen zu halten.« Ehe sie protestieren konnte, hatte er den Arm um ihre Taille gelegt und wirbelte sie zu Walzerklängen auf die Tanzfläche hinaus.

Sie bewegten sich ganz natürlich zusammen, zwei Hälften eines Ganzen; er führte, sie reagierte. Es war, als bewegten sich ihre Körper in einem anderen Rhythmus, einem elementareren. Er hielt den korrekten Abstand; ihre Finger lagen ganz leicht in seinen, und seine Hand berührte kaum ihr Taille. Und doch war es, als wären ihre Körper miteinander verschmolzen. Andere Paare drängten sich um sie, und doch hätten sie ebenso gut allein sein können.

Eine sonderbare Ekstase ging von dieser öffentlichen Zurschaustellung eines privaten Rituals aus. Sie erfüllte Amalie mit Sehnsucht, mit dem Wunsch, sich näher an ihn zu schmiegen. Seine Berührung erinnerte sie an andere Erlebnisse. Der Ausdruck in seinen Augen war verführerisch. Sie schwankte, und ihre Lippen wurden feucht und öffneten sich.

Trotzdem war sie immer noch beunruhigt angesichts der Tatsache, wie wenig er die Konsequenzen dessen, was sie taten und was am kommenden Morgen passieren sollte, achtete. Sie fragte sich, ob er wollte, daß jedermann von ihrer Affäre erfuhr. Sie mußte sich fragen, ob er gewollt hatte, daß sie am Ufer des Bayous gesehen wurden. Konnte er seiner Verabredung im Morgengrauen so ruhig entgegensehen, weil er keine Angst hatte oder weil er sich über den Ausgang sicher war?

Die Richtung, die ihre Gedanken eingeschlagen hatten, gefiel ihr nicht. Der Grund dafür lag jedoch nah. So, wie er sich in ihre Gunst geschlichen hatte, hatte er es ihr schwergemacht, Vertrauen zu ihm zu entwickeln. Er schien ihrer Meinung nach zu allem fähig zu sein, und deshalb mußte man ihm mißtrauen. Es war ein Jammer, ließ sich aber nicht ändern.

Der Tanz schien ewig zu dauern. Amalie, hin- und hergerissen von ihren widerstreitenden Gefühlen, bekam langsam Kopfschmerzen. Sie runzelte die Stirn.

»Stimmt was nicht?« erkundigte sich Robert besorgt.

»Ich wünschte, ich könnte jetzt heimfahren.«

»Das wünschte ich auch – mit zu mir«, lautete seine schnelle Antwort.

»Ich meine es ernst.«

»Glaubst du, ich nicht?«

»Bei dir bin ich mir da nie ganz sicher«, antwortete sie.

Ein wachsamer Ausdruck legte sich auf sein Gesicht, aber ehe er etwas sagen konnte, verstummte die Musik. Sofort trat Chloe zu ihnen und ergriff Amalies Arm.

»Ich muß mit dir sprechen«, erklärte das Mädchen. »Komm bitte mit mir in den Erfrischungsraum.«

Amalie warf nur einen kurzen Blick auf Robert, ehe sie sich mitziehen ließ. Während sie die Treppe hinuntergingen, musterte Amalie das Mädchen. Sie konnte zwar in Chloes Gesicht mit den zusammengekniffenen Lippen nichts erkennen, ahnte jedoch, was sie so beunruhigte: das Duell. Amalie wußte aber nicht, wieviel Chloe erfahren hatte.

Als sie den Raum betraten, saßen dort ein paar ältere Frauen. Sie hatten es nicht eilig zu gehen, sondern schauten der Reihe nach in den Spiegel, der über einem Marmortisch hing, und unterhielten sich darüber, wie man den Männern das Schnarchen abgewöhnen könnte, und über die Schwierigkeiten, die eine Veränderung des Lebens mit sich brachte. Als sie schließlich fächerschwenkend und Taschentücher auf die Oberlippen pressend hinaussegelten, prüfte Chloe sorgfältig, ob sich auch niemand im angrenzenden Schlafzimmer aufhielt. Dann kehrte sie zu Amalie zurück.

»Ich war einer Ohnmacht nie so nahe – einer echten Ohnmacht – wie eben, als ich von dem Duell zwischen Julien und Robert erfahren habe. Ich weiß, daß es eine Lüge ist. Es muß eine sein. Sag mir, was los ist.«

Amalie warf einen Blick in das aufgeregte Gesicht des Mädchens. »M'mere hat dir nichts davon erzählt?«

Chloe wandte sich ab und sank in den nächstbesten Sessel. »Du – du meinst, es ist wahr?«

»Leider ja.«

»Warum hat mir niemand etwas davon gesagt? Warum werde ich immer wie ein kleines Kind behandelt?«

»Ich weiß es nicht. Vielleicht wollte M'mere dich nicht beunruhigen.«

»Nicht beunruhigen! Wenn einer von ihnen getötet wird? Ich wäre nicht gewarnt und ahnungslos!«

»Bitte, sag das nicht.«

»Aber das kann passieren, wenn sie aufeinandertreffen! Wir müssen es verhindern.«

»Kann man zwei Männer aufhalten, die es sich in den Kopf gesetzt haben, sich zu duellieren?« Aus Amalies Ton sprach Bitterkeit. Sie trat an eines der Fenster. Von hier aus konnte man die Musik aus dem Ballsaal und das leise Schlurfen der Tänzer auf dem Parkett hören.

»Ach, Amalie, du verstehst das nicht. Sie sind wie Brüder.«

»Diejenigen, die sich am nächsten stehen, wissen am besten, wie sie einander weh tun können. Ihnen fällt Vergebung schwerer.«

»Was kümmert es mich, ob sie sich verzeihen! Hauptsache, sie werden nicht umgebracht! Ich denke an M'mere. Wenn einer von beiden verletzt wird, erholt sie sich vielleicht nie wieder von diesem Schlag.«

Mit den Fingerspitzen rieb sich Amalie die Stelle zwischen den Augen. »Da könntest du recht haben.«

»Wenn man den Grund wüßte, könnte man vielleicht etwas tun.« Chloes dunkle Augen ruhten aufmerksam und fragend auf Amalie, als diese sich ihr wieder zuwandte.

»Hat dein Informant keine Vermutung geäußert?«

»Ich bin nicht informiert worden; ich habe nur zufällig ein Gespräch mit angehört. Kaum wurde ich entdeckt, wechselten sie sofort das Thema. Aber ich bezweifle, daß sie etwas wußten.«

»Dann wirst du M'mere fragen müssen.«

Das Mädchen kniff die Augen zusammen. »Ich habe das Gefühl, du könntest es mir auch sagen, Amalie – wenn du nur wolltest.«

»Wie kommst du darauf?«

»Ich bin nicht sicher. Ich habe nur so ein Gefühl.«

Es blieb keine Zeit für ein längeres Gespräch, weil in diesem Augenblick eine Gruppe lachender junger Mädchen hereinströmte. Zu Amalies Erleichterung rissen sie Chloe mit ins Schlafzimmer. Sie ergriff die Gelegenheit und floh.

Die Stühle in der Nähe der Fenster des Ballsaals waren alle besetzt. Nur diejenigen in den Ecken, wo sich die Luft kaum bewegte, waren noch frei. George, der gesehen hatte, daß Amalie sich setzte, unterhielt sich eine Weile mit ihr und erbot sich, ihr einen Punsch zu bringen. Das Getränk war kühl, aber viel zu süß. Es war keine Hilfe gegen ihre Kopfschmerzen, und nach wenigen Minuten wurde ihr übel. Als George sie verließ, hielt Amalie ihr Glas eine Zeitlang in der Hand, ehe sie es einem Mädchen mit einem silbernen Tablett reichte.

Ein paar jungverheiratete Frauen setzten sich in ihre Nähe. Sie unterhielten sich über die Unannehmlichkeiten einer Schwangerschaft in den Sommermonaten und darüber, ob es besser sei, in diesem Zustand in einen Badeort zu reisen und damit eine

Fehlgeburt zu riskieren oder während der Fieberzeit in der Stadt zu bleiben.

Amalie war an diesem Thema sehr interessiert und hörte zu, ohne es sich anmerken zu lassen. Doch schon nach kurzer Zeit wandten sich die Damen einem anderen Thema zu, nämlich einer gemeinsamen Bekannten, Frances Prewett, der Tochter von Mrs. Moore. Frances, die nur ein Jahr älter war als Amalie, war bereits zum zweiten Mal verwitwet und lebte jetzt mit ihren Kindern, einem Sohn und einer Tochter aus ihrer ersten Ehe mit einem Mr. Magill, im Heim der Familie, The Shadows. Sie trug zwar noch immer Schwarz, interessierte sich aber allmählich wieder dafür auszugehen. Sie war eine ausgesprochen attraktive Frau, und ihre Freundinnen dachten, daß sie bald wieder heiraten werde, und sei es auch nur, um ihren beiden Kindern einen Vater zu geben.

Witwen. Das Thema erinnerte daran, wie nah der Tod in diesem Teil des Landes immer war, wie schnell er geliebte Menschen dahinraffen konnte. Amalie wollte nicht daran denken, nicht vor diesem unseligen Duell. Sie erhob sich und schlenderte ziellos umher. Ihre Kopfschmerzen waren so stark, daß sie nicht mehr klar sehen konnte. Als Robert auf sie zukam, stockte sie und streckte dann verzweifelt die Hand nach ihm aus.

»Was ist los?« fragte er leise.

»Könntest du mich heimbringen? Mein Kopf klopft zum Zerspringen, und ich habe Julien schon eine Ewigkeit nicht mehr gesehen.«

»Ich auch nicht. Aber natürlich begleite ich dich. Laß mich nur M'mere suchen.«

Gleich darauf kam er zurück. Seine Tante war der Meinung, daß Amalie noch nicht gehen sollte, aber wenn es wirklich nötig war, dann würden sie und Chloe noch bleiben, um den Schein zu wahren. Niemand sollte denken, sie hätten den Rückzug angetreten.

M'mere wollte nicht unfreundlich sein, tröstete sich Amalie, als sie sich in die Polster der Kutsche sinken ließ. Auch für M'mere war der Abend eine Qual gewesen – schließlich war

Julien ihr einziger Sohn. Amalie kam sich feige vor, auch wenn sie sich sagte, daß es nichts geändert hätte, wenn sie geblieben wäre, bis sie ohnmächtig geworden wäre.

Die Nachtluft war frisch und kühl. Roberts Gegenwart tröstete sie, obwohl er keine Anstalten machte, mit ihr zu reden. Sie warf ihm einen flüchtigen Blick zu. Er schien mit seinen Gedanken weit fort zu sein.

In Belle Grove stieg Robert aus und half ihr aus dem Wagen. Charles öffnete ihnen die Tür, und Robert bat ihn, Lally zu Amalie zu schicken. Dann schob er eine Hand unter ihren Ellbogen und half ihr die Stufen hinauf.

Oben angekommen erklärte er: »Ich bleibe nicht, weil ich den Wagen zu M'mere und Chloe zurückbringen muß.«

»Ja, danke, es war nett von dir, daß du mich begleitet hast.«

»Nett?« Seine Stimme klang amüsiert. »Ich war dankbar für die Gelegenheit. Ich wünschte nur, du hättest dich nicht schlecht fühlen müssen, um es mir zu ermöglichen.«

Er hatte ihre Hand genommen und hielt sie zwischen seinen kräftigen Fingern. »Gibt es denn gar keine Möglichkeit, dieses Duell zu verhindern?« fragte Amalie vorsichtig.

»Nicht, wenn Julien es nicht will.«

»Das ist so dumm«, erklärte sie wütend.

«Ich bin deiner Meinung, aber wie du weißt, hatte ich keine Wahl.«

»Du hättest seine Beleidigungen ignorieren können.«

»Schon. Aber ich bin ihm eine Genugtuung schuldig. Ich sollte seine Ehefrau verführen; soviel war abgemacht. Wenn es dort geendet hätte, wäre alles in Ordnung gewesen. Was ihn stört, ist, daß ich mit deiner Zuneigung gespielt habe.«

»Ich würde eher sagen, es war die öffentliche Zurschaustellung.«

»Das auch, aber die Hauptsache war, daß ich dich nicht in dem Glauben gelassen habe, er wäre nicht nur dein Mann, sondern auch dein Liebhaber. Es war für ihn sehr wichtig, daß du das denkst.«

»Er ist so stolz«, murmelte sie leise.

Als er nichts darauf erwiderte, blickte sie zu ihm auf, und ihr wurde bewußt, daß diese Worte auch für Robert Farnum galten. Er beobachtete sie, seine Augen leuchteten schwarz im flackernden Licht.

»Wenn ich nicht wiederkomme –«, fing er an.

»Bitte! Sag so etwas nicht.«

»Ich wollte dir nur sagen, daß ich nichts bedauere, ganz gleich, was passiert.«

»Ach, Robert.«

»Ich erwarte nicht, daß du dasselbe sagst, aber ich werde einen Kuß zur Erinnerung mitnehmen.«

Er riß sie an sich und suchte ihren Blick, ehe sich seine Lippen auf ihren Mund senkten. Sie schmiegte sich an ihn und genoß den sanften Druck, als würde sie ihn nie wieder spüren können. Sie brauchte seine Nähe als Mittel gegen den Schmerz, der plötzlich wie eine offene Wunde in ihrem Innern wütete. In ihrer Kehle stieg der salzige Geschmack von Tränen auf, und ihre Arme klammerten sich um seinen Hals.

Er trat zurück, sein Atem ging stoßweise. Er neigte den Kopf, wandte sich um und lief hastig die Stufen hinunter. Hinter Amalie stieß Lally die Wohnzimmertür auf.

»Ist alles in Ordnung, Mam'zelle Amalie?« fragte sie leise.

»Nein«, antwortete diese. »Schon seit einiger Zeit nicht mehr. Und das wird es auch nie wieder sein.«

Hätte Amalie da auf der Galerie noch nicht erkannt, daß sie Robert liebte, dann wäre es ihr am nächsten Morgen klar geworden. Sie schlief kaum in dieser Nacht und dachte immer wieder nur daran, was geschehen war, seit sie nach Belle Grove gekommen war.

Wie war es nur gekommen, daß sie sich zu diesem Mann mit dem amerikanischen Blut so stark hingezogen fühlte? Die körperliche Liebe in der Dunkelheit konnte doch nicht alles sein. Sie bewunderte sein Verhalten, seine Fürsorge für M'mere, seine Haltung denjenigen gegenüber, die für ihn arbeiteten. Er hatte sie beschützt, hatte sie gegen Patrick Dye verteidigt und manchmal sogar gegen Julien. Aber es war mehr als das. Dieser Mann strahlte eine ungeheure Sicherheit und Kraft aus.

Eigentlich hätte sie wütend auf ihn sein müssen, konnte es aber nicht. Sein Gesicht tauchte vor ihrem geistigen Auge auf, und es erschien ihr unmöglich, daß sie jemals hatte glauben können, ihr Liebhaber wäre ein anderer Mann als er. Der Gedanke, daß er sie niemals wieder lieben würde – egal, wie das Duell ausging –, erfüllte sie mit Bitterkeit. Wenn ein wenig Blut vergossen würde, wenn seine Ehre wiederhergestellt wäre, würde Julien dafür sorgen, daß Robert nie wieder in ihre Nähe käme. Wenn Robert Julien tötete, dann könnte er Schwierigkeiten mit dem Gesetz bekommen, aber noch wichtiger war, daß sie ihn dann niemals heiraten könnte, selbst wenn er sie darum bitten würde. An die andere Möglichkeit, daß Julien Robert töten konnte, versuchte sie nicht zu denken.

Sie hörte, wie M'mere und Chloe zurückkamen, aber aus Juliens Zimmer vernahm sie keinen Laut. Ihre Kopfschmerzen ließen etwas nach, hörten aber nicht auf. Schließlich, irgendwann in den frühen Morgenstunden, nahm sie noch ein paar Tropfen Laudanum und schlief endlich ein.

Sie fuhr aus dem Schlaf auf. Ihr Herz raste, und sie hatte das sichere Gefühl, eine wichtige Verabredung vergessen zu haben. Vor dem Fenster färbte sich der Tag golden, als die Sonne aufging. Das Duell. Es mußte vorüber sein.

Sie sprang aus dem Bett, ohne nach Lally zu läuten. Das Mädchen mußte jedoch die Ohren gespitzt haben, denn es erschien, als Amalie gerade in ihren Unterrock stieg.

Amalie starrte sie an. »Weiß man schon etwas?«

»Nein. Mam'zelle. Was werden Sie tragen? Das getupfte Musselinkleid oder das gestreifte Rosa?«

»Irgend etwas, das ist jetzt unwichtig«, erwiderte Amalie ungeduldig.

Als sie schließlich das getupfte Musselinkleid anhatte, rauschte sie mit wirbelnden Röcken aus ihrem Zimmer in den Salon. Sie schenkte Isa ein kurzes Lächeln und ging dann auf das Sofa zu, auf dem Chloe im Morgenmantel in einer Ecke saß.

M'mere stand an der offenen Haustür und starrte zum Bayou hinüber, während Charles ein Kaffeetablett hereintrug.

Amalie warf einen Blick zu Chloe hinüber, die den Kopf schüttelte. Die Augen des Mädchens waren rotgerändert vom Schlafmangel, die Haare hingen ihr über den Rücken. Da sie keine Anstalten machte, zu dem Tablett zu gehen, das der Butler auf einen Beistelltisch gestellt hatte, schenkte Amalie ihr eine Tasse ein. Dann sah sie zu M'mere, schenkte eine zweite Tasse ein und trat neben die ältere Frau.

Ihre Schwiegermutter betete einen Rosenkranz aus Jettperlen und Silber. Schließlich seufzte sie, bekreuzigte sich und schob den Rosenkranz in die Tasche ihres weiten Rockes. Mit einem müden Lächeln nahm sie die Tasse entgegen, die Amalie ihr anbot.

Amalie hätte sie gern getröstet, aber was hätte sie sagen können? Ihr fiel nichts ein, was ehrlich geklungen hätte. Sie wußte, daß nichts ihre eigene Verzweiflung dämpfen konnte, und so starrte sie nur stumm auf die Eichen und die Wellen des Bayou dahinter.

Eine Bewegung neben ihr zog ihre Aufmerksamkeit auf sich. Isa hatte ihr ihre eigene Tasse Kaffee gebracht. Sie dankte ihm mit einem Lächeln und einer leichten Berührung seiner Schulter, und er kehrte auf seinen Platz zurück. Eine Weile war nichts anderes zu hören als das Klirren von Porzellantassen auf Untertassen und das Kratzen von Bleistift auf Papier.

Dann hörten sie Schritte auf der unteren Galerie. Es war unmöglich, daß der Sieger des Wettstreits die Abkürzung über die Felder genommen hatte, anstatt über die Hauptstraße zu fahren. Amalie stellte ihre Tasse ab und trat gerade rechtzeitig vor, um den Hut eines Mannes zu sehen, der zum zweiten Stock hinaufstieg.

»George«, stöhnte sie. Hinter ihr schrie Chloe auf, stellte klirrend ihre Tasse ab und fuhr sich mit der anderen Hand durchs wirre Haar. Sie sprang auf, zog ihren Morgenmantel um sich und huschte aus dem Zimmer, als der Engländer über die Schwelle trat.

Er sah sich um, als erwartete er, wenigstens einen der Duellanten hier zu finden. Als das nicht der Fall war, sagte er mit gedämpfter Stimme: »Irgend etwas Neues?«

Amalie schüttelte den Kopf. Um irgend etwas zu tun und auch weil die Gastfreundschaft es erforderte, setzte sie sich, schenkte George Kaffee ein und reichte ihm die Tasse. Er hielt sie ungeschickt in der Hand, bis M'mere sein Dilemma erkannte und Platz nahm, damit auch er sich setzen konnte.

Sie unterhielten sich in gespreizten Phrasen. Chloe kehrte zurück, nachdem sie sich zurechtgemacht hatte. Charles brachte mehr Kaffee und eine Platte mit gebutterten Brioches.

Als sie Hufe auf der Auffahrt hörten, wurden sie still. Das Pferd lief schnell. Amalie sah zu M'mere hinüber, aber diese blickte starr geradeaus. Ihr Gesicht war weißer als die Bänder der Kappe, die unter ihrem Kinn zusammengebunden waren. Chloe griff nach Georges Hand. Amalie wandte die Augen der Tür zu.

Die Schritte auf den Stufen klangen schnell und fest. Die Gestalt eines Mannes füllte den Türrahmen aus. Er hielt Hut und Peitsche in der Hand. Seine Stirn war gerunzelt.

Chloe stieß einen unterdrückten Schrei aus. M'mere schloß die Augen. Amalie kam langsam auf die Füße.

Robert trat ins Zimmer. Mit grimmiger Stimme fragte er: »Wo ist Julien?«

12. Kapitel

Es war Amalie, die das Schweigen brach. »Wie meinst du das?«

»Ich meine«, erklärte Robert mit strengem Gesicht, »daß Julien nicht auf dem Duellplatz erschienen ist.«

M'mere saß im Sessel und umklammerte mit den Fingern die Lehnen. Chloe sprang auf. »Unmöglich!«

»Es ist die reine Wahrheit.« Roberts Antwort war ebenso hart wie kurz.

»Was kann das bedeuten?«

George hatte sich erhoben, als die Damen aufgestanden waren. Mit gerunzelter Stirn meinte er auf die ihm eigene Art: »Aber das liegt doch klar auf der Hand. Er hat gekniffen und damit zugegeben, daß er im Unrecht war.«

Chloe wandte sich ihm zu. »Er hätte andere Möglichkeiten gehabt, das zu tun, ohne sich als Feigling zu brandmarken! Er hätte mit Robert sprechen oder in die Luft schießen können.«

»Heute morgen nicht«, erwiderte George. »Eine Entschuldigung auf dem Duellplatz – das gehört sich einfach nicht. Er hätte natürlich in den Himmel schießen können, wie du sagst, wenn er seinem Gegner die Gelegenheit hätte geben wollen, ein Loch in seinen Bauch zu schießen.«

»Trotzdem hätte er genau das getan! Ich bin zwar nicht immer einer Meinung mit Julien, aber ich weiß genau, daß er niemals fortgelaufen wäre.«

Ohne sich um ihren Wortwechsel zu kümmern, sagte Amalie: »Wir sind alle davon ausgegangen, daß er pünktlich aufgebrochen ist. Aber vielleicht hat er einfach verschlafen und ist noch in seinem Zimmer. Vielleicht ist er sogar krank?«

»Zu dem Schluß bin ich selbst auch gekommen«, stimmte Robert zu, durchquerte den Raum und betrat Amalies Schlafzimmer. Ohne einen Blick daran zu verschwenden ging er hindurch und stieß die Schiebetüren auf, die in Juliens Gemach führten.

Hier war es dunkel und still. Die Vorhänge waren noch vorgezogen. Die Bettdecke war glattgestrichen, die Kissen aufgeschüttelt. Die Mädchen konnten noch nicht aufgeräumt haben, dafür war es zu früh. Das bedeutete, daß niemand hier geschlafen hatte.

Sie waren Robert alle gefolgt. Jetzt starrten sie ins Zimmer. Chloe, die sich verwirrt umschaute, fragte: »Wo kann er sein?«

»Eine gute Frage.« Robert wandte sich an Amalie. »Wo ist Tige? Vielleicht hat er eine Ahnung.«

Sie läuteten nach dem Kammerdiener, und er eilte aus der Küche herbei. Als er sah, daß M'sieu Robert ihn im Salon erwartete, wurde er grau unter seiner braunen Haut, blieb aber stehen und wartete auf eine Erklärung, warum man ihn gerufen hatte.

»Ich weiß nicht, wo er ist, M'sieu«, lautete seine Antwort. »Sie haben ihn nicht – ich meine, er ist nicht verletzt?«

»Nicht durch mich«, kam Roberts grimmige Antwort. »Hat er gestern abend nicht erwähnt, daß er nicht heimkommen würde?«

»Nein, M'sieu. Er sagte nur, ich solle nicht auf ihn warten, aber das war alles. Und das hat er mir schon viele Male gesagt.«

»Kommt er oft nicht heim?«

»Manchmal, M'sieu.«

»Hattest du eine Ahnung, daß er heute morgen nicht zum Duell erscheinen wollte?«

»Nicht erscheinen? Aber M'sieu!« Die Augen des Dieners spiegelten Entsetzen und Verblüffung wider. »So etwas würde er niemals tun!«

»Das denke ich auch«, pflichtete Chloe ihm bei.

»Weißt du, wo er sich aufgehalten hat, wenn er lange in der Stadt geblieben ist?« wollte Robert wissen.

Tige warf einen Blick auf Amalie. »Seit seiner Hochzeit nicht mehr.«

Amalie hatte Robert die Fragen stellen lassen, aber nun trat sie einen Schritt vor. »Soll das heißen, daß Julien gestern nacht nicht mit euch anderen zurückgekommen ist?«

»Richtig.«

»Ich habe ihn nicht kommen gehört, aber wenn er so spät kam, daß er direkt wieder aufgebrochen ist, dann müßten seine Duellpistolen fehlen.« Sie wandte sich an den Diener. »Tige, sind die Pistolen in seinem Zimmer?«

Der Diener lief, um nachzusehen. Als er zurückkam, senkte er den Kopf. »Ja, Mam'zelle.«

Julien hatte das Haus kurz vor dem Ball verlassen. Er hatte sich früh von den Festlichkeiten zurückgezogen und war seither nicht mehr gesehen worden. In seinem Bett hatte niemand geschlafen, aus seinem Schrank fehlten keine Kleider, abgesehen von dem Abendanzug, den er getragen hatte, und seine

Duellpistolen lagen in dem Mahagonikästchen im Schrank. Er hatte eine Verabredung auf dem Feld der Ehre nicht eingehalten. Dafür konnte es nur eine Erklärung geben: Er war irgendwie daran gehindert worden. Etwas anderes kam angesichts von Juliens Charakter nicht in Frage.

Tige wurde fortgeschickt. Die anderen blickten sich an. M'mere meinte schließlich mit bebender Stimme: »Vielleicht ein Unfall?«

»Ja, das muß es sein«, rief Chloe aus.

Robert schüttelte stirnrunzelnd den Kopf. »Julien ist bekannt. Selbst wenn er nicht hätte sprechen können, hätte man uns benachrichtigt.«

»Außer der Unfall ist noch nicht bemerkt worden«, gab Amalie zu bedenken. »Vielleicht hat sein Pferd ihn abgeworfen, und er liegt irgendwo, verletzt.«

»Man hat in letzter Zeit viel von Raubüberfällen gehört«, fügte Chloe hinzu.

»Ja.« Robert klang bedrückt, als sein Blick zu M'mere hinüberwanderte, die so blaß und still in einem Sessel saß. Er wandte sich Amalie zu. In der Tiefe seiner blauen Augen lag ein gequälter Ausdruck. »Als erstes werden wir den Weg in die Stadt absuchen, dann dort Nachforschungen anstellen. Ich werde mich sofort darum kümmern.«

»Wenn Sie nichts dagegen haben«, meldete sich George zu Wort, »würde ich gerne mitkommen.«

»Zu zweit können wir ein größeres Gebiet absuchen«, stimmte Robert zu.

Sie brachen in weniger als einer Stunde auf. Als Amalie ihnen nachsah, kam ihr wieder der Gedanke, daß es in Momenten wie diesem besonders schwer war, eine Frau zu sein. Wie gern hätte sie irgend etwas getan – die Gegend abgesucht, Menschen befragt – irgend etwas, um nur nicht hier sitzen und darauf warten zu müssen, daß jemand Neuigkeiten brachte. Man hätte es für schamlos gehalten, wenn sie mit George und Robert geritten wäre. Sie hatten zwar nichts gesagt, aber sie wußte, daß sie jede billige Kneipe und jeden Spielsalon in der Gegend aufsuchen würden; wäre sie an solchen Orten aufgetaucht, hätte es einen Skandal gegeben. Alle wären überzeugt gewesen, daß sie keine Dame war, die sich zu benehmen wußte.

Sie war sich tatsächlich selbst nicht mehr sicher, ob sie wie eine Dame empfand. Sie sollte am Boden zerstört sein, weil ihr Mann vermißt wurde. Statt dessen war sie rastlos und hatte das Bedürfnis, selbst nach ihm zu suchen. Es war Angst, die sie trieb, Angst um die Sicherheit eines Mannes, den sie mochte, aber noch stärker war ihr schlechtes Gewissen. Sie fragte sich, wieviel ihre Beziehung zu Robert mit dem Verschwinden ihres Mannes zu tun hatte. Dem Ausdruck in Roberts Augen nach zu urteilen, empfand er ebenso.

Es war fast elf Uhr abends, als die beiden Männer wiederkamen. Niemand war zu Bett gegangen, obwohl Chloe und Amalie versucht hatten, M'mere zu überzeugen, daß es besser für sie wäre, sich zurückzuziehen. Die ältere Frau hatte aufrecht dagesessen, ihren Rosenkranz durch die Finger gleiten lassen und nur wenig gesagt. Sie schien kleiner geworden zu sein, ihre Augen lagen tief in den Höhlen.

Der Ausdruck auf den Gesichtern der beiden Männer verriet ihnen sofort, daß sie keinen Erfolg gehabt hatten. Charles nahm ihnen die Hüte ab und drückte sich vor der Tür herum, als sie in den Salon traten. Isa, der zu Amalies Füßen hockte, unterbrach sein Zeichnen und schaute auf.

»Nichts«, seufzte Robert, als er ins Zimmer trat und sich auf ein Sofa fallen ließ.

»Wir dachten – das heißt, wir hatten gehofft, daß er inzwischen vielleicht heimgekommen wäre«, fügte George hinzu. Er zog sich einen Stuhl neben Chloe und lächelte müde, als sie eine Hand auf seinen Arm legte.

»Wart ihr auch –«

»Wir haben überall nachgesehen«, unterbrach Robert sie. Sein Ton klang rauh vor Ungeduld.

St. Martinville war keine große Stadt. Die Anzahl der Orte, an denen sich Julien aufhalten konnte, war beschränkt.

»Die Kneipen?« beharrte Chloe.

»Ja. Er ist in einem Gasthaus auf der anderen Seite der Stadt gesehen worden, in der Nähe des Bayou. Das war die einzige Spur, die wir gefunden haben.«

»Er ist wie vom Erdboden verschluckt«, murmelte George.

»Sein Pferd?« wandte sich Chloe an den Engländer.

»Also, das war komisch. Man hat es vor dem Stall von Broussard's Hotel gefunden. Ob es jemand dorthin gebracht hat oder es den Weg allein gefunden hat, weil es dort so oft untergebracht worden ist, weiß niemand.«

Robert setzte sich auf und musterte seine Tante, die zu George hinübersah. »Wenn er bis zum Morgen nicht hier ist, sollten wir den Sheriff informieren«, schlug er vor.

»Nein.« M'meres Ton war scharf und ließ keinen Widerspruch zu.

Wie die meisten Pflanzer dieser Gegend hatte sie wenig für die Gesetzesvertreter übrig, außer wenn es darum ging, unerwünschte Herumtreiber zu verjagen. Und auf diesem Gebiet hatten sie in letzter Zeit versagt. Da die Plantagenbesitzer zu weit von der Stadt entfernt lebten, um wirklich geschützt werden zu können, hatten sie immer selbst Waffen besessen, Patrouillen zusammengestellt und sich bei den Nachtwachen abgewechselt. Da dieses System sehr effektiv gewesen war, hatten die Plantagenbesitzer mit der Zeit die aristokratische Einstellung gewonnen, über dem Gesetz zu stehen.

»Sei doch vernünftig, Tante Sophia. Eine gründliche Suche flußauf- und -abwärts ist erforderlich, und es müssen noch viel mehr Fragen gestellt werden. Das können zwei Männer allein nicht schaffen, und außerdem ist mehr Autorität nötig, als wir besitzen.«

»Wir können die Sklaven ausschicken, jeden einzelnen aus den Quartieren. Und was die Fragen angeht, was versprichst du dir davon? Wenn ein Mensch wüßte, wo Julien ist, glaubst du nicht, daß uns jemand benachrichtigt hätte? Und wenn es einen Grund gibt, uns seinen Aufenthaltsort zu verschweigen, würde der Sheriff auch nichts erfahren.«

Robert sah zu Amalie hinüber. Sie erwiderte seinen Blick

kurz, erhob sich dann und kniete neben dem Sessel ihrer Schwiegermutter nieder. »Bitte, M'mere, es muß sein. Mit jedem Augenblick, der vergeht, verringert sich die Chance, Julien lebend zu finden. Wenn der Sheriff und seine Männer helfen können, wenn sie einen größeren Suchtrupp zusammenstellen können, dann müssen wir sie um Unterstützung bitten.«

»Julien wird wiederkommen«, erklärte die alte Dame und kniff die zitternden Lippen zusammen. »All dieser Wirbel ist unnötig.«

»Wir können nicht sicher sein.«

»Denk doch nur an das Gerede, chère. Aus dem Geflüster wegen des Duells wird Geschrei werden. Jeder wird sich über uns und über den Streit Gedanken machen. Es wird ein entsetzlicher Skandal entstehen.«

Amalie hielt die knochigen Hände der älteren Frau. »Vielleicht. Aber wir dürfen Juliens Verschwinden nicht verschweigen, nur weil die Leute über uns klatschen könnten.«

»Vielleicht ist er fortgegangen. Vielleicht wollte er sich nicht mit Robert duellieren und hatte Angst, es ihm nicht sagen zu können, ohne wieder wütend zu werden. Morgen oder übermorgen werden wir einen Brief erhalten, in dem steht, wo er sich aufhält und daß wir uns keine Sorgen zu machen brauchen.«

»Er hätte bestimmt jemanden benachrichtigt, wenn er abgereist wäre – dir, mir oder wenigstens Tige, der seine Sachen hätte packen müssen. Aber das hat er nicht getan. Er hat nichts mitgenommen.«

M'mere drehte den Kopf von einer Seite zur andern, stöhnte leise, und Tränen traten in ihre Augen und liefen über die faltigen Wangen. »Ich weiß nicht, ich weiß nicht. Ach, Julien, mein Sohn, mein Sohn. Wie kann ich das ertragen? Wie?«

Es war unmöglich, sie zu bedrängen. Sie konnten nur hoffen, daß sie am Morgen ruhiger und zugänglicher sein würde.

Es dämmerte, Juliens Mutter verließ ihr Bett nicht und wollte auch niemanden empfangen. Sie schickte ihre Zofe Pauline, um ihnen mitzuteilen, daß sie sich zu krank fühlte, um über die

Angelegenheit zu sprechen, und bat um ihr Verständnis. Robert fluchte leise, ritt dann aber wieder mit George los.

Am nächsten Morgen klopfte Lally an Amalies Tür. Mit dem Kaffeetablett in der Hand trat sie ein, und Isa folgte ihr.

Amalie strich sich die Haare glatt und griff nach ihrem Morgenmantel. Ein Blick aus dem Fenster zeigte ihr, daß es erst kurz nach Tagesanbruch war. M'mere, Julien und Chloe ließen sich immer ihren Kaffee ans Bett bringen, aber Amalie hatte diese Angewohnheit niemals übernommen. »Wie komme ich zu diesem Vergnügen?«

»Ich muß mit Mam'zelle sprechen.« Das Mädchen stellte das Tablett ab, schenkte Kaffee ein, breitete die Leinenserviette über Amalies Schoß und reichte ihr vorsichtig die Tasse. Dann trat sie ans Fußende des Bettes, wo sie mit gefalteten Händen stehenblieb.

»Was gibt es?« Ohne den Blick von Lallys Gesicht zu wenden, nippte Amalie an ihrem Kaffee.

»Es ist wegen Tige. Er macht sich Sorgen um M'sieu Julien. Er ist deshalb gestern abend in die Stadt gegangen, um zu sehen, was er herausfinden würde.«

»Ohne Erlaubnisschein?« fragte Amalie scharf. Es konnte für einen Sklaven gefährlich werden, wenn er ohne die schriftliche Bestätigung seines Herrn, daß er in dessen Auftrag unterwegs war, in der Dunkelheit angetroffen wurde.

»Er war ganz vorsichtig. Aber er hat herausgefunden, daß M'sieu Julien in einem Gasthaus gewesen ist, das von einem freien Farbigen geführt wird, Mulatto Bonhomme. Dieser Mann ist Tiges alter Onkel. Der Mulatte kaufte seine Freiheit und hat dann Geld verdient, um die Schwester von Tiges Mutter freizukaufen, ehe er sie geheiratet hat.«

»Verstehe.«

»Nun ja, M'sieu Julien geht oft dahin, weil er Tiges Onkel mag. Und da hat er die beiden Männer wieder getroffen.«

»Die beiden Männer?«

»Die von dem Schiff. Harte Männer, rauhe Männer.«

»Dem Schiff?«

»Die Männer, die die schweren Blumentöpfe ausladen sollten, aber sie haben es die Leute aus den Quartieren machen lassen.«

Amalie richtete sich auf. Der Kaffee war vergessen. »Hat Tige mit diesen Männern gesprochen?«

»Mais non, Mam'zelle. Die sind weg. Niemand hat sie seit dem Abend von Morneys Ball gesehen.«

»Die müssen nach New Orleans zurückgekehrt sein«, murmelte Amalie, fast wie zu sich selbst. »Das bedeutet vielleicht nichts, aber es ist zumindest eine Möglichkeit. Wenn wir sie nur finden könnten, aber wir wissen ja nicht einmal, wie sie aussehen – abgesehen von M'mere und George.« Auf M'mere konnte man sich da nicht verlassen, und George war so begeistert von seinen Pflanzen, daß sie bezweifelte, daß er die Männer auch nur eines Blickes gewürdigt hatte.

»Ich habe sie gesehen, petite maîtresse.«

Isa. Er trat neben ihr Bett und zog Zeichenpapier hinter seinem Rücken hervor. Er streckte ihr die Blätter entgegen und neigte den Kopf, eine so genaue Imitation von Juliens graziöser Bewegung, daß sie sich erst räuspern mußte, bevor sie ihm danken konnte.

Sie schaute sich die Zeichungen an und sah die beiden Männer vor sich. Sie saßen unter einem Baum, ohne Jacken, und hatten die gestreiften Ärmel ihrer Hemden bis über die Ellbogen hochgerollt. Einer war barhäuptig, mit lockigem Haar, das in einen buschigen Bart mündete, während der andere eine Mütze trug, die er tief in die Stirn gezogen hatte, als wollte er das Schielen seiner Augen verbergen.

Amalie blickte auf und lächelte den wartenden Jungen an. »Das ist wundervoll, Isa. Ich muß es M'sieu Robert zeigen. Bring mir Papier und Feder, ich werde ihm sofort schreiben.«

Ihre Nachricht wurde schnellstens überbracht, und Robert erschien, als sie gerade ihre Toilette beendet hatte. Sie empfing ihn auf der vorderen Galerie, reichte ihm die Zeichnungen und erzählte ihm, was Tige entdeckt hatte. Robert schien nicht beeindruckt zu sein.

»Glaubst du etwa, Julien hätte sich mit diesen beiden angefreundet und wäre mit ihnen nach New Orleans gefahren? Das ist doch Unsinn.«

»Und wenn er dazu gezwungen wurde? Wenn sie ihn entführt haben?«

»Warum haben wir dann keine Lösegeldforderung bekommen?«

Sie schüttelte den Kopf und wandte sich ab. »Ich weiß es nicht, aber wir sollten trotzdem Nachforschungen anstellen.«

»Aber das alles ist doch nur ein Zufall.«

Möglicherweise. Aber es war auch der einzige Hinweis darauf, was mit Julien passiert sein konnte. Warum sah er das nicht ein? Sie hatte erwartet, daß er ebenso aufgeregt sein würde wie sie. Jetzt war sie von seinem Verhalten so enttäuscht, wie sie es niemals für möglich gehalten hätte. Einen Augenblick lang zweifelte sie sogar daran, daß es ihn wirklich interessierte, was aus Julien geworden war.

»Wenn du es sagst«, murmelte sie schließlich bedrückt.

Er legte eine Hand auf ihre Schulter. »Amalie, chérie, ich weiß, das alles ist schwer für dich. Wenn ich irgend etwas tun kann –«

Sie riß sich los. Ohne ihn anzusehen, sagte sie: »Du kannst Julien finden.«

Er musterte sie lange, ehe er auf dem Absatz kehrt machte und in den Salon hinüberging. Gleich darauf hörte sie ihn an M'meres Schlafzimmertür klopfen.

Amalie machte sich auf die Suche nach George. Der Engländer hörte sie an und neigte zu der Ansicht, daß an der Geschichte mit den beiden Männern etwas dran sein könnte. Doch als er hörte, daß Robert anderer Meinung war, fand er plötzlich jede Menge Einwände. Er erinnerte sich gut an die Seeleute. Sie schienen nette Kerle gewesen zu sein, ein bißchen rauh, aber das war ja zu erwarten, oder? Sie hatten dafür gesorgt, daß keine der Pflanzen beschädigt worden war, und nachdem sie ihren Auftrag ausgeführt hatten, waren sie nach New Orleans zu ihrem Schiff zurückgekehrt. Unterwegs hatten sie sich noch etwas zu trinken genehmigt, aber auch daran war nichts Sonderbares. Seiner Meinung nach sollte sie sich nicht weiter quälen, sondern die ganze Sache Robert Farnum überlassen.

In ihrem Schlafzimmer ging Amalie auf und ab. Roberts ablehnendes Verhalten hatte sie enttäuscht, aber Georges Betragen hatte sie erzürnt. Je mehr sie darüber nachdachte, um so wütender wurde sie. Sie hatte nicht erwartet, beglückwünscht zu werden; das Lob stand Tige zu. Trotzdem fand sie, daß man der Tatsache Beachtung schenken mußte, daß diese beiden Männer die letzten gewesen waren, die Julien lebend gesehen hatten. Nichts, was Robert oder George gesagt hatten, überzeugte sie davon, daß die Männer nichts mit der Angelegenheit zu tun hatten. Ihr jedenfalls schien es eine Fahrt nach New Orleans wert zu sein. Natürlich mußte man sich beeilen, denn das Schiff der Seeleute würde bald wieder in See stechen. Wenn sie ein Mann wäre, würde sie selbst fahren. Wenn sie doch nur ein Mann wäre!

Das war sie nicht, aber ... ihr Ehemann war verschwunden. Sie war niemandem Rechenschaft schuldig. Wenn sie beschloß zu fahren, wer konnte es ihr verbieten? Man würde es natürlich schockierend finden, aber manche Frauen waren gezwungen, allein zu handeln: Witwen und Frauen, deren Männer in der Armee dienten, reisten auch allein. In solchen Fällen reichte ein Diener zum Schutz aus.

Sie besaß noch ein schwarzes Gewand, das sie nach ihrer Heirat nicht fortgeworfen hatte. Es war ein sonderbares Gefühl, es jetzt zu tragen, da sie nicht wußte, ob Julien lebte oder tot war. Aber sie war nicht abergläubisch.

Eine Trauerkappe mit dichtem, schwarzem Schleier würde verhindern, daß sie erkannt wurde. Sie würde in New Iberia zusteigen, nicht in St. Martinville. Danach wäre es wohl das Beste, wenn sie in ihrer Kabine blieb, wenigstens, bis sie den Bahnhof erreichte. Sie wollte auf jeden Fall den Zug nehmen; er war viel schneller, und das war wichtig. In Witwenkleidung würde sie kaum belästigt werden, und Lallys Gegenwart würde für Respektabilität sorgen. Tige konnte sie begleiten.

Sie hatte kein Geld. Der Gedanke ließ sie stocken, aber dann fiel ihr ein, daß Julien in seinem Schrank eine Kassette aufbewahrte, in die er seine Spielgewinne legte. Er hatte immer Glück, also würde sie dort genug Geld finden.

Das Schlimmste war, daß sich M'mere Sorgen machen würde, aber die alte Frau hätte sie nur aufgehalten, wenn sie ihr von ihrem Vorhaben berichtet hätte. Außerdem hielt Amalie es nicht für klug, ihr schon jetzt von den beiden Männern zu erzählen. Dafür war später noch Zeit. Sie wollte eine Nachricht in ihrem Zimmer hinterlassen und versprechen, so bald wie möglich wiederzukommen.

Robert würde wütend sein, aber das ließ sich nicht ändern. Er hätte ja selbst Nachforschungen anstellen können. Außerdem hatte er kein Recht, ihr Verhalten zu beurteilen, nur weil er in ihrem Bett gelegen hatte.

Es war ganz leicht. Als Amalie in dem Zug saß, der von Bayou Boeuf nach New Orleans fuhr, entspannte sie sich. In ihrem Witwengewand hatte sie das Haus in den frühen Morgenstunden verlassen und mit Tige und Lally das Dampfschiff bestiegen. Am schlimmsten war es gewesen, Isa zurückzulassen. Er war wach geworden, als sie ihr Zimmer verließ, und hatte nicht glauben können, daß sie tatsächlich ohne ihn wegfuhr. War er nicht ihr Page? Wie sollte sie ohne ihn zurechtkommen? Er hatte es nicht gesagt, aber sie wußte, daß er enttäuscht war, weil er New Orleans nicht sehen durfte.

Sie selbst war tief in ihrem Innern ebenso erregt. Teils aus Befriedigung darüber, daß sie jetzt etwas tun konnte und nicht untätig herumsitzen mußte. Zum Teil aber auch, weil sie auf dieser Reise allein war. Amalie hatte zwar Tige und Lally bei sich, aber sie warteten auf ihre Anweisungen – und niemand machte ihr Vorschriften.

Das Abteil, in dem sie saß, ähnelte einer großen Kutsche. Die Fenster waren geöffnet worden, aber mit der frischen Luft wehten auch Rauchschwaden, Asche und gelegentlich ein Funken herein. Ihr Schleier schützte sie jedoch vor dem Rauch und der Asche.

Viele ihrer Mitreisenden kamen von der Isle Dernière. Sie hatte sie einsteigen gesehen: Die Männer waren sonnenverbrannt und mit allen Arten von Angelruten und anderen Sportgeräten bepackt; die Kinder wirkten wild und zerzaust; die Damen trugen Weiß und Pastelltöne, wie es für Badeorte üblich war. Den Gesprächen entnahm sie, daß sie sich alle untereinander kannten und denselben gesellschaftlichen Kreisen angehörten. Sie hörte ihnen eine Weile zu, aber dann übermannte sie die Müdigkeit. Sie schloß die Augen.

Ob sie geschlafen hatte oder nicht, konnte sie nicht sagen. Sie hatte nur plötzlich das Gefühl, beobachtet zu werden. Sie öffnete die Augen und sah sich so unauffällig wie möglich um. Zuerst dachte sie, jemand hätte sie erkannt. Sie hatte sich eine plausible Ausrede zurechtgelegt, aber sie war nie eine gute Lügnerin gewesen.

Doch niemand kümmerte sich um sie. Die meisten Kinder hatten sich zum Schlafen hingelegt, und viele ihrer Väter hatten sich die Hüte oder Taschentücher übers Gesicht gezogen. Auch einige Frauen schliefen, andere hatten Strickzeug oder Bücher und Zeitschriften hervorgeholt. Kopfschüttelnd nahm Amalie ihre eigene Handarbeit aus der Tasche.

Es war fast dunkel, als sie den Bahnhof in New Orleans erreichten. Die Dämmerung war von Rufen und dem Geschrei müder Kinder erfüllt, von Türenknallen und dem Zischen der Lokomotiven. Amalie stand auf dem Bahnsteig, Lally war an ihrer Seite. Sie hatte Tige aufgetragen, einen Wagen zu finden, der sie in das Stadthaus der Declouets bringen sollte. Sie hatte kurz daran gedacht, im Hotel abzusteigen, um dem Klatsch der Dienstboten zu entgehen, hatte sich aber dagegen entschieden. Das Risiko, erkannt zu werden, wäre in einem der guten Hotels noch größer gewesen. In den billigeren Hotels und Pensionen war diese Möglichkeit zwar gering, dafür aber war es dort gefährlicher für eine alleinreisende Frau.

Schon seit geraumer Zeit fiel ihr ein Mann auf, der in der Nähe des Bahnhofstores herumlungerte. Als sich die Menge auflöste, richtete er sich auf und kam auf sie zu. Er war mittelgroß, mit breiten Schultern und einem schmalen Brustkorb, der durch die hohe Taille seiner gelben Hose noch betont wurde. Seine Krawatte war grün-gelb-schwarz kariert, seine Weste gelb, die Jacke dunkelgrün und der hohe Hut glänzend schwarz. Sein Gesicht war schmal, mit einem Bärtchen über der Oberlippe, und in den engstehenden gelblich-braunen Augen funkelte Vorfreude.

Er verbeugte sich tief vor ihr und wischte den Bahnsteig mit seinem Hut, während sein Spazierstock nach hinten hinausragte. »Meine liebe Dame«, sagte er leise und einschmeichelnd, »kann ich Ihnen irgendwie dienlich sein?«

»Danke, nein.« Seine Hände waren lang und schmal, mit sorgfältig gepflegten Nägeln. In seiner Krawatte steckte eine Nadel in der Form eines Würfels. Amalie hatte keine Ahnung, was er hier am Bahnhof machte, aber sie hätte gewettet, daß er ein professioneller Spieler war.

»Hat jemand vergessen, Sie abzuholen? Eine Schande, das schwöre ich. Ich wäre nicht so nachlässig, wenn ich für Sie verantwortlich wäre.«

Seine Augen verengten sich bei seinen zweideutigen Worten. »Zum Glück sind Sie das nicht«, erwiderte Amalie mit beißender Schärfe.

«Könnte es sein, daß Sie mir gegenüber mißtrauisch sind? Das verletzt mich zutiefst. Ich hatte nur den Wunsch, Ihnen nützlich zu sein.«

»Ich brauche nichts. Guten Abend.«

Sie wandte sich ab, aber er ging um sie herum und legte eine Hand auf ihren Arm. »Mein Wagen wartet. Ich könnte Sie überall hinbringen, wohin Sie fahren möchten, und unterwegs könnten wir uns über das hübsche kleine Abendessen unterhalten, das wir zusammen einnehmen könnten.«

Amalie schüttelte ihn ab, schaute sich um und hoffte, Tige zu sehen. Statt dessen erblickte sie eine dunkle Kutsche, die am anderen Ende des Bahnsteigs wartete. Lally starrte den Mann wie hypnotisiert an.

Jetzt ergriff er Amalies Handgelenk. »Wir könnten einen äußerst interessanten Abend verbringen. Ich wette, es gibt eine

Menge Vergnügungen, die Ihnen noch fremd sind und die Sie vielleicht niemals kennenlernen werden, jetzt, da Sie verwitwet sind.«

»Ich bin keine Witwe«, erklärte sie scharf und riß sich los. »Ich muß Sie ersuchen, mich nicht weiter zu belästigen!«

»Oh, verzeihen Sie. Ich sah Ihren Ring und das schwarze Kleid, aber keinen Mann an Ihrer Seite –«

Er trat näher. Deutlich erklärte sie: »Mein Diener wird jeden Augenblick zurückkehren.«

»Diener«, meinte er mit einem Achselzucken, das ausdrückte, wie wenig Dienstboten gegen einen weißen Mann ausrichten konnten. »Er wird sich zurückziehen, wenn er das hier sieht.«

Sie beobachtete, wie er den Griff von seinem Spazierstock schraubte und ihr den Degen zeigte, der sich darin verbarg. »Ein köstliches Spielzeug, davon bin ich überzeugt, aber mich interessiert das nicht. Würden Sie jetzt bitte gehen? Oder muß ich um Hilfe rufen?«

»Ich fürchte, chère«, meinte er und sah sich auf dem Bahnsteig um, der sich erstaunlich schnell geleert hatte, »daß du damit zu lange gewartet hast.«

Ehe sie sich's versah, hatte er schon einen Arm um ihre Taille gelegt und zog sie zum Wagen. Lally schrie. Amalie riß sich los und fühlte, wie die Schulternaht an ihrem Kleid nachgab. Seine Finger gruben sich in ihre Taille, bis sie vor Schmerz aufstöhnte. Er hob sie halb hoch und trug sie weg. Das Blut rauschte in ihren Ohren. Sie trat nach ihm und hörte ihn fluchen, als sie sein Schienbein traf. Wieder trat sie zu und spürte, wie ihr Fuß zwischen seine Beine glitt, als er auf den Wagen zumarschierte.

Sie wurde vorwärts geschleudert, als er zu Boden stürzte. Ihre Hände und Schultern schmerzten von der Wucht des Aufpralls, aber sie rollte sich von ihm fort. Wieder griff er nach ihr, und seine Hand schloß sich um ihren Unterarm. Vor ihrem geistigen Auge tauchte ein Kampf zwischen zwei Feldarbeitern auf, den sie einmal beobachtet hatte. Jetzt ahmte sie ihn nach, holte aus und hieb ihre Hand auf die Nase des Mannes, so kräftig sie konnte.

Sie hatte getroffen. Der Mann kreischte auf, als Blut aus seiner Nase schoß. Amalie kroch von ihm fort und kam mühsam auf die Füße. Grimmige Befriedigung war in ihren Augen zu lesen.

Der Mann funkelte sie über das Taschentuch hinweg an, das er an die Nase hielt. »Du kleines Miststück«, knurrte er. »Jetzt magst du vielleicht triumphieren, aber du wirst es noch bereuen –«

Hinter Amalie hörte man Schritte, dann eine tiefe Stimme: »Ich würde sagen, Glückwünsche reichen aus.«

»Würden sie das wirklich?« Der Mann richtete sich auf und tastete nach seinem Stock. Die Klinge zischte leise, als der Degen gezogen wurde.

Amalie rief eine Warnung. Erst dann drehte sie sich um. Das Licht aus dem Bahnhof fiel auf das Gesicht des Mannes hinter ihr. Es war Robert.

Er riß sich die Jacke herunter und wickelte sie ums Handgelenk. Als der andere Mann den nutzlosen Holzschaft seines Stocks beiseite warf, schnappte Robert sich ihn und wich zur Seite, als der Degen über seinen Kopf zischte.

Sie umkreisten einander. Der Mann in Grün täuschte einmal, zweimal; er wußte, daß er die Oberhand hatte. Amalie bemerkte, daß Tige zurückgekommen war. Lally klammerte sich an ihn und preßte die Hand auf den Mund, um ihre Schreie zu unterdrücken.

Mit einer plötzlichen Bewegung griff der kleinere Mann an. Robert riß den umwickelten Arm hoch, um den Hieb abzuwehren, schwang dann seine provisorische Waffe. Klirrend fiel der Degen zu Boden. Mit verblüfftem, ungläubigem Gesichtsausdruck umfaßte der Mann seine Hand. Dann trat er einen Schritt zurück, dann noch einen, und schließlich drehte er sich um und rannte stolpernd zu seinem Wagen. Er warf sich hinein, und augenblicklich trieb der Kutscher das Pferd an.

Robert richtete sich auf und wandte sich langsam Amalie zu. Sie starrte ihn durch ihren schwarzen Schleier an, als er auf sie zukam, und erkannte deutlich seinen Zorn.

»Ich habe dich im Zug gesehen«, erklärte er, »konnte es aber nicht glauben, bis ich eben Tige traf. Was, zum Teufel, tust du hier?«

Instinktiv griff sie ihn an. »Willst du den Mann davonkommen lassen?«

»Er ist nicht wichtig. Ich bezweifle, daß wir ihn je wiedersehen werden. Beantworte meine Frage.«

»Was glaubst du wohl, was ich hier tue? Mich mit Julien treffen? Oder vielleicht die Entführer bestechen, ihn noch länger festzuhalten?« Die Mißbilligung, die sie in seinen Augen las, machte sie wütend.

Er wirkte überrascht. Dann zog er die Brauen zusammen. »Ich habe keine dieser Möglichkeiten je auch nur in Erwägung gezogen.«

»Dann wäre ich dir dankbar, wenn du dein Mißfallen nicht so deutlich zeigen würdest. Was ich zu tun oder wohin ich zu gehen beabsichtige, geht dich nichts an!«

»So?«

»Allerdings. Ich habe dich um Hilfe gebeten, und alles, was ich bekommen habe, war eine höhnische Bemerkung. Ich bin weder ein Kind noch ein Dummkopf. Ich weiß, daß diese beiden Seeleute etwas mit Juliens Verschwinden zu tun haben, und ich werde herausfinden, was.«

»Als Witwe verkleidet? Ist das nicht ein wenig voreilig?«

»Witwen werden nicht so leicht belästigt«, fuhr sie ihn an, biß sich dann aber auf die Lippen.

Er wies mit dem Daumen in die Richtung, die die Kutsche eingeschlagen hatte. »Du hast vergessen, das deinem Freund zu sagen.«

»Das war nicht mein Freund! Ich bin dem Mann nie zuvor begegnet! Und was sein Benehmen angeht – ich habe ihn in keiner Weise ermutigt.«

Roberts Augen funkelten. »Du bist jung und schön und praktisch allein. Da brauchte er keine Ermutigung.«

Sie warf ihm einen unsicheren Blick zu und war erleichtert über sein Verständnis. »Ich weiß nicht, warum er dachte, ich könnte mit ihm fahren.«

»Das hat er nicht gedacht. Aber er konnte sich diese Gelegenheit nicht entgehen lassen.«

»Wieso? Kennst du ihn?«

Er lächelte angesichts ihres verständnislosen Ausdrucks. »Wir sind uns schon begegnet.«

Sie nickte langsam. »Dann muß ich dir wohl dankbar sein, daß du gerade im richtigen Augenblick aufgetaucht bist.«

»Ich weiß nicht, ob das nötig ist«, meinte er trocken. »Auf jeden Fall will ich deine Dankbarkeit nicht. Die habe ich nie gewollt.«

»Gut, weil –«

»Wir können hier nicht darüber diskutieren«, fiel er ihr ins Wort. Er ergriff ihren Arm und wandte sich Tige und Lally zu, hinter denen ein Mietwagen wartete. »Wir werden uns im Stadthaus einrichten.«

»Wir?« Überrascht sah sie ihn an.

Er zog eine Braue hoch und erwiderte: »O ja, wir!«

13. Kapitel

Das Licht von zwölf Kerzen in silbernen Kandelabern schimmerte auf weiß-goldenem Porzellan, auf Silber und Damast. Es funkelte in den Jettperlen, die von ihren Ohren hingen, in der Brosche an ihrem Hals, ließ aber ihre Augen in geheimnisvollen Schatten liegen. Es flackerte auf den flachen Goldknöpfen von Roberts Hemdbrust, zuckte über seine gesenkten Wimpern, als er mit seiner Kaffeetasse spielte. Der Eßtisch in dem großen Raum war lang. Amalie saß am einen Ende, während Robert ein Stück weiter unten zu ihrer Rechten Platz genommen hatte. Vor ihm standen Blumenbuketts, die die Luft mit ihrem Duft erfüllten.

Sie hatten nur wenig gesprochen, seit sie den Bahnhof verlassen hatten, teils wegen der peinlichen Situation, in der sie sich befanden, teils auch wegen der Bediensteten. Die Leute, die für das Stadthaus der Declouets verantwortlich waren, waren durch ihre Ankunft in Aufruhr versetzt worden. Es gab viel Geschrei und Gelaufe, als die Zimmer gelüftet, heiße Bäder vorbereitet und ein Mahl angerichtet werden mußte, wie es der petite maîtresse und M'sieu Robert zukam. Das hatte die Bediensteten jedoch nicht daran gehindert, ihnen beiden schiefe Blicke zuzuwerfen.

Um wilde Vermutungen zu unterbinden, hatte Robert der Haushälterin einen Teil der Wahrheit erzählt. Daraufhin war sie prompt in die Halle gelaufen, wo ein an Julien adressierter Brief lag. Einen Augenblick lang empfand Amalie Hoffnung, aber es war nur eine Nachricht von Chloe, die ihr scheinbar von M'mere diktiert worden war, für den Fall, daß Julien tatsächlich nach New Orleans gekommen sein sollte. Aber die Diener hatten nichts von ihm gehört oder gesehen, seit er mit Amalie zu seiner Hochzeitsreise aufgebrochen war.

Ihre Dessertteller wurden abgetragen und kleine Gläser mit Likör vor sie hingestellt. Robert blickte zu dem Mann auf, der sie bediente, und gab ihm mit einer Geste zu verstehen, daß sie seine Dienste nicht mehr benötigten. Als der Mann die Tür hinter sich schloß, nippte Amalie an der rubinroten Flüssigkeit. Für gewöhnlich wurde Damen kein Likör serviert, aber sie hatte das Bedürfnis nach seiner anregenden Wirkung verspürt.

Das Schweigen wurde unangenehm, bevor Robert es endlich brach. »Ich habe deine Warnung bezüglich der beiden Seeleute nicht ignoriert«, fing er abrupt an, »sie ist der Grund für mein Kommen.«

Sie schenkte ihm einen Blick. »Du brauchst nicht zu lügen. Ich bin gern bereit zuzugeben, daß ich froh bin, daß du mir gefolgt bist.«

»Ich bin dir nicht gefolgt. Ich war im Zug, weil ich dasselbe Schiff genommen hatte, und ich habe dasselbe Schiff genommen, weil es das erste war, das flußabwärts fuhr, nachdem ich gehört hatte, was du mir zu erzählen hattest. Ich weiß nicht, warum ich nicht gesehen habe, daß du an Bord gegangen bist.«

Sie erzählte ihm von ihrer List, erst in New Iberia zuzusteigen und dann in ihrer Kabine zu bleiben. Unter diesen Umständen war seine Anwesenheit ganz erklärlich. Sie war froh darüber. Der Gedanke, er wäre ihr heimlich gefolgt, behagte ihr gar nicht.

»Du hättest mir sagen können, was du vorhattest«, bemerkte er.

»Du hättest nur versucht, mich davon abzuhalten. Und außerdem hast du ja auch nichts von deinen Plänen verraten.«

»Ich wollte dich oder M'mere nicht beunruhigen. Tatsache ist, daß wir nur einen Seemann suchen. Der andere wurde aufgegriffen.«

»Wußte er etwas über Julien?« Ihre Stimme klang scharf.

»Leider nein. Der Mann war tot, er schwamm im Bayou unterhalb des Gasthauses, in dem er mit Julien gesehen worden war.«

Ihre Stimme war kaum mehr als ein Flüstern, als sie fragte: »Tot? Wie?«

»Ein Schlag auf den Kopf, dann der Sturz ins Wasser. Die offizielle Todesursache wird mit Ertrinken angegeben.«

»Glaubst du... Könnte es sein, daß Julien –«

»Daß Julien ihn umgebracht hat, als sie versuchten, ihn zu entführen?« führte er den Satz für sie zu Ende. »Es ist wohl möglich, denke ich. Aber man kann es nicht wissen.«

Das hatte sie zwar nicht gemeint, aber sie brachte es nicht über sich, ihre Angst in Worte zu fassen. Sie nickte nur und schob ihr Glas plötzlich angewidert von sich. Der Likör schwappte über und färbte die Tischdecke blutrot. Sie starrte auf den Fleck und fragte angespannt: »Wo ist er? Wo kann er nur sein?«

»Wenn ich das wüßte, wäre ich der glücklichste Mensch.«

Amalie warf ihm einen kurzen Blick zu. Es hatte sich angehört, als würde er denken, sie verdächtige ihn der Mitschuld an Juliens Verschwinden. Das tat sie natürlich nicht. Es war zwar im Laufe der Zeit, seit es Duelle gab, immer wieder vorgekommen, daß ein schwächerer Gegner Gauner angeheuert hatte, die ihn entführten, aber Robert und Julien waren sich ebenbürtig. Außerdem entsprach das nicht Roberts Charakter. Andererseits – sie hätte auch nie gedacht, daß er damit einverstanden sein könnte, ihr heimlicher Liebhaber zu sein.

Sie fuhr sich über die Lippen. »Also, was hast du jetzt vor? Wie willst du den anderen Mann finden?« fragte sie.

»Ich werde zum Pier hinuntergehen, wo das Schiff festgemacht hat, und den Kapitän fragen.«

»Ich habe die Zeichnungen von Isa.«

»Was den Kapitän angeht, dürfte es kein Problem geben. Er muß ja wissen, welche Männer er nach Belle Grove geschickt hat.«

»Aber wenn der zweite Mann nicht zum Schiff zurückgekehrt ist, dann –«

»Ja, in dem Fall könnten sie uns schon nützen.«

Vielleicht lag es an seinem Ton, vielleicht war es eine Reaktion auf das, was am Bahnhof passiert war, aber Amalie hatte plötzlich Angst, daß sie vergeblich gekommen waren. Sie schob ihren Stuhl zurück und erhob sich. Ohne ihn anzusehen erklärte sie: »Ich denke, ich gehe zu Bett.«

»Eine ausgezeichnete Idee.« Er stand auf, leerte sein Glas und stellte es auf den Tisch, ehe er zu ihr trat.

Nebeneinander gingen sie zur Tür. Als sie an ihm vorbei in die Halle trat, war sie sich des Blickes aus seinen blauen Augen wohl bewußt. Sie war froh, daß sie ein hochgeschlossenes schwarzes Crêpegewand und kein dekolletiertes Abendkleid trug. Sie war sich nicht sicher, was er für die Nacht im Sinn hatte. Oben waren zwei getrennte Schlafzimmer hergerichtet worden. Das Beste wäre, wenn sie wirklich jeder für sich bleiben würden. Aber ob er damit einverstanden war, ließ sich nicht sagen.

Am Fuß der Treppe wandte sie sich um. »Gute Nacht.«

Das Kerzenlicht, das hinter dem Glasschirm der Wandhalterung flackerte, fiel auf sein blauschwarz gelocktes Haar und erhellte das Verlangen in den Tiefen seiner Augen. Ihre Unsicherheit hatte ein Ende. Schutzsuchend, sowohl vor ihrem eigenen Hunger als auch vor seinem, stammelte sie: »Julien –«

»Vergiß Julien. Was er tut und wo er ist, es hat nichts mit uns zu tun.«

»Irgendwie erscheint es als ein noch größerer Verrat.«

Er berührte ihren schwarzen Ärmel. »Betrauere ihn noch nicht. Deine Skrupel würden Julien stolz machen, wenn er davon wüßte, aber er würde dich dennoch nicht lieben können.«

»Auf seine Weise liebt er mich. Das hast du selbst gesagt.«

Robert seufzte. »Schon. Aber ist das die Art, die du dir wünschst?«

Wenn sie voll Überzeugung und Leidenschaft sagen könnte »Ja«, würde er sie allein zu Bett gehen lassen, davon war sie überzeugt. Sie sah ihm ins Gesicht. Ihr Blick wanderte über seinen sinnlich geschwungenen Mund, das vorspringende Kinn, das blaue Feuer seiner Augen, dann weiter zu seinen Schultern und hinab zu der kräftigen, braunen, wohlgeformten Hand, die auf dem Geländer lag.

Sie schluckte. Noch immer war ihre Stimme kaum mehr als ein Flüstern, als sie antwortete: »Nein.«

Da ging er auf sie zu, ergriff ihre Hand, legte sie sich auf die Schulter, während er einen Arm um ihren Rücken und den anderen unter ihre Knie schob. Sie schlang die Arme um seinen Nacken, schloß die Augen und lehnte den Kopf an seine warme Wange. Sie wollte protestieren und wußte, daß sie es hätte tun sollen, konnte es aber nicht. Ihr verräterischer Körper erkannte seine Berührung und reagierte darauf. Wie konnte sie ihm widerstehen?

In dem Schlafzimmer, das für Amalie gedacht war, brannte eine einzelne Lampe. Ihr gelbes Licht fiel auf das hohe Bett, das bereits aufgedeckt war. Lally fuhr von einem Schemel neben dem Fenster auf, als Robert eintrat. Sie riß die Augen auf, schlug sie aber hastig nieder, als sie ihre Herrin in seinen Armen sah.

»Bring mehr Kerzen und Lampen, alle, die du finden kannst«, befahl Robert dem Mädchen. »Dann kannst du gehen. Und sag Tige, daß ich ihn nicht brauche.«

Lally beeilte sich, ihm zu gehorchen. Er setzte Amalie ab und musterte ihr Gesicht. Sie machte nicht den Versuch, seinem Blick auszuweichen. Ein Lächeln trat in seine Augen, und langsam verzog sich sein Mund.

Die Zofe schlüpfte ins Zimmer, in der einen Hand hielt sie eine Lampe, mit der anderen preßte sie drei Leuchter an ihre Brust. Sie stellte alles ab und ging wieder. Gleich darauf kam sie mit zwei weiteren Lampen zurück. »Soll ich sie anzünden, M'sieu?«

»Nein, das mache ich selbst«, antwortete er über die Schulter.

»Ja, M'sieu.« Nach einem Blick auf Amalie knickste Lally und huschte aus dem Zimmer. Die Tür fiel hinter ihr ins Schloß.

Amalie beobachtete, wie Robert die Lampen und Kerzen auf den verschiedenen Tischen aus Rosenholz und Mahagoni verteilte und anzündete. Langsam erhellte sich der Raum mit den jadegrünen Vorhängen und dem blaßgrünen Moskitonetz, bis alle Schatten vertrieben waren und die Wärme der Lampen und Kerzen sie umhüllte.

Langsam wandte sich Robert zu Amalie um und flüsterte: »Ich habe lange auf diesen Augenblick gewartet und davon geträumt – nur wir beide, ohne Dunkelheit, ohne Eile.«

Seine tiefe Stimme klang wie eine Liebkosung. Amalie war wie hypnotisiert und wartete regungslos.

Sein Mund verzog sich zu einem Lächeln, und seine Augen verdunkelten sich vor Verlangen, als er ihrem Blick standhielt. Langsam streifte er seine Jacke ab, warf sie auf einen Stuhl und zerrte dann am Knoten seiner weißen Seidenkrawatte.

Nie zuvor hatte sie einem Mann beim Auskleiden zugesehen. Julien hatte sich immer in seine Gemächer zurückgezogen, und Robert war im Dunkeln zu ihr gekommen, bis auf den Tag am Bayou. Doch damals war sie ihm zu nah und zu erregt gewesen, um irgend etwas wahrzunehmen. Jetzt hämmerte ihr Puls, als sie fasziniert zusah, wie er seinen Körper langsam vor ihr enthüllte.

Er löste die Krawatte, warf sie auf seine Jacke. Während er Amalie beobachtete, öffnete er die beiden Knöpfe seiner Weste und ließ sie über die Arme gleiten. Er schleuderte sie ebenfalls auf den Stuhl, ehe er, einen nach dem anderen, die goldenen Knöpfe seines Hemdes öffnete.

Das Lampenlicht fiel auf das lockige, schwarze Haar auf seiner Brust. Amalies Finger zuckten, so gern hätte sie es berührt, aber sie hielt sich zurück. Sie holte tief Luft, als er das Hemd abstreifte. Gespannt wartete sie darauf, daß er das Band seiner maßgeschneiderten, enganliegenden Hose öffnete.

Doch statt dessen lehnte er sich gegen das hohe Bett und öffnete die schmalen Lederbänder, die seine Hose unter den Sohlen seiner Halbstiefel festhielten. Während er seine Stiefel auszog, ruhte sein Blick auf ihr – ein wenig ironisch, aber warm vor Verheißung. Er betrachtete ihr blasses Gesicht und die roten Flecken auf den Wangenknochen, ihre leicht geöffneten Lippen, das schnelle Heben und Senken ihres Mieders. Er schleuderte die Stiefel fort und zog die Strümpfe aus. Dann richtete er sich auf.

Amalie fühlte sich von Hitze und Erwartung wie gelähmt. Seine Sicherheit machte sie ebenso wahnsinnig wie ihre eigene Reaktion darauf, und sie bemühte sich verzweifelt um Beherrschung. Sie hatte nicht viel Erfahrung mit Männern, aber sie war schließlich auch keine Jungfrau mehr. Wenn es Männern Spaß machte zuzusehen, wie sich eine Frau auszog, warum sollte eine Frau nicht dasselbe Schauspiel genießen? Sie zog eine Braue hoch, lächelte ihm unsicher zu und trat zu seinem Stuhl in der Nähe. Sie setzte sich, und obwohl sie vor Aufregung zitterte, beugte sie sich vor, stützte ihr Kinn in die Hand und sah ihm zu.

Er lachte leise, aber sein braunes Gesicht wurde einen Ton dunkler. Ohne zu zögern wanderten seine Hände nun zum Taillenband, zerrten an den Knöpfen. Darunter trug er eine leinene Unterhose, die er jetzt zusammen mit der anderen abstreifte.

Nackt, prachtvoll anzusehen im Lampenlicht, wandte er sich ihr zu. Er neigte den Kopf und ließ die Hände sinken. Das Lachen war aus seinen Augen verschwunden. An seine Stelle war ruhiges Warten getreten. Amalies Bauchmuskeln zogen sich zusammen. Ihre Kehle wurde trocken. Das eine Wort, das sie sprach, wirkte wie ein Rascheln in der Stille des Zimmers. »Robert...«

Er trat auf sie zu, fiel auf ein Knie, nahm ihre Hand in die seine und zog sie an die Lippen. Die blaue Flamme seiner Augen hielt ihre sanften, braunen Augen gefangen. Er drehte die Hand um, preßte den Mund auf ihre Handfläche.

Ein Schauer durchlief sie. Sie streckte die andere Hand aus, um sein Haar zu berühren, fuhr mit den Fingerspitzen durch seine Locken an seiner Schläfe, strich dann über seinen Wangenknochen bis zum Kinn hinab. Der Blick in seinen Augen wurde wärmer. Er wich zurück, dann schlug er den schwarzen Crêpe ihres Rockes und die Fülle ihrer Unterröcke zurück und umfaßte ihren Knöchel. Einen Augenblick später hatte er ihren Schuh ausgezogen und streichelte ihren Fuß. Seine Hand glitt an ihrem Bein hinauf und fing an, ihre Strümpfe herabzurollen. Er beugte den Kopf, drückte die Lippen auf ihr Knie, als er es befreit hatte, und massierte ihre Waden. Seine Finger umfaßten ihren Knöchel, als er den Strumpf auszog und beiseite legte. Noch einmal vollführte er dieses Ritual, ehe er zurücktrat, ihre Röcke höher schob und einen zierlichen Fuß an seine Lippen zog. Sie fühlte seine Zunge zwischen ihren Zehen zucken, und ein unterdrücktes Stöhnen entrang sich ihrer Kehle. Sie war sich der Öffnung im Schritt ihrer Hose bewußt, die seinen Blicken freigegeben war. Ein Lächeln spielte um seine Lippen, als er seinen Blick wandern ließ, bis er diese geheime Stelle fand.

Sie streckte die Arme nach ihm aus, und er ergriff ihre Hand. Er legte sie auf seine Schulter und umfaßte ihre Taille, während seine andere Hand unter ihren Röcken aufwärts glitt, die Öffnung im Schritt suchte und fand. Seine Finger glitten hinein; sie stöhnte auf, als sie gezielt die zarteste Stelle ihres Körpers fanden. Seine Berührung war sanft und zärtlich. Ihre Wimpern zitterten, als sie die Augen schloß. Er beugte den Kopf, seine Lippen streiften ihre Wange, ihr Augenlid, ihre langen Wimpern. Sie fuhr mit der Hand über die Muskeln seiner Schulter bis zu den Sehnen in seinem Nacken, während sie mit den Nägeln der anderen Hand über seinen Bauch hinab bis zu seiner seidigen Männlichkeit strich.

Er sog scharf die Luft ein. Seine Stimme klang sanft. »Ich habe so sehr von dieser Nacht geträumt, habe an all die Dinge gedacht, die ich tun wollte, daß ich jetzt nicht mehr weiß, wo ich anfangen – oder aufhören soll. Laß mich dich sehen. Ganz.«

Es fiel ihr schwer, ihn loszulassen. Ihre Augen waren umwölkt und feucht, als sie gehorchte. Er nahm sie in die Arme und zog sie auf die Füße. Seine Hände wanderten zu einem Ohr, wo er unendlich vorsichtig den Ohrring löste. Er massierte das Ohrläppchen kurz, ehe er sich dem zweiten zuwandte. Dann öffnete er die Brosche, die aus dem Haar ihrer Mutter gefertigt worden war, und bückte sich, um alles auf den Stuhl hinter sich zu legen. Er drehte sich langsam um, bis sie mit dem Rücken zu ihm stand, und begann, die lange Reihe von Knöpfen zu öffnen, die ihr Kleid zusammenhielten. Seine heißen, brennenden Lippen berührten ihren Nacken, als er ihn freigelegt hatte, und wanderten dann weiter hinab.

Als er den letzten Knopf geöffnet hatte, erwartete sie, daß er die Bänder ihrer Reifen und Unterröcke lösen würde. Statt dessen griff er jedoch nach der Taille ihres Kleides aus schwarzem Crêpe, hob es hoch und zog es ihr über den Kopf. Er warf es über den Stuhl und betrachtete sie und ließ seinen Blick über ihr Unterhemd wandern; zu der festen Wölbung ihrer Brüste, die von ihrem Korsett nach oben gepreßt wurden, zu den dunklen Kreisen ihrer Brustwarzen, die durch den dünnen Stoff schimmerten; hinab zu der schmalen, eingeschnürten Taille und dem Berg aus Unterröcken.

Ihre Unterwäsche war weiß, nicht schwarz, wie es notwendig gewesen wäre, hätte sie wirklich Trauerkleidung getragen. Sie hatte keine Zeit gehabt, sich um solche Kleinigkeiten zu kümmern, und als Robert jetzt um sie herumging, war sie froh darüber.

»Hat Julien dich so gesehen?« fragte er, als er vor ihr stehenblieb. Die Frage klang neugierig, nicht eifersüchtig.

Sie schüttelte den Kopf. Immer, selbst an Bord des Schiffes, war jemand da gewesen – eine Stewardeß, eine Zofe, die sie aus ihrem Kokon befreit und neuerlich in Spitze gehüllt hatte.

»Er ist ein Narr...« Er streckte die Hand aus und zog an dem Band, das den Reifen hielt. Das schwere Gewand mit den Metallringen sank auf den Boden. Einen Augenblick später lagen auch die Unterröcke wie weißer Schaum um ihre Knie. Er bot ihr die Hand, und sie stieg aus dem Kreis, schrie dann überrascht auf, ein Schrei, der sich in einen Seufzer schieren Vergnügens verwandelte, als er sie an sich zog. Seine Arme hielten sie fest, während seine Hände über ihre zarte Haut glitten.

Der Druck seiner Männlichkeit an ihrem Becken war erregend. Sie schwelgte in seiner Hitze und spürte, wie ihr Blut schneller durch die Adern pulsierte. Ihre Lippen waren weich und feucht. Er neigte den Kopf, nahm ihre Lippen gefangen und schob seine Zunge in ihren Mund – als Vorgeschmack auf das Eindringen in ihren Körper.

Sie fühlte, wie seine Finger in ihren Haaren nach Nadeln suchten. Leise klirrend fielen sie zu Boden. Ihre Locken fielen über ihren Rücken und verströmten ihren eigenen, sauberen Duft.

»Wenn du mein wärst«, flüsterte er an ihrem Mund, »würdest du keine Zofe brauchen. Ich würde das jeden Abend machen, oder vielleicht würde ich verbieten, daß du dich je anziehst, damit du immer bereit bist.«

Der Schmerz in seiner Stimme erinnerte sie daran, daß eine solche Gelegenheit vielleicht nie wieder kommen würde. Das Wissen darum hatte den ganzen Abend zwischen ihnen gestanden – das erkannte Amalie jetzt. Es war auch der Grund dafür, daß sie gegen alle Regeln verstoßen und den Anstand verletzt hatten. Wenn Julien zurückkam, war dies vielleicht ihre letzte Nacht. Wenn Julien zurückkam...

»Bitte, bitte nicht«, hauchte sie.

Er antwortete nicht, aber sein Kuß wurde drängender. Er drückte sie an sich, bis sie kaum noch Luft bekam. Sie konnte das Stöhnen nicht unterdrücken, das sich ihr entrang. Augenblicklich lockerte er seinen Griff. Ganz vorsichtig, als wollte er sich noch lange an diese Zeremonie erinnern, drehte er sie um und fing an, ihr Korsett zu öffnen.

Amalie war so an die Enge gewöhnt, daß sie sie normalerweise gar nicht bemerkte. Doch jetzt konnte sie ein Keuchen nicht verhindern, als Robert das Korsett auseinanderspringen ließ. Ein leiser Fluch entwich ihm, dann zog er es über ihren Kopf. Ein wenig schwindlig lehnte sie sich an ihn.

»Großer Gott, wenn du mein wärst, würde ich dich lieber nackt sehen als in eines dieser Dinger eingesperrt«, murmelte er leise.

Ihr gelang ein Lachen. »Damit jeder weiß, was für ein Frauenzimmer ich bin.«

»Es wäre besser, alle Frauen wären so wie du«, meinte er und nahm ihr Gesicht zwischen die Hände. Ihre Lippen verschmolzen miteinander, als er sie an sich zog. Seine Hand glitt unter ihr Hemd, seine Finger strichen über ihr Gesäß. Amalie zitterte. Mit einer Hand bedeckte sie die kräftigen braunen Finger an ihrer Wange, während die andere über seinen Rücken hinabglitt bis zu seiner Hüfte. Sie war sich kaum bewußt, daß er ihr Hemd höher zog. Sie wand sich, bis ihre Brüste frei lagen, bis sie die harten Spitzen an seine Brust drücken konnte. Mit einer Hand öffnete sie das Taillenband ihrer Unterhose, schob sie hinunter, so daß sie die warme Luft an ihren Hüften spürte.

Er seufzte, trat zurück, ließ die Hose zu Boden fallen und zog ihr Hemd aus. Sein Blick wanderte langsam von ihrem Scheitel über das glänzende Haar, das das gerötete herzförmige Gesicht umrahmte und die stolzen Hügel ihrer Brüste verschleierte, bis hinab zu der schmalen Taille. Er bemerkte die roten Abdrücke, die das Korsett in die Haut eingegraben hatte, glitt weiter hinab zu den Hüften und der weißen Haut ihres flachen Bauches, bis er bei dem weichen, braunen Dreieck oberhalb der langen, schlanken Beine verhielt.

»Schön, so schön«, murmelte er und küßte die rosigen Brustspitzen. »Wie Pfirsiche, fest und reif und süß, ah, so süß.«

Sie meinte vergehen zu müssen. Ein Lächeln des Entzückens

spielte um ihren Mund. Sie strich ihm das Haar aus der Stirn, und er riß sie an sich, nahm sie in die Arme und trug sie zum Bett. Er legte sie neben sich, stützte sich auf einen Ellbogen, und während er sie erneut küßte, ließ er seine Fingerspitzen über ihren Bauch gleiten. Er sog ihre Zunge in seinen Mund, spielte damit, während seine gespreizte Hand über sie dahinglitt und ihre Sinne erweckte, bis sie sich stöhnend wand. Er hörte nicht auf, sondern suchte den Mittelpunkt ihres Seins, berührte ihn mit zärtlicher Magie und folgte dem Pfad, den seine Hand genommen hatte, jetzt mit den Lippen.

Ihr Blut hämmerte in ihren Schläfen. Ihre Brust hob und senkte sich unter der Heftigkeit ihres Atmens. Sie hatte das Gefühl, ihre Haut müßte vor Hitze glühen, während sich die Muskeln ihres Bauches zusammenzogen. Sie drehte den Kopf von einer Seite zur anderen, ihre Hände zitterten, als sie sich an seine Schulter klammerte. In ihrem Innern war sie heiß und feucht, wartete gespannt.

Er hob den Kopf. Sie bewegte sich, preßte sich an seinen muskulösen Körper und schwelgte in seiner Hitze und Kraft. Unter seiner Führung öffnete sie die Schenkel, hob einen über seine feste Flanke. Sie schrie leise auf, als sie fühlte, wie er in sie eindrang. Dann streckte sie die Arme aus, zog ihn eng an sich und nahm ihn tief in sich auf.

»Schau mich an«, forderte er heiser.

Sie gehorchte. Ihre Augen waren feucht vor Verlangen, ihre weichen Lippen geöffnet.

»Ich liebe dich, Amalie.«

»Und ich dich«, erwiderte sie.

Heftige Freude trat auf sein Gesicht. In einem Wirbel aus Vergnügen und verzweifelter Sehnsucht bewegten sie sich im gemeinsamen Rhythmus, ihr Atem ging heftig, während sie versuchten, die Pein zu verdrängen, die sie beide quälte. Er rollte auf den Rücken, nahm sie mit sich, und hielt sie fest, als sie auf ihm saß und ihr Haar sie beide bedeckte.

Es war Ekstase, pulsierendes, sinnliches Schwelgen, das Raum und Zeit vergessen machte. Mund an Mund, ineinanderverschränkt taumelten sie in das Glück der Leidenschaft. In ihr wuchs erregend ein neues Gefühl. Ein leiser Laut entwich ihr.

Robert erhob sich über sie, stieß zu, kräftig und regelmäßig im Tempo ihres Herzschlags. Sie schlug die Augen auf und betrachtete ihn mit blitzenden Augen.

»Robert«, hauchte sie, wölbte sich ihm entgegen. So heftig stieß er zu, daß sie sich an ihn klammern mußte. Sie genoß seine gewaltigen Stöße und brauchte sie, um höher und immer höher getragen zu werden. Er bebte in ihr, streckte sich, füllte sie aus, seine Finger bohrten sich in ihre Hüften, mit jeder Bewegung verstärkte er den Rausch, der sie umfing.

Es war ein Wunder, ein Aufruhr der Sinne. Er hielt sie gefangen, und dann, mit einem letzten, tiefen Eindringen, wurde er mit ihr in diesem Zauber verbunden. Sie trieben dahin und merkten kaum, daß sie im Licht der Lampe einschliefen.

Als sie erwachten, roch es im Zimmer nach verbranntem Kerzenwachs und heißem Öl. Das helle Tageslicht hinter den Fenstern ließ die Flammen der beiden noch brennenden Lampen zu einem gelben Flackern verblassen. Eine frische Brise blähte die Vorhänge. Es duftete nach Blumen und Schlamm und dem Aroma von gebratenen Zwiebeln und gekochtem Fisch.

Amalie schlug die Augen auf. Es war schon spät am Morgen; das spürte sie sofort. Sie biß die Zähne zusammen, weil ihre Muskeln schmerzten, und versuchte sich zu bewegen. Etwas Schweres lastete auf ihrer Mitte. Als sie hinabsah, bemerkte sie, daß sie ohne Decke geschlafen hatte. Ein harter Arm lag über ihr, die Finger umfaßten eine Brust. Robert lag an ihren Rücken geschmiegt. Sie schrak zusammen. Dann lächelte sie.

»Bleib still.« Roberts Stimme war kaum mehr als ein Hauch.

Sie gehorchte nur zu gern, bezaubert von dem Gefühl seiner Schenkel an ihren eigenen und etwas anderem, glatteren und gleichzeitig härteren dort, wo sie zusammentrafen. Er bewegte sich, sein Glied schob sich zwischen ihre Beine und suchte den noch feuchten Eingang, während er mit dem Daumen ihre Brust liebkoste.

Es klopfte an der Tür. »Mam'zelle?«

Lally. Robert machte einen Satz, um Decken und Laken über sie zu ziehen. Amalie räusperte sich. »Ja?«

Das Mädchen öffnete die Tür, trat aber weder ein, noch ließ es den Blick auf ihren Kleidern ruhen, die am Boden verstreut lagen. Sanft fragte sie: »Möchten Sie und M'sieu Robert unten frühstücken, oder soll ich es heraufbringen?«

»Wir nehmen es hier ein«, antwortete Robert.

»Die anderen Diener –« Das Mädchen stockte, unsicher, ob es einen Einwand erheben sollte.

»Sag ihnen, ich wäre noch im Bett und möchte niemanden oben sehen, bis ich läute, weil ich einen so leichten Schlaf habe.«

Das Mädchen nickte. »Ja, M'sieu.«

»Und, Lally?«

Sie drehte sich um. »Ja, M'sieu?«

»Mam'zelle hat einen großen Appetit.«

Sie grinste ihn verständnisvoll an und schloß dann leise die Tür hinter sich. Sofort beugte sich Robert über Amalie. Wieder schloß sich seine Hand um ihre Brust. »Wo waren wir stehengeblieben?«

Eine von der Liebe erhitzte Amalie entdeckte ihr Nachthemd, das zwischen Matratze und einem der Bettpfosten eingeklemmt war. Robert riß es ihr aus der Hand und wollte sie überreden, sich so wieder zu ihm zu legen. Kopfschüttelnd sah sie sich um und hob statt dessen ihre lange Unterhose und ihr Hemd auf. Sofort sprang er aus dem Bett und entriß ihr beides. Sie stritten noch darum, als wieder geklopft wurde. Amalie stöhnte und machte einen Satz zum Bett. Robert folgte ihr auf den Fersen, ihre Unterwäsche in der Hand. Er schob beides unter das Kopfkissen, ehe er sich hinlegte, und verschränkte die Hände hinter dem Kopf. Amalie warf ihm einen verzweifelten Blick zu, wenngleich ihre Augen belustigt funkelten, als sie Lally hereinrief.

Das Frühstück, das sie brachte, war leicht. *Café au lait* und eine großzügig bemessene Menge Gebäck. Dazu frische Butter und ein kleiner Topf Wildhonig. Eine Tasse und Untertasse aus weißem Porzellan standen ebenfalls auf dem Tablett. Die schwere Leinenserviette war rosa mit einem Muster von Apfelblüten, und die kleinen Kännchen mit Kaffee und heißer Milch waren aus Silber. Lally stellte das Tablett zwischen Amalie und Robert und zog dann eine zweite Tasse und Untertasse aus der Schürzentasche, die sie mit Verschwörermiene vor sie stellte. Überzeugt, daß sie sonst nichts weiter benötigten, verließ sie leise das Zimmer.

Robert sah zu, wie sich die Tür hinter ihr schloß. »Das Mädchen betet dich an.«

»Du übertreibst«, widersprach Amalie. Sie setzte sich auf, stopfte sich ein Kissen in den Rücken und zog die Decke über die Brust, ehe sie nach der Kaffeekanne griff.

»Das glaube ich nicht. Sie würde alles für dich tun. Die meisten anderen Sklaven auf Belle Grove übrigens auch.«

»Auf jeder anderen Plantage sind die Sklaven auch so ergeben«, protestierte sie. »Das ist doch völlig normal. Schließlich bekommen sie von mir Essen, und ich kümmere mich um sie.«

»Aber sie sind dir auch wichtig, du liebst sie. Du siehst in ihnen Menschen mit Gefühlen und Bedürfnissen, und so behandelst du sie auch.«

Amalie schüttelte den Kopf und warf das Haar zurück. Sie schenkte Kaffee ein und goß Milch dazu. Mit gerunzelter Stirn reichte sie ihm die Tasse. Sie wußte, daß es die Herrinnen der anderen Plantagen meistens vorzogen, sich nicht mit den Sklaven einzulassen. Das konnte die Disziplin stören. Amalie machte sich häufig Sorgen, weil sie nicht den richtigen Abstand wahren konnte.

»Das sollte ich wohl nicht.«

»Aber nein. Ich bin froh, daß die Leute in Belle Grove zufrieden sind, obwohl Dye oder die allgemeine Lage bestimmt nicht dazu beitragen.«

»Wie meinst du das?«

»Es herrscht jetzt wegen der Abolitionisten enorme Unruhe. Seit Jahren leben wir alle wie auf einem Pulverfaß. Bislang ist noch nicht viel geschehen, aber das muß nicht so bleiben.«

Sie reichte ihm den Brotkorb, nahm sich dann selbst eine Semmel, butterte sie und strich Honig darauf. Ehe sie hineinbiß, fragte sie nachdenklich: »Dann glaubst du, es könnte Ärger geben?«

»Wer weiß das schon?« Er verschlang seine Semmel mit zwei Bissen und spülte sie mit einem Schluck Kaffee hinunter. »Die Abolitionisten hoffen jedenfalls, daß es einen Sklavenaufstand gibt, wenn der Süden versucht, seinen Willen durchzusetzen, und daß die Regierung in Washington uns daran hindern wird, uns von der Union zu trennen. Ich sage mir immer wieder, daß es nicht dazu kommen wird und daß die vernünftigen, intelligenten Männer einen Ausweg aus diesem Dilemma finden werden. Aber bis dahin müssen wir alle befürchten, daß der Aufruhr die von uns geliebten Menschen in Gefahr bringt.«

Amalie dachte an Isa und Lally, an Tige und Marthe und Sir Bent und all die anderen auf Belle Grove, die ihr so vertraut geworden waren. Es gab unter ihren Sklaven natürlich auch Faule und Aufrührer, aber weit größer war die Zahl derjenigen, die ein anständiges, gottesfürchtiges Leben führten und das Beste aus ihrem Leben machten. »Ich denke manchmal, wieviel leichter es wäre, wenn die Sklaven befreit würden, wenn man ihnen Lohn für ihre Arbeit zahlen würde.«

»Ich fürchte, das läßt sich nicht verwirklichen. Die Pflanzer im Süden haben viel zuviel Geld in sie investiert. Nicht nur der Preis, den sie gezahlt haben, auch die Nahrung, die Unterkünfte und die Kleidung, die sie gestellt haben, in den meisten Fällen seit Jahren, ja, seit Generationen. Niemand wird die Besitzer dafür entschädigen, und die meisten können sich den Verlust nicht leisten.«

»Es wird argumentiert, daß die Pflanzer ihre Auslagen über die Ernte wieder hereingeholt haben.«

Er nickte. »Aber was ist mit den Jahren, in denen Unwetter und Krankheit die Ernte vernichtet haben, während die Kosten für den Unterhalt der Leute gestiegen sind? Das Hauptproblem sind jedoch nicht die Männer, die durch die Sklavenarbeit Profit gemacht haben, sondern die kleinen Farmer, die sich mühsam durchschlagen. Sie erkennen, was sie tun müssen, damit sich ihr kleiner Besitz bezahlt macht, und kratzen ihr Geld zusammen, um einen oder zwei Sklaven zu kaufen. Dann vergrößern sie die Anzahl allmählich, bis auch sie zu großen Pflanzern geworden sind. Diese Aussicht lockt Männer aus anderen Ländern an, und sie wird verhindern, daß sich das System der Sklavenarbeit ändert.«

Das klang vernünftig. Sie nickte. »Also müssen wir zusehen und fürchten, daß Männer wie Patrick Dye unser Leben zerstören. Ich verabscheue diesen Mann und glaube, er mich ebenso, aber ich kann Julien nicht dazu bringen, ihn fortzuschicken.«

»Julien sieht Ergebnisse, und die sind zugegebenermaßen gut«, antwortete er. Seine Worte klangen ernst, obwohl sein Blick zu ihrem Oberkörper wanderte – die Decke war bis zu ihrer Taille hinabgeglitten. »Was Dye persönlich angeht – du hast ihn zurechtgewiesen, und einem Mann wie ihm paßt das nicht. Außerdem hast du ihn als Angestellten behandelt, und er ist an einigen Erfolg bei Frauen gewöhnt, selbst bei den Töchtern und Ehefrauen der Pflanzer.«

»Du machst wohl Witze!«

Er grinste. »Nicht jeder hat deinen ausgezeichneten Geschmack bei Männern, meine Liebe.«

Ihre Mundwinkel zogen sich nach oben, aber gleich darauf wandte sie sich ab und verbarg das Gesicht hinter der Kaffeetasse. Sie nippte an der Flüssigkeit, die plötzlich bitter geworden war.

»Was ist los?« wollte er wissen.

»Nichts.«

»Das glaube ich nicht. Einen Moment lang hatte ich jetzt eben das Gefühl, daß du mich nicht besser beurteilst als Patrick Dye, und ich möchte wissen, warum.«

»Also schön.« Sein Ton hatte sie getroffen. »Soviel ich weiß, bist auch du ein Mann, der Erfolg bei Frauen hat.«

»Wer sagt das?«

»Willst du abstreiten, daß dir vor allem eine bestimmte, verheiratete Dame ihre Liebe geschenkt hat? Sie war sogar bereit, deinetwegen ihrem Leben ein Ende zu setzen.« Eifersucht war Amalie immer als ein häßlicher Zug erschienen, aber sie konnte nicht verhindern, daß diese Worte über ihre Lippen kamen.

»Chloe.« Verachtung sprach aus seiner Stimme.

»Was ist mit ihr?«

»Ich hätte mir denken können, daß sie dir den ganzen Tratsch hinterbringen würde.«

»Warum nicht, wenn es wahr ist?«

»Es ist nicht wahr«, widersprach er und setzte seine Tasse so heftig auf dem Tablett ab, daß Kaffee und Milch überschwappten. »Jedenfalls nicht ganz. Ich habe nicht wie ein Mönch gelebt. Ich habe auch meine Flirts gehabt, aber ich habe niemals ein junges, unverheiratetes Mädchen glauben gemacht, ich würde es heiraten, und niemals habe ich versucht, die Ehe eines anderen Mannes zu zerstören.«

»Sehr edel, nehme ich an«, meinte sie kühl.

Sein düsterer Blick zeigte ihr, wie wenig ihr Sarkasmus ihm gefiel. »Der Vorfall, von dem Chloe dir erzählt hat, liegt schon Jahre zurück. Ich war gerade aus dem Jefferson College in Natchez zurückgekommen – ein junger Mann ohne Ziel. Die Frau eines Freundes meines Vaters, ein Mädchen, das nur halb so alt war wie er, interessierte sich für mich. Sie war intelligent, romantisch und unzufrieden mit ihrem Leben und ihrer Ehe. Das Problem war, daß sie mehr in meiner Höflichkeit sah, als dahintersteckte.«

»Deiner Höflichkeit«, wiederholte sie. Was bedeutete das? Einen Handkuß, höfliche Unterhaltung, oder vielleicht einen oder zwei Abende im Bett? Bedeutete es für einen Mann nichts weiter als Höflichkeit, zu der Frau, mit der er ins Bett stieg, von Liebe zu sprechen?

»Mir fällt kein anderer Ausdruck ein. Ich habe mit ihr gesprochen, habe sie begleitet, wenn ihr Gatte verhindert war – übrigens auf seinen Wunsch hin. Dann fing sie eines Tages an, mir Briefe zu schicken, die ziemlich – äh – leidenschaftlich waren. Sie lud mich ein, mit ihr auszureiten, sie daheim zu besuchen, wenn ihr Mann fort war, und arrangierte es sogar, daß wir allein in ihrer Loge in der Oper waren. Ich war jung genug, um mich geschmeichelt zu fühlen, fühlte mich aber gleichzeitig nicht wohl dabei. Ich wußte nicht, wie ich sie zurückweisen sollte, ohne es zu einer Szene kommen zu lassen. Schließlich stellte ihr Mann sie zur Rede. Weinend kam sie zu mir und flehte mich an, sie fortzubringen, noch in derselben Nacht zu packen und mit ihr zu Verwandten in South Carolina zu fahren. Ich war verblüfft und dachte überhaupt nicht daran einzuwilligen. Das sagte ich ihr – ich fürchte, ich war ziemlich grob. Sie fuhr heim und trank eine ganze Flasche Laudanum.«

»Hast du mit ihr geschlafen?«

»Das ist Jahre her, da kannte ich dich noch gar nicht. Warum willst du das wissen?«

»Hast du?«

Er fuhr sich mit den Fingern durchs Haar. »Also schön, ja, einmal. Ich kam heim und fand sie in meinem Zimmer, nackt in meinem Bett. Sie zitterte wie Espenlaub. Was hätte ich denn tun sollen? Sie hinauswerfen?«

»Verstehe.« Er hatte aus Mitleid mit ihr geschlafen. Bei diesem Gedanken durchfuhr Amalie ein Schauer. Sie war gezwungen, sich zu fragen, ob er die Beziehung zu ihr, die er auf M'meres Verlangen begonnen hatte, jetzt nur fortsetzte, weil er nicht wußte, wie sie ein Ende verkraften würde.

Er beobachtete sie fragend. »Tust du das? Dann laß mich wiederholen: Es hat nichts mit dir oder meinen Gefühlen für dich zu tun. Du bist wie Feuer in meinem Blut, die Frau, der ich bis ans Ende der Welt folgen würde. Was ich für dich empfinde, läßt die Vergangenheit unwirklich erscheinen. Alles, was ich mir wünsche, was ich verlangen darf, ist, daß du ähnlich empfindest – wenigstens heute.«

Sie wollte ihm glauben, und das war es, was zählte. Sie starrte ihn an und fühlte, wie sie langsam errötete, aber nicht aus Scham. Von der Semmel in ihrer Hand tropften goldener Honig und geschmolzene Butter auf ihre Brust. Mit einem Aufschrei griff sie nach ihrer Serviette.

Roberts Hand hielt sie fest. Mit tiefer Stimme bat er: »Du gestattest?«

Er preßte seinen Mund auf ihre Haut, und sie fühlte seine Zunge dort, wo Butter und Honig gewesen waren. Er hob den Kopf, begegnete ihrem Blick und murmelte: »Köstlich.«

»Ich ... ich bin noch immer klebrig«, flüsterte sie und biß sich sofort auf die Lippen, als sie begriff, wie er eine solche Bemerkung verstehen mußte.

»Richtig. Du wirst baden müssen.« Sein seidenweicher Ton hätte sie warnen sollen, selbst wenn er nicht im selben Augenblick nach dem Löffel im Honigtopf gegriffen hätte.

»Robert, was tust du?« rief sie, als er anfing, ein zartes Muster aus Honig auf ihre Brüste zu träufeln, und weiter, über ihren Bauch. Er schob die Decke beiseite, damit der feine Strom auch dorthin gelangte, wo ihre Beine zusammentrafen.

»Rat mal«, meinte er.

14. Kapitel

Es war schon Nachmittag, als Amalie und Robert das Haus verließen. Robert kutschierte den Phaethon selbst langsam durch die vor Hitze flimmernden Straßen. Um diese Tageszeit waren sie in New Orleans fast menschenleer, denn jeder hielt sich an den spanischen Brauch, nach dem Mittagsmahl zu ruhen. Ein paar Diener machten Besorgungen, und in einer Seitenstraße jagten ein paar Kinder einen Hund, der einen Ball im Maul hatte. Es hatte kürzlich geregnet, und die Straßen waren ziemlich sauber, aber trotzdem war der Gestank in den schmalen Gassen des French Quarter so übermächtig, daß Amalie sich ein mit Veilchenwasser getränktes Taschentuch vor die Nase hielt.

Sie fuhren zum Hafen. Dabei kamen sie an dem Platz vor der Kathedrale vorüber, den die Baronin de Pontalba erst vor kurzem mit einer Bronzestatue von General Andrew Jackson verschönert hatte, dem Helden der Schlacht von New Orleans. Die massiven Apartmenthäuser, die ihn flankierten, waren die ersten, die speziell zu diesem Anlaß errichtet worden waren, und mit ihren roten Ziegeln und den schmiedeeisernen Verzierungen waren sie ein schöner Anblick. Sogar die Kathedrale selbst war hergerichtet worden. Die Bauarbeiten hatten den gesamten vergangenen Winter über angedauert und waren jetzt fast abgeschlossen. Der Platz war zu einem attraktiven Promenadenplatz geworden, aber sie hatten keine Zeit, das zu genießen.

In der Nähe des Platzes befand sich der French Market. Es war ruhig um diese Zeit, da die meisten Fleisch, Fisch, Obst und Gemüse für den Tag bereits gekauft hatten. Es gab Zeiten, da war der Markt ein Vergnügen, ein Ort, um Freunde und Bekannte zu treffen, zwischen Blumen und Erfrischungen zu flirten und zu plaudern.

Sie kamen am Anlegeplatz der Dampfschiffe vorbei. Auch Paketschiffe waren hier vertäut. Ihr Bug tanzte in den Wellen des Flusses. Hier und da sah man Passagiere an Bord, die sich unterhielten oder sich im Schatten der Segel ausruhten.

Fünf der großen Schiffe lagen im Hafen, zwei am Kai, drei im Fluß vor Anker. Keines der beiden Schiffe in der Nähe war das richtige. Amalie blieb in der Kutsche, während Robert ausstieg und ins Büro ging, um sich nach dem Schiff zu erkundigen, das sie suchten.

Amalie fächelte sich Luft zu. Schweißperlen traten auf ihre Lippen. Um sich abzulenken, sah sie sich auf der Werft um. Eine Negerin mittleren Alters mit einer fleckenlosen weißen Schürze über dem Kleid und einem weißen Tuch um den Kopf kam die Straße entlang. Auf ihrer Hüfte ruhte ein Strohkorb mit Konfekt aus Milch und Zucker und Pecannüssen. Zum Schutz vor den Fliegen hatte sie ein Stück Stoff darüber gebreitet. Die Schauermänner drängten sich um sie und suchten in ihren Taschen nach Münzen, obwohl der Aufseher fluchte. Schließlich hatte auch der letzte Mann bezahlt und schlenderte kauend davon.

Die Frau hatte Amalie in der Kutsche entdeckt. Jetzt kam sie auf sie zu. Als sie neben dem Wagen stand, hob sie das Tuch von ihrem Tablett. »Kaufen Sie auch eine Praline, Mam'zelle? Sind die besten in N'Orleans.«

Der süßliche Geruch stieg Amalie in die Nase, und Übelkeit überfiel sie. Sie wedelte schneller mit ihrem Fächer, wandte den Kopf ab. »Danke, nein«, stöhnte sie. »Ich – ich fühle mich nicht wohl.«

Die Frau bedeckte ihr Zuckerzeug und musterte Amalie mit klugen Augen. »'n bißchen trocknes Brot, das brauchen Sie jetzt, Mam'zelle. Soll ich was holen?«

»Das ist sehr nett von Ihnen, aber es geht gleich wieder.«

»Oder in ein paar Monaten? Keine Angst, pauvre petite, das trifft uns alle mal.«

Amalie lächelte ein bißchen schwach, und kopfnickend ging die Frau davon. Amalie schloß die Augen. Sie hatte kaum Probleme mit morgendlicher Übelkeit. Bei ihr kam das Unwohlsein erst später am Tage und wurde für gewöhnlich durch Gerüche ausgelöst. Es mußten keine unangenehmen sein oder besonders starke. Sie hatte sich noch nicht richtig schlecht gefühlt. Es war ausgesprochen sonderbar. Abgesehen davon und von einem leichten Spannungsgefühl in den Brüsten gab es kaum Anzeichen für ihre Schwangerschaft. Die meisten Frauen wären der Ansicht, daß man gratulieren durfte, aber unter diesen Umständen konnte sie das nicht finden.

Als sie aufblickte, kam Robert mit grimmigem Gesicht auf sie zu. Er blieb neben dem Wagen stehen und stützte sich mit den Händen ab. »Wir sind zu spät gekommen. Das Schiff ist ausgelaufen.«

»Wann?« Sie brachte die Frage kaum über die Lippen, so groß war ihre Angst vor der Antwort.

»Gestern morgen.«

»Verstehe.«

»Mach dir keine Vorwürfe. Selbst wenn du vom Bahnhof aus direkt hierhergekommen wärest, wäre es schon zu spät gewesen.«

Nun war sie doch erleichtert. Sie lächelte und nickte.

»Ich habe mich nach dem Seemann erkundigt, aber sie konnten mir nichts sagen«, fuhr er mit gerunzelter Stirn fort. »Der Kapitän scheint nichts davon gesagt zu haben, daß er einen Mann vermißt. Vermutlich kommt das so häufig vor, daß man keinen Gedanken mehr daran verschwendet.«

»Was sollen wir jetzt tun?«

Er sah sie an. »Was hättest du getan, wenn ich nicht gekommen wäre?«

»Ich weiß nicht; ich habe nicht weiter vorausgedacht als bis zu dem Gespräch mit dem Kapitän.« Sie überlegte einen Moment, ehe sie zweifelnd meinte: »Ich vermute, wir müssen davon ausgehen, daß der zweite Mann zum Schiff zurückgekehrt ist und jetzt in unbekannte Gefilde segelt.«

»Das wäre die logische Schlußfolgerung.«

»Dann können wir ebenso gut heimfahren.«

»Richtig.«

Er kletterte in die Kutsche und band die Zügel los. Dann saß er einen Moment reglos da. »Wir könnten ein paar Nachforschungen in Pensionen und Bierhallen anstellen, nur für den Fall, daß der Mann das Schiff versäumt hat oder es vorzog, nicht mitzufahren. Es ist zumindest einen Versuch wert, wenn wir schon ein Bild von ihm haben.«

Robert trieb das Pferd an und lenkte es durch die Straßen.

Amalie griff nach Isas Zeichnung, die zusammengerollt auf dem Sitz neben ihr lag. Sie musterte sie noch, als sie aus dem Augenwinkel einen Blick auf ein Gebäude erhaschte und abrupt aufschaute. »Das ist nicht das Viertel, in das wir wollten.«

»Doch. Ich bringe dich nach Hause.«

»Aber ich will nicht.«

»Dieser Mann wird kaum im St. Louis Hotel oder im St. Charles wohnen. Er wird sich in einem Loch in einem der verrufensten Teile der Stadt verkriechen, wo man nur selten eine Dame antrifft, und noch viel weniger weiß, wie man sie behandelt.«

»Das weiß ich genauso gut wie du, aber es ist mir egal! Ich werde nicht daheim sitzen und auf Neuigkeiten warten; davon habe ich genug! Ich möchte mitkommen.«

»Das kann ich nicht zulassen.«

»Nicht? Ich bin eine Frau, kein zartes Blümchen, das du beschützen mußt. Ich habe ein Recht zu wissen, was geschehen ist!«

Mit seinen blauen Augen sah er sie offen an. »Das ist keine Frage von Mut oder Fähigkeit, Amalie, aber du bist eine respektable Dame.«

»Bin ich das? Nach den letzten Worten bezweifle ich das doch sehr!« Enttäuschung flackerte in ihren Augen auf.

»Ich nicht. Das hängt nicht von einem makellosen Ruf ab, sondern von deiner persönlichen Integrität. Wenn du mich in diese Spelunken begleitest, in denen wir den Seemann vielleicht finden können, wirst du mehr Aufmerksamkeit auf dich ziehen, als dir lieb ist. Und ich bin gezwungen, als dein Beschützer zu fungieren.«

»Ich glaube einfach nicht, daß ich belästigt werde, wenn du bei mir bist.«

Sein Mund verzog sich zu einem Grinsen. »Ich bin dir für dein Vertrauen dankbar, aber ich kann für nichts garantieren. Außerdem – wenn wir zusammen auftauchen, dann sieht das zu sehr nach Nachforschungen aus. Und in diesem Teil der Stadt kann das leicht ein Messer zwischen den Rippen bedeuten. Wenn ich mir dagegen etwas Einfacheres anziehe, allein gehe und einen Whisky bestelle –«

»Verstehe«, unterbrach sie ihn. Was er sagte, klang vernünftig und einleuchtend, machte es aber nicht leichter für sie. »Dann bring mich heim.«

Die Zeit verging nur langsam, nachdem Robert wieder aufgebrochen war. Amalie wanderte von einem Fenster zum andern und verfluchte die guten Sitten. Wieder einmal konnte sie nicht tun, was sie wollte. Die Essenszeit kam heran, und noch immer war Robert nicht zurückgekehrt. Sie versuchte etwas zu sich zu nehmen, schob aber nur die Speisen auf ihrem Teller hin und her. Die zwei Glas Wein, die sie trank, belebten sie, aber als sie sich schließlich bereit machte, um zu Bett zu gehen, hatte ihre Wirkung nachgelassen.

Sie saß im Bett, ein Buch auf dem Schoß, in das sie nicht einmal hineingeschaut hatte, als sie ein Geräusch hörte. Sie tastete nach ihrem Morgenmantel, schlüpfte aus dem Bett und verließ eilig das Schlafzimmer.

Robert stand unten, die Beine gespreizt. Sein Haar war zerzaust, sein offenes Hemd schmuddelig, die Ärmel bis zu den Ellbogen aufgerollt. Seine Hose war aus grobem Twill und in Stiefel gestopft, die aussahen, als wären sie absichtlich abgestoßen worden, um ihnen den Glanz zu nehmen. Er hielt eine Kerze in der Hand, und Amalie meinte die Schritte des Dieners zu hören, der ihn eingelassen hatte. Robert mußte sie gehört haben, denn er drehte sich um und blinzelte zu ihr hinauf.

»Robert«, flüsterte sie, »bist du in Ordnung?«

»'s is Ansichtssache.«

»Du hast getrunken!« Sie sprach immer noch leise, als sie ein paar Stufen nach unten kam. Die Kerze, die er hielt, verbreitete das einzige Licht, abgesehen von dem, das aus ihrem Zimmer fiel. Die Flamme zuckte über sein Gesicht.

»War n-nötig, daß ich 'ne Runde oder so ausgegeben hab'.« Er bemühte sich, deutlich zu sprechen, aber es gelang ihm kaum.

»Hast du eine Spur gefunden?«

»Fürchte, nein.« Er setzte zu einer ausholenden Geste an, überlegte es sich aber anders, als er auf den Füßen schwankte.

»Überhaupt nichts?«

»Keine«, antwortete er und fuhr ohne Pause fort: »Mon dieu, du bist aber schön.«

Sie blickte an sich herab und stellte fest, daß das Licht hinter ihr durch ihr Nachthemd und den Umhang fiel und ihre Gestalt unter dem dünnen Stoff umriß. Farbe stieg ihr in die Wangen, und sie kam noch ein paar Stufen weiter herab. Trotzdem lag Belustigung in ihrer Stimme, als sie meinte: »Ich bin überrascht, daß du mich überhaupt sehen kannst.«

»Ich bin ja nich blind, nur betrunken.«

»Dann komm ins Bett.«

Ein Grinsen erhellte sein Gesicht. »So etwas Schamloses. Bist du sicher?«

»Ganz sicher.«

»In dem Fall nehm' ich aus tiefstem Herzen an. Ich dachte schon, du würdest nie fragen.«

Schwankend ging er auf die Treppe zu. Er wollte sich auf das Geländer stützen und starrte die Kerze in seiner Hand an, als müßte er überlegen, wie sie dorthin gekommen war. Amalie eilte zu ihm, nahm ihm die Kerze ab, schob eine Hand unter seinen Arm und half ihm die Treppe hinauf. Sie kamen nur langsam voran, aber schließlich hatten sie es geschafft und stolperten in ihr Schlafzimmer.

Nach einem kurzen Blick auf den niedrigen Stuhl führte sie ihn direkt zum Bett. Er lehnte daran, als sie ihm Hemd und Hose aufknöpfte. Sie versetzte ihm einen leichten Stoß, und er besaß genügend Geistesgegenwart, um erst die Stufe zum Bett zu erklimmen, ehe er versuchte, sich zu setzen. Er stützte sich auf die Arme und machte keinerlei Anstalten, ihr zu helfen, als sie an seinen Stiefeln zerrte. Als sie sich aufrichtete und den zweiten in die Hand nahm, beugte er sich vor, griff nach einer Haarsträhne, die auf ihrer Brust lag, rieb sie sanft zwischen den Fingern und sagte recht deutlich: »Hübsche Amalie, süße Amalie.«

Sie schenkte ihm ein zittriges Lächeln. Aus einem Impuls heraus ließ sie den Stiefel fallen und nahm sein Gesicht zwischen die Hände und preßte ihre Lippen auf seine. Er schmeckte nach billigem Whisky und verströmte den Geruch abgestandenen Zigarettenrauches, aber das kümmerte sie nicht. Seine Arme schlossen sich um sie, und er fiel rücklings aufs Bett.

Ein Lachen stieg in ihr auf, denn sie lag in einer unmöglichen Haltung zwischen seinen Beinen. Sie versetzte ihm einen leichten Hieb, und er ließ sie los. Er lag jetzt auf dem Bett, und seine Füße hingen zu beiden Seiten herab. Sie richtete sich auf und glitt rückwärts, bis ihre Füße den Boden berührten. Sie stöhnte alles andere als damenhaft, als sie seine Beine aufs Bett hievte.

Sie ging auf die andere Seite, und Robert verrenkte sich den Hals, um sie zu beobachten. Seine Augen funkelten, als sie aus dem Morgenrock schlüpfte und ins Bett stieg, um über ihm zu knien. Sie zerrte an ihm, bis er mit dem Kopf auf dem Kissen lag. Gerade wollte sie sich neben ihn legen, als ihr einfiel, daß sie die Lampe noch nicht heruntergedreht hatte. Sie stand auf, um das zu erledigen, blies auch die Kerze aus und tastete sich im Dunkeln zurück zum Bett, kletterte hinein und zog die Decke über sich.

Starke Arme streckten sich nach ihr aus. Sie rückte näher und schmiegte sich an Robert. Zärtlich fuhr er ihr übers Haar und strich es ihr hinter die Ohren. Seine Finger streichelten, nicht allzu sicher, ihr Gesicht, und er seufzte.

»Amalie, Liebling, ich will nicht mehr nach Hause.«

Sie starrte in die Dunkelheit, fühlte den gleichmäßigen Schlag seines Pulses in dem Arm, auf dem ihr Kopf lag, und flüsterte kaum hörbar: »Ich auch nicht.«

Am Ende blieb ihnen aber nichts anderes übrig. Die Rückfahrt verlief praktisch wie die Hinfahrt, mit dem Unterschied, daß Robert im Zug neben ihr saß und sie erst verließ, als er sich an Bord des Schiffes in seine eigene Kabine zurückzog.

In Belle Grove hatte sich nichts geändert. Nur Chloe wirkte ernster und M'mere stiller und dünner, während Isa alles Zeichenpapier aufgebraucht hatte und aus dem Haus verwiesen worden war, weil er auf den Boden der Galerie gemalt hatte.

George hieß sie mit rührender Erleichterung willkommen, weil die Verantwortung für die beiden Frauen und ihre Klagen während ihrer Abwesenheit ihn sehr belastet hatten. M'mere war bei ihrem Eintreten aufgesprungen, hatte die Hände ineinander verkrampft, bis die Knöchel weiß hervortraten, und Chloe war ihnen entgegengestürzt und hatte nach Neuigkeiten gefragt. Aber ein Blick in ihre Gesichter war ihnen beiden Antwort genug gewesen. Trotzdem mußten sie noch von ihren Bemühungen erzählen, ehe Amalie und Robert sich ausruhen durften.

Am nächsten Morgen veränderte sich die Lage. Robert hatte die Nacht auf M'meres Drängen hin in der Garçonnière verbracht. Beim Frühstück erzählte er, ausgesprochen taktvoll, was von Juliens Verschwinden bekannt war. Dabei berichtete er auch von der Entdeckung des toten Seemanns. Am Ende schlug er erneut vor, den Sheriff zu verständigen. M'mere zögerte noch, willigte aber schließlich ein. Ein Diener wurde mit Roberts Nachricht in die Stadt gesandt. Zwei Stunden später holperte der Wagen des Sheriffs in einer Staubwolke über die Auffahrt und hielt vor der Haustür.

Robert empfing ihn auf der Galerie und führte ihn in den Salon. Der Sheriff zog den Hut, als er eintrat. Er war mittelgroß, Ende Fünfzig und hatte listige, graue Augen und ein eckiges Kinn. Um seinen Kopf verlief ein roter Streifen dort, wo der Hut gesessen hatte. Er verbeugte sich kurz und respektvoll, ohne jedoch servil zu wirken.

»Es tut mir leid, von Ihrem Kummer zu hören, Madame Declouet«, begann er. »Bitte glauben Sie mir, daß wir alles in unserer Macht Stehende tun werden, um Ihren Sohn zu finden.«

»Bitte nehmen Sie Platz, Sir«, forderte M'mere ihn auf und bedeutete Charles, Erfrischungen zu bringen. »Ich glaube, Sie kennen die Gattin meines Sohnes noch nicht? Amalie Declouet, geborene Peschier. Meiner Patentochter Chloe dagegen sind Sie schon begegnet, und vielleicht haben Sie auch von unserem Gast aus England gehört, Mr. George Parkman.«

Der Sheriff sah sich um, nickte allen zu und setzte sich dann. Eine peinliche Pause entstand, bis George sie unterbrach, indem er die Hitze mit der feuchten Kühle Englands verglich. Chloe und Amalie kamen ihm zu Hilfe, bis der Butler mit Kaffee, Tee, Wein und Kuchen kam. Charles stellte das schwere Tablett vor M'mere, die jedoch auf Amalie wies, die einschenken sollte. Mit ausdrucksloser Miene stellte der Butler das Tablett hinüber, verließ das Zimmer und schloß leise die Tür hinter sich.

Robert half Amalie, füllte für sich und George Weingläser, während der Sheriff lieber Kaffee trank. Robert reichte den Kuchen herum, und Amalie gab die Tassen weiter. M'mere saß aufrecht in ihrem Sessel und starrte ins Leere. Chloe und George unterhielten sich leise miteinander.

Der Sheriff nippte an dem heißen, schwarzen Kaffee und räusperte sich dann. »Ich möchte den Damen ja nicht zu nahe treten, aber ich würde doch gern genau wissen, wann Julien Declouet zum letzten Mal gesehen wurde und unter welchen Umständen.«

Robert blickte zu M'mere hinüber. Auf ihr Nicken hin übernahm er die Rolle des Berichterstatters. Jeder von ihnen fügte noch kleine Einzelheiten hinzu. Robert erzählte offen von einer Meinungsverschiedenheit zwischen ihm und seinem Cousin, die so weit reichte, daß ein Duell vorgeschlagen worden war, ging aber nicht weiter auf das Thema ein. Genauso wenig wurden Vermutungen geäußert, warum Julien den Ball der Morneys an jenem Abend so früh verlassen hatte. Robert deutete an, daß eine Verbindung zwischen dem toten Seemann und dem Verschwinden seines Cousins bestehen könnte, konnte aber keinen anderen Grund dafür angeben als die Tatsache, daß sie beide im selben Gasthaus gesehen worden waren.

Der Sheriff hatte ein kleines Buch hervorgezogen und machte sich Notizen, während er zuhörte. Als Robert geendet hatte, sah er auf. »Sonderbar, ausgesprochen sonderbar. Sie werden mir hoffentlich verzeihen, wenn ich darauf hinweise, daß es Gerüchte bezüglich dieses Duells gegeben hat?«

»Das ist mir bekannt«, erwiderte Robert kühl.

»Sie haben wohl nichts dagegen, daß ich Ihnen ein paar Fragen dazu stelle, unter vier Augen, wenn Sie es wünschen.«

Der Mann hatte nicht ein einziges Mal zu Amalie hinübergeschaut, aber da er die anderen ganz normal angesehen hatte, war das allein schon vielsagend genug. Sie senkte den Blick auf das Tablett vor sich. Ihre eigene Tasse war unangetastet. Sie wollte sie aufnehmen, aber ihre Finger zitterten so sehr, daß sie es sich doch anders überlegte und statt dessen ein Stück Kuchen in die Hand nahm. Sie schob es in den Mund und fing zu kauen an, aber ihr Mund war so trocken, daß sie kaum schlucken konnte. Ihre Tasse klapperte laut, als sie sie an die Lippen führte. Der Sheriff wandte den Kopf. Seine grauen Augen starrten sie kalt an.

Roberts Stimme war ein wenig laut, als er antwortete: »Sie müssen entschuldigen, M'sieu. Aber ich kann nicht mehr dazu sagen.«

»Sie können oder wollen nicht?« erkundigte sich der Sheriff schroff, als er sich wieder umdrehte.

»Ich muß Sie bitten, mich nicht zu bedrängen.«

»Ach so. Es ist Ihnen doch klar, welchen Eindruck eine solche Haltung erwecken muß?«

Robert neigte den Kopf.

»Ich glaube, Sie müssen mir dennoch einen Grund für Ihre Weigerung nennen.«

»Ich fürchte, das kann ich nicht.«

»Könnte es also sein«, fragte der Sheriff leise, »daß der Ruf einer Dame auf dem Spiel steht?«

Roberts Antwort kam schnell. »Glauben Sie, was Sie wollen.«

»Also schön.« Der Mann stellte seine leere Tasse beiseite und erhob sich. Er verbeugte sich vor M'mere und nickte dann allen anderen noch einmal zu. »Ich werde mit meinen Nachforschungen beginnen. Sie werden einen Bericht darüber erhalten, was wir herausfinden. Sollte Ihnen noch etwas einfallen, was Sie uns mitteilen möchten, dann können Sie es mir in Schriftform ins Büro schicken – jeder von Ihnen.«

»Läute bitte nach Charles, Robert, damit er den Sheriff hinausgeleitet«, bat M'mere ruhig.

»Danke, Madame Declouet, aber ich finde meinen Weg auch allein.«

Sie saßen stumm da, bis man seinen Buggy forttrattern hörte.

»Ich glaube«, meinte Chloe und kniff die Augen zusammen, »daß dieser Mann Julien finden wird – wenn man ihn finden kann.«

»Ja, der Meinung bin ich auch«, stimmte Amalie gepreßt zu.

»Ja.« M'mere seufzte.

Robert ritt noch vor Mittag nach The Willows. Wieder begann das Warten. Zwei unendliche Tage später, als Amalie mit Isa zum Frühstück nach unten kam, fand sie Patrick Dye im Eßzimmer vor.

Sie blieb in der Tür stehen, so plötzlich, daß Isa auf den Saum ihres Kleides trat. Wenngleich sie dem Jungen mechanisch zulächelte, hörte sie seine leise Entschuldigung doch kaum.

Der Aufseher blickte von seinem Teller auf. Er hörte zu essen auf, die Gabel, beladen mit lockerem, goldgelbem Omelett, verhielt auf halbem Weg zu seinem Mund. Ein Lächeln kräuselte seine viel zu sinnliche Unterlippe, reichte aber nicht bis zu seinen Augen. »Sie scheinen überrascht, mich zu sehen, Mam-'zelle Amalie. Ich habe die Erlaubnis der grande maîtresse, das kann ich Ihnen versichern. Ich erwähnte beiläufig, daß ich am Verhungern wäre, und die alte Dame forderte mich auf, mich zu bedienen.«

Sein unverschämter Ton allein war eine Beleidigung. Amalie wandte sich zum Gehen.

»Gehen Sie nicht. Ich habe gern Gesellschaft beim Essen.« Die Worte klangen ironisch, als dächte er, sie wolle aus Angst fliehen, nicht aus Abscheu.

»Wo ist M'mere?« wollte Amalie wissen. Es ging ihr gegen den Strich, daß er glaubte, sie hätte Angst vor ihm.

»Sie hatte keinen Appetit. War wohl nicht schon seit Tagesanbruch auf den Beinen. Ich aber, ich bin schon so lange auf, daß das hier mein zweites Frühstück ist.«

»Ich dachte eigentlich, Sie hätten eine Frau, die für Sie kocht.« Amalies Stimme klang scharf, als sie ins Zimmer trat. Isa rückte ihr einen Stuhl zurecht, und sie nahm Platz.

»Da haben Sie recht, aber ihr eigentliches Talent ist nicht die Küche«, antwortete der Aufseher mit einem lüsternen Ausdruck in den Augen. Dabei musterte er das modische, enganliegende Mieder ihres Kleides.

Sie beachtete seinen Kommentar gar nicht. Der Drang, ihn allein sitzen zu lassen, war so stark, daß sie sich geradezu zwingen mußte, den Kaffee und die warmen Semmeln anzunehmen, die Isa ihr reichte. Sie brachte kaum einen Dank über die Lippen.

»Das ist genau das Richtige für mich«, meinte Patrick. »Ich mag meinen Kaffee bei Sonnenaufgang und ein richtiges

Frühstück dann am späten Vormittag, nachdem ich über die Felder geritten bin.«

»Geborgter Glanz?« fuhr es Amalie angesichts seines selbstzufriedenen Gehabes heraus, ehe sie sich beherrschen konnte.

Dunkle Röte überzog sein Gesicht. »Möglich. Ich hoffe, es ist nicht zu anstrengend für Sie, einmal mit einem Angestellten zu frühstücken.«

»Ich denke, ich werde es überleben.«

»Das würde ich auch sagen. Schließlich essen Sie, und die grande maîtresse auch, seit Wochen mit diesem englischen Gärtner.«

»Glauben Sie, M'mere hat ihre Schwäche zum Vorwand genommen, um den Tisch verlassen zu können?« Amalie hielt den Blick bei diesen Worten starr auf die Semmel gerichtet, die sie butterte. Eine schwache Erinnerung stieg in ihr auf, an einen anderen Morgen, eine andere Semmel mit Butter und Honig. Hitze staute sich in ihrem Unterleib und strömte durch ihre Lenden, aber sie verschloß sich diesen Gedanken.

Er grunzte. »Wollen Sie behaupten, das hätte sie nicht getan?«

»Ich würde es nicht denken, aber selbst wenn, gibt es keinen Grund für Sie, das übelzunehmen. Für jemanden in Ihrer Position ist es nicht üblich, die Mahlzeiten mit der Familie einzunehmen.«

»Ganz gleich, wie viele andere Leute dabei sind? O ja, ich weiß das wohl«, meinte er verbittert, wenngleich es seinen Appetit nicht zu beeinträchtigen schien.

»Wenn Ihnen Ihre Stellung als Aufseher hier so wenig behagt, warum bleiben Sie dann?«

»Was sollte ich denn sonst tun? Außerdem habe ich nichts dagegen, überhaupt nichts.«

»Ich hatte einen ganz anderen Eindruck.« Sie bemerkte selbst, wie hochmütig ihr Tonfall war. Es war eine Reaktion auf seine Arroganz und seinen Mangel an gutem Benehmen.

Hinter sich hörte sie das leise Rascheln von Isas Kleidern. Er mochte den Aufseher ebenso wenig wie sie und war in seiner

Gegenwart nervös. Sie wünschte, Chloe oder George würden kommen. Sie konnte sich nicht denken, was sie aufhielt, außer, sie hatten bereits gefrühstückt. Unauffällig ließ sie ihren Blick zu dem Stapel Teller auf der Anrichte wandern. Die beiden hatten offensichtlich noch nicht gefrühstückt. Patrick hatte zweifellos das für M'mere bereitgestellte Geschirr benutzt. Auch das zusätzliche Gedeck, das immer für Robert bereit stand, war unbenützt. Sie riß sich zusammen, als sie merkte, daß Patrick etwas sagte.

»Sie können nicht danach gehen, wie etwas aussieht. Sie sollten das doch besonders gut wissen.«

Sie warf ihm einen fragenden Blick zu. »Ich fürchte, ich verstehe nicht ganz, was Sie meinen.«

»Ach, kommen Sie. Warum noch Theater spielen? Ihr Mann ist fort, und Sie sollten glücklich sein.«

»Verzeihung!«

Er lachte. »Sie sollten zur Bühne gehen. Das verlassene Weib, treu, verwirrt; Sie würden die Rolle bestens spielen, das muß ich Ihnen lassen.«

Sie schob ihren Teller zurück, tupfte sich den Mund mit der Serviette ab und legte diese dann auf den Tisch. »Ich finde Ihre Ausdrucksweise empörend, M'sieu Dye. Ich bin sicher, es überrascht Sie nicht, wenn auch ich Sie allein lasse.«

»Ehrlich, Mam'zelle Amalie, Sie müssen die Rolle nicht weiterspielen. Nicht bei mir. Ich bin einer der wenigen, die genau wissen, was mit Julien Declouet los ist.«

Irgend etwas in seinem Verhalten hinderte sie daran, aufzustehen und hinauszurauschen. »Wie meinen Sie das?«

»Spielen Sie nicht mit mir. Wir sind doch hier alle Freunde und werden vielleicht mal mehr. Aber wenn Sie es in einfachen Worten hören wollen, Sie und ich, wir beide wissen, daß Ihr kostbarer Gatte nur wenig Verwendung für eine Frau hat, selbst wenn sie so aussieht wie Sie.«

»Ich denke, ich habe Ihnen bereits einmal gesagt –«

»Es hat keinen Sinn, so zu tun, als hätte er sich bei Ihnen als Mann erwiesen, weil ich es nicht glaube – nicht mehr nachdem ich ihn da draußen gesehen und mit ihm vor ein paar Wochen getrunken habe. Alles wäre vielleicht anders gekommen, wenn Sie die Figur eines Jungen hätten.«

Das Blut wich aus Amalies Gesicht. Ihre Augen verdunkelten sich, als sie flüsterte: »Was?«

»Sagen Sie bloß nicht, Sie hätten nicht gewußt, daß Julien Jungs liebt.« Das grausame Licht in seinen Augen strafte seine sanften Worte Lügen. »Das hätte ich nach all dem Gerede nie gedacht. Aber wo ich schon mal so weit gegangen bin, kann ich schlecht aufhören, oder?«

Er fuhr fort, mit grausamen, anschaulichen Worten. Trotz ihrer vierundzwanzig Jahre hatte Amalie kaum etwas von diesen Verirrungen gewußt. Ihr wurde übel, ein entsetzliches Mitleid erfaßte sie, das gleich darauf jedoch dem Zorn wich.

»Sie lügen!« schrie sie und sprang auf die Füße. »Julien ist nicht einer von diesen Männern!«

»Nein? Würden Sie auch sagen, daß er ein liebevoller Ehemann war?«

»Das können Sie bestimmt nicht beurteilen!«

»Nein?« Sein Ton war purer Sarkasmus. »Ich bin schon länger hier als Sie. Ich war mit Julien zusammen, wenn er getrunken und aus der Schule geplaudert hat. Er suchte oft nach Knaben, die ein bißchen Geld verdienen wollten. Teufel auch, ich hab' sogar mitgemacht, wenn er mehr als einen gefunden hat, obwohl ich lieber 'ne weiche Frau unter mir gehabt hätte.«

Sie warf ihm einen Blick voller Verachtung zu, schob ihren Stuhl zurück und ging auf die Tür zu.

»Was glauben Sie wohl, warum er Sie geheiratet hat?« rief der Aufseher hinter ihr her. »Was glauben Sie, warum ein gutaussehender Mann mit solchem Vermögen eine Ehe von seiner Mutter arrangieren lassen mußte? Ich werde es Ihnen sagen. Sie wurden ausgesucht, weil Sie so weit weg gelebt haben, daß Sie die Gerüchte über Julien nicht gehört haben konnten. Und die grande maîtresse hat alles für ihn erledigt, weil er selbst nicht den Mumm dazu hatte!«

Was er da sagte, war die Antwort auf so viele Fragen, die sie gequält hatten. Sie blieb stehen. Über die Schulter sagte sie: »Er hätte überhaupt nicht zu heiraten brauchen.«

»Glauben Sie! Die alte Dame wollte 'nen Erben für Belle Grove. Sie lag ihm ständig damit in den Ohren, daß er dafür sorgen sollte. Sie wünschte sich einen Enkel, der alles erben soll, wofür sie und ihr toter Mann die ganzen Jahre gearbeitet haben. Für manche Männer wie Julien wäre das nicht unmöglich gewesen. Ich meine, die machen die Augen zu und erledigen den Job.«

Amalie biß die Zähne zusammen und versuchte nachzudenken. Plötzlich fiel ihr etwas ein. Fast schwindlig vor Erleichterung wirbelte sie herum: »Und was ist dann mit seiner Mätresse? Haben Sie die bei Ihrer kleinen Geschichte nicht vergessen?«

»Ganz und gar nicht. Sie wurde dafür bezahlt, daß sie die Gerüchte zerstreut. In Wirklichkeit war es ihr jüngerer Bruder, ungefähr fünfzehn, für den sich Julien die ganze Zeit über interessiert hat. Und der Junge war auch der Grund dafür, daß man um Sie warb. Der Junge hat sich nämlich umgebracht. Der arme Kerl wurde nicht damit fertig, daß er nichts weiter war als ein bezahlter Liebesdiener. So was kommt vor. Wieder drohte Madame Declouets geliebtem Jungen ein Skandal, also hat sie sich schnell nach einer Frau für ihn umgesehen. Es ging darum, die Klatschmäuler zu stopfen, aber ich denke, die alte Dame hat gehofft, er würde sich ändern und ruhiger werden. Vielleicht hat er das sogar selbst geglaubt – was weiß ich? Jedenfalls hat es nicht geklappt, oder?«

Nein, das hatte es nicht. Wie durch einen Nebel erinnerte sich Amalie an die Nächte, in denen Julien zu ihr gekommen war, an seine Zärtlichkeit, die Art, wie er wegen seines Versagens geweint hatte. Wenn sie doch nur Bescheid gewußt hätte, vielleicht hätte sie ihm helfen können. Er hatte sich so sehr bemüht, Kraft und Fähigkeit unter Beweis zu stellen. Er hatte sogar versucht, den eifersüchtigen Ehemann zu spielen. Was mußte ihn das gekostet haben?

Und wo war er jetzt? Hatte er entschieden, daß das Spiel den

Einsatz nicht mehr wert war? War er fortgegangen, um sich nicht mit seinem Cousin wegen einer Frau und einer Situation schlagen zu müssen, die ihm ohnedies nichts bedeuteten? Oder hatte er dauerhaftere Schritte unternommen, um seinem Schmerz ein Ende zu bereiten?

Patricks Stuhl scharrte über den Boden, als er aufstand. Er kam auf sie zu. »Nehmen Sie's nicht so schwer. Was macht es schon? In den Hütten erzählt man sich, Sie hätten sich schon selbst einen Mann gesucht. Ich habe so manche Nacht wach gelegen und daran gedacht, wie Sie mir erklärt haben, ich würde mich täuschen, Sie wären keine jungfräuliche Ehefrau. Ich war ziemlich sicher, daß Julien nicht dafür verantwortlich war, und nachdem ich ein bißchen herumgeschnüffelt habe, glaube ich zu wissen, wer es ist. Aber das geht schon in Ordnung; ist nicht mein Bier.«

»Sie sind wirklich ausgesprochen freundlich«, erwiderte sie scharf und wandte sich der Tür zu, an der Isa mit großen Augen wartete.

Patrick streckte die Hand aus und umklammerte ihren Arm. »Nicht so schnell. Wir haben noch was miteinander zu besprechen.«

»Lassen Sie mich los!« Sie wand sich aus seinem Griff.

Er hielt die Hände hoch, lächelte und war so überzeugt, Macht über sie zu besitzen, daß sie die Zähne zusammenbeißen mußte, um nicht laut zu schreien. »Sicher doch, sicher. Aber jetzt hören Sie mir mal gut zu. Wie gesagt, ich hab' so manche Nacht darüber nachgedacht und mir vorgestellt, daß Sie bei mir sind und Ihren Spaß haben. Seien Sie nett zu mir, dann vergesse ich, was ich von Ihrem Mann weiß.«

Ihre Hände zitterten, so gern hätte sie ihm ins Gesicht geschlagen. Aber im Augenblick war ihre Position nicht stark genug dafür. Doch der Zorn war ihrer Stimme anzuhören. »Ich bin weder ein lockeres Frauenzimmer noch dumm. Wenn ich auch nur ein Wort höre, das Juliens Charakter diffamiert, dann werden Sie innerhalb einer Stunde diese Plantage verlassen. Das kann ich Ihnen versprechen.«

»Damit haben Sie schon mal gedroht.«

»Damals hat Julien mich zurückgehalten, aber er ist nicht hier. M'mere ist krank und hat mir die Verantwortung für diesen Besitz übertragen. Ich denke, die Leute werden mir gehorchen, wenn ich ihnen auftrage, Sie und Ihre Habe zu entfernen. Mehr noch, ich glaube, Sie wissen, daß Robert Farnum mich unterstützen wird, wenn es nötig sein sollte. Wenn Ihr Job Ihnen etwas bedeutet, dann rühren Sie mich nie wieder an. Ich rate Ihnen, mir mit mehr Respekt zu begegnen. Guten Tag, M'sieu Dye!«

Amalie ließ ihn stehen, segelte auf die Galerie hinaus. Sie hatte den Kopf hoch erhoben, und rote Zornesflecken blitzten auf ihren Wangen. Sie ging nach oben und schloß sich in ihrem Zimmer ein. Erst am späten Nachmittag wagte sie sich wieder heraus, und dann auch nur, weil Charles an ihre Türe klopfte und ihr mitteilte, daß sie Besuch hätte.

Es war Sheriff Tatum. Wegen der Hitze war er auf die vordere Galerie geführt worden. Außer ihm befand sich dort nur noch Isa, der mit dem neuen Block von Amalie auf dem Schoß halb eingeschlafen war.

Als sie aus dem Haus trat, erhob sich der Sheriff, ergriff die Hand, die sie ihm reichte, und lehnte eine Erfrischung ab. Statt dessen holte er sein Taschentuch heraus und wickelte es sorgfältig auf.

»Es tut mir leid, daß ich Sie belästigen muß, Madame Declouet«, begann er, »aber es ist unbedingt notwendig, daß jemand diese Dinge identifiziert.«

Er streckte sie ihr entgegen. Automatisch griff Amalie nach den langen Streifen wassergetränkten Leders. Schwarz geworden, waren sie nicht gerade etwas, was ein Herr einer Dame in die Hand gab. Sie starrte darauf nieder; es dauerte einen Augenblick, bis sie die Goldkreise und ihre Verzierung bemerkte. Sie holte scharf Luft.

Was sie in der Hand hielt, waren die dekorativen, mit Initialen versehenen Schnallen von Juliens Schuhen.

15. Kapitel

»Ich kann Ihnen sagen, was das ist, Sheriff«, sagte sie ruhig, als könnte ein Mangel an Gefühlen den Schlag abwehren, der kommen mußte. »Diese Schuhschnallen gehören meinem Mann.«

»Das dachte ich mir. Ich muß Sie leider davon in Kenntnis setzen, Madame Declouet, daß der Leichnam Ihres Gatten heute mittag im Bayou Teche gefunden wurde. Er wurde durch einen Schlag auf den Kopf getötet.«

Er klang nicht so, als würde er es bedauern. Amalie hob ihre Hand vor den Mund und starrte in seine harten Augen. »Wie lange –«

Als sie abbrach, erwiderte er mürrisch: »Seit der Nacht seines Verschwindens, schätze ich.«

Sie wandte sich ab und ließ sich langsam auf einen Stuhl sinken. Isa legte seinen Block fort, kniete vor ihr nieder und legte eine Hand auf die ihre, sagte aber nichts.

Sie holte tief Luft. »Wo ist sein Leichnam jetzt?«

»In der Stadt, beim Leichenbeschauer. Er wird nach Belle Grove gebracht werden, aber ich würde Ihnen raten zu verhindern, daß seine Mutter ihn sieht.«

»Ja.« Sie hatte schon gehört, daß die aufgedunsenen Körper Ertrunkener kein schöner Anblick wären. Die Sorge des Sheriffs galt jedoch nur M'mere, nicht ihr, die jetzt eine Witwe war. Es war sonderbar, welches Gefühl das in ihr erweckte. Als wäre sie irgendwie schuldig geworden.

»Wir haben den Mord so gründlich wie möglich untersucht. Vielleicht sind Sie an den Ergebnissen interessiert?«

»Ja, gewiß.«

»Meine Männer haben jeden Mann befragt, von dem man wußte, daß er das Gasthaus besucht hat, in dem Ihr Gatte zuletzt gesehen wurde. Sie erfuhren dabei, daß Ihr Mann sich mit den beiden Seeleuten unterhalten hat, die an jenem Tag hier auf Belle Grove gearbeitet hatten. Sie erfuhren aber auch, daß diese beiden Männer nur wenige Augenblicke zuvor vor diesem Haus im Gespräch mit einer Frau in einem langen, schwarzen Mantel gesehen worden waren. Es würde mich interessieren, Madame Declouet, ob Sie einen solchen Mantel besitzen.«

Isa sprang auf, wirbelte herum und lief die Treppe hinunter, durch den Garten. Sein Betragen war merkwürdig, aber Amalie blieb keine Zeit, darüber nachzudenken.

»Nein, Sheriff.« Ihr Mantel war dunkelgrau, aber das brauchte sie ja wohl nicht zu erklären.

»Sie werden verzeihen, wenn ich sage, daß Sie nicht gerade so wirken, als hätte Ihnen diese Nachricht das Herz gebrochen.«

Erwartete er etwa, daß sie weinte, heulte und sich vor Kummer die Haare raufte? Das war nie ihre Art gewesen. Ungeweinte Tränen schnürten ihr die Luft ab, aber sie bewahrte immer die Haltung. »Ich ... es ist ein solcher Schock. Ich kann es einfach nicht glauben.«

»Die Antwort könnte auch lauten, daß Sie diese Nachricht in den vergangenen Tagen stündlich erwartet haben.«

Sie sah ihn offen an. »Sie haben nicht das Recht, so mit mir zu sprechen.«

»Vielleicht sollte ich Ihnen sagen, daß meine Männer und ich Gerüchte gehört haben, die Sie mit dem Cousin Ihres Gatten, Robert Farnum, in Verbindung bringen. Es heißt, Sie wären der Grund für das Duell gewesen, das die beiden Männer austragen wollten. Diese Tatsache wird durch Mr. Farnums Weigerung, meine Fragen zu beantworten, noch bestätigt.«

Sie blickte auf den Bayou hinaus. Nach einem Moment hob sie die Hand. »Sie wissen nichts davon und verstehen natürlich nichts.«

»Ich verstehe mehr, als Sie glauben, Madame. Ich habe herausgefunden, daß Sie an dem Abend, als Ihr Gatte verschwand, einen Ball im Hause der Morneys besuchten, in Begleitung Ihres Mannes, seiner Mutter, ihrer Patentochter, eines gewissen George Parkman und Mr. Farnums. Ich bin ebenfalls darüber informiert, daß Sie sich bei Ihrer Gastgeberin unter dem Vorwand von Kopfschmerzen entschuldigten und die Festlichkeit schon früh am Abend verließen!«

»Das mag schon sein, aber ich habe meinen Mann nicht getötet!«

»Oh, das sage ich auch nicht. Aber es ist eine Grundregel, den überlebenden Ehepartner genau zu überprüfen, wenn ein Mann oder eine Frau eines unnatürlichen Todes stirbt. Und in diesem Fall halte ich das für sehr wichtig. Ich glaube, Madame Declouet, daß Sie wußten, daß Ihr Mann ein ausgezeichneter Schütze war, und um das Leben Ihres Liebhabers fürchteten. Deshalb haben Sie die beiden Seeleute beauftragt, Ihren Mann zu beseitigen. Sie verließen den Ball der Morneys, um sie für ihre Arbeit zu bezahlen. Ihr Gatte tötete noch einen seiner Angreifer, ehe er von dem anderen hinterrücks ermordet wurde. Anschließend wurden die beiden Leichen in den Bayou geworfen, um das Verbrechen zu verschleiern.«

Die Nachricht von Juliens Tod nach Patrick Dyes Enthüllungen war schon schlimm genug, aber jetzt noch so beschuldigt zu werden war einfach zuviel. Sie wußte nicht, was sie zu ihrer Verteidigung sagen sollte, und sie war nur froh, daß der Sheriff Juliens Geheimnis nicht herausgefunden hatte.

»Das reicht jetzt!«

Die Worte kamen von der Tür zum Salon. Als Amalie sich umwandte, sah sie Robert dort stehen. Robert schlüpfte gerade erst in seine Jacke. Schweiß stand ihm auf der Stirn, so schnell war er hergekommen.

»Mr. Farnum, ich freue mich, Sie zu sehen. Ich möchte auch Ihnen ein paar Fragen stellen.«

»Fragen Sie, was Sie wollen, aber hören Sie auf, die Frau meines Cousins zu beschuldigen.«

»Die Witwe Ihres Cousins.«

Um Roberts Lippen verlief eine bleiche Linie, aber seine Augen blickten hart.

»Ich habe die Dame nur nach dem Abend bei den Morneys gefragt.«

»Das habe ich gehört.«

»Dann werden Sie gewiß auch verstehen, daß ich wissen möchte, wohin sie gegangen ist und was sie nach ihrem Aufbruch getan hat?«

Der Sheriff sprach in einem Tonfall, als wollte er allen zu verstehen geben, daß er es mit einer hysterischen Frau zu tun hatte. Robert wischte diese Bemerkung mit einer Handbewegung beiseite, ehe er ausdruckslos erwiderte: »Sie war mit mir zusammen.«

»Was?« Der Sheriff starrte Robert mit zusammengezogenen Brauen an.

»Ich habe Amalie direkt vom Ball hierher nach Belle Grove begleitet. Dann kehrte ich um, um M'mere und Chloe zu holen, und natürlich auch Mr. Parkman. Sie hatte überhaupt keine Gelegenheit, Juliens Tod zu organisieren. Sie war hier im Haus, als ich mit den anderen zurückkehrte, und hier blieb sie auch die ganze Nacht über.«

»Wollen Sie damit sagen, Mr. Farnum, daß Sie die ganze Nacht mit ihr zusammen waren, von Mitternacht bis zum Morgen?«

»Genau. Es ist unmöglich, daß sie dieses Haus verlassen, sich – wie Sie andeuten – in der Stadt mit den beiden Seeleuten treffen und anschließend wieder hierher zurückreiten konnte, ehe ich mit den anderen eintraf. Wie es scheint, kann sie nicht Ihre Dame im schwarzen Mantel sein.«

Das war eine Lüge. Noch dazu eine, die sie beide verurteilte. Er stempelte sie zur Ehebrecherin und sich selbst zum Verräter an seinem Cousin. Sie war dankbar, daß er sie beschützen wollte, aber gewiß wäre das auch auf andere Art möglich gewesen. Sie sorgte sich nicht um sich selbst, aber sie wagte nicht, daran zu denken, was mit M'mere geschehen würde, wenn diese Information öffentlich bekannt werden würde.

Als hätten ihre Gedanken sie herbeigerufen, tauchte M'mere in der Tür zum Salon auf. Die beiden Männer bemerkten sie jedoch nicht, so vertieft waren sie in ihr Gespräch.

»Was Sie gerade getan haben, Mr. Farnum«, erklärte Sheriff Tatum grimmig, »mögen manche Menschen ehrenwert finden, ich jedoch nicht. Sie sollten nicht vergessen, daß auch Sie nicht über jeden Verdacht erhaben sind. Möglich, daß Sie die Gelegenheit gehabt hätten, Ihren Cousin bei dem Duell zu beseitigen, aber das bewahrt Sie nicht vor der Anklage der Mittäterschaft am Mord von Julien Declouet.«

»Mord?« schrie M'mere auf und taumelte. »Nicht Julien, nein, nein, nicht Julien!«

Leise fluchend wirbelte Robert herum, erreichte seine Tante mit einem einzigen, langen Schritt und fing sie auf. Sie starrte zu ihm empor, ihre Lippen wirkten in ihrem bleichen Gesicht blau, während sie seinen Arm umklammerte.

»Das kann nicht sein«, flüsterte sie. »Sag – sag, daß es nicht wahr ist.«

»Ach, Tante Sophia.«

»Sag es mir!« Ihre dunklen Augen blickten rastlos umher.

»Man hat ihn im Bayou gefunden. Der Sheriff hat seine goldenen Schuhschnallen dabei.«

»Nein! Nein – o nein.«

»Leider ja.« Robert drehte sich um und langte nach den Lederstücken mit dem schimmernden Gold.

Entsetzt starrte M'mere darauf, Schmerz zeichnete sich auf ihrem Gesicht ab. »O Robert«, hauchte sie.

Robert hielt sie in den Armen, und kurz darauf zuckten ihre Augenlider. »Habe ich das richtig verstanden? Sie glauben, daß ihr ihn getötet habt – du und Amalie?« Tränen traten in ihre Augen und liefen über ihr Gesicht.

»Nein, nein, es ist nur eine Vermutung«, versuchte Robert sie zu trösten.

»Diese Schande, dieser Skandal«, stöhnte sie. Ihr Gesicht verzerrte sich. Sie erstarrte, ihre Hand fuhr zum Herzen. Ein leiser Schrei des Schmerzes und Entsetzens kam über ihre Lippen, ehe sie zusammensank.

In Belle Grove wurden die Uhren angehalten und die Spiegel zur Wand gedreht. Die schwarzen Kleider wurden aus Truhen und Schränken geholt. Schwarzer Crêpe, der seit dem Tod von

Juliens Vater auf dem Speicher aufbewahrt worden war, wurde herabgeholt, ausgelüftet und vor die Fenster gehängt. Dann kamen die Kondolenzbesuche.

Amalie war im Krankenzimmer so mit M'mere beschäftigt, daß sie kaum jemand sah, der kam. Chloe saß im verdunkelten Salon und murmelte die richtigen Antworten, wehrte neugierige Fragen ab und gab die neuesten Berichte über M'meres Zustand ab. Das junge Mädchen sorgte auch dafür, daß die schwarzgeränderten Begräbnisanzeigen in der Stadt verteilt und die Verwandten benachrichtigt wurden, die zu weit fort lebten, um an der Beerdigung teilnehmen zu können.

Die Tanten, Onkel und Cousinen, die im Umkreis von fünfundzwanzig, dreißig Meilen lebten, trafen nach und nach im Haus ein. Bald waren die Garçonnières und der Schlafsaal zum Bersten voll. Juliens Zimmer wurde eilig hergerichtet, um sie aufzunehmen, und in allen Räumen, außer in M'meres, wurden zusätzliche Matratzen ausgelegt. Auch die Hütten in den Quartieren waren überbelegt mit all den Dienern, die mitgebracht worden waren, um auf Kinder aufzupassen oder dafür zu sorgen, daß es ihren Herrschaften an nichts mangelte.

Es herrschte ein ständiges Kommen und Gehen, bis Staub in einer Wolke über der Einfahrt hing und die Eichen mit einer grauen Schicht überzogen waren. Aus den Quartieren waren noch zusätzliche Sklaven ins Haus geholt worden, die Marthe in der Küche helfen mußten, die enormen Mengen an Nahrung vorzubereiten, und andere mußten beim Bedienen helfen. Amalie, die sich oft darüber ärgerte, daß sie auf die wenigen Dinge, die sie für M'mere benötigte, lange warten mußte, war froh, daß das Begräbnis aufgrund der Hitze nicht lange hinausgeschoben werden konnte.

Der Geruch von Tod lag in der Luft: die Massen von Rosen und Jasmin, die in Vasen um den Sarg aus Zedernholz standen. Aber auch ein Hauch von Skandal schwebte über dem Haus. Gerüchte wurden hinter vorgehaltener Hand verbreitet, und manches wurde auch noch aufgebauscht.

Als Amalie eines Nachts an M'meres Bett saß, hörte sie ein

Geräusch an der Tür. Als sie aufblickte, entdeckte sie M'meres alte Freundinnen, die Schwestern Oudry, die zur Tür hereinspähten. In dem Glauben, sie wollten die alte Dame sehen, die so viele Jahre ihre Freundin gewesen war, winkte Amalie sie herein. Doch sie waren erstarrt, als hätte man sie beleidigt, und hatten sich unverzüglich zurückgezogen. Der einzige Schluß, den Amalie daraus ziehen konnte, war der, daß sie selbst Gegenstand ihrer Neugier gewesen war.

Robert versuchte in dieser harten Zeit zu helfen, wo er konnte, obwohl sie nie mit ihm allein war und sie nur selten miteinander sprachen. Ständig war er im Haus und erfüllte die Pflichten des Gastgebers. Er verhielt sich ruhig und zuversichtlich und forderte die Leute heraus, offen auszusprechen, was überall geflüstert wurde. Er besuchte M'mere häufig, aber für gewöhnlich dann, wenn Amalie sich von ihrer selbstauferlegten Aufgabe ausruhte. Um Neues vom Zustand seiner Tante zu erfahren, hielt er sich an den Arzt, der hinzugezogen worden war.

Dieser war der Ansicht, daß M'mere einen Schlaganfall erlitten hatte. Sie würde sich nur langsam wieder erholen, konnte aber ihren linken Arm nicht mehr richtig bewegen, und auch die linke Gesichtshälfte war bis zu einem gewissen Grad gelähmt, was zu einer undeutlichen Sprechweise führte. Es bestand die Möglichkeit, daß sie wieder ganz gesund wurde, aber sicher war das nicht. Es hing vom Willen und der Kraft der Patientin ab, ebenso wie von der Pflege, die ihr zuteil wurde.

Amalie hatte nichts dagegen, sich um ihre Schwiegermutter zu kümmern. Trotz allem, was diese ihr angetan hatte, liebte sie sie. In den Machenschaften der alten Frau sah sie keine Bosheit. Man konnte zwar sagen, daß sie auf Amalies Gefühle keine Rücksicht genommen hatte, aber das war auch nicht zu erwarten gewesen. Ihre Liebe zu ihrem Sohn war ebenso grenzenlos wie ihr Kummer über seine Schwäche.

Aber das Krankenzimmer zog Amalie in erster Linie an, weil es eine Zuflucht darstellte. Sie war froh darüber, gebraucht zu werden und einen Grund zu haben, den anderen Familienmitgliedern aus dem Weg zu gehen. Am deutlichsten wurde dies am Bestattungstag selbst.

Die Frauen nahmen normalerweise nicht an Beerdigungen teil, waren aber manchmal bei der Seelenmesse zugegen. Die Frauen in Louisiana konnten sich zwar um die Alten und Kranken kümmern, wurden Zeuge des körperlichen Verfalls und durften anschließend Ordnung machen, aber sie waren natürlich viel zu zart, um mit anzusehen, wie die geliebten Menschen ins Grab gesenkt wurden. Es war eine unsinnige Sitte, die aber den Frauen so manches ersparte. Auch dafür war Amalie dankbar, als sie dem Leichenwagen nachsah. Sie hatte sich in den frühen Morgenstunden von Julien verabschiedet und sah keinen Grund, den Abschiedsschmerz zu verlängern.

Als alle anderen noch schliefen, bis auf diejenigen, die am Sarg die Nachtwache hielten, war sie hinuntergegangen und hatte sich neben dem Sarg hingekniet. Sie hatte um Ruhe und Frieden für Julien gebetet und Tränen vergossen. Sie hatte an ihn gedacht, so wie er am Tag ihrer ersten Begegnung gewesen war, dunkel und freundlich, hatte sich an die schöne Zeit erinnert, die sie in New Orleans verbracht hatten, vor allem an die Tage, an denen er ihr geholfen hatte, ihre Garderobe zu vervollständigen. Sie hatte daran gedacht, wie rücksichtsvoll er während ihrer Hochzeitsreise gewesen war, und wie stolz er an jenem Abend über den Tisch gesehen hatte, als sie ihm in Belle Grove zum ersten Mal an der Tafel gegenübersaß. Anstelle des heftigen Streits an dem Tag, als sie und Robert aus The Willows zurückgekehrt waren, erinnerte sie sich an Juliens sanfte Entschuldigung und an seine Sorge um sie. Bewußt weigerte sie sich, an Patricks Anschuldigungen zu denken, aber sie wollten sich nicht verdrängen lassen.

Wenn das alles wahr war, dann kannte sie jetzt den Grund für alle Probleme.

Robert hatte den Sheriff angelogen. Er war in der Nacht nach dem Ball der Morneys nicht bei ihr gewesen. Sie hatte ein paar Tropfen Laudanum gegen ihre Kopfschmerzen genommen und war zu Bett gegangen. Soviel sie wußte, hatte er die Nacht in der

Garçonnière verbracht. Ebenso gut konnte es anders gewesen sein, Tatsache aber war, daß sie allein geschlafen hatte.

Die Frage, die sie quälte, war: Hatte Robert gelogen, um sie oder um sich selbst zu schützen?

War Robert vielleicht zu Julien gegangen, um ihm das Duell auszureden? War er wütend und vorsichtig geworden, weil sein Cousin geschickt mit der Waffe umgehen konnte – und hatte er ihn deswegen schließlich niedergeschlagen? War Robert am nächsten Morgen zur Stätte des Duells gegangen, in dem Bewußtsein, daß er nicht in Gefahr war?

Sie konnte es nicht recht glauben. Roberts Reaktion, nachdem Julien nicht erschienen war, seine Bemühungen, ihn zu finden, seine wiederholten Bitten, den Sheriff einzuschalten, all das hatte normal gewirkt. Und doch hatte es Augenblicke gegeben, in denen sie dachte, er wüßte mehr, als er zugeben wollte. Zweifellos betraf das Juliens Geheimnis, aber trotzdem konnte auch noch mehr dahinterstecken.

Gleichzeitig war sie sich einer gewissen Kälte in Roberts Verhalten ihr gegenüber bewußt. Dazu kam die Tatsche, daß er nicht versucht hatte, mit ihr allein zu sein, und kaum mit ihr gesprochen hatte. In der jetzigen Situation mußten sie sich natürlich besonders strikt an die Regeln des Anstands halten, aber er war ganz und gar nicht der feurige Liebhaber, den sie kennengelernt hatte. Konnte es sein, daß er trotz seiner Verteidigung, trotz der Lüge, die er erzählt hatte, um sie zu retten, nicht ganz sicher war, daß sie nicht doch die Dame in dem schwarzen Mantel gewesen war? Sie konnte es sich nicht anders erklären.

Es klopfte leicht. Amalie warf einen Blick auf M'mere, die ruhig schlief, wie so oft in letzter Zeit. Sie wollte sie nicht aufwecken und öffnete leise die Tür.

Chloe stand davor. Mit einem Finger an den Lippen und vor Aufregung funkelnden Augen bedeutete sie Amalie, ihr in den Salon zu folgen. Lächelnd gehorchte Amalie.

»Du rätst nie, was passiert ist«, fing das Mädchen an.

»Nein, erzähl's mir.«

»George hat eingewilligt, daß wir unverzüglich heiraten! Na ja, ich hab' ihm erklärt, daß ich jetzt, nachdem unsere Familie in diesen entsetzlichen Skandal verwickelt ist, gesellschaftlich nicht mehr über ihm stehe, aber ich brauchte ihn kaum zu drängen.«

»Wie schön. Das freut mich für euch.«

»Ja. Es ist wunderbar. Selbst wenn Julien noch lebte, könnte er seine Zustimmung nicht mehr verweigern, aber da er tot ist, gibt es überhaupt keine Probleme.«

»Chloe!«

»O Verzeihung! Du weißt doch, daß ich es nicht so gemeint habe. Aber du kannst dir gar nicht vorstellen, wie verrückt es mich gemacht hat, daß er sich uns in den Weg gestellt hat. Er wollte mich nicht heiraten, aber ebenso wenig wollte er mich einem anderen Mann überlassen, und all das nur aus diesem dummen Stolz heraus.«

»Er wollte sichergehen, daß du glücklich wirst.«

»Das werde ich bestimmt. George und ich werden so bald wie möglich Mann und Frau.«

Amalie legte eine Hand auf den Arm des Mädchens. »Ich kann dich schon verstehen, aber wir sind in Trauer. Du wirst warten müssen.«

»Warum? Ich war praktisch nicht mit Julien verwandt.«

»Aber du bist wie seine Schwester behandelt worden. Wenn du nicht noch mehr Gerede verursachen willst, mußt du dich ein wenig an die Regeln halten.«

»Wirklich, Amalie, du bist wohl kaum geeignet, mich im guten Benehmen zu unterweisen!«

Amalies Augen verdüsterten sich. »Ich versuche nur zu verhindern, daß du einen Fehler machst.«

Das Gesicht des Mädchens fiel zusammen. »Entschuldige«, schluchzte sie und warf ihre Arme um Amalies Hals. »Ich könnte mir die Zunge abbeißen. Ich glaube es eigentlich nicht, genauso wenig wie all die anderen Gerüchte und den dummen Klatsch. Die Leute sagen die schlimmsten Dinge und kümmern sich gar nicht darum, wem sie damit weh tun.«

Amalie war froh über Chloes Ausdruck von Treue. »Es ist schon gut. Ich verstehe dich ja.«

»Wirklich? Es ist alles so schrecklich, Julien ist tot und M'mere krank, und hier im Haus tummeln sich all die alten Ziegen, die mich davor warnen, mit dir zu verkehren. Manchmal kommt es mir so vor, als wäre nichts mehr wie früher, außer George. Ich will nur noch fort von hier und nie wieder zurückkommen.«

Dieses Gefühl hatte auch Amalie in den vergangenen Tagen gut kennengelernt. Die Untersuchung von Juliens Tod machte keine Fortschritte. Da keine weiteren Beweise gefunden worden waren, wuchs der Verdacht, daß Amalie etwas mit dem Mord zu tun hatte. Dabei bildeten sich zwei etwa gleich große Gruppen: Eine war der Meinung, Amalie hätte allein gehandelt, die andere war sicher, daß Robert ebenso ihr Komplize wie ihr Liebhaber gewesen war. Mehrmals kam der Sheriff ins Haus, um sie zu befragen, aber jedesmal zog er ohne Ergebnis wieder davon.

M'mere erholte sich ein wenig. Sie setzte sich im Bett auf und fing an zu essen, versuchte aber nicht mehr zu sprechen. Nach einer Woche kam endlich der Tag, da sie keine ständige Gesellschaft mehr brauchte. Trotzdem blieb Amalie den ganzen Vormittag über bei ihr sitzen und las ihr vor. Als M'mere nach einer leichten Mahlzeit einschlief, ging Amalie in ihr Zimmer, setzte ihren Hut mit dem schwarzen Trauerschleier auf und schickte Isa zum Stall, um einen Wagen anschirren zu lassen.

Sie wollte gerade gehen, als Charles aus dem Haus trat. Er sah aus, als hätte er sie am liebsten gefragt, was sie vorhatte, begnügte sich aber damit, sich zu erkundigen, wann sie zurückkäme.

»Ich bin mir nicht sicher. In ein paar Stunden«, erwiderte sie.

»Wenn Sie Einkäufe zu tätigen haben, Mam'zelle, könnte Lally Sie begleiten.«

Er hatte Angst davor, daß sie in der Stadt belästigt werden könnte. Seine Sorge rührte sie. »Ich werde nicht einkaufen.«

»Haben Sie Ihre Visitenkarten dabei, Mam'zelle?«

Lächelnd schüttelte sie den Kopf. »Ich brauche sie nicht.«

Sie war froh, ohne großes Aufsehen davonzukommen. Normalerweise hätte Isa beruhigt werden müssen, aber seit M'mere zusammengebrochen war, hatte er sich etwas von Amalie zurückgezogen. Er spielte jetzt mit den anderen Kindern, die ihn inzwischen als jemanden akzeptierten, der besondere Aufgaben zu erfüllen hatte.

Amalie wies den Kutscher an, sie nach St. Martinville zu fahren. Was sie vorhatte, war dumm und wahrscheinlich nutzlos, aber sie mußte einfach etwas unternehmen. Sie konnte nicht nur herumsitzen und über Juliens Tod grübeln.

Die Dame im schwarzen Mantel. Sie war von dieser Gestalt wie besessen. Alles schien von dieser Unbekannten abzuhängen. Die meisten schienen inzwischen davon überzeugt zu sein, daß Amalie die Geheimnisvolle war. Nur sie selbst wußte es besser.

Aber wer war die Frau? Es könnte Chloe gewesen sein. Sie hatte Julien von ganzem Herzen verabscheut, oder es wenigstens behauptet, weil er ihrer Hochzeit im Weg stand. Chloe war temperamentvoll, und ihre Gefühle konnten sie dazu gebracht haben, Männer anzuheuern, die den einzigen Menschen beseitigen sollten, der ihrem Glück im Weg stand.

Vielleicht war es auch überhaupt keine Frau gewesen, sondern ein Mann in einem Umhang. Es gab Männer, die so etwas wie einen arabischen Burnus trugen, und wenn er dann eine Kapuze über den Kopf zog, konnte er wie eine Frau aussehen. Vielleicht wollte ihm ein Mann, der dieselbe Veranlagung wie Julien hatte, etwas heimzahlen?

Aber sie hatte noch einen anderen Verdacht. Die Mulattin, die unter Juliens Schutz gestanden hatte, hatte mehr als einen Grund, ihm den Tod zu wünschen. Vor seiner Hochzeit hatte er sie ausbezahlt. Vielleicht hatte sie gedacht, daß sie für alle Zeiten ausgesorgt hätte. Er hatte sie zugunsten ihres Bruders ignoriert, ein Verhalten, das nur wenige Frauen verstehen und schon gar nicht verzeihen konnten. Aber darüber hinaus war er der Grund für den Selbstmord ihres Bruders gewesen. Der Groll, den diese Frau Julien Declouet gegenüber entwickelt haben mußte, war bestimmt übermächtig.

Amalie wußte nicht, wann ihr der Gedanke gekommen war, die Frau zu besuchen. Wie es schien, hatten alle anderen nie daran gedacht, sie zu befragen. In den Augen der meisten Männer waren diese Frauen Schattenwesen. Amalie war anderer Meinung. Was Juliens sogenannte Mätresse anging, so würde Amalie vielleicht von ihr nichts Neues erfahren, aber ein Versuch konnte nicht schaden.

Das Haus wirkte immer noch unbewohnt. Auf ihr Klopfen hin öffnete sich die Haustür nur einen Spalt. Eine leise, atemlose Stimme fragte: »Ja?«

»Ich möchte gern die Dame des Hauses sprechen.« Dankbar stellte Amalie fest, daß ihre Stimme sicher klang. »Sind das Sie?«

»Ja, Mam'zelle.«

»Wie heißen Sie?«

»Violet, Mam'zelle.«

»Nun, Violet, darf ich hereinkommen?«

»Wer sind Sie?« Die Stimme des Mädchens bebte nervös, aber das war kein Wunder.

»Ich bin Madame Julien Declouet. Ich möchte mit Ihnen über meinen Mann sprechen.«

Ein Keuchen ertönte, dann wurde die Tür zugeworfen. Ehe das Mädchen sie verriegeln konnte, stieß Amalie dagegen. Mit aufgerissenen Augen wich das Mädchen zurück und blickte erschrocken zu der Tür des Schlafzimmers hinüber.

Juliens ehemalige Geliebte war nicht groß, hatte aber eine schöne, üppige Figur. Ihre Haut hatte die Farbe von Milchkaffee, mit einem rosigen Hauch an den Wangenknochen. Ihre Hände waren sorgfältig gepflegt. Sie trug ein blaues Musselinkleid mit gelbem Blumenmuster. Sie war vielleicht zwanzig Jahre alt und schien dennoch kaum mehr als ein Kind.

Einen Moment herrschte Stille, während das Mädchen Amalie anstarrte. Schließlich sagte Amalie: »Entschuldigen Sie mein Eindringen, aber ich muß wirklich über den Tod meines Mannes mit Ihnen sprechen.«

Das Mädchen wich zurück, die Augen wurden noch größer. »Ich weiß nichts darüber, ehrlich.«

»Das glaube ich Ihnen nicht. Eine Frau wurde gesehen, als sie mit den beiden mutmaßlichen Mördern sprach. Ich denke, das können Sie gewesen sein.«

»O nein, nein, Madame Declouet.«

»Warum nicht? Sie müssen ein halbes Dutzend Gründe dafür haben, ihm den Tod zu wünschen.«

»Niemals, wirklich, nein.« Wieder schaute sie zu der angelehnten Tür hinüber.

Amalie wurde unruhig. Das Mädchen war nicht so, wie sie es erwartet hatte. Es war offensichtlich verängstigt, und zwar nicht nur wegen ihres Besuches. »Ist jemand bei Ihnen?«

»Bitte, Mam'zelle, Sie müssen gehen. Ich kann Ihnen nichts sagen.«

Es wäre klug gewesen, diesen Vorschlag zu akzeptieren. Sie hielt das Mädchen nicht mehr für schuldig; es war zu schüchtern, zu jung. Aber Amalie wollte nicht aufgeben, deshalb erklärte sie: »Ich denke, Sie sollten mit mir zum Sheriff kommen.«

»Nein! Bitte, nein.«

Die Schlafzimmertür öffnete sich. Amalie wandte den Kopf. Sie hatte einen dunklen Mann erwartet, aber der Mann, der ins Zimmer trat, war weiß. Er streckte die Hand nach dem Mädchen aus, zog es an sich, so daß seine Hand über der vollen Brust lag.

»Ich glaube nicht, daß diese kleine Taube irgendwohin fliegt, Mam'zelle Amalie«, erklärte Patrick Dye.

16. Kapitel

»Was machen Sie denn hier?« Die Überraschung ließ Amalies Stimme scharf klingen.

»Ich könnte Sie dasselbe fragen – noch dazu ohne Begleitung.«

»Wie und wohin ich fahre, geht Sie nichts an. Andererseits –«

»Andererseits sollte ich nicht vergessen, daß ich in Ihren Diensten stehe, richtig? Ich bin Farnum gegenüber verantwortlich – er ist der Testamentsvollstrecker – nicht Ihnen, Mam'zelle Amalie.«

Sie vermutete, daß das richtig war. Patrick hätte natürlich nicht gern, wenn ihm eine Frau Befehle erteilen könnte. »Das macht keinen Unterschied.«

»Oh, da irren Sie sich. Ihnen mag die Familienehre vielleicht wenig bedeuten, nicht so unserem Robert. Der wird mich ebenso wenig hinauswerfen wie Ihr lieber Mann, ganz gleich, wie gern er es täte.«

Sie warf ihm einen giftigen Blick zu. »Da wäre ich nicht zu sicher.«

»Oh, ich kann absolut sicher sein.«

»Wenn das so ist, kenne ich wohl den Grund für ihre Duldsamkeit.«

»Das glaube ich Ihnen sogar; Sie sind ein helles Mädchen.«

»Und Sie sind ein Erpresser.«

»So?« Patrick ließ Violet los. Das Mädchen stolperte, als er es von sich stieß, und sank dann auf ein verblichenes kleines Sofa an der Wand, schlug die Hände vor die Augen, als wollte sie nicht sehen, wie Patrick auf Amalie zustapfte.

Amalie wäre am liebsten zurückgewichen, rührte sich aber nicht von der Stelle. »Ich denke, daß Sie hinterhältig, listig, böse und schlecht sind.«

»Offensichtlich haben Sie eine gute Menschenkenntnis, aber es war dumm von Ihnen, allein hierherzukommen. Was hofften Sie überhaupt zu finden?«

Sie hob den Schirm, den sie in der Hand hielt, und berührte mit der Spitze seine Brust. »Zum Beispiel die Frau mit dem schwarzen Umhang.«

Er lachte, packte die Schirmspitze und schob sie beiseite. »Ach, das. Sheriff Tatum versucht, ein Geheimnis daraus zu machen. Dabei war es wahrscheinlich nur eine Hure, die versucht hat, die beiden Matrosen für sich zu interessieren.«

Während er sprach, bewegte er sich weiter vorwärts und drückte gegen die Schirmspitze, als wollte er sich aufspießen. Ihre Hand schmerzte bereits von der Anstrengung. »Wenn die

Frau so ein Typ gewesen wäre wie Sie, dann wäre die Sache vielleicht ganz anders ausgegangen. Dann hätten die beiden Matrosen alle Hände voll mit ihr zu tun gehabt und keine Zeit aufbringen können, einen Gedanken an Julien Declouet zu verschwenden. Das heißt, wenn sie überhaupt etwas mit seinem Tod zu tun gehabt haben. Nur weil einer von ihnen tot im Wasser trieb, müssen sie noch lange nicht mit dem Mord in Zusammenhang stehen.« Er streckte die Hand aus und packte ihren Arm.

Er hatte recht, das mußte sie widerwillig zugeben. Aber jetzt war weder der richtige Zeitpunkt noch der richtige Ort, um darüber zu diskutieren. Sie riß sich los. »Ich wäre Ihnen dankbar, wenn Sie die Finger von mir lassen würden. Wie es scheint, haben Sie hier schon Juliens Platz eingenommen, und das sollte für Sie genügen.«

»Juliens Platz?« höhnte er. »Ich dachte, ich hätte Ihnen erklärt, daß er kein Interesse an Frauen hatte. Violet gehört mir; ich hatte sie als erster, und ich bin der einzige Mann, der sie je gehabt hat. Das heißt aber nicht, daß ich nicht an ein bißchen Abwechslung interessiert wäre.«

»Es überrascht mich, daß Sie es sich leisten können, sie zu unterhalten. Oder war sie nur Teil der Bezahlung für Ihr Schweigen?«

»Sie haben wirklich eine spitze Zunge, aber ich kann mir eine ganze Menge Möglichkeiten denken, wie man die einsetzen könnte.«

Immer noch lehnte er an der Schirmspitze, und Amalies Arm zitterte vor Anstrengung. Ihr Gesicht färbte sich rot, sowohl vor Zorn als auch aufgrund seiner zweideutigen Worte. Wütend erklärte sie: »So schwer es mir fällt, Ihr kleines Paradies zu zerstören, muß ich Sie doch darauf hinweisen, daß jetzt, nach Juliens Tod, keine Zahlungen mehr für seine Mätresse erfolgen. Wenn ich mich recht erinnere, wurde sie auch im Testament nicht berücksichtigt. Aber Sie können das natürlich noch mit M'sieu Farnum besprechen. Was also werden Sie tun?«

Seine Augen funkelten. In diesem Augenblick trat sie schnell zurück. Er fiel nach vorn, weil er plötzlich keinen Halt mehr hatte. Ehe er sich fangen konnte, wirbelte sie herum, riß die Tür auf und eilte auf die Veranda. Sie glaubte zwar nicht, daß er ihr folgen würde, sah sich aber lieber nicht um, sondern lief hastig den Weg hinab und zu ihrem Wagen, stieg ein und befahl dem Kutscher, nach Belle Grove zurückzukehren.

Robert erwartete sie. »Wo bist du gewesen?«

Die Frage kam leise, besorgt, aber auch mit einem Hauch von Mißtrauen.

»In der Stadt.«

»Das weiß ich. Man hat mir auch erzählt, daß du allein gefahren bist und dich geweigert hast, dein Ziel zu nennen.«

»Ich habe mich nicht geweigert, aber ich habe es auch nicht unaufgefordert bekanntgegeben.«

»Ein feiner Unterschied«, meinte er grimmig. »Aber du wirst mir verzeihen, wenn mir das nicht gefällt.«

Sie nahm den Hut ab und wirbelte zu Robert herum. Ihre Nerven waren nach dem Zusammentreffen mit Patrick zum Zerreißen gespannt. »Wenn du es unbedingt wissen willst: Ich habe Violet besucht.«

»Violet?« wiederholte er verständnislos. Dann nickte er plötzlich, als er sich erinnerte. »Warum?«

Der kühle Ausdruck seiner dunklen, blauen Augen traf sie tief. »Was glaubst du wohl, warum? Um ihr zu gratulieren, daß uns der Mord an Julien so gut geglückt ist, warum sonst?«

Sein Gesicht wurde leer vor Entsetzen. Dann zog er die Brauen zusammen. »Warum sagst du so etwas?«

»Das hast du doch schließlich gedacht, oder?«

»Sei nicht albern!«

»Ach, komm, seit Tagen schleichst du um mich herum, als ob du sicher wärst, daß ich die Frau im Mantel gewesen bin. Warum leugnest du es jetzt?«

Er erwiderte ihren Blick. »Ich weiß ganz genau, daß du es nicht gewesen sein kannst. Ich habe dich schließlich selbst heimgebracht, oder?«

»Aber du hast keine Ahnung, ob ich hier geblieben bin!« Sie

konnte nicht anders, etwas trieb sie, den Verdacht, den er hegen mußte, in Worte zu fassen.

»Wenn ich geglaubt hätte, daß du dich nicht hier aufgehalten hast, hätte ich dich von Sheriff Tatum vor die Grand Jury bringen lassen können.«

»Warum hast du es nicht getan? Warum hast du gelogen, um ihn daran zu hindern?« Ihr Gesicht war blaß, aber ihre Augen glühten vor Wut und Stolz. Das schwarze Kleid, das sie trug, bildete einen starken Kontrast zu der Reinheit ihrer Haut, den klaren Linien ihrer noch immer schlanken Gestalt. Mit geradem Rücken stand sie da, obwohl ihre Hände so zitterten, daß sie die Arme verschränken mußte, um das zu verbergen.

»Weil ich –«, fing er wütend an, brach dann aber ab. Er starrte sie an und setzte erneut an. »Ich konnte den Gedanken nicht ertragen, daß du dem allen ausgesetzt werden solltest, weil ich das Gefühl hatte, selbst schuldig zu sein.«

»Oder vielleicht, weil du ein Alibi gebraucht hast?«

Eine Ader an seiner Schläfe pulsierte. Seine Stimme war leise, aber tödlich, als er meinte: »Also das ist es.«

»Du hast mir noch nicht geantwortet.«

»Eine solche Bemerkung verdient keine Antwort.«

»So?« Sie zog eine Braue hoch, obwohl ihr Herz heftig schlug. »Du hast das Recht, Böses von mir zu denken, weil ich die Tat um deinetwillen getan haben muß, aber ich darf dich nicht verdächtigen, weil deine Motive notwendigerweise niedrigerer Natur wären?«

»Ich bin nicht feige. Ich wollte mich zwar nicht mit Julien duellieren, aber ich habe ihn auch nicht töten lassen, um das zu verhindern.«

»Und du erwartest, daß ich dir glaube?«

»Sheriff Tatum hat es getan, als ich gelogen habe, um dich zu retten.«

»Alles war natürlich ganz ehrenhaft. Der Sheriff hat dich für einen Ehrenmann gehalten, und du hast nur einer Dame wegen gelogen. Was könnte daran falsch sein?«

Er holte tief Luft und atmete langsam aus. »Hör zu, Amalie,

ich kann dir gar nicht sagen, wie leid es mir tut, daß du soviel durchmachen mußt. Ich würde alles tun, wenn ich die Zeit zurückdrehen könnte. Aber es ist nun einmal geschehen, und wir müssen damit leben. Ich habe versucht, es dir so leicht wie möglich zu machen. Ausflüge wie der, den du heute unternommen hast, helfen uns nicht gerade; irgend jemand muß dich gesehen haben, und es wird noch mehr Klatsch und Tratsch geben. Ich verstehe, daß es schwer ist, in dieser Situation zu leben, aber es hat keinen Sinn zu streiten.«

»Du willst mich einfach nicht verstehen«, sagte sie und ließ ihm keine Zeit, etwas zu erwidern. »Ich will nicht, daß du mich schützest, nur weil wir uns nahestehen, ich möchte, daß du mir glaubst. Du brauchst dir keine Sorgen zu machen, ob ich mit dem, was ich tue, noch mehr Schande über mich bringe. Du solltest mir eher helfen herauszufinden, wer Julien umgebracht hat.«

»Nicht Schande, Amalie – außer –«

»Außer ich schäme mich? Warum sollte ich das nicht, wenn du denkst, ich würde – ich hätte meinen Mann beseitigt, deinetwegen!«

»Warum sollte ich das nicht glauben, wenn du nur allzu gern bereit bist, das und Schlimmeres von mir anzunehmen?«

Sie waren wieder da, wo sie angefangen hatten. Amalie wandte sich von ihm ab. »Ich habe das nie angenommen – nicht wirklich.«

Er stützte die Hände in die Hüften. »Ich denke schon. Tief in deinem Innern fürchtest du, daß ich Julien habe umbringen lassen, obwohl du weißt, wie nahe wir uns immer gestanden haben.«

»Vielleicht gerade deswegen.« Ihre Stimme war so leise, daß sie kaum zu hören war.

»Was meinst du damit?«

Ihr Mund war so trocken, daß sie nicht sprechen konnte. Sie wünschte, sie könnte die Worte zurücknehmen, aber es war zu spät.

Er trat näher und legte eine Hand auf ihren Arm, dann drehte er sie zu sich herum. »Was?«

Sie fuhr sich über die Lippen. »Patrick – Patrick hat mir alles über Juliens Geheimnis erzählt.«

Seine dunklen Augen musterten sie aufmerksam. Nach einer Ewigkeit ließ er ihren Arm los und wandte sich ab. »Warum hat er das getan? Es gab keinen Grund dafür, daß du es erfahren mußtest, noch dazu jetzt.«

»Schließlich war ich seine Frau.«

»Aber wozu soll das gut sein?«

»Erstens brauche ich keine Angst mehr zu haben, daß man mir die Schuld an seinem – seinem mangelnden Interesse an mir gibt.«

Er warf ihr einen merkwürdigen Blick zu. »Du mußt doch gewußt haben, daß es nicht so war.«

»Weil du mich begehrt hast? Was hat das damit zu tun? Du weißt nicht –«

»Ich will es auch nicht wissen«, unterbrach er sie plötzlich. »Was du Julien bedeutet hast oder er dir, hat nichts mit mir zu tun. Ich würde lieber erfahren, was es an meiner Freundschaft mit Julien gab, das dich beunruhigt.«

»Das kann ich dir nicht sagen.«

»Du mußt. Du hast damit angefangen, jetzt bring es auch zu Ende.«

Hatte sie wirklich geglaubt, diesen Mann zu lieben, der versuchte, sie zu zwingen, ihr Innerstes zu enthüllen? Sie schluckte und starrte auf den Bayou hinaus.

Er wartete immer noch. Endlich begann sie: »Wir stimmen darin überein, daß Julien mich geliebt hat, auf seine Art.«

»Ja.«

»Das kann sein. Aber was ich jetzt wissen muß, ist, ob er dich auch geliebt hat, auf eine andere sonderbare Art? Und galt die Eifersucht, deren Folge die Aufforderung zum Duell war, mir oder dir und dem, was all die Zeit über zwischen euch beiden gewesen ist?«

»Dieu«, stöhnte er und ballte die Hände. Er starrte sie an, als hätte er sie nie zuvor gesehen. Abrupt eilte er dann auf die Treppe zu und polterte sie hinab.

Amalie blieb wie angewurzelt stehen, bis er nicht mehr zu hören war. Sie atmete langsam und vorsichtig, um die Schmerzen in ihrer Brust zu besänftigen. Ihre Augen brannten. Mit tauben Fingern umklammerte sie das Geländer. Plötzlich seufzte sie, und dann füllten heiße, salzige Tränen ihre Augen und strömten über ihre Wangen.

Die Tage krochen dahin, jeder heißer und feuchter als der vorhergehende. Es gab Berichte von Fieber in New Orleans, aber noch waren entlang des Teche keine Fälle bekannt.

In Belle Grove herrschte wieder Friede. Keine Besucher störten ihn. Die Gerüchte waren leiser geworden und schließlich verstummt. Der Skandal war noch nicht vergessen, aber man hatte so lange darüber diskutiert, daß jetzt kein Interesse mehr daran bestand. Über Juliens Tod war nichts Neues bekannt geworden. Der Sheriff hatte sich anderen Fällen zugewandt, als die Tage verstrichen und die Hinweise immer spärlicher wurden.

M'mere konnte sich wieder allein im Haus bewegen, verließ aber nur selten ihre Zimmer. In ihrem Gesicht zeigte sich noch eine leichte Starre, und sie sprach wenig, weil sie Schwierigkeiten hatte, sich deutlich zu artikulieren. Ihre Gebete waren stumm, aber konstant; sie verbrachte mehr Zeit, als gut für sie war, an ihrem kleinen Altar. Der Schlaf der alten Frau war unruhig; oft wachte Amalie von ihren Schreien auf und ging zu ihr. Sie saß dann an ihrem Bett, bis der Morgen dämmerte. Aber langsam erholte sich Juliens Mutter von ihrem Schock.

Zumindest dachte Amalie das bis zu der Nacht, als sie ins Schlafzimmer ihrer Schwiegermutter trat und sah, wie sich diese hin und her warf. Alle Fenster im Zimmer waren geschlossen, und die alte Frau trug ein Nachthemd aus Baumwollflanell, hochgeschlossen und mit langen Ärmeln. Ihr Haar war verfilzt und feucht, ihr Gesicht gerötet von der Hitze in dem stickigen Raum. Große Schweißperlen standen auf ihrer Stirn und Oberlippe.

Amalie stellte ihre Kerze ab und stieß die französischen Fenster auf. Dann öffnete sie auch die seitlichen Fenster und kehrte zu M'mere zurück, schlug erst das Moskitonetz, dann die Bettdecken zurück. Als sie sich über das Bett beugte und M'meres Schulter rüttelte, wachte die alte Dame auf.

Sie schrak heftig zusammen, schloß dann die Augen. »Oh, du... bist es, chère.«

»Ja, ich bin es. Was hast du vor?« schalt Amalie. »Willst du bei lebendigem Leib schmoren?«

»Du... du verstehst das nicht. So ist es besser.«

»Das glaube ich einfach nicht. Etwas so Schreckliches kann einfach nicht gesund sein«, erklärte Amalie, schob die Ärmel von M'meres Nachthemd hoch und wollte die Knöpfe am Ausschnitt öffnen.

»Laß das!«

Die Schärfe in M'meres Ton war so ungewöhnlich, daß Amalie überrascht aufblickte. »Ich will dir doch nur helfen.«

»Gestatte mir... zu tun, was ich will... bitte.« Die Worte kamen stockend, ein wenig lallend, waren aber deutlich zu verstehen.

»Ja, natürlich, entschuldige.« Amalie ließ die Hände sinken. Doch dabei berührten ihre Knöchel etwas Steifes, Unnachgiebiges unter dem weichen Flanell von M'meres Nachthemd. Sie strich mit der Hand über die Brust der alten Frau.

»Was ist das?« fragte sie. »Was hast du da an?«

»Nichts, nichts.« Die Stimme der Frau klang trotzig.

»Es kann doch nicht – doch, das ist ein härenes Hemd! O M'mere, warum?«

Ein härenes Hemd war mit kratzendem Haar besetzt und wurde getragen, wenn man Buße für begangene Sünden tun wollte, aber eigentlich benützten so etwas nur Mönche oder Nonnen. Es bei einer Frau zu finden, die so krank gewesen war wie M'mere, war unglaublich.

»Das... geht dich nichts... an. Du wirst mit... niemandem darüber... sprechen.«

»Aber du kannst das nicht tun. Das ist – Irrsinn.«

»Sag das nicht!«

»Was soll ich denn dann sagen?«

»Ich habe nicht erwartet... daß du es finden würdest.«

Amalie schwieg einen Moment. Dann kniff sie die Lippen zusammen. »Nun, ich hab's aber getan. Und jetzt kann ich nicht schweigen. Kein Wunder, daß du nicht schlafen kannst! Ich bin überrascht, daß du kein Fieber bekommen hast. Was wird der Doktor sagen?«

»Nichts, weil du... es ihm nicht erzählen wirst.«

M'meres Ton duldete keinen Widerspruch, aber Amalie ließ sich davon nicht beeindrucken. »Ich muß. Wenn du wieder krank wirst, fühle ich mich verantwortlich. Schlimmer noch, es wäre meine Schuld, weil ich dich mit dieser Barbarei habe weitermachen lassen.«

»Ich habe meine... Gründe.«

»Das rechtfertigt so etwas noch lange nicht, genau wie viele andere Dinge, die du getan hast. Also, setz dich jetzt bitte hin, damit ich dir dieses Ungetüm ausziehen kann.«

»Nein.«

Amalie trat zurück. »Ich kann dich natürlich nicht zwingen, aber ich bin sicher, daß du nicht möchtest, daß ich Robert hole, um dich zu überreden.«

»Warum nicht, wenn es ihn... hierherlocken würde. Wir... sehen ihn in letzter Zeit so selten.« Die listigen alten Augen wandten sich Amalie zu und musterten ihr beherrschtes Gesicht.

»Es gibt sehr viel zu tun.«

»Hmm. Nicht so viel... jetzt, wo das Zuckerrohr hoch genug ist.«

Das war richtig. »Ich bin sicher, daß er wichtige Dinge zu erledigen hat.«

»Nein. Ihr beiden habt... gestritten, nicht wahr?«

»Unwichtig«, murmelte Amalie achselzuckend.

»Das ist es nicht, und du weißt es auch sehr gut.«

Die Vergangenheit lag zwischen ihnen wie ein tiefer Abgrund. Nie hatten sie darüber gesprochen. Anfangs war es zu persönlich gewesen, zu schmerzlich, dann hatten die Sorge um den Ausgang des Duells und die Angst wegen Juliens Verschwinden es in den Hintergrund gedrängt. In letzter Zeit hatte der Gesundheitszustand der alten Dame ein Gespräch darüber nicht erlaubt. Amalie hatte M'mere niemals vorgeworfen, sich in ihr Leben eingemischt zu haben, und nie von der Freude und dem Vergnügen gesprochen, die sie in Roberts Armen gefunden hatte. Manchmal glaubte sie, die alte Dame hätte es ohnehin gemerkt oder sogar mit Robert darüber gesprochen.

War diese Einmischung der Grund für das Büßerhemd? Gab sie sich die Schuld am Bruch zwischen Robert und Julien, der schließlich zum Tod ihres Sohnes geführt hatte? Es gab nichts, was diese Last von ihr nehmen konnte, aber vielleicht war es möglich, sie leichter zu machen.

Amalie starrte auf ihre Hände hinab. »Wenn ich dir etwas erzählen würde, was dir Freude bereitet, ziehst du das Hemd dann aus?«

M'mere sah sie an, ihre Augen verengten sich, wurden strahlender, als sie zu Amalies Taille wanderten und dann wieder hinauf. »Erzähl es mir.«

»Zuerst mußt du mir versprechen, dieses Ding auszuziehen!«

Die alte Dame schlug die Lider nieder. »Du verstehst doch, daß ich das, was ich tue, zum Wohle meiner Seele tue?«

Es war sinnlos, sie darauf hinzuweisen, daß eine Übertreibung den zerbrechlichen Körper vielleicht von dieser Seele trennen könnte. »Meine Nachricht ist gut für deinen Geist, zumindest hoffe ich das.«

»Wenn es das ist, was ich ... hoffe ... dann ... ja, ich verspreche es dir.«

Amalie befeuchtete ihre Lippen. »Es ist jetzt sicher: Ich bekomme ein Kind.«

Die Freude, die in den alten Augen aufleuchtete, war so groß, daß Amalie Tränen in die Augen traten. Hastig fuhr sie fort: »Es wird bestimmt Leute geben, die behaupten, es wäre nicht von Julien.«

»Egal. Es kann nichts bewiesen werden«, behauptete M'mere.

»Ich wünschte, daß –«

Die ältere Frau unterbrach Amalie mit einer Handbewegung. »Du brauchst es nicht... zu sagen, weil ich... deine Unschuld kenne. Tatsache bleibt, daß... dieses Kind innerhalb von... neun Monaten nach dem Tod meines... Sohnes zur Welt kommen wird. Das ist doch so, oder?«

Plötzliche Sorge zeigte sich in ihrem Gesicht, und Amalie versicherte ihr eilig: »Ja, das stimmt.«

»In dem Fall ist es... sein... Kind, sein rechtmäßiger... Erbe... weil du seine rechtmäßige Frau bist. Das... kann ihm keiner nehmen.« M'mere legte sich zurück und schloß die Augen, als wäre sie plötzlich erschöpft von dem Versuch, sich verständlich zu machen.

»Ja«, murmelte Amalie. Sie ging zum Schrank, nahm ein leichtes Nachthemd aus weißem Batist heraus und brachte es zum Bett. Dann holte sie Wasser vom Waschtisch, feuchtete ein Leinentuch damit an und trug die Schüssel zum Bett. Schließlich zog sie der alten Dame das Flanellhemd aus. M'mere machte nicht den Versuch, Amalie zurückzuhalten.

Robert gegenüber erwähnte Amalie nichts von dem Büßerhemd; sie hatte auch kaum Gelegenheit dazu, denn sie war nie mit ihm allein. Sie sprach allerdings mit dem Arzt darüber. Dieser schüttelte den Kopf. Er war überrascht, daß sich der Zustand seiner Patientin seit seinem letzten Besuch so auffällig gebessert hatte. Eine Luftveränderung würde ihr gut tun, auch ein wenig Abstand von den Personen und Orten, die soviel traurige Erinnerungen in ihr wachriefen.

Charles, der mit einem Glas Wein für den Doktor ins Zimmer trat, schlug die Isle Dernière vor. Die grande maîtresse war dort immer sehr glücklich gewesen. Der Arzt hielt das für eine sehr gute Idee.

Eine Halbinvalide so weit zu transportieren war kein leichtes Unterfangen. Die Liste der Dinge, die sie mitnehmen mußte, füllte mehrere Seiten. Und das Schlimmste war, daß sie einen männlichen Reisebegleiter finden mußten.

»Ich kann nicht mitkommen«, erklärte George entschieden. Sie saßen auf der Galerie. Es war die Zeit kurz vor dem Abendessen. »Aber ich dachte, es müßte Ihnen gefallen«, meinte Amalie überrascht.

»Normalerweise wäre ich entzückt, aber soviel ich weiß, bleiben Sie mehrere Wochen. Ich kann meine Pflanzen nicht so lange allein lassen. Sie müssen täglich bewässert werden, und hier gibt es niemanden, dem ich das anvertrauen kann, nicht bei diesem Wetter.«

»Aber das könnte doch Sir Bent übernehmen«, meinte sie.

»Er würde es versuchen, davon bin ich überzeugt. Aber er ist wirklich zu alt, um eine solche Sache anständig zu erledigen. Und ich kann mich nicht darauf verlassen, daß er einen von den jüngeren Arbeitern dazu bringt, ihm zu helfen.«

»Wenn George nicht mitfährt, fahre ich auch nicht mit«, verkündete Chloe, legte ihre Handarbeit hin und legte den Kopf herausfordernd schief.

Amalie wandte sich ihr zu. »Du kannst nicht hier bleiben, nicht ohne eine Anstandsdame.«

»Ich wüßte nicht, warum nicht.«

»Dann bist du allerdings wirklich zu jung zum Heiraten«, gab Amalie schroff zurück. Dann fuhr sie sich mit der Hand an den Kopf. »Verzeih mir, Chloe. Ich weiß auch nicht, was in letzter Zeit mit mir los ist.«

»Meiner Meinung nach mußt du genauso dringend von hier fort wie M'mere«, erwiderte Chloe und hieb mit unnötiger Heftigkeit nach einem Moskito, der um ihren Arm summte.

»Da könntest du recht haben, aber ich muß sie ohnehin begleiten. Deshalb wird auch niemand hier sein, der als deine Anstandsdame fungieren kann. Du wirst also mit uns kommen müssen.«

»Nicht«, widersprach sie, »wenn George und ich heiraten, bevor ihr abreist.«

George gab einen leisen, erstickten Laut von sich, erhob aber keine Einwände. Amalie suchte nach Ausflüchten und meinte schließlich lahm: »Aber die Zeit reicht nicht.«

»Wie lange braucht Père Jan, um uns seinen Segen zu erteilen? Ich bin sicher, er würde hier zur Kapelle kommen, und das würde ich ohnehin vorziehen, oder wir könnten zur Kirche in der Stadt fahren.«

»Deine Mitgift –«

»Ist seit drei Jahren fertig, komplett bis zu den in Frankreich bestickten Nachthemden. M'mere hat sich um all das gekümmert, als sie dachte, ich würde Julien heiraten.«

Amalie fragte sich, warum das Mädchen so gegen die Ehe mit ihrem entfernten Cousin gewesen war. Hatte sie etwas geahnt? Sie konnte sie nicht fragen, denn sie fürchtete, dann über all ihre Erlebnisse sprechen zu müssen.

»Ich möchte nicht noch einmal darauf hinweisen, daß wir uns in Trauer befinden.«

»Das ist auch nicht nötig. Aus diesem Grund wünschen wir uns ja eine stille Zeremonie.«

Daß die lebhafte, vergnügungssüchtige Chloe bereit war, auf den Pomp und Luxus zu verzichten, der normalerweise zu einer Hochzeit gehörte, war vielsagend. Amalie seufzte. »Ich bin nicht diejenige, deren Erlaubnis ihr einholen müßt. Wenn M'mere einwilligt, werde ich euch helfen – unter einer Bedingung.«

Das Mädchen sprang von seinem Sessel auf, kniete neben Amalies Sessel nieder. »Alles! Was soll ich tun?«

Es dauerte einen Augenblick, bis Amalie sich überwinden konnte zu reden. Dann bat sie leise: »Bitte schreibe einen kurzen Brief an Robert. Sag ihm, daß M'mere und ich ihm dankbar wären, wenn er uns zur Isle Dernière begleiten würde, falls er die Zeit erübrigen kann.«

17. Kapitel

Das Seebad Isle Dernière befand sich auf einer der vorgelagerten Inseln, die die Küste Louisianas vor den Wellen aus dem Golf von Mexiko schützen. Es war die westlichste Insel in einer ganzen Reihe, die die Deltaebene umschloß. Im Osten gehörten dazu die Chandeleur Islands, im Westen Grande Terre, Grand Isle und Cheniere Caminada. Auf einer Seite von ihnen befand sich das Meer, auf der anderen eine Reihe seichter Buchten und Seen, die in Marsch und Sumpf übergingen, durchzogen von Bayous und Flüssen.

Die Hauptattraktion der Inseln war anfangs das Fischen gewesen. Jahrelang waren die Gäste mit Dampfschiffen hinausgefahren und benutzten die Insel nur als Anlegestelle und für Picknicks und Strandspaziergänge. Dann entdeckte man die gesundheitsfördernde Wirkung der Meeresluft; wie es schien, gab es auf kleinen Inseln nur selten Fieberepidemien.

Schon vor dem schrecklichen Sommer von 1853 mit seinen zahllosen Krankheiten hatte es eine stolze Anzahl von Sommergästen auf der Isle Dernière gegeben, aber seither und seit der Errichtung der Bahnverbindung von New Orleans zum Bayou Boeuf hatte sie sich verdreifacht. Es gab eine respektable Unterkunft, Muggah's Hotel, außerdem mehrere Pensionen und dreißig bis vierzig Sommerhäuser, die sich in Privatbesitz befanden. Das alles reichte jedoch nicht mehr aus, und es gab Pläne für ein riesiges Hotel. Mehr als fünfhundert Gäste sollten darin untergebracht werden können.

Die meisten Gebäude der Insel befanden sich am westlichen Ende. Es gab keine besondere Anordnung, aber alle standen mit der Vorderseite zum Golf hin – wegen der schönen Aussicht. Es gab einige wenige Palmen und Bananenbäume, hier und dort einen Eichenhain, aber davon abgesehen war die Vegetation spärlich und beschränkte sich hauptsächlich auf hartes, gelbes Gras.

Überall lag der cremefarbene Sand, dazwischen hier und da ein Stück Treibholz, das die Wellen während der Winterstürme auf die Insel getragen hatten.

Jeden Donnerstag und Samstag kam ein Schiff zur Insel und legte am Steg direkt hinter Muggah's Hotel an.

Amalie traf an Bord der »Star« am Samstagnachmittag der dritten Juliwoche ein. Sie lehnte an der Reling und betrachtete mit leuchtenden Augen das Bild, das sich ihr bot: die Isle Dernière. Endlich! Sie hatte schon soviel davon gehört, und endlich war sie hier.

Vor ihr lag das Hotel, ein zweistöckiges Gebäude auf hohen Säulen, mit einem steilen Giebeldach und eckigen Säulen, die die vordere und rückwärtige Galerie stützten. Jalousien verdeckten die Fenster und teilten am einen Ende der beiden Galerien eine Ruheecke ab, während eine geschwungene, einladende Treppe hinaufführte. Auf den luftigen Galerien saßen Menschen in Gruppen zusammen, unterhielten sich und genossen die laue Luft. Die untergehende Sonne warf bizarre Schatten über ihre Gesichter und verwandelte den weißen Putz des Hotels in ein gedämpftes Lavendelgrau. Hinter dem Gebäude stand ein kleiner Glockenturm. Gewöhnlich rief man damit die Feldarbeiter ins Haus. Hier jedoch schien die Glocke hauptsächlich dazu zu dienen, die Tischzeit anzukündigen.

Der salzige Wind, der über die Insel blies, war frisch. Die Luft roch nach Meer, nach frischgefangenen Fischen, nach gebackenem Brot und kochenden Meeresfrüchten, nach reifem Obst, das auf einem kleinen Markt verkauft wurde. Es war ein voller Duft, gerade fremdartig genug, um reizvoll zu sein.

Amalie lächelte und sah zu dem Mann an ihrer Seite hinauf. Er starrte mit gerunzelter Stirn auf seine Hände, die er auf die Reling stützte. Amalie spürte, wie ihre Freude wich und einer vertrauten Depression Platz machte. Ihr Lächeln erstarb. So hatte sich Robert verhalten, seit sie St. Martinville verlassen hatten.

Sie drehte sich zu M'mere um, die in einem Liegestuhl ruhte. Das Gesicht der alten Frau war entspannt, ihre Augen blickten interessiert auf die vertraute Umgebung. Ihre Zofe Pauline stand neben ihr, ein Zugeständnis an ihre Krankheit, denn die meisten anderen Diener, die sie mitgenommen hatten, befanden sich unter Deck: Marthe, Lally, Tige, ja, sogar Isa. Sie würden abwarten, bis die Passagiere vom Oberdeck das Schiff verlassen hatten, um dann die Berge von Gepäck auszuladen.

Die Reise war ereignislos verlaufen. Manchmal hatten die Männer mit ihren Pistolen auf Alligatoren geschossen, die im Fluß lagen, oder auf große weiße Kraniche. Sobald sie den Golf erreicht hatten, hatten sie auf die Möwen gezielt, die ihnen folgten, aber das Schiff schaukelte so, daß sie nur selten etwas trafen. So hatten sie sich ihre Zeit mit Karten, Büchern, Gesprächen und Mahlzeiten vertrieben. Ein paar der jüngeren Leute hatten sogar eine Tanzveranstaltung organisiert.

Amalie hatte sich zwar nicht nur in ihrer Kabine aufgehalten, hatte aber auch nicht versucht, Anschluß zu finden. Die Angst davor, wie man sie aufnehmen würde, hatte sie ebenso davon abgehalten wie die Vorschriften für Trauernde. Sie hatte M'mere vorgelesen, ab und zu mit ihr Piquet gespielt und war in Roberts Gesellschaft auf dem Schiff umhergeschlendert. Das hätte schön sein können, wenn die Dinge zwischen ihnen anders gestanden hätten.

Mit gedämpfter Stimme meinte Amalie jetzt: »Ich sollte besser nach M'mere sehen.«

»Ja«, stimmte er zu und richtete sich auf, um mit ihr zu der alten Dame hinüberzugehen.

Sie überlegte, ob seine kurze Antwort bedeutete, daß sie seiner Meinung nach seine Tante vernachlässigt hatte, verwarf diesen Gedanken aber sofort wieder. Außerdem war es unwichtig, solange sie selbst ein gutes Gewissen hatte.

Aber hatte sie das? Sie konnte nicht vergessen, was sie zu ihm gesagt hatte, und sie konnte die Worte auch nicht zurücknehmen, solange die Möglichkeit bestand, daß sie wahr sein könnten. Ebenso wenig konnte sie die Vorwürfe vergessen, die er ihr seinerseits gemacht hatte.

Was M'mere anging, so war er von unschätzbarer Hilfe gewesen. Er hatte die alte Dame gestützt und sich mit ihr unterhalten. Nur Amalie gegenüber benahm er sich so reserviert.

Das Schiff legte an. Die Leute gingen von Bord und wurden von der kleinen Menschenmenge umringt, die sich zum Empfang eingefunden hatte. Man hörte Begrüßungsrufe und überraschte Laute, wenn sich Freunde und Verwandte entdeckten.

Niemand war informiert worden, daß die Declouets kommen würden. Amalie blickte sich gar nicht erst nach jemandem um. Sie trat neben M'mere, um ihr von Bord zu helfen. Ihre erste Warnung erhielt sie, als sie eine Mädchenstimme rufen hörte: »Oh, sieh nur, Maman, die Declouets; und M'sieur Far –«

Amalie hob den Kopf und sah Louise Callot mit offenem Mund an Land stehen. Ihre Mutter hatte ihren Arm gepackt und schüttelte sie. Die Frau des Fabrikbesitzers warf Amalie einen eisigen Blick zu, nickte zu M'mere hinüber und ignorierte Robert. Sie wirbelte ihre Tochter herum und marschierte in die entgegengesetzte Richtung davon.

Das Ganze war ebenso plötzlich vorbei, wie es angefangen hatte. Die meisten der Umstehenden hatten nichts bemerkt, einige ja, ein paar wisperten hinter vorgehaltener Hand miteinander. M'mere stolperte, Robert fluchte leise und sah sich nach einem Wagen um. Er drängte sich mit seinen breiten Schultern auf ein Gefährt zu, das scheinbar zu mieten war, dann half er seiner Tante hinein und trat beiseite, um Amalie und M'meres Zofe einsteigen zu lassen.

»Was ist mit Isa und den anderen und dem Gepäck?« wollte Amalie wissen.

»Der Wagen kann sie später holen.«

Sie entgegnete nichts, denn sie war froh, daß sie vom Anlegesteg und den anklagenden Augen und vorwurfsvollen Gesichtern fortkam. Irgendwie hatte sie geglaubt, alles würde besser, wenn sie erst auf der Isle Dernière wären. Sie hätte es besser wissen müssen.

Das Häuschen stand wie alle anderen auf der Insel auf Säulen. Es war groß genug, aber nicht luxuriös. Sechs große Zimmer, eine Veranda vorne und hinten und ein Schlafsaal für die Bediensteten, der über eine Außentreppe zu erreichen war. Eine große Halle in der Mitte des Hauses diente als Salon, weil es hier schön kühl und luftig war, und hinter dem Haus gab es einen kleinen Garten, auf dessen einer Seite die Küche und die Waschküche lagen.

Robert entriegelte die schweren Fensterläden, die auch als Schutz vor Stürmen dienten, stieß sie weit auf und trug dann die Schaukelstühle auf die Veranda. Er fand ein paar Lampen, füllte sie, denn die Dunkelheit brach schon an, und prüfte dann die Zisterne und das Abwassersystem. Es war offensichtlich, daß ihm das Haus nicht fremd war. Er mußte oft mit Julien und M'mere hier gewesen sein.

Amalie half M'mere in einen der Stühle auf der Veranda und lief dann ins Haus, öffnete die Fenster, damit die abgestandene Luft entweichen konnte, und inspizierte die Räume. Auf der einen Seite der Eingangshalle gab es einen Salon, in dem Besucher empfangen werden konnten. Dahinter lag eine kleine Bibliothek und ein Kartenzimmer, während sich das Eßzimmer mit der anschließenden Pantry auf der Rückseite befanden. Auf der gegenüberliegenden Seite lagen drei Schlafzimmer, die ineinander übergingen, wegen des Durchzugs. Amalie fand die Anordnung ein wenig unpraktisch. Sie war sich nicht sicher, daß sie schlafen konnte, wenn Robert so nah war und es nicht einmal eine Tür gab, die sie schließen konnte. Aber M'mere löste dieses Problem auf ihre Art, indem sie das mittlere Schlafzimmer für sich beanspruchte und Amalies Sachen in das Zimmer bringen ließ, das auf den Golf hinausging. Das Geräusch der Wellen würde sie stören, behauptete M'mere, und außerdem könnte sie die Feuchtigkeit nicht ertragen, die des Nachts ins Zimmer drang.

Die Kutsche brachte Marthe, Lally, Tige und Isa. Unter Niesen, Husten und Staubaufwirbeln richteten sie sich ein. Eine magere Mahlzeit wurde zubereitet und verzehrt. Anschließend saß Amalie auf der Veranda, Isa zu ihren Füßen, und lauschte dem Murmeln der Wellen und dem leisen Klang einer Violine drüben im Hotel, wo ein Ball stattfand. Der Mond ging auf und zauberte eine breite goldene Straße auf das Wasser. Eines nach dem anderen gingen die Lichter in den Hütten aus, und noch immer war Amalie allein. Schließlich erhob sie sich, seufzte, reckte sich, strich mit der Hand durch Isas Locken und ging zu Bett.

Es war ausgemacht, daß Robert sie zur Insel begleiten und dann heimkehren sollte. Es gab kaum Gefahren für zwei Frauen in diesem kleinen Ort, in dem jeder jeden kannte. Außerdem hatten sie Tige als Majordomus, der alles besorgen konnte, was sie brauchten.

Aber die »Star« legte ab, und Robert war nicht an Bord. Am Donnerstag der kommenden Woche kam das andere Schiff, und noch immer machte er keinerlei Anstalten, zu packen und abzureisen. Statt dessen verbrachte er seine Zeit mit Fischen und Segeln. Seine Beute wurde von Marthe in köstliche Gerichte verwandelt.

Er wurde brauner und ähnelte mit seinen aufgerollten Hemdsärmeln, dem offenen Kragen und dem vom Schwimmen zerzausten Haar immer mehr einem Piraten.

Er war jetzt weniger reserviert, aber Amalie gegenüber noch immer vorsichtig. Manchmal, wenn sie aufschaute, ertappte sie ihn dabei, wie er sie musterte. Dann konnte sie nicht anders – sie fühlte sich zu ihm hingezogen und erinnerte sich an seine Küsse, seine Berührung und die ausgedehnten Freuden, die sie genossen hatten. Ihr Gesicht wurde warm, ihr Kleid eng; sie bewegte ihren Fächer schneller, aber nichts half.

Des Nachts lag sie manchmal wach und lauschte auf seine Schritte im Haus. Sie dachte daran, aufzustehen, zu ihm zu gehen und sich an ihn zu schmiegen und ihm ihren Mund zum Kuß zu bieten. Sie sehnte sich nach dem Gefühl der Sicherheit in seinen Armen. Sie war so allein und brauchte Liebe. Sie warf sich im Bett herum, vergrub den Kopf im Kissen, schloß fest die Augen und preßte einen Arm über die Ohren, damit sie ihn nicht hören konnte.

Eines Morgens beim Frühstück schlug M'mere vor: »Sollen wir heute ein Picknick bei den Eichen machen?«

Sie sprach von dem Eichenhain, der ein Stück weiter weg im Innern der Insel lag. Es war ein beliebter Ort, denn die dichtstehenden Bäume boten Schutz vor der Sonne. Robert hatte keine Einwände, und so wurde ein Korb gepackt, und Tige wurde ausgeschickt, um einen Wagen für M'mere und Reitpferde für Robert und Amalie zu besorgen. Dann brachen sie auf.

Im letzten Moment hatte sich Isa der Expedition angeschlossen und war neben M'mere in den Wagen geklettert, den Bleistift im Mund und den Block unter dem Arm, als wäre es die selbstverständlichste Sache der Welt. Amalie hatte gelacht, wußte aber, daß Robert sie für verantwortungslos hielt. Etwas mußte wegen Isa geschehen, aber sie brachte es nicht über sich, ihm etwas zu verbieten. Sie konnte nicht einmal den Ausdruck in seinen Augen ertragen, wenn andere es taten.

Es war ein herrlicher Tag. Strahlender Sonnenschein sorgte dafür, daß sie froh waren, als sie den Schatten der Eichen erreichten, und sie genossen das Gras unter den Füßen als Abwechslung zu dem Sand. Tige nahm sich ein paar Sandwiches und einen Krug Bier und machte sich auf den Weg, die Pferde herumzuführen, bis sie sich abgekühlt hatten. Isa warf sich der Länge nach ins Gras, leckte seinen Bleistift an und begann zu zeichnen. Robert half M'mere aus dem Wagen und zu einem Stuhl, der ihretwegen mitgenommen worden war. Er kehrte gerade rechtzeitig zurück, um Amalie mit dem Korb zu helfen, den sie aus dem Wagen hieven wollte.

Ihre Hände berührten sich auf dem Griff, und Amalies Magen zog sich zusammen. Sie wußte, daß sie den Korb hätte loslassen sollen, aber sie war zu keiner Bewegung fähig. Roberts Jacke stand offen; auf M'meres Drängen hin hatte er keine Krawatte angelegt. An seinem Halsansatz zeigten sich schwarze, dichte Locken. Der Impuls, die Hand auszustrecken und dieses Haar zu berühren, war so stark, daß Amalie weiche Knie bekam.

»Du gestattest«, murmelte er.

»Danke«, erwiderte sie atemlos und wandte sich abrupt ab. Zufällig begegnete ihr Blick dem von M'mere. Die alte Dame beobachtete sie besorgt.

Nachdem das Essen verteilt worden war, entstand Schweigen. Isa kaute auf einem Hühnerbein, das er mit einer Hand hielt, während er mit der anderen zeichnete. Robert saß vor einer Decke, die als ihr Tisch diente, ein Bein angezogen und die Hand aufs Knie gestützt. Nachdenklich aß er ein Schinkenbrot. Amalie pickte an ihrem Kartoffelsalat, während M'mere ihr gegenüber vorsichtig kalten Hummer verzehrte und beide unter gesenkten Wimpern hervor betrachtete.

»Meine Liebe, du siehst aus, als würdest du in deinem schwarzen Kleid bald schmelzen«, erklärte sie schließlich. »Wie schön wäre es für dich, wenn du im Meer baden könntest wie Robert. Hast du nicht einmal erwähnt, daß du dir für den Sommer eines dieser Badekostüme machen lassen wolltest?«

»Ja. Aber irgendwie habe ich nie die Zeit dafür gefunden.«

»Nun, hier dürfte das wohl kaum ein Problem sein.«

Die Badekleider, die die meisten jungen Frauen auf der Insel trugen, waren aus rotem, grünem oder blauem Stoff mit weiten Hosen, einem Rock und einer enganliegenden Bluse mit rundem Ausschnitt und ellenbogenlangen Ärmeln. Im Dorf gab es eine Frau, die sie nach eigenen Angaben schneiderte.

»Ich glaube kaum, daß Schwarz vorrätig ist«, bemerkte Amalie. »Außerdem ist Schwimmen wohl kaum der richtige Zeitvertreib für eine Witwe.«

»Solange du dich auf unserem Privatstrand aufhältst, wüßte ich nicht, was dagegen sprechen sollte«, meinte ihre Schwiegermutter.

»Aber Schwarz –«

»Die Frau im Dorf wird doch wohl ein Stück blauen Stoff umfärben können? Für solche Fälle hat doch jeder schwarze Farbe –«

»Nein, wirklich, ich glaube –«

»Wenn du Angst vor dem Wasser hast... ich bin sicher, Robert leistet dir Gesellschaft.«

»Das ist es nicht«, versicherte Amalie hastig.

»Natürlich«, rief Robert gleichzeitig.

»Damit wäre das erledigt«, verkündete M'mere triumphierend. Nach einem Moment fuhr sie fort: »Es ist sehr nett von dir, uns beiden soviel Zeit zu widmen, Robert. Wir wissen es beide zu schätzen.«

»Es war mir ein Vergnügen.«

Sein ernster Ton ließ sich nicht überhören. Amalie wartete einen Augenblick zu lange, um selbst etwas zu sagen. M'mere musterte sie stirnrunzelnd, ehe sie wieder sprach.

»Ich möchte jedoch nicht, daß du deine eigenen Angelegenheiten vernachlässigst, einfach nur wegen – wegen des unglückseligen Vorfalles am Landungssteg.«

Er lächelte seiner Tante zu. »Mach dir deswegen keine Sorgen; ich tue nur, was mir Spaß macht.«

Die alte Dame schürzte die Lippen. »Das glaube ich nur zu gern, so wie die Dinge stehen.«

War das mehrdeutig? Amalie war sich nicht sicher. Robert jedoch schien keine derartigen Schwierigkeiten zu haben. Er starrte seine Tante an und meinte dann leise: »Laß das.«

»Was?«

»Du hast schon genug getan.«

M'meres Gesicht verkrampfte sich. Sie ließ die Gabel fallen, lehnte sich in ihrem Stuhl zurück und schloß die Augen.

»M'mere?« rief Amalie besorgt und streckte die Hand nach ihr aus.

Robert kniete sich vor sie. »Tante Sophia?«

Die alte Frau öffnete mit, wie es schien, großer Mühe die Augen. Dann hob sie mit einer beruhigenden Geste die Hand. »Wie besorgt ihr beiden seid; ich bin sicher, ich verdiene das gar nicht. Aber kommt bitte hierher, alle beide.«

Sie knieten zu beiden Seiten vor ihr. Die alte Frau nahm Amalies und Roberts Hände und zog sie zusammen. Sie hielt sie so fest, daß sie sich nicht lösen konnten.

Nachdenklich und leise sagte sie: »Ich stehe in euer beider Schuld. Ich habe euch verletzt, aber ich hoffe, daß sich der Schaden noch reparieren läßt. Meine einzige Entschuldigung ist, daß ich alt bin und nicht darüber nachgedacht habe, was ich von euch verlange. Ich möchte euch beiden etwas sagen. Danach wollen wir niemals wieder davon sprechen. Mein Bedauern und meine Dankbarkeit sind Teil jedes meiner Atemzüge und meiner Gebete. Das ist alles.«

Amalie blickte über ihre verschränkten Hände zu Robert hinüber. Er beobachtete sie. Dann senkte er die Lider, nahm sanft seine Hände weg und beugte sich über M'mere, um sie auf die Stirn zu küssen.

»Beides ist nicht nötig«, murmelte er.

Amalie, die jetzt die beiden Hände der alten Frau hielt, sagte leise: »Nein, keines von beiden.«

Drei Tage später war das Badekostüm fertig. Amalie probierte es in ihrem Schlafzimmer an und war überrascht, wie praktisch es war und wie leicht man sich darin bewegen konnte. Zweifellos hatte Mrs. Bloomer recht, es wäre gesünder für die Frauen, wenn sie auf ihre unzähligen Unterröcke und das Korsett verzichten würden. Der Stil betonte außerdem ihre zierliche Gestalt, aber sie fürchtete ein wenig die Auswirkungen des Wassers auf den billigen Stoff. Wenn er erst naß war, zeigte er vielleicht mehr von ihr, als sich ziemte.

Nach all ihren Mühen ärgerte es sie zu sehen, was Robert trug, um ins Meer zu gehen. Er hatte eine alte Hose oberhalb der Knie abgeschnitten, das war alles. Er erwartete sie auf der Galerie, ein Handtuch um die Schulter gelegt, das seine tiefbraune, breite Brust jedoch nicht verhüllte. Seit der Nacht in New Orleans hatte sie ihn nicht mehr nackt gesehen. Ihr stockte der Atem, als sie ihn anstarrte. Auch er musterte sie.

»Bist du – bist du fertig?« fragte sie.

Ihre Blicke begegneten sich kurz. »Wenn du es bist.«

Er berührte sie nicht, als sie das Haus verließen, nicht einmal, als sie die Treppen hinabgingen. Es war natürlich auch nicht nötig, ohne den weiten Rock, der sie zum Stolpern bringen konnte. Trotzdem war es vielsagend. Eine unerträgliche Spannung stand zwischen ihnen, als sie dem funkelnden Wasser zuschritten. Nie zuvor war sich Amalie eines solchen Gefühles, eines solch primitiven Verlangens, so sehr bewußt gewesen.

Am Ufer schob sie ihr Haar unter die schwarze Badehaube. Dann schleuderte sie die Schuhe von den Füßen und ging in ihren schwarzen Strickstrümpfen, die ihre schlanken Fesseln verdeckten, ins Wasser.

Die Kühle des Wassers und die Wucht der Brandung ließen sie vor Vergnügen aufschreien. Einen Moment stand sie in dem klaren blauen Wasser, das um ihre Knie schäumte und mit ihrem Rock spielte. Eine Brise streifte ihr Gesicht, die Sonne schien warm auf ihren Kopf. Das unaufhörliche Wogen der Wellen war wie das Pochen des Blutes in ihren Adern. Sie watete tiefer hinein.

Sie war begeistert und entzückt von den Wellen, die auf sie zurollten. Sie ging weiter und weiter hinaus. Die Wellen waren jetzt so kräftig, daß sie taumelte, aber sie richtete sich jedesmal rechtzeitig auf und lachte. Das Wasser wurde tiefer, es reichte ihr jetzt bis zu den Schultern; wenn eine Welle kam, mußte sie springen, um über Wasser zu bleiben. Der Augenblick, wenn das Wasser sie erfaßte und aufs Land zutrieb, war reinste Freude.

Ein Schatten fiel über sie, und Robert war an ihrer Seite. »Das ist weit genug«, rief er ihr über das Rauschen der Wellen zu.

Sie wandte sich um, sah ihn an. Sein nasses Haar glitzerte in der Sonne, die Wassertropfen schimmerten in seinen Brauen und Wimpern und perlten auf seinen Schultern. Eine große Welle überraschte sie und riß ihr die Füße weg. Sie ergoß sich über ihren Kopf, preßte sie auf den Boden und drückte sie in den Sand. Sie stieß sich ab und kam wieder an die Oberfläche, aber ihre Badekappe war verschwunden, und ihr Haar hing ihr ins Gesicht. Sie hustete, strich die nassen Strähnen zurück. Dann rollte eine neue Welle auf sie zu, packte sie mit eisernem Griff und riß sie und Robert mit.

Sie wurden in Richtung Strand gespült und kamen in seichtem Gewässer wieder zum Stehen, aber dennoch ließ Robert sie nicht los. Die Wellen bedrängten sie und trieben ihre Körper zusammen. Amalies Augen brannten vom Salzwasser, ihre Nase juckte, aber sie lachte trotzdem, als sie zu dem Mann aufsah, der sie stützte.

Sein Gesicht zeigte keine Belustigung. Er starrte auf das sanfte Gesicht, auf ihre Schultern, auf die Schwellung ihrer Brüste, die sich hoben und senkten. Seine Schenkel, die sich an sie preßten, waren hart, und sie konnte fühlen, wie sehr er sie begehrte. Sein Griff wurde fester. Auf seinem Gesicht spiegelten sich Begehren und Selbstvorwürfe wider.

Sie wich zurück. Er gab sie kampflos frei, tauchte dann nach einem letzten brennenden Blick in die Wellen und schwamm mit kräftigen Zügen aufs Ufer zu. Er lief auf den Sand, warf sich bäuchlings nieder und verbarg das Gesicht in den Armen.

Amalie spielte noch ein wenig länger im Wasser, verließ es dann aber ebenfalls. Einen Moment lang stand sie am Ufer, um ihren Rock und die Hose auszuwringen. Sie drückte auch das Wasser aus ihrem Haar und ging schließlich zu Robert hinüber. Das Handtuch lag neben ihm. Sie kniete nieder und trocknete sich das Gesicht ab.

»Du solltest lieber ins Haus gehen, ehe du dir einen Sonnenbrand holst«, sagte er, ohne sich zu rühren.

Der unfreundliche Tonfall war wie ein Schlag. »Ja, ich denke, das wird das Beste sein«, stimmte sie ruhig zu.

Den restlichen Tag über sah sie ihn nicht mehr, hörte ihn aber kommen, als die Sonne hinter der Bucht unterging. Sie hatte gehofft, er würde erst nach dem Abendessen zurückkommen. M'mere war ziemlich müde und wollte in ihrem Schlafzimmer essen, und so saßen sie sich allein am Tisch gegenüber.

Amalie war aufgefallen, daß die alte Dame sie aufmerksam gemustert hatte, als sie ihr am frühen Nachmittag vorlas, und hatte sich gefragt, ob sie sie und Robert am Morgen beobachtet hatte. Was bezweckte sie mit ihren Bemühungen, sie beide zusammenzubringen? Würde es ihr Gewissen beruhigen, wenn sie heiraten würden? Sie konnte nicht wissen, wie sinnlos dieser Versuch war. Sie wußte nicht, daß Roberts Behauptung, die Nacht, in der Julien starb, mit Amalie verbracht zu haben, eine Lüge war. Sie konnte nicht ahnen, daß das tragische Geheimnis ihres Sohnes wie ein Krebsgeschwür auf ihrer Beziehung lastete.

Um ihre Angst zu unterdrücken und ihre Laune zu heben, kleidete sich Amalie sorgfältig für das Abendessen um. Sie trug schwarze Seide mit einem schmalen weißen Spitzenbesatz am tiefen Dekolleté und am Ellbogen der Puffärmel. Der Reifrock endete in einer Rüsche. Die Kreation hätte gut in einen Ballsaal gepaßt. Selbst in Paris hätte es nicht unangebracht gewirkt, aber in einem Häuschen am Meer war es ein wenig übertrieben.

Trotzdem war Amalie froh, es zu tragen, als sie mit Robert am Tisch saß. Er schien entschlossen zu sein, sie aus der Fassung zu bringen. Er gab nur knappe Antworten und sagte von sich aus überhaupt nichts.

Schließlich meinte Amalie verzweifelt: »Wenn du die Insel und meine Gesellschaft so schrecklich langweilig findest, dann verstehe ich nicht, warum du noch bleibst.«

»Nein?« In seinen blauen Augen funkelte ein Licht. »Ich bleibe, weil ich dazu gezwungen bin. Nachdem ich deinen Namen unwiderruflich beschmutzt habe, fühle ich mich für dich verantwortlich. Wenn ein Mann die schöne junge Witwe von Julien Declouet mit unehrenhaften Absichten aufsuchen sollte...«

Sie fühlte, wie die Farbe aus ihrem Gesicht wich. »Also das ist es.«

»Das ist es.«

»Ich bin sehr wohl in der Lage, unerwünschte Annäherungen zu unterbinden.«

»Bist du das wirklich?«

»Wenn du glaubst, weil ich dir gestattet habe, mich zu berühren, würde ich auch einen anderen nicht abweisen, dann irrst du dich!« Ihre Blässe wich einem tiefen Rot des Zorns.

Er machte eine heftige Handbewegung. »Das habe ich nicht gemeint. Ich wollte nur andeuten, daß du ohne Schutz wärest, und es gibt Männer, die in solchen Fällen keine Skrupel kennen, besonders dann nicht, wenn sie Grund zu der Annahme haben, ihre Annäherungen wären willkommen.«

»Ich danke dir für die Lektion, darf dich aber wohl daran erinnern, daß ich Tige und Isa bei mir habe.«

»Die beide vor den Richter gebracht werden könnten, wenn sie einen weißen Mann schlagen.«

»Das müßte ein merkwürdiger Beamter sein, wenn er sie dafür bestrafen wollte, daß sie ihre Herrin schützen.«

»Deine Zeugenaussage wäre erforderlich, und der betreffende Herr würde schon dafür sorgen, daß alle Beteiligten begreifen, daß er in dir keine Dame gesehen hat.«

Sie starrte ihn wütend an, weil ihr keine Antwort mehr einfiel. »Das ist doch nur eine hypothetische Frage. Ich habe mich niemals sicherer gefühlt als auf der Isle Dernière.«

»Sich sicher fühlen und sicher sein sind zwei Paar Schuhe.«

Sie wurden von Tige unterbrochen, der die Teller abräumte. »Es ist eine so schöne Nacht. Vielleicht möchten Mam'zelle den Kaffee auf der Veranda einnehmen?«

Dadurch würde das Speisezimmer frei und könnte aufgeräumt werden, und so blieb Tige mehr Zeit, um im Dunkeln mit Lally am Strand spazierenzugehen, ehe das Mädchen zurückgerufen wurde, um seiner Herrin beim Auskleiden behilflich zu sein. Amalie sagte lächelnd: »Das wäre schön.«

Robert ging ans Ende der Veranda, während Tige das Kaffeetablett auf einen Korbtisch stellte. Robert starrte zum Hotel hinüber, dessen Fenster hell erleuchtet waren, und wandte sich dann halb um.

»Die ›Star‹ hat ein bißchen Verspätung«, bemerkte er über die Schulter.

War es schon wieder Samstag? Es schien unmöglich. Amalie trat neben ihn. Die »Star« eilte auf die Öffnung ins Village Bayou zu. Ihre Schaufelräder stampften, und Licht fiel von den Decks. Menschen säumten die Reling, bereit, an Land zu gehen, während die hohen Schornsteine Rauch ausspien, der mit orangenen Funken durchsetzt war. Ganz leise konnten sie das Hämmern und Dröhnen der Maschinen hören.

»Was könnte der Grund für die Verspätung sein?«

»Wahrscheinlich ein Maschinenschaden«, mutmaßte er. »Wer weiß? Vielleicht war auch der Zug aus New Orleans zu spät.«

Alles war möglich, und wenigstens hatte der Dampfer es

geschafft. Das war nicht immer der Fall. Dampfschiffunfälle waren alltäglich. Amalie wandte sich ab. »Der Kaffee wird kalt.«

Sie nippten schweigend an dem aromatischen Getränk. Die Nacht senkte sich herab, und die anderen Häuser wurden dunkel, aber aus dem Hotel fiel noch immer strahlendes Licht. Amalie sah Tige und Lally hinter dem Haus auftauchen und am Strand entlanggehen. Sie sah ihnen nach, bis sie hinter dem Hotel verschwanden. Dann schloß sie die Augen. Der Seewind in ihrem Gesicht und das Rauschen der Wellen erfüllten sie mit einer sonderbaren Sehnsucht. Sie fragte sich, ob es Robert ebenso ging, der so still in seinem Sessel saß.

Im Hotel wurde Musik gespielt. Dort drüben hatten sich die Gäste jetzt in dem neuen Ballsaal versammelt, und bestimmt waren alle lustig und fröhlich. Es hieß, daß der deutsche Geigenspieler ausgezeichnet Walzer spielen könne und daß er bei den Gästen ebenso beliebt sei wie Mr. Muggah selbst.

Einen Augenblick herrschte Stille. Dann trug die sanfte Nachtluft die Töne der Geige zu ihnen. Amalie fühlte, daß ihre Kehle eng wurde. Gegen ihren Willen erinnerte sie sich an den letzten Tanz, den sie mit Julien auf dem Ball der Morneys getanzt hatte, an seine Grazie, sein Taktgefühl, den Stolz in seinen Augen. Julien, der in jener Nacht niedergeschlagen worden war und den man wie ein Stück Abfall in den Bayou geworfen hatte. Hatte er da noch gelebt? War er ertrunken? Oder war er bereits tot gewesen?

Sie stand auf, raffte ihre Röcke, überquerte die Veranda und lief weg. Sie hörte, wie Robert ihren Namen rief, antwortete aber nicht und blieb auch nicht stehen. Sie lief weiter, über den Sand, kümmerte sich nicht um die Körner, die in ihre Schuhe drangen und an ihren Röcken hafteten. Unbewußt lief sie aufs Wasser zu, wenn sie auch nicht wirklich die Absicht hatte, das zu tun, als sie aufbrach.

Der Sand knirschte, als Robert sie mit langen Schritten einholte. Er machte nicht den Versuch, sie aufzuhalten, sondern paßte seine Schritte den ihren an. Amalie warf ihm einen Blick zu und wurde langsamer. Schließlich blieb sie stehen. Er stand wie ein dunkler Schatten vor ihr, und doch konnte sie die Wärme spüren, die er ausstrahlte. Ihr Herz fing an zu hämmern. Sie biß die Zähne zusammen, damit sie nicht klapperten. Sie wollte ihn abwehren, konnte sich aber nicht rühren. Im Hotel spielte die Musik weiter.

»Darf ich bitten?« fragte er sanft.

Er legte einen Arm um ihre Taille, zog sie an sich und bewegte sich in fließenden Schritten zur Musik. Sie atmete aus und verschmolz mit dem Rhythmus. Sie wirbelten über den Sand, herum und herum, in traumähnlicher Trance. Die Meeresbrise blähte ihre Röcke, die Wellen plätscherten zu ihren Füßen. Unter der Liebkosung der salzigen Brise und der Nacht trieben sie dahin, bis die Musik verstummte.

18. Kapitel

Robert ließ sie nicht los. Er stand ganz still und legte dann beide Arme um ihre Taille. »Amalie, mon cœur«, flüsterte er rauh, »weise mich in meine Schranken, wenn du kannst, denn ich fürchte, ich bin die größte Gefahr für dich.«

Sie wußte, daß er sie küssen würde, und mehr als das, aber sie machte keinerlei Anstalten, ihn daran zu hindern. Sie sehnte sich nach seiner Berührung. Sie kümmerte sich nicht um Schicklichkeit, und es war ihr gleichgültig, wer er war oder was er getan haben mochte. Es war unwichtig. Nichts war mehr wichtig, außer dem Feuer in ihrem Blut und dem Schmerz in ihrem Herzen, den nur er lindern konnte.

Sein Mund war warm und fest und schmeckte nach Salz. Sie schwelgte in dem brennenden Druck, schlang die Arme um seinen Hals und preßte sich an ihn. Sie hörte, wie er Luft holte, und fühlte seine Zunge heiß über ihre Lippen zucken. Sie öffnete den Mund und küßte ihn leidenschaftlich.

Er zog sie näher an sich, seine Arme lagen wie Stahlbänder um sie. Sie stand auf Zehenspitzen und drängte sich ihm entgegen und wollte ihm noch näher sein. Die Wirklichkeit verblaßte. Es gab nichts außer ihnen beiden, der Nacht und dem Meer.

Er bewegte sich leicht, und sie spürte seine Hand an ihrer Brust. Er streichelte mit dem Daumen die Spitze. Entzücken ließ ihren Körper erschauern und sammelte sich in ihrem Unterleib. Sie gab einen leisen, kehligen Laut von sich und grub ihre Finger in das dichte Haar in seinem Nacken.

Er zog sie auf den Sand und kniete vor ihr, als er die Knöpfe ihres Mieders öffnete und es ihr über die Schultern streifte. Er neigte den Kopf, kostete die weiße Haut ihrer Brüste, während er die kurzen Ärmel ihres Unterhemdes beiseite schob. Warm umspielte sie die Nachtluft, sein Atem und seine Lippen waren heiß. Ihre Hände wanderten haltsuchend zu seiner Taille und dann, nachdem sie schon so weit gegangen war, erlaubte sie ihren Fingern, über seine Hose zu gleiten und nach dem Beweis seiner Begierde zu tasten. Sie preßte die Handfläche darauf.

Er drängte sich an sie, legte sie auf den Sand und schob gleichzeitig die Vorderseite ihrer Röcke hinauf.

Sie zitterte so, daß der Schauer, der sie durchfuhr, als er die Öffnung im Schritt ihrer Hose fand, kaum merklich war. Ihr Fleisch wurde feucht und heiß und wurde noch feuchter unter seinem Drängen. Sie streckte die Hand aus, ergriff seine harte, muskulöse Flanke.

»Dieu, schütze uns«, flüsterte er und rollte zur Seite. Sie hörte das Rascheln seiner Hose, als er sie herunterschob, und dann war er über ihr, sein Mund brannte auf ihren Brüsten, als er seinen Körper an ihren schmiegte.

Entzücken durchströmte sie, sie wölbte sich ihm entgegen und klammerte sich an seinen Schultern fest. Er drang in sie ein, wieder und wieder, und sie erwiderte jeden Stoß mit ihrer eigenen Kraft, als könnte die heftige Verschmelzung ihrer beiden Körper den Schmerz und Kummer in ihrem Innern lindern, als wäre Vergessen die Belohnung für diesen verzweifelten Liebesakt.

Blind und taub und ohne sich um irgend etwas anderes als die weißglühende Ekstase des Augenblicks zu kümmern, liebten sie sich, denn sie fühlten und wußten, wie schmerzhaft die Liebe sein kann.

Sie erlebten die höchste Freude, als sie in stummer Leidenschaft den Höhepunkt erlebten.

Amalie lag regungslos da. Sie hätte nicht sagen können, wieviel Zeit vergangen war, bis Robert sich von ihr zurückzog. Sie fühlte mehr, als daß sie sah, wie er sich über sie beugte, und spürte seine Finger im Dunkeln an ihrem Gesicht.

»Geht es dir gut?«

Ihre Lippen verzogen sich zu einem Lächeln, obwohl er es nicht sehen konnte. »O ja, mir geht es gut.«

»Wir gehen wohl besser zurück.«

Es kostete sie große Mühe, sich aufzurichten und die Knöpfe ihres Mieders zu schließen, aber endlich gelang es ihr. Er half ihr auf die Füße und schüttelte den Sand aus ihren Röcken. Sie nahm seinen Arm, als sie auf das Haus zugingen. Unterwegs warf sie ihm ein-, zweimal einen Blick zu, konnte aber nicht erkennen, was er dachte.

An der Haustür blieb er stehen. Er legte einen Finger unter ihr Kinn, küßte sie lange auf die Lippen, ließ sie dann los und trat zurück. »Gute Nacht, Amalie.«

»Kommst du nicht hinein?« Angst durchzuckte sie. Sein Kuß war so sanft gewesen, fast wie ein Abschied, ein Verzicht.

»Noch nicht.«

Was konnte sie sagen? Der Augenblick, in dem sie ihn kühn hätte fragen können, ob er beabsichtige, nun ihr Bett zu teilen, war vergangen. »Dann also gute Nacht.«

Sie wartete noch einen Augenblick, aber als er nichts erwiderte, ging sie hinein.

Lally war noch nicht zurück. Amalie kleidete sich aus und ließ ihr Kleid einfach auf dem Boden liegen. Sie hoffte, daß das die Knitter in dem Seidenstoff erklären würde. Sie wusch sich und zog ihr Nachthemd über. Gähnend stieg sie ins Bett, lag aber doch noch eine ganze Weile wach und lauschte, ob Robert sein Zimmer betrat.

Sie hörte ihn nicht. Müde und zufrieden fiel sie schließlich in tiefen, traumlosen Schlaf. Als sie am Vormittag erwachte, war Robert in seinem Zimmer gewesen und schon wieder fort. Seine Truhe war gepackt und zum Landungssteg geschickt worden. Er hatte sich von M'mere verabschiedet, hatte aber Amalie nicht stören wollen. Das Schiff würde am Mittag ablegen – in wenig mehr als einer Stunde. Robert war bereits an Bord.

Danach wurden die Tage lang. M'mere gab sich große Mühe, Amalie abzulenken. Sie machte Amalie mit ihrem alten Freund, dem Hotelbesitzer Dave Muggah, bekannt, der galant darauf bestand, daß sie den Tee mit ihm auf der Galerie einnahmen. Sie verbrachten eine fröhliche halbe Stunde, die, wie sich herausstellte, der Auftakt zu mehr gesellschaftlichem Kontakt für sie werden sollte.

Ein Vorfall, der sich zwei Tage später ereignete, unterstützte das noch. Amalie ging mit Isa am Strand spazieren. Sie kamen an einem Spielplatz vorbei, der sich in der Nähe des Hotels befand. Drei oder vier Kinder tollten auf dem Karussell herum.

Ein-, zweimal, wenn niemand es sah, hatte Amalie Isa erlaubt, damit zu fahren. Sie hatte selbst das Gefährt angeschoben. Isa hatte vor Entzücken gekräht, machte jetzt aber keine Anstalten, sich zu den anderen zu gesellen. Er schien zufrieden zu sein, mit seinem Block unter dem Arm neben ihr herzuschlurfen.

Auf der anderen Seite des Karussells befand sich eine Eiche, unter der zwei Frauen saßen, eine mit einem Baby im Schoß, die andere, in Schwarz gekleidet, mit einem kleinen Mädchen an der Seite, das ebenfalls ein schwarzes Kleid trug. Amalie lächelte und nickte ihnen zu. Die Antwort bestand in einem freundlichen Gruß. Sie erwartete nicht mehr und schaute schon wieder vorwärts, als von dem wirbelnden, quietschenden Karussell ein Schrei ertönte.

Ein Junge hatte den Halt auf seiner Stange verloren und hing an nur einer Hand. Noch während Amalie hinschaute, fiel er. Er polterte auf den Sand, rollte noch ein Stück und blieb auf dem Gesicht liegen. Die Frauen schrien, und die Kinder kreischten, während sie sich an ihrem Handgriff festklammerten. Amalie raffte die Röcke und fing an zu rennen. Da sie näher war als die anderen, erreichte sie den Jungen zuerst und drehte ihn vorsichtig um.

Er hatte einen Schnitt auf der Stirn, aus dem Blut floß, öffnete aber sofort die Augen. »Gefallen. Krieg'... keine... Luft mehr.«

»Du hast dich nur tüchtig angeschlagen. Das wird schon wieder«, tröstete Amalie ihn. Ihre ruhige und bestimmte Art schien ihn zu beruhigen, denn er schloß die Augen und entspannte sich. Seine Brust hob und senkte sich bald in einem natürlichen, schnellen Rhythmus. Amalie zog ihr Taschentuch aus dem Ärmel und preßte es auf die Wunde.

In diesem Augenblick fiel die Frau in Trauerkleidung neben Amalie auf die Knie. Hinter ihr kam das kleine Mädchen. Tränen liefen über sein Gesicht. Mit gedämpfter Stimme fragte die Frau: »Ist er – ist er –«

»Um Himmels willen, nein«, erklärte Amalie brüsk.

»Gott sei Dank«, kam die hitzige Antwort. »Ach, ich hätte ihn nicht fahren lassen dürfen. Er ist noch so klein, aber er hat so gebettelt. Er hat so viel Blut verloren.«

»Kopfwunden bluten immer sehr stark, glaube ich.« Amalie schaute auf und entdeckte auch die andere Frau neben sich. Isa hockte hinter ihnen und kritzelte wie wild auf seinem Papier herum. Sie wandte sich wieder an die Frau, die offensichtlich die Mutter des Jungen war. »Wenn jemand ein Taschentuch hat, könnte ich vielleicht einen provisorischen Verband anlegen – außer Sie möchten das selbst tun?«

»Nein – nein, machen Sie nur.« Die Frau zog ein schwarzgerändeltes Taschentuch aus einem Täschchen an ihrem Handgelenk und reichte es ihr.

Kurz darauf saß der Junge mit einem Verband um den Kopf da. Er war ein bißchen blaß, lächelte Amalie aber tapfer zu und bedankte sich höflich.

»O ja«, stimmte seine Mutter zu, »wir sind Ihnen beide sehr dankbar. Gestatten Sie, daß ich mich vorstelle. Ich bin Frances Prewett, und dies sind mein Sohn Augustine und meine Tochter Mary Ida.« Bei diesen Worten zog sie das Mädchen vorwärts. Es weinte immer noch und rieb sich mit seiner kleinen Faust das Auge, während seine Mutter ihm sanft murmelnd über den Rücken strich.

Interessiert musterte Amalie das Trio. Das also war die junge Frau, deren Namen sie vor so langer Zeit auf dem Ball der Morneys gehört hatte. Es war ziemlich viel davon geredet worden, daß sie schon zweimal verwitwet war. Amalie stellte sich vor. Sollte ihr Name der Frau in Schwarz bekannt sein, so sagte sie nichts. Sie stellte ihre Freundin vor, und es schien, als würde diese erstarren und ihr Baby ein wenig enger an sich drücken.

Frances Prewett öffnete noch einmal den Mund, um etwas zu sagen, aber ihre Tochter schrie so laut, daß ihre Worte nicht zu verstehen waren. Hilflos sahen sie und Amalie sich an. In diesem Augenblick drängte sich Isa vor und streckte ihr seinen Block entgegen. Amalie nahm ihn zwar, schenkte ihm aber nur wenig Aufmerksamkeit. Das kleine Mädchen jedoch hörte sofort zu weinen auf.

»Da ist Tin-Tin«, staunte es.

Isa hatte das Karussell gezeichnet. Augustine hielt sich mit einer Hand fest und hatte die Augen weit aufgerissen und die Lippen zusammengepreßt, als er darum kämpfte, sich festzuhalten. Der Kontrast zu der Freude und Aufregung in den Gesichtern der anderen Kinder war verblüffend, erinnerte aber auch daran, daß das Karussell Spaß machen sollte und mehr Freude als Kummer brachte.

Jetzt waren auch die anderen Kinder abgesprungen, als das Gefährt stehenblieb. Sie umringten Augustine und reckten die Hälse, um die Zeichnung zu sehen. Amalie reichte den Block weiter.

»Wie hübsch«, lobte Frances Prewett.

»Ja, Isa ist sehr talentiert«, stimmte Amalie zu.

»Es ist schön von Ihnen, ihn zu ermutigen.«

»Ich versichere Ihnen, das ist pure Selbstsucht. Es macht mir Spaß, ihm zuzusehen.«

»Ich hoffe, Sie machen mir das Vergnügen Ihrer Gesellschaft

heute nachmittag beim Tee? Ich würde Ihnen so gern in angemessener Umgebung meinen Dank aussprechen.«

»Das ist sehr freundlich, aber tatsächlich habe ich nur sehr wenig getan. Ich bin außerdem mit meiner Schwiegermutter hier, Madame Declouet.«

»Dann muß sie auch kommen. Und ich hoffe, Sie bringen auch Ihren kleinen Künstler mit.« Sie nickte zu Isa hinüber, der seine Zeichnung mit einer schwungvollen Unterschrift versah. Diese Fertigkeit hatte er Amalie zu verdanken.

»Wenn Sie sicher sind«, willigte Amalie nach kurzem Zögern ein. Es schien ihr, als müßte sie die Leute warnen, daß sie nicht als anständige Bekanntschaft galt, aber wie hätte sie das tun können? Amalie versuchte es mit dem Nächstbesten: »Aber wenn – wenn etwas eintreten sollte, was Sie hindert, uns zu empfangen, geben Sie uns bitte nur Nachricht.«

Es trat jedoch nichts ein. Sie, M'mere und Isa wurden zu Mrs. Prewett geführt und von ihr willkommen geheißen. Als sie im Hotel ankamen, hatte Frances die Geschichte über Amalie zwar schon gehört, erklärte aber netterweise, sie glaube kein Wort davon. Sie kannte Robert und Julien seit Jahren, und jeder Narr konnte sehen, daß sie sich viel zu gern hatten, um gegenseitig ihr Blut zu vergießen. Dann wandte sie sich anderen Themen zu.

Amalie und Frances waren fast gleichzeitig Witwe geworden, wenn es auch für Frances schon das zweite Mal war. Sie schien den Eindruck zu haben, sie hätten viel gemeinsam, und auch Amalie kam es so vor.

Danach wurde Amalie weitaus freundlicher angesehen. Schon am nächsten Tag besuchten sie mehrere ihrer Nachbarn, darunter Mr. W. W. Pugh mit seiner Frau Josephine und ihren Kindern und auch Monsieur und Madame Michael Schlatre. M'mere empfing sie alle höflich, aber ein wenig kühl. Es wäre nicht gut, erklärte sie, den Anschein zu erwecken, eifrig bemüht zu sein, wieder von der Gesellschaft akzeptiert zu werden.

Um diese Dinge kümmerte sich Amalie kaum. Sie lächelte

und plauderte höflich. Aber in ihrem Hinterkopf lauerte nur immer eine Frage: Warum war er abgereist?

Diese Frage beschäftigte Amalie Tag und Nacht. War er der Ansicht gewesen, seine Pflicht M'mere und ihr selbst gegenüber erfüllt zu haben? Hatte ihn ihr unbeherrschtes Verhalten abgestoßen? Fürchtete er, ihre Schwäche könnte sie noch mehr in Verruf bringen? Oder hatte er vielleicht Angst, daß sie nach jener Nacht am Strand von ihm erwartete, den engen Kontakt wiederaufzunehmen? Wehrte er sich dagegen um seines Cousins willen?

Konnte es vielleicht auch sein, daß er, nachdem er sie benutzt hatte, feststellen mußte, daß sie ihn nicht mehr so reizte wie früher? Daß jetzt, nach Juliens Tod, das Gewürz »Gefahr« fehlte, das seinen Appetit auf sie angeregt hatte?

Oder drängte sich ihm die Erinnerung an Julien auf, wenn er mit ihr zusammen war? Bekam er ein schlechtes Gewissen? Bedeutete es für ihn jetzt mehr Schmerz als Vergnügen, sie zu lieben?

Oder stellte er fest, nachdem er Julien getötet oder seinen Tod verursacht hatte, daß die Beute den Preis nicht wert war?

Endlos waren die quälenden Gedanken. Die Insel hatte ihren Charme für Amalie verloren, und es kümmerte sie nicht, ob sie Gäste hatte oder nicht.

Das Kind, das in ihr wuchs, machte sich allmählich bemerkbar. Sie hatte gefürchtet, die Heftigkeit ihres Zusammentreffens mit Robert hätte es verletzen können. Aber weder sie noch das Kind hatten eine Verletzung davongetragen.

Sie wäre froh gewesen, wenn das Kind schon auf der Welt wäre. Dann hätte sie jemanden, der zu ihr gehörte und den sie uneingeschränkt lieben durfte, mit dem sie spielen und dem sie beim Erwachsenwerden helfen konnte. Würde es ein Junge sein wie Frances' Augustine oder ein Mädchen wie ihre Mary Ida? Es war unwichtig; sie wollte es nur endlich sehen.

Robert hatte nichts dagegen gehabt, ein Kind zu zeugen, dachte sie. Wäre diese Situation anders gewesen, hätte er wohl sogar einen guten Vater abgegeben. Vielleicht könnte er ihr später, als naher Verwandter, helfen, das Kind zu erziehen, so, wie es sein sollte. Ganz gleich, ob Junge oder Mädchen, das Kind brauchte einen Vater.

Robert. »Ich bin die größte Gefahr für dich.«

Sie sollte besser lernen, überhaupt nicht an ihn zu denken, und nicht zu weinen – außer um Julien. Das wäre in Ordnung. Das erwartete man von ihr. Und er verdiente ihre Tränen.

Es war auf einem ihrer Ausritte, als sie das Dorf hinter sich gelassen hatte, daß sie Patrick Dye sah. Sie war sich nicht sicher, ob er es war, denn sie erhaschte nur einen kurzen Blick auf ihn. Er stand in einer der schäbigen Hütten, in denen die Inselbewohner hausten, und sprach mit einem glatzköpfigen, dickbäuchigen, unrasierten Mann, der nur eine fleckige Hose und ein rotes Unterhemd mit Schweißflecken unter den Armen trug. Der Aufseher von Belle Grove sah auch nicht viel besser aus, nur daß seine Haare von einem verbeulten Hut bedeckt wurden. Bei ihrem Anblick bückte sich Patrick, wenn er es war, und trat ins Haus zurück, bis sie ihn nicht mehr sehen konnte. Trotzdem prickelte es Amalie noch einige Zeit zwischen den Schulterblättern. Sie war sich so sicher, Patrick Dye gesehen zu haben, daß sie beim Abendessen M'mere davon erzählte.

»O nein, bestimmt nicht, ma chère Amalie. Wenn er wirklich hier wäre, hätte er uns gewiß aufgesucht. Welchen Grund könnte er haben, auf die Insel zu kommen, wenn es nicht um unsere Plantage ginge? Aufseher unternehmen keine Vergnügungsreisen.«

»Du hast recht. Aber dieser Mann hat ihm so ähnlich gesehen!«

»Er hat dich nicht erkannt?«

Amalie schüttelte den Kopf. »Er hat sich große Mühe gegeben, mir aus dem Weg zu gehen.«

»Da übertreibst du sicher. Zweifellos war das irgendein Fischer. Man hat mir erzählt, manche von ihnen sind nicht besser als gewöhnliche Kriminelle, die vor Jahren hierher kamen, um dem Gesetz zu entgehen. Sie verabscheuen die Gäste, weil sie Angst haben, erkannt zu werden.«

»Ja, wie Piraten«, meinte Amalie trocken.

»Es gibt viele Verbrechen, denen ein Mann zu entfliehen versuchte, viele Schwächen«, murmelte M'mere verzweifelt.

»Ja«, stimmte Amalie leise zu und ließ die Angelegenheit auf sich beruhen.

Sie aßen in Ruhe, und M'mere wartete, bis der Kaffee serviert worden war, ehe sie wieder auf das Thema zurückkam.

»Dieser Mann, unser Aufseher, du magst ihn wohl nicht?«

Amalie schaute überrascht auf. »Nein, tue ich nicht.«

»Ich habe mich daran gewöhnt, in ihm so etwas wie Ungeziefer zu sehen«, erklärte die alte Dame offen. »Ärgerlich, so wie Ratten, die in die Scheune gelangen, aber nicht gefährlich sind. Wie beurteilst du ihn?«

»Ich weiß nicht«, erwiderte Amalie zögernd. »Grob, ungezogen, kein Mann, dem man trauen kann.«

»Du hast Angst vor ihm?«

»Ich glaube, die hätte ich, wenn ich ungeschützt wäre.«

»Ja«, meinte M'mere langsam, »oder wenn du in seiner Schuld stehen würdest.«

Amalie beugte sich über den Tisch. »Ist das bei dir der Fall, M'mere?«

»Ach, mach dir keine Sorgen, chère. Ich kann einen parvenu noch immer in seine Schranken weisen.«

Amalie zögerte. Schließlich lehnte sie sich zurück. Sie konnte die alte Dame nicht bedrängen; ihr Stolz ließ das nicht zu. »Wenn du mich brauchst«, erklärte sie leise, »bin ich da.«

M'mere nickte. »Das weiß ich, und ich bin dankbar dafür. Während meiner Krankheit warst du wie eine Tochter zu mir, wie ein Engel, und dabei verdiente ich nur deine Vorwürfe. Es schmerzt mich, dich zu sehen, wie du jetzt bist. Darf ich dir etwas sagen?«

»Ja, natürlich.«

»Ich habe kein Recht, mich einzumischen, aber das hat mich in der Vergangenheit nie zurückgehalten, also warum sollte ich jetzt Skrupel haben? Es geht um Robert, meinen lieben Neffen. Er hat dich nicht aus eigenem Willen verlassen, ma chère.«

»Bitte«, sagte Amalie, und ihr eigener Stolz trieb sie, sich hoch aufzurichten.

»Nein, laß mich zu Ende reden. Er ist aus Angst um dich und wegen seines Verlangens abgereist. Weil er sicher war, daß er sich nicht zurückhalten konnte; von Anfang an ist es so gewesen, und nichts hat sich geändert. Er wollte dir nicht noch mehr Kummer bereiten und mehr Schande über dich bringen, und so hat er das für ihn einzig Richtige getan: Er ist abgereist.«

Das war eine tröstliche Erklärung. Amalie wünschte, sie könnte sie glauben. »Verstehe. Es war nett von dir, mir das zu erzählen.«

M'meres Gesicht legte sich in traurige Falten. Sie schüttelte leicht den Kopf. »Es ist nur recht und billig, daß du es weißt.«

Als sie später im Bett lag, gingen Amalie M'meres Worte durch den Kopf. Wie konnte Juliens Mutter wissen, was Robert dachte und fühlte, wenn sie selbst es nicht wußte? Und doch schenkte ihr diese Erklärung ein wenig Frieden.

In den frühen Morgenstunden drehte sich der Wind, blies jetzt aus Norden in die Bucht, versah die Wellen mit weißen Kronen und trieb sie weit auf den Sand hinauf. Er zerrte und blähte die Vorhänge in Amalies Schlafzimmer.

Amalie schauderte, wachte aber nicht auf.

19. Kapitel

Es war faszinierend. Die dunkelblauen Wellen bauten sich weit hinten am Horizont auf und brachen sich ein paar Meter vom Strand entfernt. Schäumende Strudel überspülten den Strand. In endloser Prozession rollten sie heran, unaufhörlich jagten sie sich gegenseitig. Es war, als wäre jede einzelne Welle zum Leben erwacht und wollte ihre Majestät zur Schau stellen, ehe sie vor den Füßen der am Strand Versammelten zerbarst.

Menschen säumten das Ufer. Einige wenige trugen Badekleidung, aber nachdem ein oder zwei von den Wellen zurückgeschleudert und in den Sand getrieben worden waren, hatten sich die anderen vorsichtshalber zurückgezogen. Trotzdem war niemand gegangen. Alle standen da und starrten wie gebannt auf das Schauspiel, redeten leise miteinander. Und die ganze Zeit über hatten sie den Wind im Rücken. Er kam von Norden, blies den Wellen ins Gesicht und sprühte den Gischt über den Golf.

Amalie und M'mere saßen auf der Veranda und schauten zu wie alle anderen. Ungeachtet der Jahreszeit hatte sich M'mere in ihren Schal gehüllt. Es war zwar nicht direkt kalt, aber nach der Hitze der letzten Tage war der Temperatursturz doch beachtlich. Amalie war überhaupt nicht kühl. Erregung ließ das Blut in ihren Adern schneller kreisen. Die Unruhe des Meeres war wie ein Echo auf die Unruhe in ihr selbst.

»Ah, chère, das Wetter gefällt mir nicht, überhaupt nicht«, bemerkte M'mere und sprach undeutlicher als gewöhnlich. »Ich sehe M'sieu Muggah dahinten am Strand. Er muß den Golf hier in vielen verschiedenen Stimmungen beobachtet haben. Könntest du ihn nicht bitte fragen, was er davon hält?«

Amalie war froh, über den Sand laufen zu dürfen. Sie hatte sich danach gesehnt, in den Wind hinauszukommen, wollte aber die alte Frau nicht allein lassen, solange sie so beunruhigt war.

Der Hotelbesitzer wandte sich um und verbeugte sich leicht, als Amalie näher kam. »Guten Tag, Madame Declouet. Was halten Sie von dem Schauspiel, das ich zur Unterhaltung für die Besucher unserer hübschen Insel arrangiert habe?«

»Wunderbar, Sir«, erwiderte sie. »Aber meine Schwiegermutter findet es besorgniserregend. Sie fürchtet, es könnte einen Sturm ankündigen, der in unsere Richtung kommt, und sie möchte Ihre Meinung dazu hören.«

»Sie ist eine kluge Frau, aber sie kann unbesorgt sein. Es handelt sich um einen tropischen Sturm aus der Karibik, der aber noch weit weg ist. Vielleicht bringt er uns ein wenig Regen, und der könnte nicht schaden, nachdem die Zisternen immer nur wenig Wasser enthalten, weil alle soviel baden, um das Salz und den Sand von der Haut zu waschen. Wir haben hier schon viele Stürme überstanden und werden noch viele weitere überstehen.«

»Glauben Sie, es könnte ein Hurrikan sein?«

Hurrikans, die schrecklichen Septemberstürme, waren gefürchtet. Dave Muggah sah sich schnell um, ehe er erwiderte: »Wer kann das sagen? Wir haben erst den neunten August, aber ich habe sie auch schon früher erlebt. Wir werden es erst wissen, wenn er hier ist.«

»Für diese Jahreszeit ist der Nordwind schon sonderbar.«

Er lächelte freundlich. »Das gebe ich zu, aber es ist doch eine angenehme Abwechslung, finden Sie nicht?«

Sie mußte ihm recht geben. In diesem Augenblick kam eine junge Frau in ihre Nähe. »Sprechen Sie von dem Sturm? Ich persönlich wäre enttäuscht, wenn wir keinen bekämen. Ich habe noch nie einen richtigen Sturm erlebt und freue mich schon darauf.«

»Sie wissen nicht, wovon Sie reden, mein liebes Mädchen«, meldete sich ein anderer Mann zu Wort. »Ich war an Bord eines Schiffes, es war nur ein kleiner Sturm, aber ich möchte diese Erfahrung nicht noch einmal machen.«

»Ich auch nicht«, fiel die Frau an seiner Seite ein. »Mir gefällt die Vorstellung nicht, auf diesem flachen Stück Land zu sein, wenn das Meer rauher werden sollte. Wenn es morgen mittag nicht ruhiger ist, werde ich abreisen, sobald ein Schiff einläuft.«

»Ach, es gibt doch keinen Grund für diese Angst, oder, Mr. Muggah?« wandte sich die junge Frau an den Hotelbesitzer.

»Ich glaube nicht. Es gibt Leute, die wohnen seit siebzig und mehr Jahren hier, und keiner von ihnen macht sich zum Aufbruch bereit. Das Hotel hat schon so manchem Sturm standgehalten. Ich sehe keine Gefahr.«

Seine Worte klangen beruhigend, aber Amalie entging der Blick nicht, den er zu den dicken Wolken warf. Sie veränderten sich ständig, waren jetzt hellgrau, von Weiß durchzogen, dann blitzte silbern die Sonne hervor. Sie beobachtete sie, als sie zum

Haus zurückging. Sie waren interessant und auf ihre Weise ebenso beunruhigend wie das Meer.

Am nächsten Morgen, einem Samstag, drehte der Wind nach Nordosten. Die Wolken waren dunkel und hüllten die Insel in graues, dumpfes Licht. Sie zogen die Farbe aus den Wellen, die wütend und bedrohlich wirkten. In der Bucht wurden die Wellen vom Wind auf den Strand getrieben, leckten höher und höher. Ein schwaches Grollen hing in der Luft, das aber weder vom Wind noch von den Wellen stammte.

Amalie stand früh auf, spazierte am Strand entlang und überquerte die schmale Landzunge, um auch einen Blick in die Bucht zu werfen. Als sie an der Weide vorüberkam, auf der das Vieh des Hotelbesitzers weidete, sah sie, daß die Tiere mit hängenden Köpfen dichtgedrängt beieinanderstanden.

In der Bucht starrte sie übers Wasser zum Festland hinüber, das ungefähr zwölf Meilen entfernt war. Das braune Wasser der Bucht rollte, toste und prallte gegen den Schlamm zu ihren Füßen. Der Gestank nach Fisch machte sich hier breit. Als sie über sich schrilles Kreischen vernahm, blickte sie auf und bemerkte eine Schar Möwen, die den Marschen Louisianas zustrebte.

Amalie kehrte zum Haus zurück, die Arme vor der Brust verschränkt. Der Wind, der sie vor sich hertrieb, war stark, und sie stolperte immer wieder.

Bei ihrer Rückkehr fand sie eine Einladung für sich und M'mere vor – zu einem Ball, der am Abend im Hotel stattfinden sollte. Außerdem hatte sie einen Brief von Frances Prewett bekommen, die sie eindringlich bat, doch daran teilzunehmen. Sie müßten angesichts der Naturgewalten alle zusammenhalten, erklärte die junge Witwe. Und da sie und Amalie natürlich nicht tanzen konnten, würden sie sich wenigstens Gesellschaft leisten.

M'mere überlegte den ganzen Tag, ob sie ins Hotel gehen sollten oder nicht. Es war ihre eigene Angst in Verbindung mit der immer düsterer werdenden Stimmung, die schließlich den Ausschlag gab. Es wäre weniger nervenaufreibend, in Gesellschaft zu sein, als in dem dunklen Haus zu sitzen und zu hören, wie der Wind an den Sturmläden zerrte, die vor den Fenstern verriegelt worden waren.

Es war jetzt klar, daß ein Sturm bevorstand, und man hatte den Tag damit verbracht, die nötigen Vorbereitungen zu treffen, die Läden zu schließen, die Stühle und Polster von der Veranda hereinzuholen, auf Vorrat zu kochen und alles ins Haus zu bringen. Man stellte zusätzliche Kerzen und Lampenöl überall griffbereit, damit man nicht erst danach suchen mußte. Dasselbe war überall auf der Insel geschehen, selbst im Hotel, trotz des Optimismus des Hotelbesitzers.

Tige nahm eine Laterne und führte sie am Strand entlang zum Hotel. M'mere klammerte sich an Amalie und bedauerte bei jedem Schritt, daß sie sich nicht entschieden hatte, daheim zu bleiben. Zu ihrer Rechten konnten sie das Meer wütend rauschen hören, vernahmen aber auch ganz leise die Musik des Orchesters, das eine Polka spielte. Durch die offenen Fenster des Ballsaals konnte man das gelbe Licht von Hunderten von Kerzen sehen. Dieses Licht war ein Leuchtfeuer, ein Versprechen und gab Hoffnung.

Der Ballsaal war erst kürzlich angebaut und im neuesten Stil eingerichtet worden. Entgegen Amalies Erwartung waren hier viele Menschen versammelt. Wie es schien, hatte jeder das Bedürfnis, in Gesellschaft zu sein.

Die Stimmung war gut, es wurde viel geredet und gelacht. Aber man spürte auch die wachsende Nervosität und die Angst vor einer möglichen Gefahr. Die Stimmen waren schriller, die Männer, die sich in den Ecken unterhielten, unterstrichen ihre Worte mit hastigen Bewegungen, und die Tänzer wirbelten über den Boden und beobachteten einander mit blitzenden Augen. Es wurde viel darüber diskutiert, was getan werden mußte, wenn das Meer die Insel überschwemmte. Ein junger Mann aus New Orleans, mit dunklen Augen und Schnurrbart, der unter den Damen größte Unruhe hervorrief, schlug vor, daß man einfach auf den Tischen weitertanze, bis man aufs Meer hinausgetrieben wurde.

Nicht alle waren so kaltblütig. Es gab viele, die an den Fenstern standen und über die Bucht hinausschauten. Sie warteten auf die Ankunft der »Star« und beabsichtigten, sofort an Bord zu gehen, wenn sie anlegte. Der Dampfer hatte sich wieder verspätet, aber darüber wunderte sich niemand. Einige meinten, Captain Smith wäre vielleicht wegen des Unwetters gar nicht in See gestochen, oder aber er hätte eine geschützte Bucht angelaufen, wo er den Sturm abwarten wollte. Wenn das stimmte, waren sie auf der Insel gefangen und mußten dem ins Auge sehen, was auf sie zukam.

Frances Prewett wirkte ziemlich ruhig, begrüßte Amalie erfreut und fand auch einen Platz für M'mere bei anderen älteren Damen. Sie erzählte, daß es ihr Spaß gemacht hätte, die Wellen zu beobachten, und wenn sie sie auch nervös machten, so vertraue sie doch auf ihren Schöpfer. Sie wäre glücklicher, wenn Augustine und Mary Ida bei ihrer Mutter in The Shadows geblieben wären, aber ihr kleiner Sohn genoß das ganze Spektakel, besonders seit ein freundlicher Herr ihm erzählt hatte, daß die Wellen die Pferde der See seien und der Schaum darauf ihre Mähnen.

Um die Stimmung zu heben, ließ Dave Muggah später Champagner servieren; die »Star« würde einen neuen Vorrat mitbringen, also konnten sie die letzten Flaschen im Haus ruhig verbrauchen. Die Musik wurde danach lebhafter, denn auch den Musikern war Champagner eingeschenkt worden. Der Pianist hieb in die Tasten, damit die Musik über dem Lärm des Windes, der Wellen und der schlurfenden Füße zu hören war, der Mann mit dem Horn blies in sein Instrument, bis seine Augen tränten, und der deutsche Geiger fiedelte, bis das Tuch, das er unter sein Kinn geschoben hatte, feucht war.

Während der Pausen konnte man das Klicken von Billardkugeln aus einem anderen Raum hören, ebenso wie das Klatschen der Karten aus dem Kartenzimmer. Jeder versuchte, seiner Angst auf seine Weise Herr zu werden.

Auch zum Abendessen wurde Champagner serviert. Es gab die köstlichsten Gerichte aus Meeresfrüchten, warm und kalt, mit Soßen und Mayonnaisen. Die Leute drängten sich um die beladenen Tische, als wären sie am Verhungern und würden nie wieder etwas zu essen bekommen. Nach nur einer halben Stunde war kein Krümel und kein Schluck des perlenden Weines mehr übrig.

Das war der Wendepunkt. Kurz danach sagte jemand, daß die »Star« noch immer nicht aufgetaucht wäre. In diesem Fall war es unwahrscheinlich, daß sie überhaupt noch kommen würde. Sie saßen wirklich in der Falle, gestrandet auf einem flachen Stück Land, ohne eine Möglichkeit, dem sich nähernden Sturm zu entfliehen.

Die Fröhlichkeit war dahin. Die Gäste verließen nach und nach den Saal. Man ließ Tige aus der Küche holen, wo die Bediensteten ihre eigene Feier hatten, und zusammen mit Lally, die sich zu ihm gesellt hatte, leuchtete er Amalie und M'mere noch einmal den Weg.

Sie näherten sich der Tür ihres Hauses, als Tige plötzlich erstarrte und stehenblieb.

»Was gibt es?« Amalie flüsterte instinktiv.

»Ich weiß nicht, Mam'zelle. Ich dachte, ich hätte gesehen, daß sich hinter der Küche etwas bewegt.«

Amalie strengte ihre Augen an, konnte aber im Schein der Laterne nur das kleine Küchengebäude ausmachen. Der Himmel war so bewölkt, daß sie nichts erkennen konnte. »Könnte es etwas gewesen sein, was der Wind vor sich hergeblasen hat?«

»Es sah aus wie ein Mann.«

M'mere stöhnte leise. »Laßt uns ins Haus gehen.«

Sie gingen weiter, waren aber jetzt vorsichtiger. Amalie wandte den Blick nicht von der Stelle hinter der Küche. Die Bewegung, die Tige ausgemacht hatte, konnte von einem Diener stammen, der ohne Erlaubnis unterwegs war. Es bestand auch immer die Möglichkeit, daß es sich um ein Pferd oder eine Kuh handelte, die ausgerissen war und im Dunkeln umherwanderte. In der Dunkelheit hatte es vielleicht nur wie ein Mensch ausgesehen. Trotzdem war es gut, wenn sie sich so schnell wie möglich hinter einer verschlossenen Tür in Sicherheit brachten.

Auf der Insel hatte es nie Schwierigkeiten wegen Diebstählen gegeben, aber man konnte nie wissen.

Im Haus blieb M'mere einen Augenblick stehen, eine Hand auf ihr Herz gepreßt. Dann atmete sie erleichtert auf. Amalie tat es ihr gleich. Kopfschüttelnd neckte sie Tige dann damit, Dinge zu sehen, die gar nicht vorhanden waren, und plauderte von dem Erfolg des Balles, während sie wartete, daß Lally die Zofe der alten Dame holte. Amalie begleitete die beiden in M'meres Schlafzimmer und wandte sich dann mit müden Schritten ihrem eigenen zu.

Sie schlief nicht. Der Wind, der immer heftiger an den Läden zerrte, machte sie rastlos. Das Grollen des Meeres schien die Fundamente des Hauses zu erschüttern. Sie starrte mit großen Augen ins Dunkle.

Wie anders wäre es, wenn Robert neben ihr läge. Sie würde sich an ihn schmiegen, ihre Hand über seine Brust gleiten lassen, über seinen flachen Bauch und noch weiter hinab, bis dorthin, wo er für sie bereit war. Sie würde ihre Beine um ihn schlingen und sich ihm hingeben. Ihre Sehnsucht nach ihm war so groß, daß sie das Gesicht ins Kissen drückte, als ihre Tränen in die Federn sickerten.

Gegen Morgen fing es an zu regnen, ein leichter Sprühnebel, der endlos vom bleiernen Himmel fiel. Noch immer rollten die Wolken über ihren Köpfen dahin. Die Wellen rauschten auf den Strand, wurden höher und höher, während das Wasser in der Caillou-Bucht ständig stieg und den Nordstrand bereits überflutet hatte.

Im Schein der Lampe zog sich Amalie, die seit Stunden im Morgenmantel im Haus herumgelaufen war, an. Sie verzichtete auf ihren Reifen und trug nur einen einzigen Unterrock. Dann packte sie eine Reisetruhe, für den Fall, daß M'mere doch abreisen wollte und die »Star« überhaupt kam. Als Kaffeeduft in ihre Nase stieg, ging sie in den Salon, in dem Marthe das heiße Getränk über einem kleinen Feuer im Kamin aufgebrüht hatte.

Die Zeit zog sich dahin. M'mere fühlte sich nicht wohl, wollte aber unbedingt aufstehen. Sie lag auf dem Sofa im Salon und sprach immer wieder davon, ins Hotel gehen zu wollen. Dort wäre es vielleicht sicherer, meinte sie. Amalie ermutigte sie nicht, denn sie glaubte nicht, daß es dort besser war, wußte aber, daß es für die alte Dame eine unnötige Anstrengung bedeuten würde, den Strand zu überqueren, der sie vom Hauptgebäude der Insel trennte. Sie hielt es nicht einmal mehr für eine gute Idee zu versuchen, das Schiff zu erreichen, selbst wenn es kommen sollte.

Marthe, die nichts mehr zu tun hatte, nachdem das Frühstück beendet war, saß vor dem Kamin und schaukelte vor und zurück. Schweiß stand auf ihrer Stirn, als sie leise summte. Pauline gesellte sich kurz darauf zu ihr, und die beiden Frauen sangen leise vor sich hin. Lally und Tige kuschelten sich in einer Ecke aneinander und hielten sich bei den Händen. Isa folgte Amalie, die von Fenster zu Fenster ging, und versuchte, durch die Spalten in den Läden zu spähen. Wann immer sie sich umdrehte, war er hinter ihr, und schließlich befahl sie ihm, ein Bild vom Meer zu zeichnen.

Gegen Mittag entdeckte sie an einem der Fenster die Lichter eines Schiffes, die durch den Regen drangen, der sich jetzt in Strömen ergoß. Sie wirbelte herum, lief zur Tür und stürzte auf die Veranda, noch ehe irgend jemand wußte, was sie tat. M'mere rief ihr nach, aber Amalie antwortete nicht.

Sie konnte die »Star« sehen, einen dunklen Schatten hinter dem grauen Vorhang aus Regen. Das Schiff lag draußen in der Bucht vor Anker. Wie es schien, hatte Captain Smith nicht vor, näher zu kommen. Vielleicht fürchtete er, von dem Sturm an Land geschleudert zu werden. Amalie vermutete, daß er auf ein Nachlassen des Windes wartete, um dann einen Anlegeversuch zu unternehmen.

Abgesehen von dem Dampfer war nur wenig zu sehen. Nach wenigen Minuten trieben Regen und Wind Amalie ins Haus zurück. Es wurde Mittag, aber niemand hatte Hunger. Schließlich aßen sie etwas, weil es normal war und wichtig schien, den üblichen Rhythmus einzuhalten.

Anschließend ging Amalie noch einmal auf die Veranda hinaus. Sie beobachtete den brodelnden Schaum, der dem Haus immer näher kam. Amalie schauderte und lief ans Ende der Veranda, um nachzusehen, ob die »Star« noch immer dort war.

Sie war es. Schwach zeichnete sie sich hinter dem Regen ab. Das Schiff zerrte an den Ankertrossen, die hohen Aufbauten wirkten wie ein riesiges Segel, das den Wind einfing.

Plötzlich riß die vordere Ankerkette. Der Wind und das Rollen des Meeres verschluckten den Lärm, aber Amalie sah die schwere Kette wie eine Peitsche durch die Luft sausen, und beobachtete, wie das Schiff sich drehte. Der zweite Anker konnte das Gewicht des vollbeladenen Schiffes nicht halten. Auch er brach, und wie ein Kinderspielzeug wurde der Dampfer vor dem Sturm hergetrieben, er hielt direkt auf die Küste zu. Das Schiff legte sich ein wenig schief, blieb aber aufrecht.

Es schien nur geringer Schaden entstanden zu sein, aber gleich darauf liefen Männer – die Mannschaft und jeder verfügbare männliche Passagier – mit Werkzeug über das Deck.

Sie wandte sich dem Hotel zu. Sicherlich warteten dort viele darauf, an Bord gehen zu können. Aber nichts war zu sehen. Das Hotel wirkte wie eine Festung, alle Läden waren geschlossen. Die Palmen neben dem Haus beugten sich im Wind.

Eine Hand schloß sich um ihre Schulter. Sie zuckte zusammen, wirbelte herum, die Augen zusammengekniffen und bereit, Isa auszuschelten, weil er ihr wieder gefolgt war.

Patrick Dye stand vor ihr – ein höhnisches Grinsen im Gesicht. Sein Ölzeug flatterte im Wind. Sein Griff um ihre Schulter wurde noch fester, als er in ihre erschreckten braunen Augen hinunterschaute.

Sie sog zischend die Luft ein und wich ans Geländer zurück, dann befreite sie sich aus seiner Umklammerung. »Was tun Sie hier?«

»Geschäfte«, höhnte er und beugte sich vor, damit sie ihn auch hörte. Während er sprach, blies er ihr seinen nach Whisky stinkenden Atem ins Gesicht. »Gehen wir hinein.«

Sie bewegte sich auf die Tür zu, blieb aber stehen, sobald der Regen sie nicht mehr traf. »Das ist jetzt wohl kaum der richtige

Zeitpunkt für Geschäfte«, meinte sie kühl. »Kann das nicht warten?«

»Ich habe keine Lust zu warten.« Der Ire trat näher, packte ihren Ellenbogen und stieß sie auf die Tür zu. »Ich habe schon fast zwei Wochen vergeudet, weil ich dachte, Farnum wäre noch hier, und ich denke nicht dran, mich noch länger vertrösten zu lassen.«

»Sie – dann waren Sie es, den Tige gestern abend gesehen hat!« Sie hätte nicht sagen können, warum sie dessen so sicher war.

»O ja, das war ich«, stimmte er zu und lächelte kühn. »Ich war es auch, der durch die Schlitze in den Läden in Ihr Zimmer geschaut hat. Oder haben Sie das nicht gewußt?«

Sie schenkte ihm einen eisigen Blick und versuchte sich wieder loszureißen, aber seine Finger hielten sie nur noch fester. Es erschien ihr plötzlich klüger, die Gesellschaft anderer aufzusuchen, als mit ihm allein zu bleiben. Sie wurde ruhig. »Dann gehen wir also hinein.«

»Nur zu«, grinste er höhnisch.

Sie drehte sich zur Tür um, und er folgte ihr. Sie wartete, daß er ihr die Tür aufhielt, und war erleichtert, als er sie losließ, um ihr diesen üblichen Dienst zu erweisen. Sie betrat die Halle.

Um den Schock für ihre Schwiegermutter zu verringern, rief sie schon von draußen: »Sieh nur, wen ich im Sturm getroffen habe, M'mere. Es ist M'sieu Dye.«

Die alte Frau blickte auf, und ihr Gesicht nahm einen gelblichen Ton an. Sie erholte sich jedoch schnell. »Na, so etwas.«

Mit gespreizten Beinen, die Hände in die Hüften gestützt, stand der Aufseher vor ihnen. »Ich nehme doch an, Sie haben mich erwartet?«

»Ich habe niemanden erwartet«, erwiderte M'mere würdevoll. »Möchten Sie sich nicht setzen?«

»Ich würde mich lieber mit Ihnen unterhalten, Madame Declouet, unter vier Augen, wenn es genehm ist.«

»Also wirklich«, rief Amalie aus, »es gibt doch wohl nichts, was Sie nicht hier vor allen anderen sagen könnten.«

Patrick schenkte ihr einen harten Blick. Dann sah er wieder zu der alten Dame hinüber. »Also, ich weiß nicht. Was meinen Sie, Madame?«

Das Auftreten des Mannes zerrte an Amalies Nerven, und der Ausdruck auf M'meres Gesicht, eine Mischung aus Angst und Resignation, gefiel ihr gar nicht. Sie öffnete schon den Mund, um den Aufseher zurechtzuweisen, als M'mere sprach.

»Vielleicht wäre es das Beste, wenn wir in mein Schlafzimmer gingen.«

Dieser Vorschlag, der trotz M'meres hohen Alters höchst unziemlich war, erstaunte Amalie mehr als alles andere. Mit scharfer Stimme erklärte sie: »Das wird nicht nötig sein; ich gehe in mein Zimmer, und die anderen ins Eßzimmer.«

In ihrem Zimmer stellte sich Amalie an die Tür und lauschte ohne schlechtes Gewissen. Sie konnte Patricks Stimme hören, aber sonst nichts. Der Wind blies noch stärker, heulte um das Haus und erstickte jegliches andere Geräusch. Es gab eine ganze Anzahl von Gründen für die Anwesenheit des Aufsehers: Probleme in Belle Grove, Neues von Juliens Mörder. Sie verwarf alles. Sie konnte sich gut denken, warum er gekommen war, und wollte es nur bestätigt wissen, ehe sie ihm entgegentrat.

Langsam und vorsichtig öffnete sie die Tür einen Spalt weit. Das war besser.

»... war nicht sehr nett von Ihnen abzureisen, ohne mit mir zu sprechen«, sagte Patrick gerade. »Hab 'ne Menge Ärger gehabt und mußte hierher auf diese gottverlassene Insel kommen. Ich war gezwungen abzuwarten, bis ich mit Ihnen reden konnte, ohne daß sich Ihr Neffe einmischt. Sie schulden mir nicht wenig, alte Dame, und ich beabsichtige, die Schulden einzutreiben.«

»Ich habe Sie gut bezahlt für das, was Sie getan haben.«

»Das war nicht genug, nicht auf lange Sicht. Ich wäre fast dabei umgekommen!«

»Julien ist umgekommen«, bemerkte M'mere mit bebender Stimme.

Amalie runzelte die Stirn. So etwas hatte sie nicht erwartet.

»Das war nicht meine Schuld. Aber das macht auch keinen Unterschied, überhaupt keinen. Ich habe Ihre Geheimnisse für mich behalten, und jetzt erwarte ich, daß Sie für mich sorgen. Sie sind so reich. Sie können bestimmt etwas entbehren.«

»Ich – ich habe nicht viel bei mir«, zögerte M'mere. »Wir sind hier nicht in Belle Grove.«

»Ich werde nehmen, was Sie hier haben, und später, wenn wir alle wieder daheim am Teche sind, können Sie mir mehr geben.« Man hörte Patricks Stimme an, daß er es genoß, das Sagen zu haben und der Frau, die seine Arbeitgeberin war, Befehle zu erteilen.

Amalie wollte nicht mehr hören. Sie riß die Tür auf, durchquerte die Halle und trat in den Salon. »So«, sagte sie, und ihre Stimme war schrill vor Verachtung, »Sie sind also gekommen, um M'mere zu erpressen, genau wie ich es vermutet habe. Ich wußte, daß Sie ein nichtswürdiger Mensch sind, aber ich hätte nicht gedacht, daß Sie so tief gesunken sind.«

M'mere griff sich an die Brust, Schmerz verzerrte ihr Gesicht. Patrick wirbelte geduckt herum und richtete sich langsam wieder auf, als er sie allein und unbewaffnet sah.

»Sie stecken Ihre Nase wohl immer in meine Angelegenheiten, was?«

»Das scheint nötig zu sein, nachdem Ihre Angelegenheiten so schmutzig sind!«

»Ich könnte Sie beteiligen, dann brauchten Sie nicht fremde Gespräche zu belauschen!« Er kam auf sie zu.

»Danke, nein. Ich wünsche, daß Sie dieses Haus verlassen und aufhören, M'mere wegen Juliens Vergangenheit zu quälen und sie zahlen zu lassen. Ich würde Ihnen raten, nach Belle Grove zurückzukehren, Ihre Sachen zu packen und zu verschwinden, denn wenn Robert erfährt, was hier passiert ist, haben Sie keine Stellung mehr.«

»Amalie, nicht«, hauchte M'mere, aber niemand kümmerte sich darum.

Patrick lächelte Amalie an, deren Augen vor Zorn blitzten. »Das glaube ich kaum.«

»Dann kennen Sie Robert Farnum nicht!«

»Ich denke doch. Es würde ihm nicht gefallen, wenn Juliens kleines Geheimnis überall bekannt würde, aber vor allem würde er nicht wollen, daß die Wahrheit über den Tod seines Cousins ans Tageslicht kommt.«

Entsetzen ließ Amalie verstummen. Nur mit Mühe brachte sie stammelnd hervor: »Was – was meinen Sie damit?«

»Wissen Sie es denn nicht?«

Wollte der Aufseher damit sagen, daß Robert Julien umgebracht hatte? Das konnte nicht sein. Sie war sich dessen plötzlich ganz sicher. »Ich weiß nur, daß nichts so schlimm sein kann, als einen Menschen wie Sie auf der Plantage zu haben.«

»Wie heißblütig Sie unter der kühlen, damenhaften Fassade doch sind«, bemerkte er und kam noch näher. »Das habe ich schon immer vermutet. Zu schade, daß Sie das an Farnum verschwendet haben. Aber das geht schon in Ordnung. Ich habe nichts dagegen zu nehmen, was ein anderer Mann übriggelassen hat, nicht bei einer Frau wie Ihnen. Ich denke, es wird mir Spaß machen, Sie zu zähmen und Ihnen beizubringen, mir Freude zu bereiten. Ich denke, ich werde es zu einem Teil der Abmachung machen, daß ich Sie bekomme. Das scheint mir gerecht zu sein.«

»Nein!« schrie M'mere auf und warf die Decken von ihrem Schoß. Sie kam taumelnd auf die Füße.

»Sie müssen verrückt sein, wenn Sie glauben, daß ich einwillige. Erzählen Sie nur Ihre dumme Geschichte. Sie werden schon sehen, wer die glaubt, wenn die Leute sehen, daß ich Juliens Kind trage.« Amalie warf den Kopf nach hinten.

Überraschung trat auf sein Gesicht. Dann lachte er laut auf. »Juliens? Wohl eher das Farnums.«

»Dem Gesetz nach das Juliens, und ich werde beschwören, daß er der Vater ist, wenn Sie auch nur ein einziges Wort gegen den Mann sagen, mit dem ich verheiratet war.« Sie fühlte sich stark und entschlossen, als sie das sagte.

»Und was haben Sie zu dem Mord zu sagen?«

»Oh, hört auf«, flehte M'mere und stolperte auf sie zu.

»Das – das war ein Unfall –«, stammelte Amalie, verwirrt von dem harten, selbstsicheren Ausdruck in seinen braunen Augen.

Patrick grunzte. »Ach ja?«

»Es muß einer gewesen sein.«

»Seien Sie keine Närrin. Julien ist sein Leben lang im Teche geschwommen. Er dachte, er wäre unverwundbar, er hatte Geld genug, um sich zu kaufen, was er brauchte, und er dachte, er könnte sein Geheimnis für alle Zeiten bewahren und einen anderen Mann seine Kinder zeugen lassen. Er wollte seinen Platz in der Gesellschaft behalten und durch Sie als seine Frau von seinen merkwürdigen Vorlieben ablenken. Er wollte alles, weil er dachte, es stände ihm zu, dieser Bastard! Aber ich werde ihm einen Strich durch die Rechnung machen. Ich bekomme alles, was er hatte, Sie eingeschlossen.«

Er streckte die Hand aus, umklammerte ihren Nacken und zog sie zu sich heran. Sein feuchter Mund streifte ihr Gesicht, und seine andere Hand schloß sich über ihrer Brust.

»Aufhören, aufhören, sage ich!« schrie M'mere und zerrte an seinem Arm.

Er stieß sie fort. »Halten Sie sich da raus, alte Frau.«

»Nein, das werden Sie nicht tun!« Wieder rüttelte sie ihn. »Es ist nicht Amalies Schuld, nichts davon ist ihre Schuld.«

»Aus dem Weg!« Er wirbelte herum und stieß den Ellbogen in M'meres Brust. Sie schrie auf, taumelte zurück und stürzte zu Boden. Sie versuchte aufzustehen, gab ein ersticktes Stöhnen von sich und rührte sich nicht mehr.

»Was haben Sie getan?« schrie Amalie. Sie riß sich los und versuchte, zu M'mere zu laufen, aber er verstellte ihr den Weg und drängte sie mit dem Rücken an die Wand. Dann preßte er sich an sie, so heftig, daß sie die Härte zwischen seinen Schenkeln fühlen konnte.

»Vergiß die Alte«, knurrte er, »du mußt dir jetzt um andere Sachen Gedanken machen.«

Sie wehrte sich verzweifelt, drehte den Kopf von einer Seite zur anderen, als er versuchte, ihren Mund zu küssen. »Sie ist krank, sie –«

»Sie ist eine alte Hexe. Sie hat Julien fortgeschickt und am Ende nichts weiter erreicht als seinen Tod.«

»Was? Nein –«

»Doch! Ich muß es ja wissen, ich hab' die Männer aufgetrieben, die ihn fortbringen sollten.«

Er nutzte ihre Verblüffung aus, um seine heißen, dicken Lippen auf ihre zu pressen. Sein Atem stank nach Whisky; er widerte sie an. Sie trat nach ihm, und als er sich drehte, um ihrem Knie auszuweichen, riß sie sich los. Er machte einen Satz hinter ihr her, aber es gelang ihr, das Sofa zwischen sich und ihn zu bringen. Diese Männer – das waren die beiden Seeleute gewesen, dessen war sie sicher.

Atemlos von der Anstrengung sagte sie: »Sie haben also die Männer angeheuert, die ihn umgebracht haben. Das macht Sie mitschuldig.«

Er kam langsam auf sie zu und wartete darauf, daß sie zu fliehen versuchte. »Oh, die haben ihn nicht umgebracht. Er war zu stark für sie, er hat sogar einen niedergeschlagen und in den Fluß gestoßen. Ich war es, der ihn mit dem Gewehr niederschlagen mußte.«

Für einen Moment war sie sprachlos. Ihre Stimme war heiser, als sie schließlich flüsterte: »Und Sie haben auch beschlossen, ihn in den Bayou zu werfen.«

»Es schien das Beste zu sein. Er hatte damit gedroht, die Zahlungen einzustellen, deinetwegen, verstehst du? Außerdem bestand immer noch die Möglichkeit, daß er, bevor das Schiff ablegte, fliehen konnte. Ich wußte, daß ich mit der Alten fertig werden würde, wenn er erst weg war.«

Sie beobachtete ihn aufmerksam. »Bis das Schiff ablegte?«

»Er sollte nach China reisen. War das nicht nett? Seine liebe Mutter hoffte, daß er seine Vorliebe für kleine Jungs überwinden würde, bevor er zurückkäme.«

Amalie warf einen Blick auf M'mere. Ihre Lippen waren blutleer. Sie brauchte Hilfe. Am Ende des Zimmers gewahrte sie eine Bewegung und sah Isa aus dem Eßzimmer hereinkommen. Er blieb an der Tür stehen, die Hand noch auf dem Griff.

Patrick, über dessen Gesicht sich ein Grinsen breitete, machte einen Satz zum Sofa, setzte einen Fuß auf das Polster und hechtete hinüber. Er erwischte Amalie, ehe sie mehr als einen Schritt tun konnte, zog sie an sich und zerrte sie auf das Sofa.

»Ich wollte dich von der ersten Minute an haben.«

Er legte ein Knie über ihre Beine und hielt ihre Handgelenke mit einer Hand fest, während er mit der anderen an ihrem Ausschnitt herumnestelte. Als sie seine Finger an ihrer zarten Haut fühlte, fing Amalie an sich zu winden. Sein Griff lockerte sich kurz, und sie holte aus und zerkratzte ihm das Gesicht. Er zuckte erschrocken zurück. Vier tiefe Kratzer waren auf seiner Wange zu sehen.

Fluchend und mit verzerrtem Gesicht hob er die Hand und schlug sie ihr ins Gesicht. Ihr Kopf wurde zur Seite geschleudert, und sie schmeckte Blut. Wie eine tobende Wildkatze schlug sie um sich und kam auf die Knie. Dye verlor das Gleichgewicht und stürzte rücklings zu Boden. Bei ihrem Versuch, von ihm fortzukommen, stolperte sie halb über ihn.

Sofort war er hinter ihr her, seine Stiefel donnerten über den Boden. Sie machte einen Satz auf die Tür zur Halle zu und lief in ihr Schlafzimmer. Sie warf sich herum, um die Tür zuzuschlagen, und stemmte sich mit der Schulter dagegen, während sie nach dem Schlüssel suchte. Sie wurde zurückgeworfen, als er ihr nachsetzte.

Sie sah ihn kommen und bemerkte die freudige Erwartung in seinen Augen. Offensichtlich genoß er ihren Widerstand und war zuversichtlich, daß er schließlich triumphieren würde. Suchend sah sie sich nach einer Waffe um.

Sie wirbelte herum und packte die schwere Eisenstange, die sich am Kopfende ihres Bettes befand. Die Stange gab eine prächtige Waffe ab, und sie schwang sie mit fieberhafter Entschlossenheit. Ein Schlag traf Dye an der Schulter. Er streckte die Hand aus, packte die Stange und entriß sie ihr. Verzweifelt wich sie zum Bett zurück. Er griff in ihr Haar und zog sie daran zu sich heran.

Tränen des Schmerzes traten Amalie in die Augen, aber sie

unterdrückte sie. Sie ballte die Fäuste und biß die Zähne zusammen. Als sein Gesicht über ihr auftauchte, holte sie aus und zielte auf sein Kinn. Der Schlag traf nicht die Mitte, riß aber doch seinen Kopf nach hinten und ließ ihn taumeln, so daß er ihr Haar losließ. Wieder versuchte sie zu fliehen. Dye knurrte und warf sich ihr entgegen. Er packte sie um die Taille und warf sie zu Boden, um sich gleich darauf über sie zu legen. Sie bekam keine Luft mehr, und roter Nebel tanzte vor ihren Augen.

Benommen lag Amalie da. Sie fühlte, wie er an ihrem Mieder zerrte und ihre Brüste entblößte. Hitzig preßte er seinen Mund darauf, biß hinein, während seine Hand ihre Röcke nach oben schob.

Ein hohes Heulen ertönte. Schatten füllten den Raum. Der Lärm wurde zu Worten. »Nein, nein, nein, nicht die petite maîtresse!«

Es war Isa mit einer blauen Glasvase in der Hand. Er schwenkte sie durch die Luft und traf Patricks Nacken. Die Vase zerbrach, und Blut floß dem Aufseher in den Kragen. Hinter dem Jungen tauchte Tige auf, mit einem Stuhl bewaffnet, den er an der Lehne hielt, dann kam Lally. In der Tür standen Pauline mit einer muschelbesetzten Kiste in beiden Händen und Marthe, deren Kopftuch schief saß und die die Augen aufriß, aber dennoch einen silbernen Kerzenhalter umklammerte.

Patrick fluchte. Er sprang auf und stand über Amalie. Er legte seine Hand auf den Nacken, starrte dann darauf und fluchte erneut, als er das Blut sah.

Amalie keuchte. Isa ergriff ihre Hand und zog sie auf die Füße. Sie versuchte ihr Kleid zusammenzuhalten und erhob sich mühsam.

Patrick suchte in der Jackentasche nach einem Tuch, um damit seine Wunden zu betupfen. Dabei beobachtete er Isa, der Amalies Taille umschlungen hielt. In dem Augenblick, als die Aufmerksamkeit der anderen nachließ, zog er sein Taschenmesser hervor und ließ es aufspringen. Er stieß Isa beiseite, legte einen Arm um Amalies Schultern und preßte die lange, schmale Klinge an ihre Kehle.

»Verschwindet hier, ihr Nigger. Alle. Geht dahin zurück, wo ihr hingehört, und denkt darüber nach, was euch blüht, weil ihr einen weißen Mann bei seinem Vergnügen gestört habt.«

»Und woran soll ich denken?«

Die Worte, ruhig und hart und gefährlich, kamen von der Tür – Robert!

Alle erstarrten. Isa hatte Amalie noch nicht losgelassen. Er klammerte sich an sie, als wollte er sich auf ein Tauziehen mit Patrick einlassen. Noch immer hielt er den Hals der zerbrochenen Vase in der Hand, denn Amalie fühlte, wie er sich in ihre Hüfte bohrte. Langsam streckte sie die Hand nach hinten aus, schloß ihre Finger um die des Jungen und entwand ihm das zerbrochene Glas.

»Woran immer Sie wollen«, krächzte Patrick, »aber verschwinden Sie, wenn Sie nicht zusehen wollen, daß ich die Frau Ihres Cousins in Stücke schneide.«

Robert bahnte sich einen Weg zwischen Pauline und Marthe hindurch und ging um Lally herum zu Tige.

»Ich warne Sie«, drohte Patrick, und sein Griff verstärkte sich um Amalies Schultern, die Messerspitze zitterte leicht an ihrem Hals.

Wut auf ihren eigenen Mangel an Kraft, der sie in diese Lage gebracht hatte, breitete sich in ihr aus. Krampfhaft umklammerte sie den Vasenhals, riß ihn hoch, und mit einer ungeschickten Bewegung schlug sie nach dem Arm, der sie umklammert hielt. Das zersplitterte Glas bohrte sich in Patricks Hand. Er schrie auf und zuckte zurück. Als er das sprudelnde Blut an seinem Handgelenk sah, holte er mit der Klinge aus und zielte auf ihre Kehle.

Robert hielt seine Hand mit eisernem Griff fest und schlug seine harte Faust in das Gesicht des Aufsehers. Krachend stürzte Patrick gegen ein verriegeltes Fenster. Glas zersplitterte, und der Wind tobte ins Zimmer. Dye schwankte, schüttelte den Kopf, und als er erkannte, daß Robert mit wütendem Gesicht auf ihn zukam, floh er. Das Poltern seiner Stiefel war auf der Galerie zu hören. Robert ließ ihn ziehen und wandte sich sofort Amalie zu.

Eine Sekunde später lag sie in seinen Armen und klammerte sich an ihn. Warm, sicher und stark schlossen sich seine Arme um sie. Seine Lippen streiften über ihren Kopf, während seine Hand das Haar glattstrich, das ihr über den Rücken fiel. Sie holte tief und bebend Atem.

Erst jetzt bemerkte sie, wie naß er war: Sein Haar tropfte, Jacke und Hose klebten an ihm, und die Stiefel waren aufgeweicht. In diesem Augenblick sah sie das Wasser in der Halle. Es sickerte unter der Tür durch und breitete sich auf dem Boden aus. Die Insel stand unter Wasser.

20. Kapitel

M'mere lag noch genauso da, wie sie gefallen war. Das Wasser stand jetzt schon fünf Zentimeter hoch und stieg unaufhaltsam. Robert hob die alte Dame auf und trug sie zum Sofa. Sie war noch ganz benommen und öffnete nur kurz die Augen, brachte aber keinen Ton über die Lippen. Amalie lief, um Medizin und trockene Kleider für M'mere zu holen, damit Pauline und Lally sie umkleiden konnten.

Tige und Isa waren aus dem Zimmer verbannt worden, und Robert kehrte den Frauen, die M'mere die nassen Kleider auszogen, den Rücken zu. Er war auf die Insel zurückgekommen, weil ihn Sir Bent vor dem bevorstehenden Sturm gewarnt hatte, der wahrscheinlich einigen Schaden in St. Martinville anrichten, aber mit Sicherheit verheerende Verwüstungen an der Küste zur Folge haben würde. Die Reise auf dem Schiff war gefährlich gewesen, so daß Robert mehr als einmal fürchtete, Captain Smith könnte sich entschließen, wieder umzukehren. Der Captain wußte aber genau, daß die Menschen auf der Insel gefangen waren, und er wollte sie von hier wegholen.

Aber nun waren die Ankerketten der »Star« gerissen, und das Schiff war aufgelaufen. Robert hatte geholfen, die Aufbauten des Dampfers zu zerstören, damit er weniger Luftwiderstand bot. Sie hofften, dadurch das Schiff vor dem Sinken bewahren zu können. Robert hatte bei der ersten Gelegenheit die »Star« verlassen, um zu dem Haus zu eilen.

Seine Stimme klang rauh, als er sagte: »Ich bedaure mehr, als ich dir sagen kann, daß ich nicht schon früher gekommen bin.«

Ihre Hände beschäftigten sich noch mit den Knöpfen von M'meres Kleid. »Du bist hier«, erwiderte sie leise, »und das ist alles, was zählt.«

Es gab noch so vieles, was sie sich hätten sagen wollen, aber jetzt war nicht der richtige Zeitpunkt dafür. Das Wasser spülte um ihre Füße, und der Wind riß die Schlagläden aus ihrer Verankerung.

»Was sollen wir nur tun?« wollte sie wissen.

»Das hängt vom Sturm ab. Wir müssen so lange wie möglich hier bleiben, wegen M'mere.«

Amalie legte ein Tuch um die schmalen Schultern der alten Frau und stand dann auf. Sie hatten ihr ein Tageskleid angezogen und sie auf dem Sofa gelassen, anstatt sie zu Bett zu bringen, für den Fall, daß sie das Haus rasch verlassen mußten.

»Wäre es nicht besser, zum Hotel hinüberzugehen, solange es noch möglich ist?« fragte Amalie und zog ihren Schal enger um sich, als ihr klar wurde, daß drei der Schlingen an ihrem Mieder gerissen waren.

Robert lauschte einen Moment mit schräg geneigtem Kopf, trat dann zur Haustür. Der Wind zerrte an seinem Haar und seinen Kleidern, als er sie öffnete. Er stemmte sich dagegen und trat auf die Veranda hinaus. Amalie hielt ihren Schal ganz fest, senkte den Kopf und folgte Robert. Sie wandten ihren Blick dem Hotel zu und kniffen die Augen zusammen. Amalie hielt den Atem an.

Das Gebäude mit seinen zwei Stockwerken und den Erkerzimmern war größer und bot deshalb dem Wind eine bessere Angriffsfläche. Die Erker auf dem Dach waren verschwunden, zurückgeblieben waren klaffende Löcher, und noch während sie hinsahen, wurde das Dach angehoben. Es senkte sich einen Augenblick und segelte dann in die Dunkelheit davon. Schwach hörte man Schreie. Die Wände des Hotels blähten sich und fielen zusammen. Fenster klirrten, Holzteile und Ziegel flogen durch die Luft.

Über ihren Köpfen grollte der Donner, und die Blitze zuckten. Sie konnten Männer, Frauen und Kinder im Wasser sehen. Sie klammerten sich an Fässer und Türen, trieben dahin und riefen sich gegenseitig etwas zu.

»Mon dieu«, stammelte Amalie, »können wir ihnen nicht helfen?«

»Zurück ins Haus«, rief Robert. Er rieß sie mit sich und stemmte die Schulter gegen die Tür, um sie zu schließen.

»Diese Leute –«, setzte Amalie an, und aus ihren Augen sprach Entsetzen.

»Wir können die nächsten sein.«

Die Worte waren kaum ausgesprochen, als auch schon die Schlagläden vor den Fenstern von Amalies Schlafzimmer abgerissen wurden. Die Scheiben blieben jedoch noch heil, und sie stürzte ins Zimmer. Durch die Fenster konnte sie das Häuschen der Pughs sehen. Es war aus den Fundamenten gerissen worden, das Wasser stieg bis über die Fenster.

»Amalie«, drängte Robert, »komm –«

Seine Worte gingen in einem lauten Donnerschlag unter. Amalie fühlte, wie sich der Boden unter ihren Füßen hob, dann wieder senkte, und sie stürzte. Sie rollte gegen ihr Bett, bekam durch die Heftigkeit des Anpralls keine Luft mehr, doch endlich gelang es ihr, sich auf Hände und Knie zu erheben. Sie hörte Schreie, das Gurgeln von Wasser. Zur Tür ging es bergauf, aber sie schaffte es und zog sich in die Halle. Die anderen standen dort, im mittleren Bereich, die Diener in der tieferliegenden Ecke, wo sich das Haus von seinen Säulen gelöst hatte. Robert hatte die Beine gespreizt und hielt M'mere in den Armen.

Die Augen der alten Frau waren geöffnet, aber die Laute, die sie von sich gab, waren ohne Bedeutung. Von den Bediensteten hörte man wirre Schreie und Stöhnen. Amalie sah, daß Isa auf sie zugekrochen kam. Pauline lag unter einem Korbstuhl.

Sie hielt ihre Schulter in einem sonderbaren Winkel, und ihr Gesicht war grau vor Schmerz.

Plötzlich hörte man Glas splittern. Der Wind heulte und drang durch die geborstenen Scheiben ein. Auf der niedrigeren Seite des Hauses stieg das Wasser, so daß Tige, Lally und Marthe Pauline tiefer in den Gang zerren mußten. Dann hörten sie einen krachenden, stöhnenden Laut. Robert schaute nach oben. Amalie folgte seinem Blick und sah, daß der Putz an der Decke brach und herabrieselte wie Schnee. Es dröhnte, und dann hörte man den Regen ganz deutlich. Das Dach war fort.

»Wir müssen hinaus, ehe die Wände einstürzen«, rief Robert. »Tige, hierher.«

Amalie kniete auf dem Boden, und Robert bettete M'mere mit dem Kopf in ihren Schoß. Er gab ein paar entschlossene Befehle, und Tige, Marthe und Lally halfen dabei, die Türen aus dem Eßzimmer und dem Schlafzimmer auszuhängen und sie in die Nähe der Haustür zu schleppen. Zu mehr reichte die Zeit nicht. Der Sturm zerrte wie ein teuflisches Gespenst am Haus und riß es Stück für Stück auseinander. Die Wände schwankten, das Wasser strömte durch die Decke herein. Robert wirbelte herum, ließ sich auf ein Knie nieder und nahm M'mere wieder in die Arme. Die Diener drängten sich dicht an sie. Einen Moment blieben sie so und starrten sich ernst an. Dann nickte Robert Tige zu, und dieser zog die Tür auf.

Amalie zögerte, schaute auf die verwüsteten Zimmer, dachte an Essen, Kleidung, an M'meres kostbaren Schmuck. Sie wirbelte zu Robert herum, rief: »Was soll ich mitnehmen?«

»Nichts«, brüllte er. »Du brauchst deine Hände und jedes Quentchen Kraft, das du besitzt, um dich festzuhalten.«

Er hatte recht. Der Wind traf sie wie eine Mauer, sobald sie den Schutz der Veranda verließen, und die donnernden Wellen stürzten sich auf sie, durchnäßten sie und drohten, sie von den Beinen zu reißen. M'mere wurde auf eine Tür gelegt. Robert und Amalie blieben dicht neben ihr. Isa bestand darauf, in Amalies Nähe zu sein, und klammerte sich mit beiden Händen an die Tür, als wollte er sie hochhalten. Tige war für die weiblichen Diener verantwortlich und teilte sich eine Tür mit Pauline, da sie Hilfe brauchte. Es war nicht zu übersehen, daß er bei Lally sein wollte, aber Amalies Zofe saß mit Marthe auf einer dritten Tür.

Das Wasser reichte Amalie bis zur Brust, der Wind riß an ihrem offenen Haar und wirbelte es über ihr Gesicht, so daß sie die große Welle nicht sehen konnte, die auf sie zurollte. Sie brach sich über ihrem Kopf, und die Strömung riß sie um. Amalie kämpfte unter Wasser, kam aber wieder auf die Beine. Die Welle hatte Isa unter die Tür gespült. Er klammerte sich mit einer Hand fest, und Amalie ergriff sie und zog Isa über die Wasseroberfläche. Dann half sie ihm auf die rettende Tür und hielt ihn, als er hustete.

»Alles in Ordnung?« brüllte Robert ihnen von der anderen Seite her zu.

»Ja«, antwortete sie und wickelte ein Ende ihres Schals, der wie durch ein Wunder noch immer um ihre Schulter lag, um Isa und band ihn an die Tür fest. Sie blickte auf die bleiche M'mere hinab, die fast ganz vom Wasser bedeckt war, dann auf die anderen. Sie waren noch da, kämpften auf ihren Türen gegen den Wind. Die Mauern des Hauses zitterten und stürzten ein. Gleich darauf war die Luft erfüllt von herumwirbelnden Splittern und Scherben. Amalie sah, wie Tige von einem Holzstück getroffen wurde, das dann im grauen Dunst davonwirbelte. Gleich darauf zerkratzte ein Geschoß ihr Gesicht, und sie wandte scharf den Kopf und schützte M'mere mit ihrem Oberkörper.

Schon spülte eine weitere Welle über sie dahin. Amalie war darauf vorbereitet, aber dennoch kostete es sie große Mühe, nicht den Halt zu verlieren. Wind und Wasser trieben sie über die Insel. Es konnte nicht mehr lange dauern, bis sie aufs offene Meer trieben. Ihre einzige Chance bestand darin, etwas zu finden, woran sie sich festhalten konnten, etwas, das ihre Reise aufhalten würde.

»Wohin wollen wir?« rief sie.

»Zur ›Star‹!« rief Robert zurück.

Das schien ein zweifelhaftes Ziel zu sein, aber welche Wahl

blieb ihnen schon? Überall um sie her trieben jetzt Fensterbänke und Dachbalken. Als sie sich umschaute, konnte Amalie nur noch die Ziegelmauer einer Zisterne sehen und hier und dort ein paar Steine, wo einst Häuser gestanden hatten. Dort, wo sich Muggahs Hotel befunden hatte, herrschte gähnende Leere.

Sie wurden vom Wind in die falsche Richtung getrieben. Roberts ganze Kraft konnte nichts gegen die böse Macht ausrichten, die ihnen Regen und Sand in ihre Gesichter peitschte. Weiter und weiter wurden sie von den blinkenden Lichtern der »Star« fortgetrieben – hinaus in die eisigen Wellen.

Irgendwo rechts von ihnen ertönte ein Schrei. Amalie wandte sich um und sah einen Mann und eine Frau im Wasser kämpfen. Noch während sie hinsah, traf ein Balken den Mann am Kopf. Ohne einen Laut versank er im Wasser, und die nächste Woge riß die Frau um, die wie erstarrt stehen geblieben war. Sie kam nicht wieder an die Oberfläche.

Allmählich wurde sich Amalie, die auf die heranrollenden Wogen achtete, der Schreie und Rufe um sie her bewußt, die sich mit dem Pfeifen des Windes, dem Lärm von Regen, dem Grollen des Meeres mischten. Sie sah ein Kind, das sich an ein Fensterbrett klammerte, das Kindermädchen daneben und ein junges Paar, das sich eng umschlungen hielt. Ein alter Mann mit weißem Haar und Bart hatte einen Arm über ein Faß gelegt und preßte das Gesicht dagegen, während er mit heiserer Stimme betete.

Sie schloß die Augen, riß sie aber wieder auf, als direkt hinter ihr ein Schrei ertönte. Sie drehte sich um, sah Marthe und Lally rufen und auf eine Tür deuten, die leer im Wasser trieb. Einen Augenblick später entdeckte sie Tige, der im Wasser schwamm und versuchte, Pauline zu erreichen, die abgetrieben wurde. Die Zofe, die ebenso alt war wie M'mere, konnte sich nicht selbst helfen, weil sie verletzt und ohnehin schon ein wenig gebrechlich war.

Amalie hörte Robert fluchen, der zusah, ohne helfen zu können. Einen Moment später bemerkte sie, was auch ihm bereits aufgefallen war, daß sie durch eine sonderbare Strömung von den anderen fortgetrieben wurden. Sie hörte Lally ihren Namen und nach Tige rufen, und dann war da nichts mehr außer dem Wind und dem Regen, dem reißenden Wasser und dem Stück Holz, an das sie sich klammerte.

»Da drüben, das Karussell«, rief Robert. »Schaffst du das?«

Das Ding ragte aus der Dunkelheit auf: ein Umriß aus Ecken und Winkeln vor der grauen Masse der Wolken. Es war tief im Boden verankert und stand fest. Amalie machte sich nicht die Mühe zu antworten, sondern setzte ihre ganze Kraft ein, um sich in seine Richtung zu kämpfen.

Das Wasser reichte bis zum ersten Querbalken. Amalie hielt sich daran fest, versuchte, die Tür ruhig zu halten, während Robert M'mere hinaufzuheben versuchte. Dann bedeutete er Amalie, zuerst nach oben zu klettern. Es kostete sie eine große Überwindung, die Sicherheit der treibenden Tür gegen das instabile Karussell einzutauschen, das sich sogar zu drehen versuchte, als sie es festhielt. Es gelang ihr, den Steigbügel unterhalb der Wasseroberfläche zu finden und auf den Balken zu klettern. Der Wind blies sie fast um, aber sie ergriff den oberen Querbalken und streckte die andere Hand Isa entgegen. Er kletterte neben ihr hinauf und glitt zur Seite, als sich Robert, mit M'mere über der Schulter, auf den Balken schwang.

Amalie hielt sich mit einer Hand fest und half mit der anderen Robert, M'mere zwischen sie zu setzen. Sie stützte sie, bis er seinen Arm um sie legen konnte. M'mere gab sich große Mühe, aber sie konnte den einen Arm nicht heben, und als sie sich mit dem anderen festhalten wollte, fehlte ihr die Kraft. Die alte Frau schwankte, unfähig, sich gegen den stürmischen Wind zu stemmen, der an ihren Röcken zerrte und den Schal von ihren Schultern riß. Ohne Robert wäre sie gefallen.

Blitze zuckten über ihnen. In ihrem Licht sah Amalie kurz zu Robert hinüber. Er erwiderte ihren Blick, Schmerz stand in seinen Augen. Ohne Worte wußten sie, daß M'mere einen weiteren Schlaganfall erlitten hatte.

Zeit hatte keine Bedeutung mehr. Der Regen rauschte auf sie herab, der Wind zerfetzte langsam ihre Kleidung. Ständig zuckten Blitze über den Himmel und tauchten alles um sie her in blauweißes Licht. Noch ein Mann kam und kletterte auf das Karussell, dann kamen noch andere – Frauen und Kinder – bis sich vierzehn Personen an das Gerät klammerten. Das Wasser stieg immer weiter, spülte um ihre Knöchel, ihre Waden. Das Karussell, beschwert von seiner menschlichen Last und festgehalten von einer Sandbank, die sich auf einer Seite aufgetürmt hatte, hielt stand.

Dann wurden dunkle Schatten auf sie zugetrieben. Es waren Balken, die von der Küste des Festlandes herüberkamen. Sie schossen zwischen den Stangen hindurch, und sie mußten ausweichen, um nicht heruntergerissen zu werden. Ihre größte Angst war jedoch, daß einer der Balken den tragenden Pfeiler direkt treffen, ihn brechen und sie alle ins Wasser werfen könnte. Amalie mußte an den Tag denken, an dem sie Robert kennengelernt hatte, und daran, wie er sie vor den Fluten des Bayou gerettet hatte. Jetzt konnte er ihr nicht helfen; er brauchte all seine Kraft, um M'mere festzuhalten.

Die Stämme waren ebenso plötzlich verschwunden, wie sie aufgetaucht waren. Eine kleine Pause entstand, und dann drehte der Wind, wirbelte jetzt. Die Sandbank, die den Pfeiler gestützt hatte, löste sich auf. Langsam fing das Karussell an, sich zu drehen. Es gewann an Geschwindigkeit – grausame Parodie eines Kinderspiels –, drehte sich schneller und immer schneller, während sie sich stumm vor Entsetzen an die dünnen Streben klammerten, ausglitten, herumschwangen und wieder Halt fanden.

Es dauerte nur ein paar Sekunden, dann änderte sich der Wind, und das Karussell kam zum Stehen. Das war auch gut so, denn sonst wären sie alle ins Wasser geschleudert worden.

Als Amalie jetzt auf M'mere hinabschaute, sah sie, daß deren Augen starr nach oben blickten. Sie streckte die Hand aus – M'meres Haut war kalt; kein Puls war an ihrem Handgelenk zu fühlen.

Amalie blieb lange Zeit stumm, Schmerz schnürte ihr die Brust zu, Tränen brannten in ihren Augen. Schließlich rückte sie näher zu Robert hinüber und tastete nach seinem Arm. Ihre Stimme war heiser vom Schmerz, als sie rief: »Laß sie los.«

»Was?«

Er hatte sie nicht verstanden. »M'mere ist von uns gegangen. Du mußt sie loslassen.«

Er schaute auf die Frau hinab, die er so sehr geliebt hatte, und seine Züge verhärteten sich, ein Muskel zuckte in seinem Gesicht. Sein Griff wurde noch fester.

Er wirkte wie erstarrt, dann hörte Amalie, wie er seufzte. Er schloß die Augen und öffnete sie wieder. Er beugte den Kopf und drückte seine Lippen auf die Stirn der alten Frau. Dann beugte er sich vor, so weit er konnte, ohne den Halt zu verlieren, und übergab M'mere den hungrigen Wellen. Langsam und vorsichtig entspannte er die verkrampften Muskeln seines Armes. M'mere glitt unters Wasser, es schloß sich über ihr und trug sie in seiner zornigen Flut mit sich davon.

Robert richtete sich auf. Er streckte den Arm nach Amalie aus, und sie rückte näher zu ihm und preßte ihr tränennasses Gesicht an seinen Hals. Sie hielten sich umschlungen, während der Wind um sie heulte. Dann hob Amalie den Kopf, sah sich suchend nach Isa um und streckte ihm die Hand entgegen. Er drängte sich an sie. Mit gesenkten Köpfen, den Rücken dem Wind zugewandt, hielten sie aus.

Bei Sonnenuntergang flaute der Wind ab, der Regen wurde zum Nieseln. Die Wolken zerstreuten sich, und im Westen sah man einen Hauch Rot. Das Wasser wich zurück, aber es stand immer noch hoch.

Die nassen, vogelscheuchenähnlichen Gestalten, die das Karussell mit ihnen teilten, begannen sich zu rühren. Eine Frau und ihre Tochter lachten aufgeregt. Ein Mann sandte ein Dankesgebet gen Himmel, während ein anderer sich suchend umsah.

Es gab kaum noch etwas zu sehen. So weit das Auge reichte, stand kein Haus mehr, kein Baum. Alles, was sie hinter und neben sich sehen konnten, war Wasser. Aber in einiger Entfernung konnte man den Rumpf der »Star« ausmachen.

Amalie betrachtete die Frauen in ihren nassen Kleidern, die dort, wo sie nicht in Fetzen herabhingen, an ihren Körpern klebten. Ihr Haar hing in Strähnen über ihre Rücken, ihre Gesichter waren totenbleich. Die Männer waren in etwas besserem Zustand, dank des festeren Stoffes ihrer Anzüge. Ein Blick auf Robert und sich selbst verriet ihr, daß sie genauso aussahen. Es war unwichtig. Jetzt war nicht die Zeit für Eitelkeit oder Scham.

»Ich mache mich auf den Weg zum Schiff«, verkündete der Mann mit der Frau an der Seite.

»Das würde ich nicht raten«, erklärte Robert. »Das jetzt könnte das Auge des Sturmes sein, die Ruhe, ehe der Wind die Richtung wechselt. Wenn das der Fall ist, schaffen Sie es vielleicht nicht.«

Der Mann brummte nur. »Das Risiko gehe ich lieber ein, als hier zu hängen wie ein Verurteilter am Galgen.«

Einer der älteren Männer schüttelte den Kopf. »Kann nicht schaden zu warten.«

Der Mann und seine Frau kümmerten sich nicht darum, sondern sprangen ins Wasser, das der Frau bis zum Hals reichte, und wateten in die Richtung des Schiffes.

»Ich schlage vor, wir verteilen das Gewicht jetzt gleichmäßiger«, meinte Robert. »Drei auf jeder Seite des Rahmens.«

Die anderen gingen auf seinen Vorschlag ein. Robert, Amalie und Isa standen schon richtig und mußten sich deshalb nicht rühren. Die anderen hatten kaum ihre neuen Plätze eingenommen, als der Wind wieder stärker wurde und jetzt aus Südwesten heulte. Dunkelheit umfing sie erneut.

Es war eine endlose Nacht, ein endloser Kampf ums Überleben. Irgendwann einmal dachte Amalie daran, wie stark und zäh das Kind sein mußte, das sie trug. Weder die grobe Behandlung durch Patrick Dye noch die Schrecken, die sie miterlebt hatte, ja, nicht einmal der Sturm hatte es erschüttert. Es klammerte sich so fest an sie, wie sie sich an das Karussell klammerte.

Endlich dämmerte der Tag herauf. Irgendwann gegen Mitternacht hatte der Wind nachgelassen, das Wasser zog sich zurück, obwohl es immer noch regnete. Erst als der neue Tag blaß heraufdämmerte, konnten sie nach unten schauen und sehen, daß sich Sand, nicht Wasser unter dem Karussell befand. Zu erschöpft, um jubeln oder auch nur etwas sagen zu können, stiegen sie einer nach dem anderen hinab und gingen in die Richtung, in der sie hofften, die »Star« zu finden.

Der Sturm war vorüber. Die Elemente hatten ihrem Zorn freien Lauf gelassen und sich wieder beruhigt. Zu ihrer Rechten befand sich die Bucht, sanft rauschten die Wellen ans Ufer. Zur Linken lag der Golf. Und überall um sie her herrschte Verwüstung: Stücke von Ziegeln und Balken, ein zerbrochener Stuhl, ein Schrank, entwurzelte Bäume. Lange Reihen von Seetang und Rinde vermischten sich mit Splittern und Nägeln. Sie stießen auf das Schaukelpferd eines Kindes und, ein paar Schritte weiter, auf einen kleinen Jungen von nicht mehr als vier Jahren, der leblos im Sand lag.

Die Toten, Junge und Alte, Herren wie Diener, lagen an der Küste, an die das Meer sie gespült hatte. Einige lagen am Rande des Wassers, andere waren vom Sand verschüttet, und nur eine Hand oder ein Bein markierten die Stelle, an der sie begraben waren. Sie gingen vorüber, ohne hinzusehen. Es gab nichts, was sie hätten tun können.

Küchenduft lockte sie, als sie sich dem Schiff näherten. Es roch nach gebratenem Speck – der köstlichste Duft der Welt. Menschen kamen ihnen entgegen und starrten in ihre Gesichter, als hofften sie, geliebte Vermißte zu sehen, stellten eifrige Fragen, wen sie gesehen hätten, wann und wo. Schinken und Brot wurden ihnen in die Hand gedrückt, dazu Champagner, um den Schock zu mildern.

»Mam'zelle! M'sieu Robert!«

Bei dem Schrei drehte sich Amalie um und sah Tige auf sie zukommen, Lally neben sich. Hinter ihnen stand Marthe mit einer Schürze über dem zerfetzten Kleid und einem Kochlöffel in der Hand. Sie lachten und weinten, ehe sie ernüchtert von denen sprachen, die sie verloren hatten: Pauline und M'mere.

Dieselbe Szene spielte sich Hunderte von Malen um sie her ab, als der Tag verging und Männer und Frauen von überall auf der Insel eintrafen. Einige hatten sich zu den Schildkröten in ihren festen Gehegen gerettet, hatten zugesehen, als das Wasser stieg. Ein Mann hatte sich die ganze Nacht hindurch an einen Zaunpfosten geklammert, eine andere Familie hatte Zuflucht hinter einer Zisterne gefunden. Und sie alle hatten den Verlust von Verwandten, Freunden und Dienern zu beklagen. Ein Paar erzählte stockend vom Verlust eines Babys und eines kleinen Sohnes. Kurze Zeit später entdeckten die beiden ihren Diener, der mit dem Jungen an der Hand auf die Eltern zukam. Nicht viele waren so glücklich.

Sie fanden zu essen und Schutz vor dem Regen im Schiff. Captain Smith und seine Mannschaft sorgten außerdem dafür, daß Decken und Kleidung aus den Seekisten verteilt wurden. Sie versorgten die Verletzten und Schwerverwundeten. Endlich machten sie sich daran, die Vermißten zu suchen.

Die Reihe der Toten wuchs. Unter den ersten, die gefunden wurden, waren die Körper von Augustine und Mary Ida Magill, den Kindern von Frances Prewett. Sie befand sich nicht unter den Überlebenden auf dem Schiff, aber auch ihr Leichnam wurde nicht gefunden. M'mere fanden sie am späten Nachmittag, aber von Pauline war nichts zu sehen. Gegen Abend entdeckten sie Patrick, mit einer klaffenden Wunde im Kopf, als wäre er von einem Holzbrett getroffen worden. Bei Einbruch der Dunkelheit wurde die Suche offiziell abgebrochen, aber die ganze Nacht hindurch konnte man Fackeln in der Dunkelheit sehen. Am Morgen gab es traurige Berichte von Plünderungen. Wahrscheinlich waren Männer aus dem Dorf oder von den umliegenden Inseln gekommen. Man hatte Leichen gefunden, denen man die Finger abgeschnitten hatte, um an die Ringe zu gelangen, und ähnliches mehr.

Am Dienstag brach die Sonne durch die Wolken. Der Wasservorrat ging zur Neige, und es wurden mehrere Fälle von Sonnenstich bekannt. Fliegen sammelten sich, und man beschloß, die Toten in flachen Gräbern zu bestatten. Einige Männer standen an der Küste und beobachteten die Bucht. Sie warteten auf die Rettung, die bald kommen mußte, wenn sie überleben wollten. Allmählich fragten sie sich, ob überhaupt jemand von ihrem Unglück hier auf der Isle Dernière wußte.

Noch immer ging die Suche nach Vermißten weiter. Robert und mehrere andere Männer stießen am fernen, westlichen Ende der Insel auf ein paar Plünderer. Es war die heißeste Zeit des Tages. Sie wollten nicht darüber sprechen, was sie gesehen oder getan hatten, aber in der Nähe der Stelle fanden sich später ein paar flache Gräber.

Der Mittwoch brachte die »Major Aubrey«.

Ungefähr vierhundert Besucher hatten sich zur Zeit des Sturmes auf der Insel aufgehalten. Von ihnen waren einhundertundvierundsiebzig ums Leben gekommen, dazu eine unbekannte Anzahl von Dorfbewohnern. Das heißt, daß weit mehr als zweihundert Menschen von der Insel fortgebracht werden mußten – zu viele, als daß eine Fahrt genügt hätte. Diejenigen mit Kindern sollten zuerst an Land gebracht werden, zusammen mit den Verletzten und alleinstehenden Frauen. Unter den übrigen wurden Lose verteilt. Robert weigerte sich, seines zu nehmen, als die Reihe an ihm war. Er zog es vor zu warten, und trotz all seiner Einwände tat Amalie dasselbe. Der Kapitän der »Major Aubrey« versprach ihnen die baldige Ankunft eines anderen Schiffes und segelte davon.

Es war zuviel zu tun gewesen, als daß sie Zeit zum Denken gehabt hätten, geschweige denn zum Reden. Jetzt war da nichts mehr. Robert wandte sich vom Wrack der »Star« ab und schlenderte über den Sand zur Golfküste hinüber. Nach einer Weile folgte Amalie ihm. Sie holte ihn ein, als er an der Stelle stehenblieb, an der sich einst das Hotel befunden hatte.

Sein Gesicht war noch brauner geworden, neue Falten zeigten sich um seine Augen, unter denen dunkle Ringe lagen. Amalie berührte mit den Fingerspitzen seinen Arm. »Es war nicht deine Schuld.«

»Nein?«

»Du hast Julien nicht zu dem gemacht, was er war, und du bist auch nicht schuld an dem Kummer, der M'mere so zu schaffen gemacht hat.«

»So einfach ist das nicht«, sagte er und fuhr sich mit der Hand in den Nacken.

»Aber es hat keinen Sinn, daß du es dir noch schwerer machst, als es ohnehin schon ist.«

»Wenn ich dich und M'mere nicht allein gelassen hätte, hier, wo Patrick euch finden konnte, oder besser noch, wenn ich dich nie auch nur angerührt hätte, dann wäre das alles vielleicht niemals geschehen.«

»Das alles ist nun einmal geschehen.«

»Ich hätte an etwas anderes als an meine eigenen Wünsche denken müssen – aber sogar, als ich das versucht und dich verlassen habe, war es falsch.«

M'mere hatte vielleicht recht gehabt, er hatte die Isle Dernière ihretwegen verlassen. Ihr blieb keine Zeit, die Freude darüber zu genießen. »Das ist jetzt vorbei. Vielleicht ist es so am besten. Du darfst dich nicht weiter quälen.«

»Es ist nicht vorbei«, krächzte er, wandte sich von ihr ab und starrte auf seine Hände, »nicht, wenn eine Frau wie Madame Callot dich beleidigen kann, nicht, solange alte Damen mit dem Finger auf dich zeigen und tuscheln, wenn du vorbeigehst.«

»Was geschehen ist, ist geschehen. Wir dürfen unser Leben nicht von der Vergangenheit beherrschen lassen.«

»Ich will nicht der Grund für noch mehr Kränkungen und Beleidigungen sein.«

Seine Stimme war tonlos und flach. Sie schaute ihn an und sah einen Fremden, der sie unmöglich mit der Zärtlichkeit und Leidenschaft im Arm gehalten haben konnte, an die sie sich so gut erinnerte.

»Ich – ich bin nicht die einzige, die verletzt oder beleidigt worden ist. Ich habe einige Dinge gesagt, die – die unverzeihlich waren. Ich weiß, sie waren nicht wahr; ich glaube, ich habe es immer gewußt, aber ich –«

»Vergiß deine Worte, so wie ich sie vergessen habe.«

»Hast du das wirklich?« fragte sie leise.

Er hob den Kopf, reckte die Schultern und starrte auf den blauen Golf hinaus. Seine Antwort kam ohne Zögern. »Vor langer Zeit. Es war nie wichtig. Ich möchte, daß du nach Belle Grove zurückkehrst. Es gehört jetzt alles dir, und du kannst damit tun und lassen, was du willst. Du kannst es verkaufen, fortgehen, dir einen anderen Ort suchen, an dem du leben kannst – ohne die Erinnerungen. Oder du kannst in Belle Grove bleiben. Der Sturm wird jetzt ein wichtiges Gesprächsthema werden, und allmählich, wenn nichts weiter geschieht, wirst du in Frieden leben können.«

In Frieden. Allein. Brachte er ihr ein Opfer, oder wollte er ihr nur zu verstehen geben, daß er sich nicht mehr für sie verpflichtet fühlte? Sie wußte es nicht. »Und was ist mit dem Kind, das ich trage?«

»Nenne es nach Julien. Es hätte ihn gefreut, und es ist sein Recht.«

Auf Belle Grove herrschte das reinste Chaos. Das Zuckerrohr war niedergedrückt worden, und nur zwei Drittel hatten sich wieder aufgerichtet. In den Gräben stand das Wasser, Millionen von Moskitos schwirrten herum, und in den Unterkünften brachen Fieber und Diarrhöe aus. Der Stall war abgedeckt worden, zwei der großen Eichen vor dem Haus hatte der Sturm entwurzelt. Dachschindeln fehlten an mehreren Stellen des Herrenhauses, und das eindringende Wasser hatte die Decken in den oberen Räumen beschädigt. Nur Georges Pflanzen schienen heil davongekommen zu sein, ja, sie hatten sogar vom Regen profitiert.

Natürlich konnte vor dem Begräbnis von M'mere, die nach Belle Grove überführt worden war, nichts getan werden. Dann kamen lange Stunden mit den Familienanwälten, in denen zahllose Papiere durchgegangen, gelesen und unterschrieben werden mußten. Amalie mußte über ihre finanzielle Lage nachdenken, die wegen der Verheerungen des Sturmes nicht übermäßig gut war. Sie mußte sich nach einer neuen Zuckerfabrik umsehen oder aber mit Monsieur Callot ein Abkommen treffen. Sie mußte die Zukunft der Plantage planen und über die Geburt ihres Kindes nachdenken. Dann war da noch Isa. Sein Talent sollte gefördert werden. Sie würde sich mit den Verwandten der Declouets in Frankreich in Verbindung setzen und ihn, falls sie einverstanden waren, in ein oder zwei Jahren zu ihnen schicken. Man könnte es so arrangieren, daß er in Paris Kunst studieren konnte. Dort zählte die Farbe seiner Haut weniger als sein Talent. Und wenn er erst einmal außer Landes war, war er frei.

Endlich war die Schreibtischarbeit erledigt, und Amalie konnte sich in die Aufgabe stürzen, wieder Ordnung in das Alltagsleben zu bringen.

Das Wichtigste war die Gesundheit der Menschen in den Quartieren. Amalie ordnete eine strenge Quarantäne an und schickte jeden, der auch nur im entferntesten krank aussah, zur Krankenstation. Drei ältere Frauen kümmerten sich dort um alles. Nachdem das erledigt war, machte sie sich auf die Suche nach einem Aufseher, der dafür sorgen sollte, daß die schwere Arbeit erledigt wurde.

Das war gar nicht so einfach. Niemand wollte für eine Frau arbeiten und von ihren Launen und Befehlen abhängig sein. Sie war der Verzweiflung nahe, als Robert eines Morgens mit einem jungen Schotten herüberritt. Schon am Mittag arbeiteten die Männer an den Entwässerungsgräben, karrten Äste und Zweige der umgestürzten und zersägten Bäume fort und schickten sich an, den Stall zu reparieren.

Danach wurde Robert fast täglich irgendwo auf der Plantage gesehen, obwohl er nur selten das Haus betrat. Wenn sie seinen Rat oder seine Hilfe benötigte, mußte sie von der vorderen Galerie aus mit ihm sprechen, während er auf der Treppe stehenblieb. Er nahm zwar von Marthe an der Küchentür eine Tasse Kaffee oder ein Glas Wasser an, lehnte aber jegliche Erfrischung ab, die Amalie ihm anbot. Er wollte nicht hereinkommen, um sich den Wasserschaden anzusehen, sondern schlenderte nur ums Haus herum und verrenkte sich den Hals, um einen Blick auf die losen Schindeln zu werfen.

Falls George und Chloe die Spannung zwischen Amalie und Robert bemerkten, so erwähnten sie nichts davon. Da sie wußte, daß Chloe normalerweise nie gezögert hätte zu fragen, was nicht in Ordnung war, konnte Amalie nur vermuten, daß die Aussicht auf ihre Heirat sie ruhiger gemacht hatte oder daß der Streit nicht so offensichtlich war, wie es ihr selbst erschien.

Die Dinge spitzten sich an dem Tag zu, als der Priester zu Besuch kam. Überall am Bayou waren Besitztümer überflutet worden, und die Priester wurden ausgesandt, um Beerdigungen, Hochzeiten und Taufen bei jenen zu zelebrieren, die nicht in die Stadt reisen konnten. Es galt als Ehre, einen der Geistlichen zu bewirten oder zu beherbergen. Père Francis, ein noch junger Mann, versprach, in Belle Grove zu übernachten und zu speisen und außerdem in der Kapelle eine Messe für Amalie und die Menschen in den Quartieren zu lesen.

Amalie hatte am Nachmittag mit Père Francis die Krankenstation besucht, hatte ihm auch das neue Kinderhaus gezeigt, das sie bauen ließ. Ihre Tante hatte es sich angewöhnt, immer zu baden und sich umzukleiden, wenn sie aus der Krankenstation kam, und Amalie hatte diese Angewohnheit übernommen. Während Lally das Wasser zubereitete, warf Amalie einen Blick aus dem Fenster und sah Robert, der sein Pferd ums Haus herum zu dem Weg führte, der durch die Felder verlief. Sie hatte ihn zum Abendessen einladen wollen, da sie wußte, daß er es immer genoß, mit dem Priester zu plaudern, aber bislang hatte sie keine Gelegenheit dazu gehabt. Sie war bereits ausgezogen, aber jetzt schnappte sie sich ihren Morgenrock, warf ihn über und eilte durch Juliens ehemaliges Zimmer auf die Loggia hinaus.

»Robert?« rief sie und beugte sich übers Geländer.

Er tauchte zwischen dem Haus und der Garçonnière auf und trat zögernd vor. Dann schaute er nach oben. Als er sah, was sie trug, wich jeglicher Ausdruck aus seinem Gesicht, und seine Stimme klang hart, als er sagte:

»Ja?«

»Ich wollte dich für heute abend zum Essen einladen. Père Francis ist zu Besuch.«

Er stieg auf sein Pferd. Von dort aus musterte er sie erneut.

Sein Blick ruhte für den Bruchteil einer Sekunde auf ihrer weich gerundeten Brust, glitt dann hinab dorthin, wo der Umhang aufsprang und man ein Bein vom Knie bis hinab zum Knöchel sehen konnte. Dann blickte er hastig wieder in ihr Gesicht. Das Braun seines Gesichts war eine Spur dunkler, als er fragte: »Bist du halb ausgezogen aus deinem Zimmer gelaufen?«

»Du hast mich schon mit weniger gesehen«, erwiderte sie, verletzt durch seinen schneidenden Tonfall.

»Warum schreist du es nicht in alle Welt hinaus?«
»Ich schäme mich dessen nicht, auch wenn du es tust!«
»Ich schäme mich nicht, Amalie, ich habe Angst.«

Er riß sein Pferd herum und ritt davon. Er galoppierte, als wären alle bösen Geister hinter ihm her. Amalie starrte ihm lange nach, dann lächelte sie, ein langsames, süßes Lächeln.

Bei Einbruch der Dunkelheit hatte sie ihre Pläne geschmiedet. Sie hatte mit Père Francis gesprochen und die Beichte abgelegt. Der Priester erteilte ihr die Absolution und gab ihr ein Versprechen. Sie hatte sich von Lally ihr Reitkostüm herauslegen lassen und im Stall Bescheid gegeben, daß ein Paar Pferde nach dem Abendessen vorgeführt werden sollten. Sie setzte sich zu Tisch, aß aber nur wenig, doch der Priester, der sich leise und charmant mit George und Chloe unterhielt, um ihr Schweigen zu kaschieren, machte das wieder wett. Eine Weile saßen sie dann noch mit ihren Weingläsern im Salon, ehe sich Amalie, nach einem kurzen, fast ängstlichen Blick auf Père Francis, entschuldigte.

In ihrem Zimmer zog sie sich um und ging dann durch den jetzt leeren Salon zur Vordertreppe. Der Priester wartete auf sie. Mit gedämpfter Stimme fragte sie: »Haben Sie es ihnen erzählt?«

»Sie kommen in der Kutsche, eine Stunde nach uns.«

Sie nickte. Dann ging sie zu dem großen Stein hinüber, neben dem ein Knecht stand und ihre Pferde hielt. Sein Gesicht war gleichgültig, aber seine Augen funkelten neugierig. Sie zögerte einen Augenblick, dann straffte sie sich und schwang sich aufs Pferd. Auch der Priester stieg nun auf, und langsam ritten sie von Belle Grove fort.

Die Weiden ragten dunkel und still neben ihnen auf, als sie die Auffahrt entlangritten. Sie wandten sich nicht dem Haupteingang zu, sondern hielten ihre Pferde im dunklen Schatten einer riesigen alten Eiche an. Dort stiegen sie ab. Amalie hielt dem Priester die Hand hin. »Danke, Père Francis.«

»Sie dürfen mir danken, wenn es vorüber ist, mein Kind. Bis dahin werde ich für Sie beten.« Er drückte ihre Hand und gab sie dann frei.

Schlechtes Gewissen breitete sich in Amalie aus. Der Priester kannte die Methoden nicht, die sie anwenden wollte, um ihr Ziel zu erreichen, und sie durfte es ihm auch nicht erzählen, denn er war vielleicht nicht der Ansicht, daß der Zweck die Mittel heilige. Sie wollte niemandem weh tun und hoffte darauf, daß sie es auch nicht tat. »Ja«, antwortete sie, bevor sie sich abwandte, »tun Sie das bitte.«

Sie ging aufs Haus zu, ein dunkler Schatten unter anderen. Ihre Schritte waren leise und sicher. Sie blieb lauschend an der Treppe stehen, die zur oberen Galerie hinaufführte, stieg dann langsam und vorsichtig hinauf. Auf der weiten Veranda sah sie sich einer Reihe französischer Fenster gegenüber, aber nur eines von ihnen war geöffnet. Vorsichtig schlich sie näher, denn sie wollte Robert nicht wecken – noch nicht.

Hinter dem Fenster konnte sie das Bett ausmachen, das von einem weißen Moskitonetz verhüllt war. Sie wagte sich näher, einen Schritt, dann zwei. Durch die Fenster fiel Mondschein, und bei diesem Licht konnte sie seine dunkle Gestalt ausmachen, die sich von dem weißen Laken abzeichnete. Er lag auf dem Rücken, einen Arm über den Kopf geworfen, den anderen ausgestreckt, und das Laken bedeckte seinen Körper unterhalb der Taille. Im Zimmer roch es leicht nach Brandy, und auf dem Nachttisch standen eine Flasche und ein Glas. Das war gut; das machte ihre Aufgabe vielleicht leichter.

Ihr Herz drohte ihre Brust zu sprengen, ihre Handflächen waren feucht. Ihr Magen krampfte sich zu einem Knoten der Angst zusammen, und sie mußte die Zähne zusammenbeißen, damit sie nicht klapperten, aber sie wollte nicht fortlaufen und betrat den Raum. Langsam nahm sie den Hut ab, legte ihn auf den Boden. Ihre Hände glitten zu den Knöpfen ihrer Jacke, öffneten sie einen nach dem andern. Die Jacke landete neben dem Hut, und der Popelin ihres Reitrockes raschelte leise, als er zu Boden glitt. Sie streifte die Reitstiefel ab, stellte sie beiseite, rollte dann die Strümpfe herunter, zog Hose und Hemd aus und ließ sie ebenfalls auf den Stapel fallen. Schließlich zog sie die Nadeln aus dem Haar und schüttelte es aus, bis es in ganzer, schimmernder Pracht über ihren Rücken fiel.

Vorsichtig näherte sie sich dem Bett und hob das Moskitonetz an. Als sie neben Robert glitt, schoß ihr der Gedanke durch den Kopf, daß er früher genauso zu ihr gekommen war.

Er rührte sich nicht, als sie sich neben ihm auf einen Ellbogen stützte, auch nicht, als sie eine Hand leicht auf seine Brust legte. Ermutigt durch sein Verhalten, durch den gleichmäßigen Atem, spreizte sie die Finger, um seine Haut zu spüren und zu genießen und das rauhe Haar auf seiner Brust zu streicheln. Langsam ließ sie eine Fingerspitze zu seiner Brustwarze gleiten, berührte sie sanft, genoß es, als sie sich augenblicklich zusammenzog. Sie neigte den Kopf und berührte die andere mit der Zungenspitze. Sie ließ ihr Haar über seinen Arm streichen, als sie den Kopf vor- und zurückbewegte, bis diese Warze sich zu einer kleinen Knospe zusammengezogen hatte.

Sie ließ ihre Lippen weiter nach oben wandern, schmeckte die Haut an seinem braunen Hals und preßte schließlich ihre weichen Lippen auf die seinen. Mit der Zungenspitze zog sie die Linie seiner geschlossenen Lippen nach, während sie mit ihrer freien Hand nach unten langte, über die Vertiefung seines Nabels hinweg zu der flachen, harten Ebene seines Bauches tastete. Sie traf auf etwas Glattes, Steifes.

Im selben Augenblick wurde ihr Handgelenk hart umklammert. Seine Muskeln spannten sich an, und er hob sie hoch, warf sie auf den Rücken, nagelte sie mit den Handgelenken förmlich ans Bett. Sein Gesicht war nur wenige Zentimeter von ihrem entfernt, als er krächzte: »Was, in Gottes Namen, tust du eigentlich?«

Ihr Herz hämmerte zum Zerspringen, sie zitterte, aber ihre Stimme klang dennoch fest, als sie erwiderte: »Ich zahle dir einen Gefallen zurück.«

Er wich zurück. Daß ihre Antwort ihn überraschte, verriet ihr die Pause, ehe er fragte: »Was meinst du?«

»Du bist nachts zu mir gekommen. Jetzt komme ich zu dir.«

»Das kannst du nicht tun«, erklärte er tonlos, aber entschieden.

»Nein? Was sollte mich hindern?«

»Ich.«

»Wie denn? Ich werde kommen, wenn du es am wenigsten erwartest, wenn du tief schläfst und wehrlos bist. Ich werde wieder und wieder kommen, bis die ganze Gegend darüber spricht, daß der arme Farnum von der Frau seines toten Cousins verfolgt wird. Ich kann dir gar nicht sagen, wie leid es mir tut, daß ich an dir gezweifelt habe, daß ich dich verletzt habe. Ich liebe dich, nur dich, mit jeder Faser meines Seins. Ich brauche dich in der Nacht an meiner Seite. Ich möchte, daß du mich in die Arme nimmst und nie wieder allein läßt. Kannst du mich zurückweisen?«

Der Beweis, daß er es nicht konnte, lag zwischen ihnen, heiß und pulsierend. Er ignorierte es. »Du sprichst von einem Skandal, aber ich werde nicht zulassen, daß du das riskierst, nicht meinetwegen, nicht noch einmal.«

»Sei doch nicht so verdammt edelmütig«, fuhr sie ihn hitzig an. »Wir alle, du, ich, Julien und M'mere, haben versucht, so zu leben, wie andere es von uns erwartet haben. Hätten wir das nicht getan, würden deine Tante und dein Cousin vielleicht noch leben. Ich respektiere dein Ehrgefühl und die Tatsache, daß du mich schützen willst, aber der Preis ist zu hoch. Ich werde ihn nicht bezahlen, und genauso wenig werde ich erlauben, daß du ihn für mich bezahlst, Robert Farnum. Ich will dich. Die Frage ist nur, ob wir mit oder ohne kirchlichen Segen leben wollen.«

»Du bist dir deines Charmes sehr sicher, was? Was hindert mich daran, dich hinauszuwerfen?«

Er setzte sich auf und zog sie mit sich. Er wirbelte mit ihr zu dem offenen französischen Fenster herum und bewegte sich so flink, daß ihr Haar wie eine weiche, braune Wolke um sie flog.

Als sie seine Absicht erkannte, erstarrte sie und klammerte sich an ihn. »Nein! O bitte nicht, Robert! Da draußen steht ein Priester!«

Er blieb abrupt stehen. »Ein was?«

»Ein Priester«, wiederholte sie, »und vielleicht auch George und Chloe – als – als Zeugen.«

Der Griff seiner Arme verstärkte sich noch. »Was soll das bedeuten?«

»Eine – eine Hochzeit.«

»So sicher bist du dir?« Ein sonderbarer, zögernder Klang lag in seiner Stimme, aber kein Zorn.

»Ich war mir niemals einer Sache sicherer.«

Er setzte sie ab, hielt sie aber weiterhin an den Oberarmen fest. Mit den Daumen strich er über ihre zarte Haut, als könnte er nicht anders. »Die Art Mann, für die du mich einmal gehalten hast, würde einwilligen.«

»Auch der Mann, der du bist, wenn du mich wirklich vor dem Zorn der Welt beschützen willst, wenn die Liebe, von der du gesprochen hast, nicht nur eine Lüge war.«

»Das war keine Lüge, chère Amalie. Ich liebe dich seit dem Augenblick, als du in M'meres Wohnzimmer gekommen bist, damals, mit tropfnassem Mantel und feuchtem Haar. Warum hätte ich sonst wohl dieser Scharade zugestimmt? Warum sollte ich sonst so verzweifelt versuchen, dich zu schützen? Du verfolgst mich des Nachts in meinen Träumen, und die Erinnerungen quälen mich. Ohne dich hat mein Leben keinen Sinn. Ich habe kein Ziel mehr außer dem einen, dir mit meinem Opfer zu dienen.«

»Ich brauche kein Opfer, mein Lieber, und ich will auch keines.«

»Und doch scheint es nötig zu sein.«

Ihr Herz setzte aus. Sie hatte gehofft, daß er einwilligen würde.

»Es war ein Fehler, dich noch einmal in die Arme zu nehmen«, sagte er reumütig, und aus seiner Stimmung sprach echte, heiße Liebe. »Ich fürchte, daß es schwer sein wird, dich gehen zu lassen, und sei es auch nur für die kurze Zeit, die nötig ist, um getraut zu werden.«

Mit Tränen in den Augen warf sie sich ihm an den Hals, schlang die Arme um ihn und verbarg das Gesicht an seiner Schulter. Er hielt sie umschlungen, wiegte sie sanft hin und her. Sein Kinn ruhte auf ihrem seidigen Haar.

Nach einem Moment schluckte Amalie mühsam und meinte dann halb lachend, halb weinend: »Vielleicht reicht die Zeit noch. George und Chloe sollten hinter Père Francis und mir herkommen. Es kann noch mindestens eine halbe Stunde dauern, bis die Zeremonie beginnen kann.«

Seine Brust hob sich, als er tief Luft holte. Dann atmete er seufzend aus. In seiner Stimme lag dieselbe Belustigung und dasselbe ruhige Versprechen, als er sie sanft von sich schob. »Das ist nicht lange genug, nicht annähernd lange genug.«

Nachwort der Verfasserin

Belle Grove. Die Worte klingen nach Ruhe und Luxus. Es gab wirklich einmal eine Plantage dieses Namens. Das Herrenhaus befand sich am Mississippi, oberhalb von New Orleans. Es war im griechischen Stil gebaut und verfügte über etwa fünfundsiebzig Zimmer – eines der größten Herrenhäuser der Südstaaten. Heute existiert es nicht mehr. Es verfiel Ende der vierziger Jahre. Daß die Plantage in diesem Roman nach diesem Haus benannt wurde, soll ein Zeichen der Ehrerbietung gegenüber diesem großen alten Besitz sein.

Die Beschreibung des Hauses entspricht jedoch eher den Gebäuden, die man im neunzehnten Jahrhundert am Bayou Teche erbaute. Das Leben in den großen Häusern, die Pflichten und Sorgen der Herrin über eine solche Plantage waren größtenteils so, wie es in diesem Buch beschrieben wird. Die Konventionen, die das Leben der Frauen und Männer bestimmten, waren möglicherweise noch strenger.

Einige Personen, die in dem Roman eine Rolle spielen, haben wirklich gelebt. Frances Magill Prewett war ein Mitglied der Weeks-Familie aus dem bekannten Shadows-on-the-Teche. Sie starb mit ihren beiden Kindern Augustine und Mary Ida während des Sturms auf der Isle Dernière. Die Gräber der beiden Kinder befinden sich heute auf dem Grundstück der Shadows in New Iberia, aber der Leichnam von Frances wurde niemals gefunden. Der Hotelbesitzer auf der Isle Dernière war ein liebenswerter Mann namens Dave Muggah, und die Familien Pugh und Schlatre besaßen Sommerhäuser am Golf. Alle anderen Personen sind frei erfunden, aber in der Geschichte von

Louisiana finden sich ein Ehemann, der in einem Schiffchen mit bunten Segeln den Mississippi auf- und abtrieb, und ein irischer Aufseher in den Felicianas der dreißiger Jahre des neunzehnten Jahrhunderts, der in den Sklavenquartieren sein Unwesen trieb.

Der Ferienort am Golf auf der Isle Dernière, Spielplatz der Plantagenbesitzer des südwestlichen Louisianas und bekannt als »Little Deauville«, war so, wie er beschrieben worden ist. Der Hurrikan, der ihn am 10. August 1856 zerstörte, war einer der verheerendsten Stürme, die jemals die Küste Louisianas heimgesucht haben. Der Ausbruch des Sturmes, seine Kraft und Auswirkung waren genauso, wie es dargestellt wurde. Auch die Art und Weise, wie die Überlebenden dem Sturm und dem ansteigenden Wasser entkamen, entspricht den Tatsachen, einschließlich der langen Stunden, die sie damit verbrachten, sich an ein Kinderkarussell zu klammern. Der wahre Held der Stunde war Captain Abe Smith von der »Star«, dessen Ankunft in letzter Minute vielen Menschen das Leben gerettet hat, die sonst verloren gewesen wären.

Wie immer gibt es zahlreiche Quellen, die beim Schreiben dieses Romans zu Rate gezogen worden sind. Einige waren besonders hilfreich. Einzelheiten bezüglich der Architektur der Gebäude im südwestlichen Louisiana und besonders jener in St. Martinville verdanke ich Paul F. Stahls jr. Buch »Plantation Homes of the Teche Country«. »Rachel of Old Louisiana« von Avery O. Craven, das auf den Briefen von Rachel O'Connor beruht, war unschätzbar, was die Bedingungen des alltäglichen Lebens auf einer Plantage angeht. Dasselbe gilt für »Daily Life in Louisiana, 1815–1830« von Liliane Crété. »Eating, Drinking and Visiting in the South. An Informal History« von Joe Gray Taylor gewährte mir Einblicke in die Menüs. Und ohne die reichhaltigen Informationen aus »Last Island« von James M. Sothern wäre mein Roman ein ganz anderes und weitaus weniger vollständiges Buch geworden.

Es gibt viele Leute, die geholfen haben, diesen Buchplan zu realisieren. Darunter auch Zella Barras Abrahams aus Lake Charles, Louisiana, die viele Stunden damit verbrachte, die

Zeitungs- und Gerichtsarchive von St. Martinville zu durchforschen. Ich bin ihr für ihre Mühe und für das Angebot, mir freiwillig zu helfen, sehr dankbar. Ich möchte auch den Mitarbeitern der St. Martinville Parish Library für ihre Hilfe danken. Außerdem gilt mein Dank Jane Stone, Faye Hood und all den anderen in der Jackson Parish Library, Jonesboro, Louisiana, die mir tausend Gefallen getan haben, große und kleine, und den Mitarbeitern der National Trust Home, Shadows-on-the-Teche, möchte ich meinen Dank aussprechen, nicht nur, weil sie so viele Fragen so liebevoll und ausführlich beantwortet haben, sondern auch für ihre Bemühungen, The Shadows, im Gegensatz zu Belle Grove, auch künftigen Generationen zu erhalten.

Jennifer Blake
Sweet Brier
Quitman, Louisiana

Shirlee Busbee

Dem Feuer verfallen
8974

Stürmische See
9132

Wie eine Lilie in der Nacht
9720

Lodernde Herzen
9462

GOLDMANN

Harold Robbins

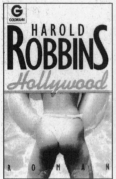
Hollywood
9140

Die Moralisten
9200

Der Pirat
9247

Der Clan
9703

Die Traumfabrik
9607

Die Profis
9590

Adieu Janette
8400

Der Seelenfänger
6830

Die Aufsteiger
6407

Die Unsterblichen
8516

Die Unersättlichen
9281

Die Manager
9426

Die Playboys
9400

GOLDMANN

Sidney Sheldon

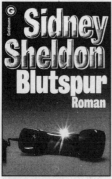

Sidney Sheldon
Blutspur
6342

Sidney Sheldon
Diamanten-Dynastie
6758

Sidney Sheldon
Kalte Glut
8876

Sidney Sheldon
Zorn der Engel
6553

Sidney Sheldon
Das nackte Gesicht
6680

Jenseits von
Mitternacht
6325

Ein Fremder
im Spiegel
6314

GOLDMANN

GOLDMANN TASCHENBÜCHER

Fordern Sie das kostenlose Gesamtverzeichnis an!

Literatur · Unterhaltung · Bestseller · Lyrik
Frauen heute · Thriller · Biographien
Bücher zu Film und Fernsehen · Kriminalromane
Science-Fiction · Fantasy · Abenteuer · Spiele-Bücher
Lesespaß zum Jubelpreis · Schock · Cartoon · Heiteres
Klassiker mit Erläuterungen · Werkausgaben

****

Sachbücher zu Politik, Gesellschaft,
Zeitgeschichte und Geschichte; zu Wissenschaft,
Natur und Psychologie
Ein Siedler Buch bei Goldmann

****

Esoterik · Magisch reisen

****

Ratgeber zu Psychologie, Lebenshilfe,
Sexualität und Partnerschaft;
zu Ernährung und für die gesunde Küche
Rechtsratgeber für Beruf und Ausbildung

Goldmann Verlag · Neumarkter Str. 18 · 8000 München 80

Bitte senden Sie mir das neue Gesamtverzeichnis.

Name: _____

Straße: _____

PLZ/Ort: _____